La Route vers la fiancée

Catherine Paysan

La Route vers la fiancée

ROMAN

Albin Michel

22, rue Huyghens, 75014 Paris

ISBN 2-226-05693-9

Ce roman est le fruit, dans le climat historique
de ce que fut l'implantation germaine,
en pays gaulois du nord de la Loire,
des fantasmes de l'auteur.
Il est dédié à Heinrich la Jambe Morte,
le frère esclave du chef de bande tudesque
Raschomer,
A Gundri le Rouquin, son arrière-petit-fils,
vassal jardinier des moines du mont Coêvre,
aux frontières de l'Armor,
Tous deux, héros de fiction,
Tous deux, devenus, au fil des pages, gens de mon sang,
Mon très vénéré parentage.

I

Heinrich la Jambe Morte

1.

En l'année 505 de l'ère chrétienne, par un soir d'automne, de soleil éclaté, perdant son sang de toutes parts, comme si quelqu'un, sa poigne violente, l'eût écrabouillé contre le mur de l'horizon, un soir de rutilante boucherie céleste à l'image de celle perpétrée par la soldatesque des Francs en marche vers l'Aquitaine, le palefrenier esclave Heinrich le Rouquin, dit la Jambe Morte, après qu'un coup de lance essuyé dans les combats l'eut rendu boiteux à vie, quand il se présenta à la porte de l'aumônerie des moines du mont Coêvre pour y demander l'asile et du pain, jouait sa dernière carte.

Il se trouvait désormais sans protection.

Raschomer son chef, son *ric,* son patron, pour avoir cru un moment réussir, au nez et à la barbe de Chlodowig 1er roi des Francs, son seigneur et cousin, dont il avait été l'un des féaux, à se tailler par ici et pour son propre compte un royaume dans l'espèce d'enclave, constituée, entre l'Armor et les grandes plaines carnutes, par les fertiles pays aulerces, diablinthes et cénomans, tenir leurs forêts grouillantes de gibier, leurs rivières menant à la Loire, leurs vallées humides favorables à l'élevage, comme à la culture du chanvre et du lin, leurs petits bassins miniers de fer et d'or au pied de leurs collines primaires, leurs carrières de schiste et de grès, venait d'être battu par lui; jugé pour haute trahison; contraint, sous peine d'être égorgé ou occis, avec, dans la foulée, les hommes de sa truste, tout entière, à se faire moine en un lieu sauvage et retiré, le prieuré de la Sagne. Une communauté de clercs ruraux, située à deux heures de marche de ce qui avait été son lieu de résidence de chef de bande, celui de sa garnison. Au pied d'un massif forestier dominant de ses croupes boisées, quasi montagnardes, le terroir des antiques Celtes aulerces dont il avait rêvé de se faire une petite nation bien à lui, en même temps qu'une plaque tournante, lui permettant un jour d'atteindre les mers d'occident et du nord et qui sait, de parvenir à son profit de Germain ripuaire, de parent pauvre de son suzerain, sinon à évincer la dynastie maîtresse mérovingienne, acharnée à se tailler un empire du Rhin à l'Atlantique, du moins, à lui tenir la dragée haute.

Mais ç'avait été méconnaître Chlodowig 1er. Sa volonté enragée de régner sans partage sur l'ancienne Gaule cisalpine des Romains. De les y supplanter comme empereur, d'y faire frapper monnaie à son effigie de nouveau César tudesque, par tous les moyens. Ceux de la guerre, de l'occupation systématique des territoires conquis. De la violence, du pillage. Par un mariage aussi. Avec la fille du roi des Burgondes, transformant un adversaire inquiétant, aux portes de l'Helvétie et des cols conduisant vers l'Italie, en allié lui laissant les mains libres pour consolider l'expansion en Neustrie. Ceux d'ordre spirituel, voire métaphysique. Une conversion spectaculaire au christianisme des vaincus. La descente solennelle, comme dans le Jourdain, dans le bassin sacré du baptistère de Reims. Le rite purificatoire, suivi de la communion sous les deux espèces. L'entrée quasi en odeur de sainteté, sanctionnée par l'évêque Remi.

Non pas seulement pour complaire à une épouse chrétienne à laquelle il avait sans doute fini par s'attacher au-delà des intérêts qui le liaient à elle, au point de lui insuffler, à la longue, une sorte de respect pour celui qu'il appelait « le Dieu de Clothilde », aussi par habile calcul politique de conquérant intelligent et rusé. Ayant su prendre la mesure de l'influence que dans une Gaule romanisée, livrée pieds et poings liés aux exactions de ses capitaines de guerre, de leurs soudards, aux siennes propres, un clergé, qui pourtant tremblait devant lui, gardait dans toutes les couches sociales plus ou moins terrorisées. Du chef de famille libre et aisé, au plus démuni des esclaves, dont le prix d'achat ou de vente ne dépassait jamais celui d'un cheval!

Car, avec sa volonté d'écoute aux malheurs du monde, son souci de piété et de pitié au milieu des pires traverses, d'idéal évangélique tourné sinon vers la justice, mais le devoir de charité, jusque dans l'acceptation saint-paulienne (celle des Épîtres) des inégalités de condition entre les hommes, considérées, par elle, comme allant de soi, l'Église, bel et bien se maintenait. L'obligeant à passer marché avec elle! Un consentement des deux parts à rechercher un modus vivendi. Du côté du Germain, à se donner désormais des allures édifiantes, de grand souverain chrétien et de protecteur attitré de la Sainte Église. De son côté à elle, à légitimer sa présence d'intruse, dans les esprits et dans les cœurs. Chlodowig et ses successeurs la couvrant, à l'occasion, de biens et d'honneurs. Lui garantissant une manière d'immunité dans ses monastères, sur ses terres, et même, si relatif qu'il fût, un pouvoir moral sur leur conscience de païens avides et belliqueux, fraîchement convertis, pourvu qu'elle sût fermer le plus souvent les yeux sur des habitudes de beuverie, de vol délibéré, de spoliation, de luttes fratricides, de polygamie, indéracinables. Qu'elle leur laissât continuer, après avoir obtenu d'eux quelque chose ressemblant à la part de Dieu, à se ménager ponctuellement la part du diable.

Raschomer, le maître d'Heinrich la Jambe Morte,

s'était retrouvé devant Chlodowig 1er, l'entreprenant fils bâtard du chef de clan Mérowée, dans la situation du soldat de Soissons, c'est-à-dire en passe d'avoir la tête coupée, pour avoir eu la naïveté, au nom du principe fransalien d'égalité, sans distinction de rang, dans le droit au pillage, eu égard à celui des risques encourus dans les combats, de revendiquer pour lui-même le vase convoité par son roi. Avoir eu le front de le briser devant lui plutôt que de le lui céder.

Cette fois, la part du lion, après les pays rémois et parisiis, après les grandes chênaies de la plaine carnute avec Chartres déjà, sa première église abbatiale primitive, appareillée de moellons chaînés de briques à la romaine, sur sa colline dominante, et sur l'emplacement même du vieux site religieux celtique choisi pour y jouer le rôle de plaque tournante, de rose des vents, de lieu privilégié de rencontre avec les dieux, de temple édifié autour du puits terrifiant et sacré débouchant sur l'Eure par où, l'envahisseur germain, une fois la cité prise, avait précipité la poignée d'hommes responsables de sa défense qui leur avait résisté, c'était, pour Chlodowig 1er, en marche vers la Loire dans l'intention d'en découdre avec les Wisigoths, la nation aulerce-cénomane et diablinthe dont Raschomer avait rêvé. Avec Mamers et la belle ville gallo-romaine du Mans, fortifiée à la hâte au début des invasions barbares sur sa butte en surplomb de sa rivière, à coups de pierres de réemploi, ayant servi naguère à construire, extra muros une arène et des thermes, des maisons à portique, un forum peut-être. De même pour Laval et Mayenne, pour Évron. Pour la ville-garnison capitale des Diablinthes de Jublains, cadenassant alors les routes de l'Armor, celles des pays liguriens tournés vers l'Atlantique.

Cependant, les temps, les circonstances, sinon l'état d'esprit de Chlodowig 1er avaient quelque peu changé. Puisqu'il affichait maintenant volontiers des allures d'imperator miséricordieux, ayant pris en charge, avec la caution des clercs, la sauvegarde de la civilisation chrétienne, il laissait le choix à Raschomer (et laisser le choix était une nouveauté) entre la bonne vieille exécution publique à la hache, toute la treuste rassemblée, et la relégation à vie dans le prieuré de la Sagne. Un lieu retiré, mais sans défense. Une assignation à résidence ne lui offrant aucune possibilité de jouer à nouveau les grands vassaux tudesques en veine d'émancipation vis-à-vis de son roi.

D'ailleurs, qu'il se persuadât bien que pour un homme comme lui s'étant rendu coupable de trahison et d'orgueil, l'heure était au renoncement.

Ce qui lui restait de soldats libres ou d'esclaves valides sachant se battre, de forgerons habiles à la fabrication ou l'entretien des scramasax, des boucliers, des framées, des mors et des fers à cheval passait, avec armes et bagages, au service de Chlodowig 1er, venait directement grossir le nombre de ses troupes, celui de sa domesticité. Sans compter les chevaux. De même pour les vêtements ou objets de prix lui ayant appartenu. Pour ses coffres en bois sculpté, ornés, au ciseau, de chevrons ou de rinceaux. Aux ferrures, figurant des têtes d'oiseaux rapaces, de loups, de sangliers. Bourrés de pièces de lin, de chaudes couvertures de laine bise ouvrée de galons de couleur. Pour encore, les plus belles pièces de sa vaisselle de céramique, d'argent et d'étain. Ses bagues sigillaires en or des mines des pays diablinthes gravées à la lettre initiale de son nom. Un R majuscule, sinueux, insolent, terminé par une esquisse de crâne de serpent ou encore de lièvre et qui en disait long sur son intention de réussir un jour à faire frapper monnaie à son effigie!

Un scandale de sa part. Une infamie, justement.

Qu'il se fît donc au plus vite couper les moustaches et la barbe et tonsurer. Qu'il endossât le froc et se fondît dans l'anonymat des louangeurs de Dieu. Qu'il devînt donc un saint si cela lui chantait. Saint Raschomer! Voilà une belle fin pour un homme ayant eu le front de vouloir spolier son maître. Un pénitent. Un saint! Et qu'on n'en parlât plus! Chlodowig 1er y consentait au lieu de le faire égorger. Il lui suffirait maintenant de marcher droit, d'apprendre à sonner la cloche, à prier de nuit comme de jour sous la garde du prieur qui aurait l'œil sur lui. Quant à ses morts de la bataille qu'il avait livrée contre son roi, qu'il les fît donc enterrer, du moins pour les plus vils d'entre eux, dans une fosse commune par la poignée de soudards borgnes manchots ou boiteux qu'il lui laissait en souvenir de ses splendeurs, à charge de les nourrir quitte à s'ôter lui-même le pain de la bouche ou de les disperser comme il pourrait. Que les moins invalides d'entre eux se fassent colons au service de quelque villa abbatiale ou laïque des environs, voilà une fameuse idée. C'était réflexion faite, sa royale volonté. Il la ferait savoir à l'évêque du Mans qui la transmettrait autour de lui.

Par grâce insigne, admirable et pieuse charité, respect pour la dignité de l'ordre dans lequel il le faisait entrer, pieds et poings liés, il lui laissait encore, sur ce qu'il avait possédé, à remettre au prieur qui l'accueillait, quelques muids de sarrasin et d'orge et même d'épeautre, la vingtaine de poules et d'oies que sa soldatesque n'avait pas encore mangées, trois ou quatre aunes de toile de chanvre et de burel, un petit lot de peaux de mouton, une truie en passe de mettre bas, un mulet et deux ânes fort utiles pour convoyer les charges d'un bout à l'autre du massif de la Sagne ou pour se rendre au synode à l'évêché du Mans, si une fois il y en avait un. Et même, pour relever la saveur des brouets qui constitueraient désormais le plus clair de sa pitance de tonsuré en temps de carême, il y ajoutait une douzaine d'onces de cannelle et de gingembre, aussi du kummel qui donne si bon goût fransalien au pauvre lait caillé gaulois.

Par-dessus le marché, en souvenir de lui, de sa mansuétude, il faisait don à la chapelle du prieuré de la

Sagne, d'une croix latine. Haute d'un demi-pied. En bel argent massif. Ornée en son centre d'une émeraude et qu'il tenait de son parâtre le roi des Burgondes qui la tenait des Vandales, l'ayant raflée en Italie du Nord dans une basilique située au pied des Alpes.

Tout cela accompagné de gros rires, de bourrades dans les côtes, de coups du plat de l'épée à hauteur d'estomac. D'offre à boire : la dernière coupe. La dernière santé, frère Raschomer, mon cher cousin!

Une jovialité de barbare. Une cynique gaieté de maquignon tudesque, rompu aux marchés de dupes entre ennemis, entre alliés. Aux réconciliations feintes ou sans lendemain. Au baiser de paix, comme au coup de scramasax dans le dos. Au gré de l'équilibre ou du déséquilibre des forces en présence ou même seulement de l'humeur.

Il se trouvait que Raschomer, acculé à la tonsure et au cilice, à l'abandon de ses deux concubines du moment (la première, une Germaine emmenée d'office avec l'ost pour y changer d'amant et de maître, être donnée à l'un ou l'autre des féaux de Chlodowig qui en ferait ce qu'il voudrait, sa compagne de lit ou une servante, la seconde une Gauloise, une Aulerce cénomane priée de reprendre la quenouille, la récolte des grains et du chanvre chez son père, un rustre de la Sagne) contraint, entre les prières et les psaumes à s'adonner à l'apprentissage de la lecture et de l'écriture (et quelle chute c'était là aussi pour un guerrier, réduit à remplir l'office de marguillier chargé des livres de comptes d'un simple prieuré rural dont la modestie des bâtiments conventuels les distinguait à peine des logis des laboureurs qui l'entouraient), avait nourri à l'égard d'Heinrich la Jambe Morte un assez extraordinaire attachement, tenant à des souvenirs d'enfance commune, autant qu'à ses compétences de valet d'écurie, comme aux talents naturels de sa riche nature.

Haut de taille, ce qui était rare pour un homme de condition sociale servile, bien découplé, encore que les jambes torses pour avoir dû tenir trop tôt debout sur elles, apprendre à marcher seul et comme il pouvait, en se traînant sur la terre battue de la cabane de pêcheur de son père, s'épuisant à longueur d'année à piéger l'anchois, le hareng le long des côtes de la mer du Nord, pendant que sa mère s'activait à tourner la meule à bras pour la réduction des grains de seigle en farine noire, ses cheveux frisés et roux lui modelant un casque doré, crépu et mouvant que le soleil, quand il frappait dessus, martelait comme du cuivre, les yeux d'un bleu marin littéralement superbe, émaillant un faciès tanné par la vie de plein air, aux traits magistralement taillés au couteau, au long nez frémissant de cervidé, doué d'un humour fruste mais percutant, mais imagé, lui faisant, par exemple, déclarer que la lune était une belle femme quand elle était pleine, mais que cette beauté ne lui servait plus à rien, depuis qu'à force de mettre bas d'un nombre incalculable d'étoiles, elle en avait perdu le ventre et les seins, si bien qu'on ne pouvait plus, par conséquent, la conduire au lit de force ou de son plein gré, ou encore que s'il était lui, Heinrich, fils du pauvre Wottan, né la bouche grande, c'était afin de pouvoir beaucoup manger quand il y avait abondance des restes de son *könig,* de son roi, et pour n'en rien perdre en tout cas quand il y en avait peu, il avait le don, depuis toujours, d'amuser Raschomer. De le faire s'esclaffer de rire. À l'occasion de le charmer.

Excellent palefrenier, un métier dans lequel, dès l'âge de sept ans à peu près, il avait fait ses premières armes d'enfant servile préposé aux écuries en apprenant à bouchonner les juments, à les étriller, un peu plus tard, à les maintenir, en s'appuyant de la tête contre leurs flancs tourmentés d'ondes nerveuses, la patte haut dressée, pour qu'on la ferrât, il s'y connaissait en chevaux. Habile panseur, habile castreur, habile dresseur de poulains, de jeunes mâles destinés à la reproduction et qui, si rétifs qu'ils fussent, ne se cabraient jamais à son approche, devenaient doux entre ses mains quand il les conduisait d'un manse à l'autre sur les terres de la villa aulerce de Raschomer vers la jument qu'il leur destinait. Qui, lors de leur première grande pulsion érectile d'étalon vierge, dans l'émotion de leur désir les rendant maladroits, les intimidant sur eux-mêmes, sur ce qu'ils éprouvaient qui les tourmentait, dressés sur leurs pattes postérieures tremblantes à hauteur de la double colline des reins de la jument, l'obstacle autant que l'appui que sa croupe offrait à leur prise, au chemin qu'ils essayaient de se frayer en elle, le laissaient guider leur membre qu'ils ne savaient, la première fois, comment diriger, tant la tête leur tournait à l'odeur de leur propre semence et de celle des sécrétions de la femelle consentante. De leur besoin d'éjaculation conjuguée. Tandis qu'Heinrich leur parlait en les appelant par leur nom, en leur murmurant en langue tudesque (la sienne) sur un ton d'intimité passionnée qui n'appartenait qu'à lui, des mots d'encouragement, des mots de passe dont il avait le secret. Qu'il inventait.

Parce qu'il les aimait.

Qu'il en était d'eux comme de lui. Même prix à payer à Raschomer si on le tuait. Si on les tuait. Trente sous. Pas un de plus. Même précarité d'existence, selon la fortune de la conquête. Ses victoires, ses défaites. D'où, ce grand élan paternel, cette connivence avec elles que les bêtes percevaient avec une confiance d'enfant. Un échange de tendresse entre eux qui, échappant à tous les clivages, rendait au cheval l'âme qu'il avait perdue dans le sillage de la rupture de l'homme avec l'Éden, élevait du même coup, Heinrich le serf soudard qui la leur rendait, à la hauteur de Dieu.

De cet homme de rien, au regard de la hiérarchie sociale de son temps, mais chaleureux, mais habité de poésie forte et coulant de source, sur lequel il avait les pleins pouvoirs, droit de vie et de mort, Raschomer avait fait cas. Un Westphalien comme lui, mais de la naissance la plus basse. Mais capable. Capable de sortir du rang à force d'authenticité. De caractère. D'améliorer la qualité de ses haras et s'il daignait lui faire compliment pour la robustesse et la beauté d'un poulain nouvellement né de déclarer : Que mon seigneur ne s'étonne point. Si la jeune bête est belle c'est que sa mère a été heureuse avec l'étalon qui l'a approchée. Que j'avais seulement bien choisi mon temps. Qu'elle l'a bien aimé.

Et voilà qu'ils riaient tous deux à gorge déployée, le maître et l'esclave, d'un rire miraculeux, irrépressible, les libérant d'eux-mêmes. Les rendant égaux une seconde.

Capable encore, s'il lui commandait de marcher devant lui en guidant son cheval par la bride au long des nuits de haute lune et de rudes chevauchées, de chasses à courre au cerf et au loup, de féroces battues au sanglier, de lui donner à voir, à rêver. À telle enseigne qu'il avait fini par le faire coucher, non plus aux écuries avec le commun des autres *knechts,* des autres valets, mais dans la pièce où lui-même dormait avec sa concubine du moment et ses gardes du corps privilégiés. Ses vassaux libres étendus autour de son propre lit sur des sommiers de bois garnis de matelas de laine ou de plumes d'oie, leur épée courte et leur bouclier à leur portée. Heinrich, à peu de distance d'eux, occupant une encoignure de la chambre sur un châlit à paillasse et dont la voix, si Raschomer, tenaillé par l'insomnie ou l'ennui, lui intimait de lui parler ou de lui chanter quelque chose, s'élevait, sonore et chaude, car il avait le timbre juste, avec des inflexions passionnées et viriles pour célébrer la mémoire des grands aïeux mythiques. Leur saga terrible.

Celle des Nibelungen, les Atrides du Nord. Les péripéties de leurs rivalités amoureuses et guerrières, de leurs accès terrifiants d'orgueil et de jalousie. Une escalade dans la haine les menant à la fin, vengeance après vengeance et au paroxysme de leur sauvagerie, parfois jusqu'au suicide.

Ou bien encore il s'agissait du sommeil de Wiennfried, l'Achille blond des Germains s'endormant sous un arbre après avoir tué un dragon, puis s'être roulé dans son sang pour devenir inexpugnable. Mais il y avait eu cette feuille de chêne qui, pendant qu'il reposait dans l'abandon après l'infernale bataille, doucement, traîtreusement tombée sur son talon, avait empêché le sang d'y sécher. Le rendant mortel pour peu qu'on le blessât en cet endroit.

Oui, Raschomer avait eu de l'affection pour son meilleur palefrenier. Il lui avait même choisi, pour être à lui, les années précédentes, une de ses plus belles serves, réputée pour son habileté à la cuisine et au tissage, pour sa douceur de caractère et son côté primesautier. Heinrich, avec sa permission toujours, la rejoignait souvent, un peu avant le lever du soleil pour passer une ou deux heures avec elle, la tenir dans ses bras sur sa couche de balle d'avoine, savourer, avant qu'il la quittât, les galettes de blé noir qu'après les avoir fait cuire pour lui, sur un disque de pierre brûlante, elle tartinait de miel ou de fromage blanc relevé de kummel ou d'aneth ou, à la saison, de mûres sauvages écrasées. Mais elle était morte assez vite dans les douleurs de l'enfantement et Heinrich l'avait enterrée lui-même avec la petite fille qu'elle venait de mettre au monde.

D'abord il avait creusé un trou qu'avec l'aide d'un serf maçon il avait coffré à l'aide de forts débris de blocs de grès roussard dont il y avait une réserve dans la villa de la Sagne et qu'ils avaient cimentés à l'argile crue. Comme si Basine avait été quelqu'un, une femme libre, au lieu de procéder à un simple enfouissement des deux cadavres dans la fosse commune réservée aux *lites,* aux pauvres vassaux de rien, en dehors du domaine et du camp, dans un lieu réservé à cet usage, un ravin, appelé par extension le gouffre aux esclaves, Raschomer ne lui avait pas refusé cette manière de consolation pour lui qui avait consisté à l'inhumer seule, avec l'enfant, qu'il avait nichée contre son cœur, en recouvrant, d'un de ses bras, le minuscule visage aux yeux clos, légèrement duveteux à hauteur de front. Un visage inachevé qui n'était encore que très vaguement humain. À mi-chemin entre le masque du batracien et celui de la chevêche. Nocturne. Fœtal. Non plus que de l'allonger sur un lit de feuilles de laurier après avoir allumé dans la fosse, selon la coutume barbare, un feu purificatoire de baguettes de coudrier mêlées à du charbon de bois. Avec sa permission toujours, il l'avait inhumée près des écuries, côté nord, en bordure d'une de leurs cloisons aveugles, de sorte que les chevaux, réputés bons conducteurs d'âmes, favorisent le voyage de celles de Basine et de l'enfant, jusqu'au Niflheim, le séjour des morts. Et même, il avait répandu sur elles deux gerbes de sauge et de menthe sauvage, si odorantes, si purifiantes elles aussi, après les avoir cueillies dans la forêt, le long d'un de ces innombrables ruisseaux dégringolant des hauteurs des collines de la Sagne, s'insinuant comme filets de sueur légère dans les plis et replis de leur gros ventre, mi-herbeux mi-forestier qu'ils parcouraient avec un bruit de menues ailes froissées, de pépiements de passereaux invisibles et qui finissaient, une fois dans la plaine, face au palais de Raschomer, ses portes colossales en rondins de châtaignier et de chêne peintes d'ocre et de rouge, par former devant lui, en se mêlant, un vaste étang enserré de futaies déferlantes. Une arène liquide dont les vents d'ouest soulevaient par instants la surface comme une soie verte. Un réservoir d'eau, verrouillé en aval par le bourrelet rocheux servant d'assise à la villa. À sa caserne et ses granges, ses ateliers, ses porcheries, sa basse-cour, son gynécée de fileuses, tandis qu'en face d'elle, en amont, formant barrage au nord, c'était la forêt qui le surplombait avec ses à-pics érodés de vieux cirque glaciaire.

Tout comme son esclave favori, le chef de bande

Raschomer avait aimé ce site lacustre et sylvestre, constituant à lui seul un univers.

Un monde clos fermant chaque soir ses portes septentrionales, à la visite du soleil. Lui en refusant l'accès après lui avoir laissé le champ libre toute la journée, d'est en ouest. Car, quelle que fût la saison, vue de loin, de la façade du palais où Raschomer et les capitaines de son ost mangeaient et buvaient, jouaient aux dés, au jeu de paume en hiver, de la terrasse où ils s'exerçaient dans l'épaisseur d'un mannequin de peau bourré de sciure à enfoncer leur scramasax à deux mains, à lancer à grande distance l'angon, le javelot fléché germain à tige de fer, à long manche muni d'une corde, qu'une fois sa pointe enfoncée dans le bouclier de l'adversaire, on tirait, l'obligeant à se découvrir (et alors on le tailladait à l'épée courte, à la hache), la forêt était toujours sombre. Sombre, fascinante! Voussure après voussure, cadenassant le paysage. Jouant le rôle de mur d'impasse, de bastion. De Walhalla sylvestre. Habité par les cerfs et les loups, les chats sauvages, les Walkyries. Une formidable réserve de chasse et de fantasmes oniriques. Un exutoire formidable aussi au besoin de violence amoureuse et guerrière.

Raschomer avait eu tort de s'attacher à cet endroit. D'imaginer pouvoir s'y constituer, au cœur de la nation aulerce, une nouvelle patrie, à plus d'un millier de kilomètres de la sienne, de sa Westphalie natale, de ses rivières de plaines, larges et lentes, s'écoulant en hiver sous des tunnels de brume en direction de la mer; de leurs aulnaies frémissantes et grises faisant corps avec les brouillards au point, avec leurs feuillages, de s'y fondre, d'atteindre leur état de déliquescence impalpable. De leurs marécages peuplés de roseaux, de hérons cendrés audessus desquels leurs têtes émergeaient comme d'un hérissement d'épées. Longs échassiers hypnotisants et songeurs qu'enfant, armé de l'arc ou du lance-pierres, il s'efforçait d'atteindre à hauteur de col sinueux, de long bec cisailleur et fin d'oiseau-pêcheur s'élançant soudain hors de sa portée, le cou replié entre les épaules, les ailes grandes ouvertes. Un royaume dont il serait le fondateur et le maître. Auquel il ferait subir son autorité, ses habitudes et ses lois, ses façons d'être. Quitte, en matière de religion, de droit coutumier d'observance des traditions locales, de leurs rites sociaux, à pactiser avec sa population autochtone à la ménager comme une femme sur la défensive pour mieux la faire sienne. Tort d'avoir cru, justement, pouvoir y faire souche en prenant pour épouse légitime une jeune Aulerce de milieu aisé.

La fille d'un notable de la région, par exemple, possédant non loin de la Sagne, à deux ou trois journées de cheval de son palais et de son camp, quelque belle villa rurale et cossue épargnée au siècle précédent par les razzias des Huns et, ces derniers temps-ci, par les siennes propres. D'un homme ayant gardé licence, selon l'ancien droit romain, de siéger au tribunal de la Cité. D'y rappeler en matière de jugement, les termes de la loi, et parce que jouissant d'une autorité morale non négligeable, susceptible de devenir un beau-père précieux pour un envahisseur soucieux d'implantation définitive en pays conquis. Riche de surcroît. À la tête de plus de trois cents bonniers de terres limoneuses et arables, traversées par des ruisseaux à rouir le chanvre en même temps que propices à l'élevage. Aussi d'un fier logis de maître gallo-romain, précédé d'une pelouse qu'à la belle saison ombragent des tilleuls dont les chevelures se touchent, lui font une couronne végétale mellifère toute bruissante d'oiseaux le soir. Défendu contre les rôdeurs, hommes ou bêtes par de larges douves au fond hérissé d'épieux. Fortifié par des talus plantés d'épines, doublés par des pâlis.

À la tombée du jour, deux esclaves ferment le portail d'entrée, avec des clous qu'ils y enfoncent à coups de marteau, qu'ils retirent le matin quand il fait grand jour et qu'Eulalius ou encore Sulpicius ou Gayavic, enfin le maître, a besoin de sortir pour affaires avec ou sans les siens, pour la chasse ou la visite de ses manses. Pour ouvrir aux visiteurs, aux alliés. Aux marchands syriens ou juifs venus proposer la soie, les plats d'argent ciselés en leur milieu de dragons, de tigres affrontés, les épices, la pierre de calcédoine, le lapis-lazuli monté en pendentif et qui fait merveille sur la poitrine d'une femme quand elle frémit et qu'il chatoie entre ses deux seins; la fibule ansée, ornée de rinceaux, l'épingle à cheveux terminée par une boule de verre d'ambre ou d'os et puis encore le coutelas à lame courbe, à manche de fer, damasquiné de laiton ou de cuivre. Une rareté des pays danubiens et même d'outre-mer. Acheminée par le Bosphore et par les Alpes.

Il faut d'abord, qui que l'on soit, montrer patte blanche, justifier les raisons de sa venue avant d'entrer.

Le demandeur d'asile, à la tombée du jour, parfois un clerc qui s'est laissé surprendre par la nuit sans avoir eu le temps d'atteindre le prieuré qui l'eût accueilli s'il n'avait pas été retardé par le passage hasardeux d'un gué, la boiterie de sa mule blessée par les épines, par le mauvais état de l'ancienne voie romaine, à l'entretien totalement négligé depuis les invasions, le commerçant phénicien, coiffé du bonnet pourpre de Phrygie, en long manteau de voyage doublé de loup-cervier d'Anatolie sur sa double tunique de fine laine crémeuse, en bottes ferrées de voyage, se tenant sur le pont de bois enjambant les douves avec son petit chariot bourré à craquer de pièces d'étoffes et d'orfèvrerie que lui et ses gens, deux ou trois esclaves achetés sur les marchés de Tyr ou de Tripoli, défendent avec des poignards glissés dans leur ceinture, attendent patiemment qu'elle s'ouvre.

Derrière elle, il y a tout un monde de travail, d'organisation de l'opulence ou de la pénurie en vase clos. Selon les bonnes ou mauvaises récoltes, les bouleversements dans les esprits et les corps, dans les mœurs, suscités par les événements politiques, la chute des Césars, la colonisation des Gaules, celle des Tudesques. Au gré des pillages, des incendies, des guerres intestines entre conquérants rivaux, de leurs retournements d'alliances, du brassage plus ou moins violent entre ethnies.

Un monde fermé et constamment sur ses gardes. Avec ses magasins de nourriture et d'armes, de faucilles et d'épieux pour résister à l'assaillant, ses souterrains boyaux charpentés de troncs d'arbres et qui débouchent dans la forêt. Une communauté d'hommes, de femmes et d'enfants plus ou moins nombreux, plus ou moins affectés par les péripéties de l'histoire, la succession de leurs actes sanglants, mais strictement hiérarchisée toujours et dont, tous les efforts, de l'esclave au tenancier libre sur les manses du domaine, en passant par les artisans rétribués, les serves filandières et tisseuses, les domestiques de la maison, tendent à assurer au maître qui les gouverne, faite pour lui la part du lion, de quoi leur accorder, à eux, par ricochet, les moyens de leur survie.

Que dans un grand bruit de verrous tirés par les portiers esclaves armés du coutelas ou de la hache à hauteur de ceinture, en braies larges et courtes leur laissant les genoux nus, en chemise de toile flottante rapiécée, à carreaux bleus et blancs à la mode gauloise, ses battants enfin s'ouvrent, c'est l'accès dans la place, c'est le miracle.

On a tout à coup devant soi, après un voyage harassant, dans la poussière et dans les boues, avec la faim et la soif au ventre, aussi la peur, celle de l'embuscade, du coup fourré, la façade cossue et paisible d'un palais rustique, moitié torchis pour son rez-de-chaussée, moitié bois pour ses deux étages construits en encorbellement au-dessus de lui, y prenant appui sur des consoles frustement galbées, sculptées de palmettes à la gouge. Le toit en est de bardeaux de fines lamelles de schiste et, pour l'entrée surmontée d'un fronton à l'antique, on y peut déchiffrer sur son linteau le monogramme du propriétaire et de sa femme.

D'un tel logis, rural, ordonné, rassurant, Raschomer avait aussi rêvé.

De la vision devant lui de cette grosse et belle villa de province édifiée, du moins pour sa base, à la façon des ouvrages militaires romains du Bas-Empire sur un socle en pierres de taille importées des pays liguriens. Aux parements constitués par l'alternance des moellons cubiques en grès roussard et des cordons de briques d'argile cuite. De cette entrée, volontairement pacifique, qu'il y ferait, de conquérant en veine de conciliation et même d'amendement, après les violences d'usage. Pénétrant, le casque, l'épée et le bouclier ôtés, avec des airs bonasses convenant à ses projets d'épousailles avec la fille de la maison, dans la grande salle commune dallée de mosaïques rouges ou d'ardoise bleue, nettoyée plusieurs fois le jour à grands coups de balais de genêts. Où, chaque matin, les domestiques, les serfs-laboureurs, les bergers et bûcherons, les artisans tonneliers ou charrons viennent, debout, recevoir les ordres. Meublée encore à l'antique, d'une table ronde entourée de lits circulaires garnis de coussins de lin, ornés d'un galon de laine bleue tressée à la main, de matelas de crin de cheval ou de laine. Éclairée au nord comme au sud, aussi à l'est, par des ouvertures étroites et longues ménagées dans les cloisons chaulées, passées, ainsi que solives et poutres, à l'ocre rouge et tapissées de papyrus huilé.

Sur le coup de la douzième heure, une coulée de soleil s'insinuant par l'une des meurtrières exposées au midi, éclaire tout à coup, crevassées par les engelures, aux ongles cassés et noirs, les mains violettes, tuméfiées de la servante, debout devant une large planche dressée sur des tréteaux.

Occupée avec le lissoir, sa lourde calotte hémisphérique en verre moulé qu'elle emprisonne de sa paume, à repasser à froid, la pièce de linge, la draperie ou la nappe, la chemise ou la tunique de la maîtresse du logis ou de ses filles, après l'avoir lavée et blanchie en plein air à l'alcali des cendres de chêne ou d'orme, de sarments de vigne, de poirier, dans, proche de la citerne à puiser l'eau, le cuvier de bronze réservé à cet usage.

Cette illumination dure peu qui transforme les pauvres doigts boudinés par les lessives, le froid des eaux glacées des rinçages de l'hiver, en fleurs à cinq pétales. En précieux pentagyme de bronze doré, aussi beau à contempler que voluptueux à toucher. En mains tendres et déliées. Ici-bas, chacun son lot. Être serve attachée à la villa, comme une jument, comme une chienne, comme la meule à broyer les grains, comme le fuseau, c'est ne pouvoir compter que sur le soleil pour vous prendre de temps en temps en pitié, vous parer d'une grâce qui n'est pas vôtre. D'ailleurs, les mains pour de bon fines et blanches, quasi patriciennes, les voici. Ce sont celles de la jeune fille de la maison sur laquelle, vous, Raschomer, avez des vues et que son père, que votre visite flatte autant qu'il la craint, après vous avoir fait asseoir sur sa chaise curule à montants en forme de protomés de loup, à dossier orné de rosettes découpées à jour et qui rappelle ses fonctions de magistrat local, siégeant au *mall,* au tribunal de la cité-caput des Aulerces cénomans, a fait appeler pour vous offrir son meilleur vin. Non point celui, aigrelet, de ses propres vignes qu'il boit pour l'ordinaire avec sa famille en alternance avec la cervoise, mais celui acheté et acheminé, à grands frais, des pays proches de la nation ibère et qui sait, lourd et nourri de soleil comme il est, si bien vieillir dans la nuit des celliers, leur fraîcheur constante entretenue par les vertus isothermes du torchis.

Sans mot dire, sans vous regarder en face comme il

convient à son état de vierge retenue et pudique, dépendante de la volonté de son père et s'il meurt, de ses frères aînés et qui ne doit qu'aux hommes de sa maison le respect dont on l'entoure, ce vin qu'elle vous offre, ses traits réguliers et graves de Gauloise, tendus par le soin qu'elle met à son office, dans le souci de ne point répandre une goutte sur la table, a, dans la coupe de verre d'un bleu clair, admirable, translucide, qu'après l'avoir reçue de sa mère qui l'est allée quérir sur un dressoir, elle a d'abord posée devant vous, l'épaisseur du sang caillé, sa rubescence presque noire.

Comme le cruchon à anse du même verre bleu que la coupe, une petite merveille fragile et pansue à bec verseur tubulaire retroussé du bout, a une contenance d'environ une demi-pinte, elle devra, à moins que, pour afficher des allures de tempérance, vous déclariez qu'une seule coupe vous suffit, vous servir deux fois. Et, deux fois donc, vous la verrez quitter l'escabeau sur lequel elle se tenait assise en retrait de son père et de vous, se lever dans un doux bruit d'étoffes remuées, à peine perceptible quand elle aura bougé, sinon à une ouïe comme la vôtre, celle du soudard de métier, du conquérant, du chasseur nomade, et vous pourrez admirer une seconde fois ses mains. Non point de tâcheronne, de glaneuse mais de couturière maniant la fine aiguille de fer ou d'os et même la plume d'oie lui permettant, sur des feuillets de papyrus de forme carrée qu'elle serre ensuite précieusement dans son petit coffre à trésors, personnel, de recopier des prières à saint Hilaire évêque de Poitiers mort en odeur de sainteté depuis un siècle ou bien encore à saint Martin de Tours dont on célèbre la fête, le onzième jour des calendes du neuvième mois de l'année, naguère celui d'adieu solennel à l'été des religions celtiques.

Son père qui l'aime visiblement beaucoup, la déclare volontiers soumise au respect qu'elle lui doit, mais de bon conseil quand il daigne prendre son avis, pitoyable aux deux esclaves adolescentes qui la servent, lui tiennent sa chambre et ses vêtements propres, et en cela, tenant de sa mère, une grande femme aux yeux marron largement fendus sous un front haut, à bouche pulpeuse, visiblement encore fraîche sous le long voile violet des femmes mariées qui la recouvre de la tête aux pieds comme une nonne et ne laisse apparaître, unique coquetterie permise aux épouses honnêtes, que le bout, façonné en pointe, de chaussures de cuir noir fendues sur le dessus et fortement lacées à hauteur de chevilles, lui a passé ce caprice de la laisser apprendre à lire et même à écrire.

La chose s'est faite, il y a deux hivers de cela, sous la direction d'un moine sandyonisien de passage, scribe de son état, mandaté par son ordre avec deux frères convers et trois hommes d'armes pour se rendre par étapes en pays aulerce afin d'y remettre à jour dans les monastères cénomans et diablinthes dépendant de Saint-Denis, le montant de la redevance annuelle pouvant aller selon l'étendue et les ressources de leurs villas jusqu'à deux livres en argent, ou encore la centaine d'oies et de moutons. Une somme d'importance, nécessitant de la part des clercs des monastères désignés, de leurs prieurés, de grandes épargnes sur la nourriture et l'habit pour la rassembler et une gestion rigoureuse, ne faisant quartier, ni à eux-mêmes, ni aux tenanciers de leurs manses.

Empêché, début novembre, à cause des inondations provoquées par les rivières en crue de Cénomanie du Nord de les franchir à gué, non plus que d'emprunter les ponts là où il y en avait, lui permettant de rejoindre les pays diablinthes et le monastère du mont Coëvre, le frère Octavius, grand dionysien en coule noire, à profil chevalin sous le capuchon, lui occultant le regard d'homme d'exigence autant que de pondération, hébergé avec ses compagnons près de trois semaines par son père, a initié la jeune fille au déchiffrage des signes. Au tracé de l'onciale, capitale abâtardie certes, dérivant de la majuscule romaine mais assez belle encore et délicate à former, pour être jugée digne des textes sacrés, ainsi qu'à celui de la minuscule cursive mérovingienne dont on use pour la rédaction des actes de chancellerie, pour les messages ordinaires et la tenue des livres de comptes des grosses propriétés. Ce qui, bien évidemment, est ici le cas. Science utile donc que celle de la jeune fille et qui la met en état d'économiser à sa famille, depuis lors, l'entretien d'un clerc. Cet entretien ne fût-il que temporaire, consistant à lui assurer, outre le vivre et le couvert à la saison des récoltes et du paiement du cens, la chape neuve ou la paire de brodequins d'hiver, la pelisse même, constituant le paiement en nature pour la peine d'avoir tenu et mis à jour les registres de la villa.

D'ailleurs elle n'y perd rien, bien au contraire. Son père ayant à cœur de la gratifier d'une pièce de vaisselle ou d'un bijou pour la ponctualité et le sérieux avec lesquels, au lieu de jouer aux osselets ou de jacasser de rien et de tout avec ses servantes, elle consigne, sous sa direction et celle de l'intendant, le nombre de muids de grains et de vin, de setiers d'huile de noix, de faine et de miel, de deniers, de quarts, de demi-sous, voire de sesterces constituant le cens, les arrérages, le champart à régler par les tenanciers libres des fermes du domaine.

Discrète avec cela. Ne se prévalant point d'être savante pour parler haut, tenir tête à sa mère, défier l'autorité de son père. Ayant de surcroît du goût pour le dessin. Soignant la mise en pages des oraisons et prières que, l'hiver, elle recopie avec application en s'aidant d'un recueil d'épîtres et de méditations prêté par les frères du petit prieuré d'à côté.

Son père taira à Raschomer dans la conversation qu'elle affectionne particulièrement les suppliques demandant à Dieu, par l'intermédiaire de tous les saints, de la protéger, elle et les siens et tous ceux qui croient en lui, des horreurs de la famine. Celle qui peut vous acculer à manger en guise de pain des racines de fougère réduites en poudre et mêlées à de la farine avariée, à des pépins de raisin, des herbes bouillies. Des horreurs de la maladie. Des horreurs de la guerre. Maîtres et serviteurs torturés, les oreilles et la langue coupées, les yeux crevés, les femmes violées puis mutilées, les enfants jetés dans les puits ou emmenés en esclavage. Car s'il y a eu les Huns qui ne sont point passés par ici mais dont le récit des razzias, circulant de bouche en bouche, continue à la terrifier malgré, depuis cent ans, leur relégation derrière le Danube après la défaite d'Attila aux champs Catalauniques, il y a maintenant ces fameux Germains, pareillement capables de tout quand ils s'y mettent. Ayant pris racine dans toutes les Gaules, réglant au coup par coup, entre eux, leurs différends de grands prédateurs avides, sur le dos des populations contraintes à faire les frais sanglants de leurs rivalités intestines.

Témoin celui-ci, dont il faut bien remplir la coupe avec courtoisie pour éviter ses foudres. Ce Raschomer!

En visite d'inspection à la villa. Faisant, pour l'instant, patte de velours au point d'être ostensiblement entré désarmé dans la salle des visiteurs. D'avoir confié son scramasax et son javelot à l'homme de pied chargé de tenir la bride à son cheval et qui attend dehors avec la dizaine de soudards constituant sa garde ordinaire. Le chef de bande Raschomer! Un grand diable de Teuton dans la force des appétits et de l'âge, ayant visiblement fait toilette pour venir ici, ses cheveux blonds et fins de fille rejetés sur les épaules à la mode mérovingienne des rois et somptueusement barbu. En camisole de lin blanc soutachée de soie et tunique bleue galonnée d'ocre s'arrêtant à hauteur de genoux et resserrée à la taille dans un ceinturon à boucle de bronze ciselé de tresses savamment mêlées à un décor de croix gammées et dont les manches courtes, puisqu'on est en été, laissent apparaître les bras musclés, ornés aux poignets et à mi-coudes par une paire de bracelets gaulois, de lourds torques en or martelé aux extrémités relevées et orfévrées, l'un en forme de tête de bélier, l'autre de rapace, sans doute volés, entre le Rhin et les pays aulerces dans quelque domaine criminellement mis à sac sur ses ordres!

En braies larges, claires et bouffantes, tenues en place à hauteur de mollets par des bandes molletières du même bleu intense et profond que sa tunique, que ses yeux, chaussé de sandales de cuir à lanières, à semelles épaisses et cloutées, il fleure l'encens et la myrrhe et c'est vraiment pour la jeune fille quelque chose d'extraordinaire, d'hypnotisant, que de sentir, posé sur elle, sur ses mains déliées aux ongles courts, ornées au pouce de deux anneaux d'argent à chaton garni l'un de cornaline rouge, l'autre de calcédoine verte, sur sa poitrine haute et ronde, sur sa chevelure épaisse et brune partagée au-dessus du front par une raie médiane et rassemblée en tresse le long de son dos, le regard de cette espèce de lion du Nord, parfumé de la tête aux pieds de résine balsamique de Chalcidique ou syrienne comme pour une nuit nuptiale, une pariade dont, après entente préalable entre les deux parties, elle ferait les frais!

Disposé au demeurant à l'amadouer. À la persuader qu'elle n'aurait rien à perdre mais tout à gagner en consentant à devenir l'enjeu d'un solide marché matrimonial entre sa propre famille et lui.

Après avoir loué en quelques paroles bien choisies, prononcées en bas latin avec l'accent tudesque, sa science de la lecture et de l'écriture dont il aurait, paraît-il, entendu parler à six lieues d'ici, jusque dans son palais de la Sagne, penché pour l'heure sur un de ses petits manuscrits dont il l'a priée de lui faire le plaisir, avec la permission de son père, de lui montrer quelques feuillets, il s'extasie d'admiration, feinte ou vraie, devant son habileté à meubler, ici ou là, les frontispices des chapitres pieux d'une grande croix latine sous arcades ou d'une composition de feuilles de lierre. À encadrer les titres des prières, ceux des récits édifiants, de cordelettes vertes et jaunes tressées serré. Sur l'art qu'elle a su déployer, après les avoir d'abord traitées à la règle et au compas, dans l'ornementation des lettres initiales. Celui d'en exploiter les courbes, les vides, les pleins, les déliés. Tel ce O, par exemple, devenu un paon faisant la roue. Le demi-cercle de ce D, métamorphosé en serpent dévoré par un lynx et puis encore ce T, maintenant oiseau aux ailes déployées et qui lui rappelle, tout à coup, ses hérons de Westphalie, ce qui, assure-t-il, l'émeut beaucoup, le ramène à d'heureux souvenirs.

Félicitant son père et sa mère pour ce talent de dessinatrice et de copiste si rare, sinon unique à sa connaissance, chez une jeune fille, sachant par ailleurs (encore une rumeur élogieuse parvenue jusqu'à lui) si joliment tisser la laine qui fait en hiver le *sagum* du guerrier, le recouvrant des épaules aux pieds, si chaud, si luxueusement confortable. De même les tentures. Quand, teintées d'ocre ou de vert, parfois d'un blanc de neige, elles revêtent les parois lambrissées des salles de réception et des chambres, après avoir été, en leur centre, brodées à l'aiguille d'une silhouette de sanglier à l'arrêt, d'un aigle noir, d'une couronne de roses.

Ainsi cette admirable couverture d'un rouge sombre, brodée en frontispice d'une guirlande jaune d'épis de blé et qui barre le passage au seuil du vaste couloir longeant tout le nord de la maison pour rejoindre les cuisines et la laiterie, les réserves à provisions et les espèces de loges étroites et sombres meublées d'un châlit et d'un coffre de bois blanc où les domestiques dorment, n'est-elle pas son œuvre?

Tandis qu'il se répand en compliments sur elle (car ce serait l'offenser, la traiter en servante, que de les lui adresser directement) lumineux, transparents, éclairés d'une flamme d'intérêt ardent pour Vilithuta, les yeux mobiles du Sicambre ne cessent de se porter alternativement sur sa silhouette juvénile et potelée, sur ses petits pieds aigus chaussés de cuir et de lin, sur le mince galon tissé de fils d'argent, couronnant, à hauteur de front, son visage sérieux et rond qu'elle ne sait vers où orienter pour éviter de se trouver dans l'obligation, ne fût-ce qu'une seconde, de le regarder en face et sur ce qui l'entoure et témoigne du degré d'aisance dans lequel, avec sa famille, elle vit.

Sur la robustesse en même temps que l'élégance des deux énormes dressoirs, l'un de chêne rouvre, l'autre de hêtre, à trois étagères taillées dans la masse, soutenues et reliées les unes aux autres par des balustres façonnés et galbés au tour. À chapiteaux pour le premier, sculpté de glands, pour l'autre, de viorne. À pieds de griffon.

Sur les pièces de vaisselle et de verrerie qu'on y expose. À côté des écuelles et des bols individuels de forme ovoïde, en poterie foncée de vieille tradition gauloise, les grands vases carénés à la mode franque et par conséquent de fabrication plus récente destinés à jouer le rôle de plats de service pour toute une tablée de convives triés, comme dans toutes les bonnes maisons, sur le volet. À l'usage des viandes bouillies servies avec leurs légumes, des soupes au roux, aux oignons, en période de carême, des poissons de vivier frits dans l'huile d'œillette. Pour les fricassées de poulets, de lapereaux aux choux, relevées de clous de girofle, les bouillies d'avoine ou d'orge, de sarrasin, qu'assaisonne le fameux garum méditerranéen, son mélange d'intestins de sardines et d'anchois salés et séchés au soleil nageant dans du vinaigre. Pour les douceurs. Celles des fins de repas. À la Noël, à Pâques, dans les noces. Les crèmes sucrées au miel, les montagnes de beignets aux noix, aux fleurs d'acacia, présentés dans les plus beaux d'entre eux. Des récipients biconiques, en fine céramique noire à bord droit, soigneusement polis, ornés à la roulette, avant cuisson, de chevrons ou de croix, de quadrillages serrés.

S'y ajoute la collection des gobelets. Aussi des coupes à boire en verre soufflé et modelé à la pince, soit en forme de cornet à pied, soit de cloche renversée. Celle que Raschomer a reçue des mains de Vilithuta, à panse rétrécie en son milieu et s'évasant en corolle, festonnée à mi-corps d'un fil de verre en relief, en même temps que toute sa surface externe a été savamment éclaboussée d'une poussière de sable stratifié y multipliant les reflets nacrés, est incontestablement la plus belle.

Non point tout à fait inexistante, mais plus rare, dans cette maison, la platerie de bronze, ornée sur ses bords, par repoussage au ciseau à froid, de perles du même métal. Quelques étains et même une dizaine de coquetiers de laiton ourlés de trèfles trilobés pour déguster, à la petite cuiller de bois d'érable, les œufs frais bouillis, assaisonnés au sel, au cumin, au gingembre.

Tout cela, boissellerie, timbales, cuillers et louches des jours ordinaires constituant un ensemble honorable mais ne valant absolument pas les beaux articles d'importation, raflés ici ou là, par Raschomer. Les aiguières, les versoirs en forme de théière, d'origine copte ou syrienne pour les vins chauds corsés à l'alcool de gentiane ou de prunelle des grands soirs de beuverie entre guerriers, entre chasseurs, avant d'aller rejoindre les femmes. Les épouses légitimes ou non, les concubines, étendues, les cheveux défaits sur des sommiers de bois réchauffés par des matelas de plumes, leur nudité enroulée dans des couvertures épaisses, des peaux de renard ou d'ours. Dont, avec des rires enfantins ou gras, des paroles de tendresse désarmantes ou grossières, ils les arracheront pour les étreindre, exiger ou quémander des caresses qu'elles leur donneront de leur plein gré si elles les aiment, partagent volontiers avec eux l'effervescence du désir. Par obligation s'il en va autrement. Que surtout elles les craignent, redoutent de leur déplaire, d'être alors dépouillées de leurs riches tuniques, de leurs bijoux, rabaissées à leur ancien état de serves, ou réduites à celui d'épouses répudiées, condamnées à la relégation dans leurs appartements ou dans un cloître.

Oui, tout cela ne vaut pas non plus les grands bassins de marbre de Paros à servir les écrevisses des ruisseaux de la Sagne, les coquillages des bords de mer, les huîtres, les légumes arrosés de miel tiède. Sans compter certain plat creux pesant ses quarante livres en argent massif, figurant, en son centre, une course de chars, volé dans l'ancienne villa d'un proconsul du côté de Sens. Nécessitant, une fois rempli d'une pièce de vénerie rôtie à la broche, sanglier ou biche ou jeune buffle, la force de deux hommes pour le porter sur leurs épaules et celui de deux autres encore pour les aider à le poser sans dommages sur la table. Mais comme Vilithuta est décidément charmante, une jolie petite caille gauloise, vertueuse et savante, ce qui finalement ne gâte rien pour un barbare qui peut même en tirer, tout comme un père inculte devant son enfant plus instruit qu'il ne l'est, des raisons d'orgueil, on peut passer par là-dessus, pour l'amener dans son lit.

Ne pas exiger du père, en vaisselle, hardes, pièces de toile, meubles et bijoux, comme en mulets et chevaux, en revenus de forêts ou de terres, au-delà de ce qu'il peut raisonnablement donner. Et puisque la loi franque est ainsi faite que si Vilithuta est accordée à Raschomer, les biens qu'elle lui apporte, si elle venait à mourir avant lui, de plein droit, lui reviendront à lui, raison de plus, dans les bonnes dispositions où se trouve le futur en puissance, de ne pas travailler de façon délibérée, à l'appauvrissement des parents de cette gracieuse enfant, gentiment fiérote, gentiment dévote et que cela blesserait. Qui, après l'avoir servi de vin chaleureux des pays d'oc, s'en est allée se réfugier à distance, aux côtés de sa mère, par souci de bienséance.

Attitude louable de sa part, faisant présager à Raschomer qu'elle pourrait faire, un jour, une bonne reine. Consciente de ses devoirs envers lui. Ceux de son sexe.

Consistant à être pour son époux une alliée obéissante, à n'avoir d'autre ambition que de lui plaire, de ne tenir quelque puissance, quelque droit au respect, qu'au travers de lui. Une bonne petite reine des Aulerces diablinthes et cénomans, fraîche comme un bouquet de seringa et de la même race qu'eux. Qui lui servirait de tremplin pour les amadouer, leur faire oublier ou presque, non seulement qu'il est un intrus mais qu'il a mis le grappin sur eux, sur leur nation par la brutalité des armes. Par spoliation. Qu'il hisserait volontiers, à ses côtés, sur le pavois, après l'avoir été lui-même par ses propres soldats, en signe de couronnement.

Oui, une bonne petite reine qui deviendrait le trésor de son époux, sa colombe apprivoisée. Celle qu'on dresse tendrement pour soi tout seul aux jeux délicats ou violents de l'amour et qui finalement en est bien aise. Et puisque ses pirateries à lui l'ont fait forcément plus riche, pour peu que de cela aussi elle sache le pardonner, elle aura tout à y gagner.

S'il est vrai que l'Église chrétienne a réussi ces temps-ci à faire admettre jusque chez les Germains que les femmes auraient une âme, ce qui empêche de payer à un chef de famille l'acquisition d'une fiancée comme on règle le prix d'un cheval, le prétendant n'en continue pas moins à régler à son père, pour s'assurer de sa personne, une somme symbolique, l'engageant officiellement à devenir sienne, de même qu'elle l'engage, lui, à la prendre. Et ce sou d'or et un denier qui est le prix le plus élevé qu'on puisse exiger pour une promesse de mariage entre un homme libre et une vierge libre, non seulement Raschomer est prêt à le donner, mais à se montrer particulièrement généreux, une fois agréé, pour la dotation en argent, vêtements, troupeaux et terres qu'il se doit, en retour, de constituer à titre inaliénable, au profit de Vilithuta, au cas où ce serait lui qui mourrait avant elle.

Qu'arrive, après les fiançailles, jour de donation mutuelle

entre les futurs conjoints, d'échange solennel d'un baiser et de remise à la fiancée d'un anneau, glissé par le mari en puissance au quatrième doigt de sa main gauche, là, où dit-on, une veine s'en va directement au cœur, celui des noces, fixé de préférence un mardi ou un jeudi, au déclin de la lune propice à l'union des esprits et des corps, à la fécondité, qu'après un grand festin offert par ses parents à leurs amis et alliés dans la villa en fête (et même l'esclave, alors, recevra une part de viande, de pain de gruau, une pinte de vin), Vilithuta, sous bonne escorte, dans un char à quatre roues et à capote de cuir traîné par deux bœufs blancs faisant partie de sa dot, le joug enrubanné de lierre prenne le chemin de sa nouvelle maison; qu'en tunique nuptiale à la mode gallo-romaine, souple et neigeuse, resserrée autour de la taille par une ceinture de soie facile à dénouer pour l'époux que l'ardeur presse, ses cheveux divisés en six nattes voilées de rouge, après que l'un des capitaines de Raschomer, un vétéran d'armes choisi par lui, l'a soulevée à bras-le-corps pour lui faire franchir le seuil du palais, elle se dirige, guidée par ses nouvelles servantes, sans hâte mais sans répugnance vers le lit aux draps pourpres de ses noces avec lui, il saura l'en récompenser. Lui savoir gré, après quelques bonnes paroles d'amitié entre eux, de son consentement à se laisser prendre contre sa poitrine tumultueuse et velue de Sicambre. Entre ses bras musclés et nus, tavelés de taches de rousseur et parfumés pour la circonstance. D'avoir su, après quelques baisers mêlant son haleine à la sienne, ou encore le long de son cou, de ses seins ronds comme des pêches (de tendres fruits à déguster, à mordre) ensuite, irrésistible fruit de mer, bombé, large et blanc, creusé en son milieu par l'ombilic spiralé, de celui du ventre, se laisser prendre. Sans peur excessive. Ni de lui. Ni de sa virilité. Non plus que de ses gestes tantôt tendres pour la rendre complice de son désir, tantôt brusques pour lui retrousser d'un coup, sa tunique à hauteur des épaules avant de s'emparer d'elle pour de bon. De l'atteindre au plus secret de sa fraîcheur nacrée et lisse de gros coquillage vulvaire arraché à sa léthargie virginale sous-marine. D'avoir bien voulu devenir son champ clos, son lieu désigné de joute amoureuse, de lice privilégiée, ne fût-ce que pour un temps. De s'être comportée avec lui comme une bonne terre lui faisant loyalement les honneurs du premier labour. De sorte que ceux qui vont suivre créent entre eux des liens suffisamment étroits pour qu'au-delà de ce qui, par la suite, pourrait refroidir leurs rapports, ils ne se rompent jamais tout à fait.

Car en effet, Raschomer, après plusieurs visites ici ou là en territoire aulerce dans les riches villas cénomanes dont les chefs de famille avaient des filles en âge d'être mariées, d'abord à l'est de la Sagne, à la limite des collines du Perche-Gouet et de la plaine carnute, ensuite à l'ouest (et même chez les Diablinthes il avait poussé jusqu'à Noviodunum, jusqu'à Jublains, leur ancienne capitale gauloise devenue sous les Romains grande cité fortifiée, lieu de centralisation de l'impôt en argent et en grains qu'ils prélevaient sur leurs colonies nantaises et angevines; qui, à cause de l'intérêt du site, de l'espèce de rose des vents qu'il constituait sur une colline placée au carrefour des quatre points cardinaux, s'il y avait pris femme, eût d'autant renforcé sa position stratégique et contribué à son réel enrichissement) avait finalement préféré jeter son dévolu sur les seize ans de la jolie et savante petite Vilithuta de la rustique ville d'Avesnes proche de la sienne.

Assez bien pourvue certes pour une authentique Gauloise du cru dont la famille avait réussi à se maintenir sous la férule romaine, plus récemment sous la sienne, dans un domaine rural de plaines situé au centre du vaste losange de limons fertiles et noirs du Saosnois dont les points d'intersection à chaque angle étaient dans des vallées essartées, couronnées de forêts, les villas de Mamers,

Marolles-les-Braults, Malestable, les campagnes du Vairais qu'il avait bien entendu prospectées dans les mêmes intentions, mais finalement moins richement nantie que d'autres jeunes filles ou jeunes veuves qu'il y avait entrevues. Qui, sur l'ordre de leurs parents, lui avaient servi à boire, elles aussi. Placé devant lui une corbeille de fruits ou une platée de galettes de blé noir luisantes de miel, dégoulinantes de crème fraîche dans des maisons encore mieux pourvues en beau mobilier, nappes et vaisselles. En tenanciers de manses, en esclaves. En ateliers de forge ou de verrerie. En fours à cuire les poteries. En commodités de toutes sortes pouvant aller jusqu'à des thermes privés à l'antique et le chauffage en hiver par canalisations d'eau chaude à la romaine.

Tout bonnement, Raschomer, le chef de bande, l'aspirant à la royauté en pays aulerce était tombé amoureux de Vilithuta. À sa façon de conquérant, de barbare. Sûr de sa force, de son fait. N'envisageant pas une seconde qu'elle pourrait lui être refusée. Qu'elle pourrait se refuser. Mais désireux de lui plaire, d'obtenir d'elle de bon gré ce qu'il pouvait exiger par violence. Et même, lassé à l'époque des gentillesses obligées de ses servantes concubines dont il savait bien n'être pas aimé, il avait compté sur sa tendresse. Espéré réussir à la mettre en confiance assez, à l'entourer d'égards, assez pour qu'elle lui témoigne d'elle-même de l'attachement. Le tienne souvent embrassé en dormant avec lui, comme naguère vingt-cinq ans plus tôt, enfant à la mamelle, le tenait embrassé sa jeune mère, l'épouse du guerrier ripuaire dont il était né.

Une grande et solide Germaine aux cheveux clairs, fins, vibratiles comme de l'étoupe, rassemblés au sommet de la tête dans une barrette ronde en bronze martelé. Dont on l'avait séparé dès qu'il avait su marcher pour le faire vivre au milieu des hommes. Qui lui avait donné le sein en l'entourant de ses bras et en lui fredonnant un doux air qu'elle inventait à mesure qu'il se nourrissait d'elle, de son lait délicieusement fade et tiède, s'enchantait de sa voix rauque, abyssale, modulant un chant syncopé et sauvage qui, dans un mouvement de régression libérateur, ineffable, le ramenait à l'amont de lui-même, à la source de son ventre à elle.

La dernière fois qu'il l'avait vue, c'était avant son départ de Westphalie en direction du Rhin et de la Meuse, des grandes forêts de plaine de Gaule flamande. Comme toutes les autres mères, elle s'était rendue sur l'aire de rassemblement des troupes ripuaires, alliées à Chlodowig 1er, aux Francs saliens, et jetées avec eux dans la conquête de l'Empire romain d'Occident, pour lui dire adieu.

Quel âge avait-il alors? Dix-neuf ans peut-être. Son père mort quatre ans plus tôt, noyé avec son cheval en traversant, sous les brouillards d'un affluent de la Weser, un pont de bois dont une arche s'était rompue sous leur poids, ses oncles, ses cousins aînés, avaient parachevé son éducation de jeune guerrier. Fait de lui un homme dur, dont à l'âge de seize ans, le coup de lame de poignard qu'il avait essuyé de la part de son adversaire lors d'une grosse échauffourée entre une centurie romaine en poste sur la rive gauche du Rhin et les soudards de son clan essayant de la franchir à la confluence de la Lippe, lui avait ouvert une joue et laissé une cicatrice à vie. Une longue balafre lui divisant abruptement la pommette en deux. Qui lui attristait le visage du côté droit, en bousculait l'expression. Devenue, à la fois, douloureuse et redoutable.

Elle s'était approchée de lui. De son petit cheval de bataille trapu et sombre, taillé pour les longues courses nomades et pour la guerre. Une bête de race hybride, mi-frisonne, mi-tatare. De sa monture sellée et bridée de fils de famille germain, ayant le droit et les moyens non seulement d'en posséder une mais d'en avoir une seconde qui le suivrait au cas où celle qu'il chevauchait viendrait à lui faire défaut. De son train de guerre, composé d'une dizaine de mules portant ses armes, ses bagages et sa tente et d'une vingtaine de vigoureux esclaves, mi-palefreniers, mi-soldats de pied recrutés par lui pour le servir, panser ses bêtes, le protéger de leur corps, coutelas au poing en cas d'attaque serrée. Capables, si besoin était, de chevaucher eux-mêmes pour le sauver de la mêlée s'il était blessé. D'encaisser les coups et de les donner à sa place.

Parmi eux, il y avait Heinrich justement. Le jeune valet d'écurie de son âge. Le garçon de rien. Le serviteur à vie qui atteindrait avec lui, quelques années plus tard, les pays diablinthes et cénomans. Bataillant sous ses ordres de chef de bande et à son profit, au fur et à mesure d'une campagne aventureuse et sanglante, dans le sillage de celle de Chlodowig. Le conduisant, à cause de son courage et de son âpreté au combat, de son sens du commandement, de sa ruse, de son ardeur à la tuerie, au pillage, à être promu chef du contingent ripuaire, ayant réussi non sans pertes, en hommes, en armes, en chevaux, surtout dans les débuts incertains de la conquête des Gaules, à opérer sa propre percée à travers les Flandres et le bassin inférieur de la Seine et, tournant le dos aux mers du Nord, à s'enfoncer vers l'intérieur, entre confins des monts d'Armor et bassin ligurien, en territoire aulerce.

Donc, Harnegonde avait pris congé de lui.

À part une fille, une sœur aînée de Raschomer qu'il avait d'ailleurs assez mal connue, parce que ayant été tôt mariée à un guerrier saxon, veuf d'une première épouse, elle s'en était allée vivre avec lui, sur les bords de l'Elbe; après la perte aussi de deux autres fils en bas âge et la mort par noyade de Sigmund, depuis cinq ans, elle n'avait plus eu que lui. Que sa protection d'homme et de fils.

Que le salut, accompagné d'une accolade (et alors elle avait contre sa joue, une seconde, la chaleur de la sienne, sa farouche beauté mutilée qui lui faisait monter le sang au visage, la brûlait par tout le corps d'un violent amour) qu'il ne manquait jamais de lui donner au retour de ses chevauchées, avant d'aller rejoindre dans sa vaste hutte de fils de notable ripuaire, ses compagnons de chasse ou de guerre, ses domestiques et ses chiens. S'inquiétant de sa santé. De ses besoins, en nourriture, en ustensiles domestiques, en chanvre et en lin qu'il s'efforçait de satisfaire. Quêtant parfois ses conseils, passant de temps en temps une ou deux heures auprès d'elle et lui faisant envoyer, aux jours de grandes fêtes saisonnières cosmiques et religieuses, en particulier celle consacrée au culte d'Odin, dieu de la poésie et de l'éloquence, distributeur de vaillance au combat, quelque belle pièce de vénerie, marcassin ou biche, lièvre ou grue, que ses deux esclaves servantes et filandières faisaient rôtir en plein air à la broche en l'accompagnant de boulettes de seigle noir, farcies au cumin et au chou et cuites à cœur après les avoir, par trois fois, jetées dans l'eau bouillante.

Puisqu'elle était sa mère, qu'il lui devait ce qu'on doit à toutes les mères, c'est-à-dire la vie, la route qu'à partir d'elles-mêmes, de leur ventre fécondé par la montée de sève fulgurante d'un homme, elles vous ouvrent pour, après un laps de temps plus ou moins long, plus ou moins éprouvant ou heureux, y marcher à la rencontre de la mort, les paumes ouvertes d'Heinrich lui servant d'étrier, il était descendu de cheval pour l'embrasser, la baiser aux mains et aux lèvres.

Comme elle disposait, outre d'une basse-cour, d'un troupeau d'une dizaine de moutons, elle lui avait offert, pour lui servir de manteau, une ample pièce de drap de laine brute que ses servantes avait filée et qu'elle avait ensuite tissée elle-même tout un long hiver sur le métier vertical à deux barres qu'elle possédait, en prenant soin d'y intercaler, à distances régulières, un fil précieux, délicat, de teinte garance. Avec le manteau, elle lui avait fait don d'un mors de cheval à bossettes de bronze moulées en forme de gros colimaçons, de coquilles fossiles spiralées, telles, qu'enfant, il en avait parfois trouvé en s'amusant à fouiller de sa pelle de bois, ou de son épée courte, les limons de la Leine, affluent de la Weser, à l'époque de ses basses eaux, l'émergence de leurs couches de calcaire, dans son lit desséché par les brèves et fortes chaleurs d'été. Ce mors, elle l'avait fait forger et riveter en secret et pour lui en faire la surprise, en échange de deux muids d'orge et de seigle, par l'ancien forgeron de Sigmund son père, passé depuis sa mort au service de Hagen son oncle qui faisait partie de l'expédition avec ses propres soldats, ses propres *lites*.

Elle y avait encore ajouté, afin qu'il la portât à son cou, sous sa chemise à manches courtes, solidement suspendue par un anneau de laiton à une lanière de cuir, taillée en forme de grosse perle laiteuse, translucide et ronde, et tenue en place entre deux tiges de bronze laminé rivetées à une courte tige de fer torsadé, une amulette en cristal de roche dont la transparence de silice pure passait pour être bénéfique à celui qui la portait. Lui amenait la protection des astres, en particulier celle de la lune dont elle était le symbole. La lune! Dispensatrice des bons et des mauvais jours parce que maîtresse des nuits, de leur rythme de vie et de mort véhiculé par les songes. De leur pouvoir de délivrance de la maladie des esprits et des corps ou au contraire, de celui de les y enfermer.

Ç'avait été l'un des derniers gestes de tendresse qu'il ait reçus d'elle que celui de ses deux bras encerclant ses épaules pour attacher derrière sa nuque à chevelure flottante, par un solide fermoir de cuivre, le collier à l'amulette porte-chance qu'elle tenait de l'époux mort et qui avait fait partie, une vingtaine d'années plus tôt, des cadeaux dont il l'avait gratifiée au lendemain de leur nuit de noces, pour la remercier, selon la coutume germanique, d'avoir reçu d'elle, sa virginité. Le fameux *morgengabe*. Le don du matin de l'époux à l'épouse et qui pouvait aller, quand il était, pour de bon, riche, jusqu'à la remise d'une terre, voire de la jouissance des ressources de toute une province, en main-d'œuvre paysanne et manouvrière, en céréales, en minerai, en forêts.

Un assez long moment, ils s'étaient regardés au fond des yeux et comme ils avaient les mêmes, à la fois opaques et brillants, couleur d'indigo, enchâssés comme des émaux dans l'opale blanche et bombée de l'œil, des yeux qui ne devenaient humains, transparents, déchiffrables que lorsqu'ils souriaient, se mettaient à parler en confiance avec leurs proches, leurs alliés, que le courant passait entre leur interlocuteur et eux, ne fût-il qu'un esclave, une bête familière, chacun avait pris, une dernière fois, la mesure de l'autre, c'est-à-dire celle d'un drame qui leur était propre encore qu'ils le partageassent. D'une solitude du corps, de l'esprit et du cœur qui était celle d'Harnegonde depuis toujours. Que le mariage avec le rude et impérieux Sigmund qui ne l'avait pourtant jamais battue ni laissée dans le besoin, ni franchement négligée pour une autre, allant même jusqu'à l'appeler quelquefois par un diminutif d'affection « Harni » mais entretenant avec elle des rapports de hiérarchie conjugale à table comme au lit, n'avait pas réussi à rompre. La maintenant dans un état secret et sans cesse latent d'angoisse, dont Raschomer, pour en avoir été nourri dans ses entrailles de mère, avait hérité.

Et comme, quoi qu'il leur arrivât de bon ou de mauvais dans la vie désormais, qu'elle mourût ou non rapidement après son départ de fils (car enfin, à bientôt quarante-cinq ans, elle était vieille, avait perdu une grande partie de ses dents et son visage ardent et dur de Germaine était ravagé aux joues et au front par les stigmates de la petite vérole), qu'il fût tué ou non dans cette campagne contre Rome, parvînt ou non à se faire une réputation, une manière de fortune ou que l'aventure débouchât sur l'esclavage ou la mort, ils savaient qu'ils ne se reverraient jamais, soutenir le regard de l'autre avait été un choc d'autant plus révélateur, éprouvant, qu'il les avait replongés dans leur solitude à la fois respective et jumelle. Celle de Raschomer développant chez lui un besoin exaspéré de réussite, de pouvoir, d'enracinement, aussi, dans n'importe quelle terre, pourvu qu'elle devînt la sienne, qu'il pût la sentir sous lui, comme on sent une femme. Assorti d'un parti pris de jovialité ou de cynisme, d'avidité sans frein. Une capacité de cruauté et de ruse, tempérée par des coups de générosité inattendus, une volonté de séduire et même de plaire déconcertante jusque pour son entourage, si ce n'était pour Heinrich, peut-être, son esclave favori. Qui, ayant à peu près son âge, moins de trente ans, quand il devrait se résigner à finir sous le froc d'un moine, avait partagé, avec lui, comme serviteur désigné par Sigmund, les jeux cruels ou désarmants de l'enfance.

Errant avec lui à journées entières dans les marécages en lui portant son carquois, guidant par la bride sa petite jument qu'il montait à cru et daignait lui laisser enfourcher pour le retour, au coucher du soleil. Lui préparant ses feux de plein air pour cuire ses bouillies de seigle, les sarcelles, les canetons sauvages, les poules d'eau qu'il avait réussi à tuer. Lui servant de cuisinier, d'échanson, de compagnon, de palefrenier, déjà! Se pliant à ses humeurs. Le maniant comme un serviteur avisé doit savoir manier son maître. L'aimant et le détestant à la fois comme un esclave intelligent et capable peut aimer et détester un homme dont sa vie dépend entièrement. Avec lequel il entretient des rapports d'inégalité absolue en même temps que de complicité aussi absolue et qui leur font échapper, à de certains moments privilégiés, à la rigidité d'un système dans lequel l'un comme l'autre sont enfermés.

Les années avaient passé. Avec leur alternance de batailles rangées et d'échauffourées contre les troupes gallo-romaines, de rixes ou de réconciliations entre Saliens et Ripuaires, au cours de grandes beuveries : tonneaux de vin, de cervoise volés dans les abbayes au passage, dans les *villae*. Avec leurs nuits sous les fourrures et sous les tentes de peau huilée sur laquelle les pluies glissent sans pouvoir s'y attarder. À la belle étoile parfois, quand la Saint-Jean des chrétiens approche. Que les nuits, si longues à venir, paraissent d'autant plus belles de s'être fait attendre, d'avoir indéfiniment prolongé leurs prémices, les rites de leur arrivée. Ceux d'un crépuscule tiède, serein et feutré, enserré dans un cocon d'air immobile, sous un ciel d'un gris souris où la lune n'apparaît que lentement avec des coquetteries de courtisane de haute volée. Ne dévoilant d'abord qu'une de ses joues pâles et brillantes, de loin comme délicatement fardée d'une salive écumeuse, spermatique, puis l'autre.

On l'aperçoit entre deux hautes collines déferlantes avec leurs cargaisons de forêts somptueuses, de falaises de craie affleurant entre les ronces ou simplement entre deux arbres. Ces nuits-là, chacun, sans distinction de race, de fortune et de rang a rendez-vous avec elle. Et c'est pourquoi les femmes qui lui ressemblent, en même temps qu'elles la jalousent, s'abandonnent plus volontiers, les soirs de solstice à l'ardeur des hommes, fruit de la fascination qu'elle aura d'abord exercée sur eux. Lorsque sa pâleur, longtemps contemplée, convoitée, tournant tout à coup à l'éclat du cuivre, dans un ciel, enfin pour de bon noir, la rendra plus désirable et inatteignable pour eux que jamais et qu'alors, il leur faudra bien porter leurs regards sur les femmes de chair qui les entourent. Ne fût-ce que pour quelques heures, faire cas d'elles, les aimer. Mettre bas les armes, ôter leur bouclier, leur ceinture. Devant elles se dévêtir. S'agenouiller même. Leur rendre un culte qu'on ne devrait rendre qu'aux astres.

Oui, les années avaient passé. Avec leurs violences et leurs viols. Avec leurs vols, leurs pilleries, leurs assassinats prémédités ou non, leurs coups donnés et reçus, leurs chevauchées ventre vide et tête en feu sous les soleils des plats pays des bords de mer, sous les pluies denses, acides, dans les brouillards des forêts liquéfiées. De ceux qui exaspèrent la porosité des âmes et des corps, les réduisent à l'état d'éponges. Avec leurs ripailles orgiaques occasionnelles. Dans les prieurés de campagne avec tuerie et spoliation à la clef si on avait tenté de résister ou, tout bonnement envahis, après s'en être fait ouvrir les portes par intimidation.

« Faites bonne figure, père abbé. Donnez l'ordre à vos officiers-moines, à vos serviteurs, à vos serfs de se tenir aux nôtres. Que vos domestiques ordinaires, vos oblats, installent des tréteaux dans la salle des hôtes. Qu'ils y dressent des planches en guise de tables comme c'est la coutume chez nous, Germains. Qu'ils les drapent de vos meilleures nappes en lin blanc et fin, apportent des bancs, veillent à nous pourvoir en quantité suffisante, de couteaux à dépecer les viandes, plats de service et cuillers. Que vos serviteurs ne manquent pas de nous passer d'abord les serviettes et le bassin d'eau chaude nous permettant de nous laver les mains avant l'invocation aux dieux. Ceux qui sont les nôtres. Nous ont conduits jusqu'ici. Qui nous vengent des humiliations que nous avons subies de la part de vos anciens maîtres romains. De l'esclavage, des famines auxquelles ils nous ont acculés à la frontière rhénane. De leur morgue, de leur opulence.

« Nous aimons l'arrivée solennelle, excitante des mets rares et de haut goût que les esclaves, courbant la tête sous le fardeau des plats creux en métal ciselé, déposent devant nous. Celui des soupes de chez nous qui ramènent le guerrier exilé aux sources de ce qui fut sa vie de famille et d'enfance. Les bouillons à la volaille et aux pois, alternant avec les viandes rôties et en sauce. Les œufs battus avec de la farine, servis à même la poêle encore brûlante et consommés à la cuiller, et les terrines de flans miellés aux raisins secs. Que les coupes ne soient pas oubliées pour calmer la soif, quand les estomacs sont repus. La première allant au chef qui la passera ensuite à qui bon lui semblera de ses compagnons.

« Bien sûr, il y en aura pour la nuit entière. Pour celles qui suivront. Tant pis pour vous, père abbé. Pour vos gens. Ce n'est pas tous les jours fête chez les Saliens, chez les Ripuaires de passage qui daigneront vous laisser la vie sauve si vous savez les traiter comme il faut. Leur procurer bon matelas et couette de laine ou de plume pour y dormir. Y cuver vin et cervoise puisés à vos tonneaux, avant de repartir avec ce qu'il leur faut de foin et d'avoine, pour leurs chevaux, de galettes de froment et d'orge pour eux-mêmes, de canards et d'oies fraîchement tués en guise de viatique, pour une bonne semaine de marche et de bivouacs à travers les forêts d'Ardennes et de Flandre, celles des nations parisiis et carnutes, cénomanes et diablinthes. »

Avant d'atteindre le massif de la Sagne, de décider de s'y fixer, après avoir battu les derniers petits contingents romains, en poste à la lisière du Perche-Gouet, réfugiés derrière le rempart de hautes buttes de terre leur servant de camps retranchés et qu'on finissait toujours par démanteler, car c'étaient là fortifications de fortune, édifiées en hâte avec les moyens du bord dans des vallées, où la pierre manquait et le fer et dont la palissade qui les surmontait, prenait facilement feu, dont le ruisseau qui les entourait était un bien mince obstacle, même si on en avait détruit les passerelles, renforcé la défense par des murs d'épines, aussi par des pièges à loup cachés sous les mousses, les feuilles sèches et qui vous immobilisent, jarrets broyés, un cheval stoppé dans son élan, aussi le fantassin; avant, toute résistance locale jugulée, d'y faire établir son propre camp, construire son propre palais défendu au nord par des forêts et un étang, au sud par un barrage, à l'ouest comme à l'est par des tertres édifiés à main d'homme, combien Raschomer avait-il crevé de chevaux à la peine? Chargé Heinrich le Rouquin (quand la bête éventrée dans les batailles s'abattait sous lui en rendant les entrailles, ou, terrassée d'épuisement, éructante de bave et de râles, crachait sa vie, ses poumons, sa pauvre âme de victime immolée sur l'autel de la furie des hommes) de retirer d'entre les mâchoires de son cadavre encore chaud, le mors à bossettes en forme de coquillages fossilisés qu'il avait reçu de sa mère? D'en équiper aussitôt sa nouvelle monture?

Le mors et le pendentif en cristal de roche d'Harnegonde! Deux objets sacrés à ne jamais perdre!

Trois fois, déjà, le mors avait dû être refondu puis consolidé avec l'apport de bronze neuf, les bossettes assujetties par de nouveaux rivets; remplacé, le lacet de cuir du collier pendentif. Mais c'était toujours les mêmes bossettes, le même globe de verre rond, laiteux et brillant qui luisait sur la poitrine de Raschomer. Imprégné de la chaleur de sa peau, de ses colères, de ses fièvres, de ses abandons subits à la douceur de certains soirs d'été, leur apaisement. Le mettant, par un système d'ondes à trajectoire mystérieuse, en communication avec les forces de la lune, comme elle l'était avec celles du soleil, et les lui renvoyant à lui. La conjonction de trois planètes : le soleil, la lune et Raschomer!

Quant au manteau tissé par les mains maternelles en Westphalie, il avait bien sûr fini par s'user. Mais ses lambeaux, soigneusement conservés, l'avaient eux aussi suivi partout, mis à l'abri dans un petit coffre en bois d'ormeau dont il gardait la clef accrochée à son baudrier et qui, dans la pièce où il dormait avec ses officiers, avec ses gardes dans son palais de la Sagne, installé sur un banc à trois pieds dans une encoignure, prenait des allures de reliquaire, surtout depuis qu'il avait fait incruster sur son couvercle une guirlande d'agates : cornaline rouge et chrysoprase d'un vert vif du plus bel effet.

Sans doute, Harnegonde était-elle morte à présent. Encore qu'il n'en fût pas assuré. Qu'il n'ait pas eu l'occasion d'avoir des nouvelles d'elle depuis au moins trois années. La dernière fois, ç'avait été par l'intermédiaire d'un lointain cousin à lui, faisant partie d'un contingent de troupes ripuaires ayant croisé sa propre bande mais se dirigeant plus au nord en direction des côtes de la Manche et qui l'avait vue, sinon en très bonne santé, mais encore capable de se tenir à son métier à tisser quelques heures d'affilée par jour. Mais, morte ou vive, elle resterait son double. Il resterait le sien jusqu'à ce qu'il vînt à disparaître à son tour. Aussi, depuis qu'il s'était vaguement christianisé comme tout le monde, comme ses pareils, pour faciliter son établissement en pays conquis, lorsqu'il entrait dans une église et s'y exerçait à prier ce nouveau dieu dont la nature trinitaire, encore que consubstantielle, le déconcertait pour le moins qu'on pouvait dire, c'était sur son intercession à elle qu'il misait, dans l'espoir d'obtenir qu'Il veillât sur lui, lui accordât, un jour, de régner pour de bon sur la nation aulerce et d'y fonder une dynastie.

Vilithuta ne saurait jamais, puisque le sort n'aurait pas laissé à Raschomer le temps de la demander à son père, que les événements s'étaient précipités, l'obligeant à se faire moine pour éviter la mort par décollation, ce qu'il aurait finalement attendu d'elle dans le secret de son cœur puisque à sa façon, ce barbare au regard d'acier en avait un.

Du soin qu'il avait pris par avance et dans un grand mystère qui en disait long sur l'espèce de passion qui l'avait saisi à sa vue, à celle, aussi, de ses gestes à la fois précis et retenus pour lui servir à boire, de ses mains qu'il imaginait caressantes sur sa peau, magiciennes, puisqu'elles savaient non seulement tisser et coudre mais calligraphier et peindre, pour rassembler en son honneur l'ensemble des cadeaux qu'elle recevrait de lui, au matin de leur nuit de noces. Son *morgengabe* de charmante et fraîche jeune vierge gauloise, entrée vaillamment, sourire aux lèvres et chair offerte, dans le lit d'un conquérant germain, d'un chef ripuaire appelé Raschomer le Balafré. Un homme redoutable, imprévisible, mais ce soir-là, parfumé de la tête aux talons, pour lui plaire. Royalement nu sous sa tunique nuptiale de soie rouge et la poitrine ornée d'un pendentif en cristal de roche dont elle aurait été la seule femme au monde à laquelle il eût dévoilé la provenance quand elle l'aurait découvert suspendu à son cou, animé, chaque fois qu'il bougerait pour la caresser, la saisir, d'un hypnotisant mouvement de pendule à marquer l'éternelle giration du temps ; à les emporter l'un l'autre dans le grand tourbillon muet de l'apocalyptique musique des astres. La seule aussi qu'il aurait chargée d'ouvrir le coffre en ormeau. De prendre soin de la guenille sacrée qu'il renfermait. De l'étaler au soleil pour lui rendre du gonflant, en effacer les cassures des plis et, qui sait, puisqu'elle était si habile de ses mains, si pleine de goût, de trouver un moyen de la raccommoder avec des pièces d'étoffe qu'elle aurait tissées elle-même, en s'y prenant pour le choix des teintes, de façon harmonieuse, comme elle avait réussi à le faire pour les tentures de la villa d'Avesnes. Un rapiéçage savant où trames usée et neuve auraient fini par se fondre, constituer un nouveau manteau qui fût en même temps l'ancien. Où se mêleraient, sur ses épaules, pour continuer à lui porter chance, la chaleur de deux amours. L'un répondant au nom d'Harnegonde, l'autre à celui de Vilithuta.

Dans l'espèce de chambre forte seulement éclairée par des meurtrières blindées où il avait accumulé dans des coffres de bois ou de fer, dans des armoires, des buffets, le fruit de six années de nomadisme conquérant, de rapine, avec Heinrich, l'irremplaçable compagnon esclave, l'homme à tout faire, tout comprendre, tout deviner, il avait passé des heures à choisir quel bijou, quelle pièce orfévrée, quelle fourrure, quelle étoffe, au lendemain de leur première nuit ensemble, il ferait déposer par les servantes sur le lit aux draps pourpres entre lesquels leur mariage aurait été consommé.

Outre les trésors amassés en joyaux, luminaires et plateries, il y avait là, quantité de monnaies de plus ou moins grande valeur, raflées systématiquement au hasard des mises à sac des pauvres villages ou des riches maisons ou abbayes entre le Rhin et la Seine, la rive droite de la Loire et les marches de Bretagne, dont certaines, frappées bien avant les Césars, avaient déjà beaucoup voyagé. D'Italie aux rives de la Somme, du Limousin aux pays parisiis ou bituriges, changé de destination et de mains, de carrefour en carrefour commercial entre Rome et Marseille, Lyon et la mer du Nord, avant de tomber dans les siennes. Il tenait beaucoup à un lot de menues pièces d'argent, d'origine purement arverne et celtique d'avant l'établissement romain en Gaule, figurant de profil un guerrier couronné de laurier, les cheveux rassemblés à l'arrière du crâne en une grosse natte épaisse et courte. Chacune pesait peu. Moins d'une once d'argent vif, mais c'était là pour lui une précieuse rareté. Il avait décidé d'en remettre la moitié à Vilithuta par courtoisie pour ses origines de fille du pays, de Gauloise indigène. Pour le reste, il se trouvait à la tête d'une bonne cinquantaine de statères d'or en provenance du Berry atteignant chacun les sept grammes et d'une collection de deniers d'argent romains frappés à l'effigie de César, d'Auguste, de Vespasien. D'autres, d'un soldat à cheval, brandissant le scalp de son ennemi. S'y ajoutaient les sous, demi-sous, tiers de sous d'or des pays cénomans et diablinthes qui avaient naguère battu monnaie avant la colonisation romaine, figurant curieusement sur leur avers un cavalier chevauchant un centaure sauvagement crépu, au revers un hippocampe et laissant supposer qu'à un moment très éloigné de leur histoire, de leur implantation d'Asiates en Occident, les Aulerces avaient possédé, au-delà d'un assez vaste terroir entre les forêts chartriennes, orléanaises et tourangelles, un couloir d'expansion jusqu'à la mer, entre le Couesnon et la Sélune, leur permettant de jouir des ressources de la pêche marine, celle de la limande, de la sardine et du congre. D'en utiliser les entrailles qui longuement marinées dans le sel et l'huile, leur fournissaient, pour assaisonner leurs bouillies de millet, de sarrasin et d'orge, un condiment puissant, apparenté au nuoc-mam des peuples d'Orient dont ils étaient d'ailleurs issus.

Il y avait aussi les pièces mérovingiennes. Frappées à l'effigie de Chlodowig 1er lui-même. Un homme de ruse et de fer, vainqueur à vingt et un ans du comte romain Syagrius à Soissons. Qui le serait dix ans plus tard, des Alamans à Cologne, des Burgondes près Dijon en 500, des Wisigoths à Vouillé en 507, avec assassinat systématique des chefs d'armée vaincus, au cours de campagnes menées tous azimuts, du Rhin à la Bourgogne, au seuil de Bretagne et du Poitou et qui mourrait à quarante-six ans dans la peau d'un protecteur du catholicisme d'Occident, après s'être payé le luxe encore de recevoir le titre de patrice de la part de l'empereur d'Orient; avoir, l'année de sa mort, réuni en chef d'État, presque d'Église, un concile à Orléans. Un homme dont Raschomer son féal et cousin par lointaine alliance d'un neveu de Sigmund aurait dû se défier davantage. Vis-à-vis duquel ç'avait été se comporter comme un enfant que de prétendre s'affirmer en face de lui. D'espérer à son profit lui rogner quelque chose de sa part de lion. Qui l'avait brisé. Lui, ses visées sur la nation aulerce, ses prétentions à y jouer les roitelets. À posséder Vilithuta.

La paire de grandes boucles d'oreilles circulaires à tiges rondes, décorées de guillochis torsadés par un orfèvre diablinthe travaillant l'or des mines de la Luciana au pied du massif primaire du mont Coëvre, ornées d'une grosse perle de corail mobile, et qui devaient embellir le profil de la jeune épouse, bouger avec elle, avec son visage quand elle s'animerait dans les conversations, dans les rondes de fête avec ses servantes, les fins de banquets où les langues se délient, le tournerait, grave ou confiant, pourquoi pas amoureux même, vers Raschomer, dans l'attente de la nuit, de son désir, qu'il lui avait finalement réservée avec le gracieux diadème (un épais jonc d'or massif à tige relevée à hauteur de tempes et se terminant par deux bossettes hémisphériques, le torque et le bracelet qui leur étaient assortis, une parure quasi royale, pour laquelle il s'était décidé à faire fondre deux livres de monnaie d'or et qu'il aurait tant aimé lui voir porter pour la première fois, en son honneur, à lui, le jour de son couronnement) avec le lot de miroitantes peaux de lynx achetées à un marchand anatolien de passage, destinées à lui constituer une pelisse pour affronter les hivers de la Sagne, leurs coups de vent et de froid subits sur la poitrine, entre les épaules, leurs coups de neige enrobant en une nuit des milliers de bonniers de forêt; la vingtaine de peaux de moutons et de veaux prêtes à l'emploi pour l'écriture qu'il s'était procurées dans une tannerie réputée des bords de la Sarthe par l'intermédiaire des moines du prieuré de Vivoin, à quelques lieues d'Avesnes, de la maison de Vilithuta justement, afin qu'elles constituassent, taillées en feuillets, un vélin de qualité supérieure permettant la calligraphie et l'enluminure recto verso, lui donnant le loisir d'exercer son jeune talent de scribe, d'apprentie miniaturiste, de petite reine en herbe, assise sagement et bien au chaud, durant la mauvaise saison, auprès d'un brasero, devant un haut pupitre installé pour y voir plus clair face à une fenêtre garnie d'un papier huilé, billevesées désormais que tout cela!

Que la vue de ses jolis petits pieds, chaussés de bottines lacées et fourrées posés sur un tabouret à coussin, avec, à sa portée, sur une tablette taillée en creux pour les contenir, encrier, canif et pierres ponces, rasoirs pour racler le parchemin en cas d'erreur ou en égaliser la surface, poinçon fin destiné à l'esquisse des lettrines avant leur encrage définitif à la plume d'oie, règle, équerre, compas, pinceaux pour l'ornementation des majuscules. Et cette application, il était certain, qu'elle y aurait mise. Si désarmante pour lui! Si irrésistible!

La vieille servante préférée de Vilithuta, celle amenée d'Avesnes qui lui a servi de nourrice, la connaît de la tête aux talons comme si c'était elle qui l'avait mise au monde : ici un grain de beauté sous le sein gauche et puis encore un autre à hauteur de nombril, un troisième à la fourche des reins; au lobe de l'oreille droite une cicatrice légère à la suite d'un coup malencontreux de manche de meule à broyer les grains, essuyé étant enfant, pour avoir tenté, malgré la défense qui lui en avait été faite, de l'animer par elle-même de ce mouvement rotatif hypnotisant qu'elle aimait tant lui voir imprimer par un esclave, file la laine à ses côtés.

Isolée des charbons ardents du brasero, par un trépied, il y a une petite cruche ovoïde carénée à bec verseur, en céramique tournée, maintenue pleine d'eau chaude miellée en permanence par les soins d'une seconde servante.

Quand Vilithuta, fatiguée de se tenir assise, immobile et courbée, pour s'adonner à son minutieux travail de copiste, au dosage des enduits de fonds préparés d'avance (plâtre mêlé au miel et au plomb auquel vient s'ajouter, au dernier moment, celui de l'emploi, juste ce qu'il faut d'eau et de blanc d'œuf) lui en fait la demande, interrompant sa propre tâche de couturière, occupée à l'aide d'une fine aiguille de bronze à coudre les camisoles de lin, avec une autre plus grossière et solide taillée dans un péroné de porc, les capes de laine épaisses et courtes, les tuniques d'homme, les braies, elle s'empresse de jeter une poignée de serpolet, de menthe poivrée, aussi de tilleul ou de reine-des-prés dans un bol de terre cuite d'un beau rouge foncé strié de jaune qu'elle recouvre alors d'eau bouillante, laisse infuser quelques instants avant de la retirer du bol avec une pince légère et lisse taillée dans le buis.

Vilithuta se lève, détend ses membres engourdis, se met à marcher autour de la pièce qui lui est réservée ainsi qu'aux deux ou trois servantes chargées de lui tenir compagnie, de pourvoir à ses besoins, à son confort, tout en s'activant à filer et coudre. La pièce est exposée plein sud. Le vide d'air et d'espace entre les doubles cloisons qui en délimitent la surface, passablement vaste, a été comblé par de la sciure de mélèze. Une technique d'isolation et d'assainissement remarquable de l'habitat en pays froid, amenée, ici, par les Germains.

Dans ce lieu bigarré, mi-gynécée, mi-scriptorium, aux lambris peints, en alternance, de rouge vineux et de jaune foncé, où, masquant les portes, celle donnant sur la chambre de Vilithuta, celle ouvrant sur le vestibule orné de trophées de chasse et de guerre conduisant à la salle commune, la salle d'armes, les tentures de laine grège frangées de noir et de brun atténuant, de leurs teintes neutres, la vivacité sauvage de celle des murs et des poutres, la jeune femme va et vient en chantonnant un cantique ou un autre, une mélopée ou une autre. Entre deux strophes, deux versets, elle savoure sa tisane dans laquelle il arrive qu'elle trempe une oublie, un beignet parfumé à la cannelle ou moucheté de cumin et, comme elle est bonne, elle en laisse toujours une gorgée ou deux au fond du bol à l'intention de sa nourrice ou de l'autre servante qui se réjouissent de pouvoir à leur tour souffler un peu, lâcher un instant l'aiguille ou le fuseau et recevoir en elles les bienfaits de la tisane.

Dans ce monde clos, s'adonnant, surtout à la saison froide, à des occupations féminines édifiantes et paisibles, durant qu'au-dehors, sur l'esplanade surplombant l'étang, entourée par écuries et granges, greniers montés sur pilotis, les esclaves vont et viennent, chargent, déchargent des chariots, creusent fossés et citernes, dressent des clôtures ou les réparent, au milieu des soldats, de leurs passes d'armes, de leurs jurons, tandis que le seigneur des lieux, ses alliés, ses capitaines chassent à courre, vivent du matin au soir dans la compagnie des chiens de meute, des molosses à gueule carrée qui se jettent sur les entrailles fumantes des cerfs qui ont pleuré de désespoir et d'épuisement avant que de mourir sous le coup de grâce, Raschomer aurait aimé à pénétrer, une ou deux fois le jour, sans jamais s'annoncer, en maître certes, laissant à peine le temps au soudard armé gardant l'accès des appartements de Vilithuta de s'effacer, mais en amoureux aussi.

Content de la voir sursauter de timidité et de plaisir à son approche, se lever pour lui céder la place devant le pupitre à écrire, le souffle suspendu à son jugement d'amateur d'art, de soi-disant connaisseur. À quelque douce critique de sa part et, qui mieux est, à quelque éloge la faisant rosir de contentement. Avec une génuflexion de gratitude, recevant le baiser qu'il daigne déposer de ses lèvres glacées par le froid du dehors, ou rendues brûlantes par l'excitation de la course, la poursuite du sanglier, l'odeur du sang, sur sa petite main aux doigts tachés d'encre et qui, tout à l'heure, quand il la rejoindra dans son lit, lavée et parfumée à la rose, à l'encens, déliera, sur son ordre chuchoté en riant contre son oreille, la coulisse de sa camisole d'homme pour le recevoir nu, contre elle. Lui, s'appliquant par jeu, à se saisir de grands pans de ses cheveux dénoués de femme, à lui en couvrir le front et les joues de sorte qu'elle disparaisse presque derrière eux. Elle. Vilithuta! Son regard d'un bleu violet qui ose rarement se mesurer avec le sien. Le modelé de son nez, légèrement arrondi du bout. Celui de son menton qu'une fossette de bébé creuse et divise en deux, de façon si touchante. De sorte qu'elle ne soit plus qu'un ventre, des seins, une échine offerte, une chair obéissante, sans volonté propre, totalement démunie de résistance devant la sienne.

Alors qu'en apparence et dans les faits, il a tout pouvoir sur elle, la rendre, à chaque fois, à l'anonymat de sa condition vénusienne et maternelle dans l'espoir de se sentir moins intimidé par elle. Car Vilithuta l'intimide. Par ce qu'elle lui cache, à coup sûr, d'elle-même. De ses regrets d'avoir dû quitter Avesnes, de sa honte de lui avoir été littéralement vendue contre des privilèges accordés à sa famille, la promesse faite à son père, si lui, Raschomer, monte pour de bon sur le trône des Aulerces, de l'en faire comte, vice-roi. Avec octroi de nouveaux domaines en rétribution de sa charge, bénéfice du tiers des amendes lors des condamnations de justice. Des quinze sous d'or exigibles pour le vol d'un coutre de charrue, aux six cents pour le meurtre d'un enfant de bonne famille si c'est un garçon, aux deux cents s'il s'agit d'une fille, trente pour un esclave et ainsi de suite. À cause de sa fierté blessée d'avoir été l'enjeu d'un pareil marché entre son beau et vieux parentage provincial et gaulois romanisé et le barbare qu'il est, s'évertuant à lui parler roman ou latin avec l'accent guttural du tudesque, à se montrer galant avec elle, entre deux brutales campagnes de pacification autour de lui, deux hallalis dans les forêts de la Sagne, deux condamnations à mourir sous le fouet pour l'esclave fugitif ou qui a eu le front de jeter les yeux sur une femme libre, deux parties de beuverie entre hommes jusqu'à rouler sous les tables.

Voiler la face de Vilithuta avant de la prendre. D'écarter devant lui ses cuisses veloutées et claires marbrées de veines légères. D'attarder ses doigts musclés et durs au pli de son aine qu'il pourrait, s'il voulait, par fantaisie cruelle, inciser au couteau pour en faire jaillir un collier de sang, alors qu'au lieu de cela il posera sa tête, sa bouche, sa barbe longue sur l'éventail de duvet la blasonnant au bas-ventre d'une flamme sombre, en forme de roue de paon. La traiter en gracieuse bête piégée, en objet. En dispensatrice obligée du plaisir qu'il attend d'elle. Qui lui fait tant de bien, le libère un grand moment de lui-même et qu'il lui demande par la même occasion, entre deux maternités, deux séances de calligraphie, de tissage, deux voyages officiels ou d'agrément à travers les pays aulerces d'éprouver à travers lui et parce qu'il est lui.

Car en effet, quoi qu'il fasse dans ces instants pour la réduire en esprit à un instrument, une souple machine bien huilée, une jument bien dressée à sauter l'obstacle sous lui, à faire corps avec le sien, c'est Vilithuta qu'il possède, qu'il fait gémir, qui le fait gémir, qu'il engrosse et pas une autre. C'est elle qu'il aime au-delà de ses calculs les plus rusés, des satisfactions d'orgueil et de pouvoir qu'elle lui procure. Dont il attend, que de l'amour, elle finisse par lui en donner. Qu'un jour, penché sur elle, sur son ouvrage silencieux, appliqué de scribe, il découvre, occupant tout le centre de la feuille de vélin que, depuis des heures et des heures elle enlumine, à l'intérieur d'un cercle de lierre noir et de feuilles de vigne couleur d'anis, peuplés d'oiseaux bleus aux ailes dorées, leurs deux noms calligraphiés en rouge, passionnément, minutieusement (car la passion est minutieuse autant qu'elle peut se plaire au tumulte, aux actes non prémédités et violents) Raschomer-Vilithuta. Vilithuta-Raschomer.

Contes à dormir debout, encore une fois. Rêveries de barbare enfant. Puérils fantasmes! D'aventurier, d'homme de sac et de corde en mal d'accession à un trône. D'officialisation de pouvoir et d'amour par-dessus le marché en face d'un autre aventurier, un autre homme de sac et de corde en possession, lui, de tous les atouts dans son jeu. Animé, de surcroît d'une implacable volonté de le rayer de la carte.

Parchemins vierges, riches étoffes neuves, bijoux, fines bottines et gants en peau de mouton retournée, bâtons d'encens, peignes d'ivoire et d'os, nécessaires à toilette et à coudre, bassins de bronze ciselés à prendre des bains de vapeur ou d'eau chaude, tout ce qui aurait finalement constitué le don du matin de l'époux heureux à la jeune fille lui ayant, par devoir, mais aussi par grâce, fait les honneurs de sa virginité, avec le reste, les autres trésors en argent, en nature, avec le contingent de soudards, d'officiers dégradés, de serviteurs valides des deux sexes et de chevaux, tout ce qui avait constitué le patrimoine de Raschomer le Balafré, quittait la Sagne en direction de l'ancienne Lutèce. Du vieux logis impérial des gouverneurs romains devenu celui de Chlodowig 1er roi des Francs. Construit sur la rive droite de la Seine, au pied d'une colline ouvrant la voie à la route d'Orléans et bien au-delà encore, à celle de Soissons, celle de Braine. À son grand palais campagnard aux allures de ferme que ses successeurs et lui affectionneraient plus que toute autre villa, à mi-chemin entre l'est et l'ouest, les nations tudesques et gallo-romaines.

Raschomer? Un ambitieux, un prédateur de petite volée, un perdant!

2.

QUAND Heinrich la Jambe Morte avait fait ses adieux en fidèle et humble vassal à l'homme fraîchement tonsuré qui se tenait devant lui, visage ravagé sous le capuchon du froc, joue droite coupée en deux par la boursouflure violette d'une cicatrice le défigurant, du lobe de l'oreille à l'angle interne de l'œil, ses mains de manieur d'épée courte, de hache, de javelot, jointes et cachées dans les manches du froc et qui avait été son seigneur, plein d'allant, de vitalité à la fois joviale et meurtrière au gré des circonstances, des combats, des chasses, des heures de repos ou de fête, l'un comme l'autre avaient su ne se revoir jamais, et ç'avait été pour Raschomer comme le renouvellement de sa séparation d'avec sa mère, autrefois, en Westphalie. Comme si, à travers Heinrich, il était sûr qu'elle était morte maintenant. Que cette mort, il la lisait dans les yeux de son ancien esclave, qui, pour la première et la dernière fois de sa vie, à cause de cette présence posthume en lui d'Harnegonde, avait osé les planter franchement dans les siens, parce qu'il le faisait en son nom à elle, qu'elle lui avait donné mission de faire savoir à Raschomer qu'elle en avait fini avec les choses de ce monde. Cessé même de l'avoir pour fils. De souscrire à la violence de ses ambitions, de ses actes. Cessé de déployer autour de lui de grands cercles d'énergie, la sienne, dont, au prix d'une concentration qui l'avait épuisée, elle s'était défaite, jour après jour, pour l'en investir à distance, le protéger des autres, sinon de lui-même.

D'ailleurs le beau coffre orné d'agates, de cornalines rouges, de chrysoprases d'un vert ardent avait lui aussi pris le chemin du palais de Braîne.

Deux ou trois jours avant son départ, le roi des Francs saliens avait interrogé son prisonnier ripuaire, sur les raisons de son misérable contenu, peu digne, s'était-il une fois de plus esclaffé, de celui des autres. Que signifiait cette guenille usée jusqu'à la trame aux couleurs mangées par les soleils et par les pluies, bonne à jeter au feu, que le roi raté des Aulerces avait cru bon de traiter en manteau de pourpre à son usage?

Et comme, livide, debout devant Chlodowig 1er, Raschomer, serrant les poings, se taisait, raidi, dans une crispation de tout l'être, l'autre qui le jaugeait, assis sur ce qui avait été son siège préféré de chef de bande (presque un trône de proconsul, construit sur le modèle des chaises curules) tout en balançant du bout de son épée les restes du manteau tissé par Harnegonde, avait, tout à coup, cessé de le brocarder. Le menaçant, s'il refusait de lui répondre, de lui ôter la vie au lieu de la lui laisser sous le froc d'un moine et de passer, par la même occasion, au fil de l'épée, tous les invalides qui lui restaient de sa suite. En particulier, ce grand diable roux qui se traînait d'un lieu à l'autre, lui et sa patte raide, en se parlant à soi-même et en se croyant autorisé à le couver, lui, Raschomer, d'un regard inquiet sur son sort. De jouer impunément les chiens de garde.

Traversé alors du frisson qui glace le cœur et les os (celui du condamné à mort, plié en deux, à genoux au-dessus du billot, pris dans la glu d'un épais brouillard, l'isolant du reste du monde), Raschomer avait avoué, autant pour sauver Heinrich que lui-même, qu'il s'agissait là des reliques du vêtement qu'il avait reçu d'Harnegonde, sa mère, lors de son départ de Germanie pour les Gaules dans le sillage des troupes saliennes. Après, ç'avait été un grand silence entre les deux barbares. Un extraordinaire silence à cause de cet extraordinaire aveu d'amour d'un fils pour sa mère, au plus fort de sa défaite d'homme. De son abaissement en face d'un autre.

Cessant de balancer devant lui, à la pointe de son arme, la pièce d'étoffe élimée dont tout à l'heure il se gaussait, Chlodowig l'avait laissée tomber aux pieds de Raschomer et cette fois il lui avait parlé sans rire.

– Dommage pour toi, avait-il dit, que tu n'aies pas été si bon leude, si bon compagnon avec moi que tu as été bon fils. Reprends ce manteau si tu veux. Après tout je n'en ai que faire. Oui, je n'ai que faire des restes de ce manteau tissé par les mains de ta mère. Que ton grand chien roux de boiteux le ramasse, lui qui continue à te servir comme s'il attendait encore de toi, le pain, le châlit et la cervoise. Oui, reprends-le. Les nuits sont froides, après tout, en hiver, même pour un moine dormant tout habillé sous des peaux de loup. Il te tiendra chaud et compagnie puisque, paraît-il, vivantes ou mortes, les mères vous tiennent compagnie. C'est là une grande consolation que je t'accorde. Moins, sache-le, pour toi que par considération pour la tienne. Car une femme est toujours digne de considération quand elle a réussi à se faire aimer de son fils, même si ce fils ne vaut rien, qu'il est, comme toi, mauvais compagnon, mauvais frère. Car tu es mon parent, je te le rappelle, comme l'ont été Ragnachar de Tournay qui prétendait régner sur les nations de l'Escaut, comme Chararic sur celles de la Somme. Les voilà tous égorgés. Souviens-t'en. Et je ne te parle pas de ce Syagrius, de ce petit comte romain de Gaule qui prétendait me barrer la route de la première Lyonnaise et que j'ai battu à plate couture à Soissons. Qui a réussi à s'enfuir chez les Wisigoths mais dont je vais forcément réussir, un de ces jours, à avoir la peau.

Oui, durs adieux que les adieux entre Heinrich la Jambe Morte et Raschomer le Balafré.

Dépouillé de tout désormais, condamné à une vie de prières et de macérations pour laquelle il n'était pas fait, l'ancien chef de bande ripuaire contemplait pour la dernière fois le beau visage solaire et viril de son serviteur. En même temps, cruellement marqué par les fatigues du compagnonnage subalterne avec lui, le travail aux écuries, les nuits de sommeil interrompues pour lui plaire, le distraire, le charmer de sa voix sonore célébrant, par la parole et le chant, les faits de bravoure, les tourments et la gloire des grands héros des pays d'origine, avec des trouvailles poétiques, amoureuses ou guerrières, n'appartenant qu'à lui. Marqué par la tristesse aussi. Celle d'avoir perdu Basine la servante et son enfant. Par la souffrance physique, taraudante. À cause de cet écrasement de rotule l'empêchant désormais de plier la jambe et des séquelles de fracture mal réduite du tibia qui avait été atteint lui aussi avec le péroné, là où le coup d'épée lui ayant ôté un morceau de chair, il y avait un creux. Un cratère douloureux et violet à hauteur du mollet.

Le noble visage tourmenté de son esclave. Lumineux. Racé! Comme jamais n'avait été celui d'aucun autre. Ni les hommes réputés les mieux nés de son camp. Ni le sien. Modelé dans l'argile universelle et commune qui en constitue l'âme, autant que le matériau. Un vrai visage d'homme, tout simplement. Dont, l'aristocratie naturelle ne devait rien aux conventions d'une hiérarchie sociale et guerrière, l'ayant toujours, à cause des hasards de la naissance, en dépit de ses mérites et de ses dons, maintenu dans la condition la plus basse, la plus dépendante de son maître. Un maître, si totalement démuni à son tour, si frappé par la rigueur du sort, qu'il prenait, tout à coup, la mesure de l'arbitraire qui avait réglé leurs rapports, de l'insupportable distance qui les avait toujours séparés, même enfants. Quand ils grimpaient aux arbres de concert pour dénicher les nids de piverts ou de merles. Qu'ils taillaient les mêmes petites flûtes de roseau de marais dont ils tiraient les mêmes sons proches du beuglement de l'aurochs dans les forêts de l'Est, de l'agneau perdu qui bêle, de la buse en chasse, de la grenouille énervée par l'approche de l'orage, du sifflement rageur de la vipère. Alors qu'ils se comprenaient au fond, qu'ils se savaient sortis du même terreau. Alors qu'ils s'aimaient. Car ils s'étaient toujours aimés au-delà du malentendu grossier de leurs relations basées sur l'injustice.

Aussi, quand Raschomer avait serré Heinrich dans ses bras pour l'accoler, qu'il lui avait attaché lui-même autour du cou, à même la peau, sous le vieux sagum à capuchon de voyage, l'amulette en cristal de roche qu'il avait réussi jusque-là à dissimuler sous son scapulaire, donné une mule (elle s'appelait Ania, était la moins épuisée, la moins hors d'état de service des autres bêtes de somme dont Chlodowig 1er avait jugé inutile de s'embarrasser), posé sur ses flancs maigres, leur grisaille tuméfiée, corrodée par les portages, les restes sacrés du manteau d'Harnegonde en guise de selle et de couverture; qu'ajouté à cela, il lui avait encore remis un vieil éperon de fer à pointe de bronze permettant de la stimuler à l'occasion, placé dans les deux hottes en écorce de bouleau dont elle était chargée, une provision d'une demi-douzaine de fromages secs saupoudrés d'aneth qu'il avait épargnés sur sa ration de nouveau moine postulant depuis une semaine, ainsi que trois pains de méteil d'une livre chacun et deux petites amphores de céramique noire, contenant, chacune, un quart de muid de cervoise, il n'y avait enfin plus rien eu entre eux qui les séparât, au moment de la séparation même. De cette prise de conscience tardive, mais lumineuse, de ce qu'ils avaient toujours été l'un pour l'autre, au-delà des interdits, des préjugés sauvages de leur siècle. De ceux qui l'avaient précédé. De tous ceux qui allaient suivre.

Il faisait beau et clair ce matin-là, à l'heure de sixte. Ainsi qu'il arrive qu'il fasse beau et clair dans les débuts de septembre. Quand l'équinoxe approche. Qu'il s'établit, entre les jours et les nuits, des rapports de forces équivalents ou presque dans la durée. Que ces forces se tiennent mutuellement en échec. Jusqu'à ce qu'à l'instant prévu d'avance par le mouvement orbital des saisons, la lumière cède, passe la main à l'obscurité. Ce jour-là, dans les pays marins, à l'embouchure des fleuves, le long des baies de la cité d'Aleth, de celles du Couesnon, de la Sélune, de leurs sables mouvants, de leurs forêts de pins, de leurs marécages salés, la mer, grosse encore des énergies de l'été, de son feu, saute par-dessus les côtes, bouscule l'essaim des mouettes, leur îlot grouillant faisant corps à la crête du ressac, essaie de toucher le ciel, de le frôler. Ne fût-ce que d'une giclée d'écume, d'un cheveu. Un dernier baroud d'honneur avant que de plier l'échine, de se soumettre au gouvernement des ténèbres.

Les aubes batailleuses qui précèdent, avec leurs duels entre la terre et les eaux, les défis qu'elles se lancent, leurs algarades, sont souvent fringantes, toutes d'alacrité nerveuse, de joyeuseté ultime. Pareilles à ces juments dans la force de l'âge, blanches de poil, roses de naseaux, leurs yeux glauques, batraciens, embués d'une brume légère et qui interrogent du sabot le sol aux herbes mouillées de rosée excitante et froide, pour savoir de lui où elles en sont avec le temps, son gigantesque système d'horlogerie, axé sur le manège des astres. Et qui hennissent de bonheur, tête et col tournés vers l'est, quand la première ligne de soleil, sa raie incisant l'horizon violet, devient la réponse à la question qu'elles lui ont posée. Le signe d'un nouveau départ pour la vie et que, traversées d'un grand courant d'énergie diurne, elles se mettent à galoper ensemble à la rencontre du matin pendant qu'à l'église, les moines, rassemblés comme elles en direction de l'orient, saluent, eux aussi, par la prière le renouvellement quotidien du miracle.

Partir. Il avait fallu partir! Tourner le dos à Raschomer. À cette silhouette noire et désincarnée, cachant sous les hardes d'un moine, le corps, la nature d'un homme de conquête, de violence et de désir. À la fois digne et indigne de pitié. Cynique comme pas un. Chaleureux et même généreux comme pas un quand il lui arrivait de passer outre, aux sauvageries, à l'inflexibilité de son propre orgueil. En deuil de ses ambitions, de ses biens mais aussi d'une femme qui lui avait échappé avant même qu'il la touchât. Qu'il ait eu le temps de lui faire comprendre combien il avait misé sur elle. Dont ils avaient décidé à deux, le maître et le valet, des parures, du mobilier, des objets d'usage domestique, des servantes dont il conviendrait de la gratifier quand Raschomer l'aurait possédée et même du cheval, une élégante jument couleur de chevreuil, le front marqué d'une étoile blanche et que lui Heinrich aurait été chargé de lui apprendre à monter, en noble dame, en gentille reine des Aulerces suivant son époux dans les cours de justice, les villas, dans les monastères de son royaume, avec les filles de sa suite à califourchon sur des mules chargées de tout le nécessaire pour le voyage, en linge, vêtements et bijoux. En aiguières, chaudrons et bassines lui permettant de faire toilette, belle et bonne figure par les lieux où elle passerait et le soir, dans les logis de passage qu'on lui accommoderait, de plaire à son seigneur, malgré les fatigues du jour.

En deuil de Vilithuta. Comme il l'était lui de Basine.

Mais Basine, au moins, lui, l'avait-il eue. L'avait-elle, deux bonnes années, sauvé de la solitude, ne fût-ce qu'en le tenant contre elle, aux heures de l'aube. Quand les ténèbres desserrent leur étau. Que les cauchemars reculent, prennent du champ pour faire place à un premier cri d'oiseau. Oublierait-il jamais les caresses de Basine? Sa main dénouant sur sa poitrine, sur son ventre, à hauteur de ses reins les liens de servitude qui, de nuit comme de jour, l'étouffaient.

Entre eux cet accord miraculeux, en somme, ayant donné un sens plus religieux, plus sacré, au travail qu'il faisait au long de l'année : au pansage, au dressage des chevaux, au gouvernement de leurs amours. L'arrachant, fût-il le favori de son maître, à son anonymat de soldat-esclave, condamné, avant que Raschomer ne la lui eût donnée, à des rapports sexuels furtifs et sans lendemain avec de pauvres filles de sa condition. Qu'il préférait au demeurant lutiner et un peu griser pour qu'elles se laissent faire, plutôt que violer, ici ou là, au hasard de la conquête ou dans les grandes occasions de ripailles ou de beuveries dont les hommes de sa sorte étaient autorisés à recueillir les miettes.

D'ailleurs, il n'en avait jamais tué aucune dans les mises à sac. Il n'était pas dans son goût, après avoir tenu, plus ou moins de son plein gré, une femme sous lui, être entré, en un éclair, dans le cratère brûlant de peur ou de fièvre de son sexe, éprouvé le tremblement de ses cuisses écartelées qu'il chevillait aux siennes (une opération cul par-dessus tête, à la vie à la mort) de l'égorger ensuite, histoire d'éloigner de lui, à travers elle, le goût de cendre qui lui montait à la bouche. Car enfin, après l'orgasme, même quand il avait obtenu la fille par séduction, il avait toujours alors été triste. Car de la séduction, il en avait. À cause de ce sacré sourire qui, malgré les deux dents qui lui manquaient sur le devant de la bouche, lui ensoleillait la face. Ensoleillait la femme. Alors, elle cédait. Comme on cède au vertige. À l'appel du large, de la piste à peine tracée à la lisière d'un désert et qui ne mène nulle part.

Pour se faire pardonner (savait-il pourquoi?) il leur offrait, avant de les quitter, ce qu'il pouvait. Un peu de pain. Une portion de lard, de poisson salé et même si besoin était, si l'ivresse et la folie de meurtre des soldats autour d'eux atteignaient au paroxysme, il les aidait à fuir, à gagner la forêt, à traverser la rivière à gué, pour leur éviter le viol collectif, suivi trop souvent des horreurs de la torture, des mises en pièces.

Tout cela, toutes ces choses mauvaises ou bonnes, injustes, cruelles, attendrissantes, inoubliables à liquider. À mettre dans le même sac. Un sac lourd comme un chien de meute épuisé par l'âge. Un vieux molosse cacochyme à noyer avec une pierre au cou. À jeter dans le lac. Celui de la villa de la Sagne, justement. Au-dessus duquel il ne verrait plus jamais rosir sous le soleil à la chute du jour la silhouette de ses chers chevaux quand il les y menait boire. Dans lequel lui-même avait pris un plaisir d'enfant à se plonger quelquefois par temps chaud, derrière la passerelle dominant une petite chute d'eau, alimentant, en son aval, l'espèce de bassin entouré d'aulnes et de saules réservé aux domestiques de la villa, aux colons libres ou non, faisant valoir les manses. L'eau l'entourait. Giclante, rapide, lascive comme une anguille, une fraîche et tourbillonnante lamproie. Une sirène hardie, joyeuse, amoureuse et qui se moque de la naissance, de la condition de l'homme venu se jeter dans ses filets. Dont la nudité lui plaît et qui, aussi longtemps qu'il lui plaît à lui, l'entoure, en multipliant le long de son corps ses doux attouchements annelés de Vénus-Couleuvre.

Tout comme ce moine à joue balafrée, le tenant encore quelques minutes sous son regard désespéré d'oiseau de proie dont on venait de rogner les ailes et qui finirait bien par en mourir de rage et de consomption, Heinrich la Jambe Morte avait aimé la Sagne comme une seconde patrie. Espéré y demeurer. Continué à y creuser son trou de vassal de peu, certes, mais prisé de son maître. Espéré, avec sa permission, d'y vivre ce qui lui restait encore de sa vie d'infirme. À son ombre de roi attaché secrètement à l'humble serviteur qu'il était plus qu'à quiconque des gens de son ost, officiers ou soldats. Plus attaché à son esclave qu'à n'importe lequel de ses pairs.

– Il faut que tu saches, avait encore dit le moine au visage ravagé, en lui parlant en langue tudesque, en dialecte westphalien qui était le leur à tous deux (une façon d'avaler les syllabes, d'oblitérer certaines diphtongues, de réduire, par contraction, émoussement de leur articulation, les mots, à une suite de sons gutturaux et simplifiés, de les ramener, presque, à une suite de sons animaux) il faut que tu saches, Heinrich, que si j'avais eu la chance pour moi, je t'aurais affranchi un de ces jours, installé sur un manse à peu de chemin d'ici, de l'autre côté de cette forêt, là où la terre est lourde mais bonne, sur un espace déjà essarté. Je t'aurais donné deux colons pour labourer, la ressource d'une chênaie pour la glandée de tes porcs, une autre femme, de nouveau bien à toi et à ton goût, si tu l'avais voulu, solide, du tout laide et bonne fileuse. Avec la seule obligation vis-à-vis de moi de continuer à m'élever des chevaux et de ne pas manquer au devoir de venir me saluer quand le moment de l'année viendrait pour toi de me les amener, juments et poulains, dans le plein de leur force, de leur feu. Ta jambe ne te laisse guère de répit désormais. Un fameux poids à traîner et le temps est passé pour toi comme pour moi d'être heureux. Mais je te connais. Pour peu que là où tu vas, au monastère du mont Coêvre, si on t'y agrée, il y ait des chevaux, des juments à aider à mettre bas, des poulains à dresser, des étalons à te rendre maître, tu t'accrocheras à la vie, aussi longtemps que tu auras assez de souffle pour l'obliger, elle, à t'en donner du sien. Pour moi, à te parler franc, c'est différent. Je ne pense pas réussir à me cramponner aux prières comme toi aux crinières des chevaux. Me sentir finalement aussi bien dans une chapelle que toi dans une écurie. Si tu parviens sain et sauf au mont Coêvre, il faudra souvent penser à moi. Qu'Harnegonde, ma mère, qui nous voit, a toujours vu, elle, en toi, mon meilleur serviteur, te protège.

» Quant au rouleau de papyrus sur lequel j'ai fait formuler le souhait, avec la permission du père prieur qui tient mon sort entre ses mains, qu'on t'y accueille, toi, ton infirmité, eu égard à mes générosités passées à l'égard du seigneur abbé et de sa communauté, je te conseille de l'avoir sans cesse sur toi, attaché par un lien autour du mollet de ta bonne jambe et caché dans ta botte, de sorte qu'il faille d'abord te tuer pour s'en saisir. Tu es resté habile au coutelas, à la francisque malgré tout et, en bon soldat, tu sais attaquer quand il faut, te cacher quand il faut. Bon voyage à toi, compagnon. Heinrich le Rouquin n'oublie jamais Raschomer le Balafré et maintenant va-t'en. C'est la bonne heure pour partir, quand le soleil commence à monter, que la mauvaise graine comme les loups rentre au gîte, qu'on peut espérer atteindre une étape ou une autre sans être surpris, égorgé. Au demeurant, comme tu l'entends, la cloche sonne qui m'appelle à la prière des laudes. Je me demande si je vais m'y faire! Du moins, puis-je t'assurer que, si je prie, ce sera pour toi. Pour que le Dieu des chrétiens auquel me voilà livré, pieds et poings liés, t'ait, comme on m'apprend à le seriner depuis que me voilà tonsuré, en sa sainte garde. Va-t'en encore une fois et sans te retourner. C'est le dernier ordre que je te donne. Pour ton bien, sinon pour le mien et ce sera prouver que tu n'as pas cessé de m'aimer jusque dans mon infortune que d'y obéir.

Ainsi en avait-il été.

Et c'est alors que le purgatoire, sinon l'enfer d'Heinrich la Jambe Morte, celui d'Ania sa mule, aussi de la femme qu'il avait sauvée de la mort en chemin, avait commencé.

Pourtant, de la Sagne, en pays cénoman, jusqu'ici en pays diablinthe au mont Coêvre, il connaissait assez bien la route à suivre, à travers bois et friches, couloirs de vallées de ruisseaux, tronçons de voies romaines, pour l'avoir faite plusieurs fois avec Raschomer et sa bande quand il chevauchait de villa en villa, en prieuré, en abbaye, pour y prélever, en nouveau maître des lieux, selon l'importance et la nature des ressources qui s'y trouvaient, l'impôt en grains et bétail, tonneaux de vin et d'huile, pièces d'étoffe, ballots de laine et de lin à son profit. En lingots de fer et d'étain, voire d'or, provenant des petites mines, alors exploitées en territoire aulerce au pied des collines des marches de l'Armor, par de pauvres manouvriers originaires des îles de Bretagne ayant fui l'invasion des Saxons et des Angles et d'anciens mercenaires des armées romaines. Avec eux, des prisonniers huns, des Slaves capturés lors des conquêtes, acculés au travail forcé, exténuant, d'extraction des minerais.

Cette fois, quand il s'était présenté à la porterie pour demander à être reçu par le père hospitalier, il avait derrière lui d'interminables journées de marche solitaire, éprouvante, à part un certain nombre de lieues qu'il avait pu faire le long des chemins tracés, en profitant de la compagnie des moines en déplacement avec leurs domestiques armés, lui ayant, les veilles au soir, par charité, accordé, sinon le vivre, ce qui était devenu presque impossible avec l'irruption des armées de Chlodowig qui se portant vers la Loire, à la rencontre des Wisigoths pour les refouler au-delà des Pyrénées, avaient tout raflé, mais le gîte. Le sommeil, à l'abri des rôdeurs et des loups sur un lit de fougères, pour sa bête et lui, dans une grange, une souillarde à porcs désaffectée, une laiterie, après avoir partagé avec elle, un peu de pain de méteil et d'eau, une poignée de grains d'orge crus qu'il avait appris à mâcher, comme sa mule, en salivant beaucoup, en les broyant patiemment sous la meule de ses dents.

Alors la nuit tombait pendant qu'il mastiquait en silence, enroulé dans l'ancien manteau de son maître et le noir qui les enveloppait, Ania et lui, avait, selon qu'il se trouvât dans une porcherie ou dans un lieu réservé, il y avait peu encore, avant le passage des Francs, au battage du beurre, à la préparation du fromage, une odeur de purin desséché ou de lait aigre dans laquelle il s'endormait sans savoir si c'était là, leur dernière nuit, à Ania et lui. Si ces odeurs piquantes, excrémentielles, mêlées à celles de la fougère, le prenant à la gorge et au nez, le faisant tousser et cracher, ne seraient pas les dernières qui leur seraient à elle, comme à lui, donné de respirer.

Pour le reste, au risque de tomber dans une embuscade, il lui avait fallu courir l'aventure de se hasarder seul en direction de l'ouest en s'orientant à la course de la lumière. Celle du soleil. Derrière lui, le matin. Lui tenant peu à peu le dos au sec, une fois les brumes dissipées, réduites à seulement ramper à hauteur des chevilles d'Ania après l'avoir mouillée jusqu'au poitrail. Leur réchauffant, à l'un comme à l'autre, le flanc gauche sur le coup de midi, leur tenant compagnie, de côté plusieurs lieues et, à l'heure de complies, celle où, dans les monastères ou les huttes des manses, après les travaux du jour, on s'accorde une pause pour se restaurer avant d'aller dormir, leur jetant au visage de grandes flaques de lumière rouge aveuglante, auréolées de poussière de soufre et d'indigo qui leur brûlait la vue. Le forçait à rabattre le capuchon de son sagum en loques devant ses yeux, à protéger ceux d'Ania, qui était vieille et les avait chassieux, avec une espèce de bonnet pointu, en chanvre grossier de sa fabrication qu'il lui attachait derrière les oreilles à l'aide de liens de filasse. De sorte qu'elle pût prolonger jusqu'à la chute du jour une marche aveugle, obéissant à la voix de son cavalier lui tenant la bride courte, mais avec douceur en l'appelant « Mon Ania, mon cher cœur »; lui indiquant, à la pression des rênes, leur relâchement, la direction à prendre qui leur permît d'atteindre un point quelconque, lieu de culte, chaumière ou bourgade, où on les laisserait s'abreuver à l'eau du puits, leur ferait l'aumône de quelques mètres carrés de sol sec, ne fût-ce que sous un auvent, pour y passer le gros de la nuit. Celle d'un peu de foin ou de paille de seigle permettant de nourrir et de bouchonner la mule, ivre de fatigue. Si endolorie qu'il devait la masser au dos, aux reins, aux cuisses, aux jarrets, à l'heure du bivouac s'il voulait se donner quelque chance qu'elle fût en état de continuer la route, le matin qui suivrait.

Un art, dans lequel tout infirme qu'il fût, il avait continué d'exceller. Qui avait soulagé bien des chevaux affligés de tendinites, d'entorses, de muscles froissés, sans compter les juments. Sur lesquelles, il pratiquait quand elles étaient grosses, que la mise bas se présentait mal, qu'elles s'énervaient et souffraient, des massages au ventre et à hauteur d'anus dont il avait le secret pour les détendre. De sorte que le poulain parvienne à se faire un chemin à travers elles; que, couchées sur le côté, dans un grand élan d'abandon de leur vagin, de leurs viscères aux mains qui les palpaient, leur imprimaient un mouvement rotatif, dans le sens de la course du soleil qui les dénouait, elles le laissent se détacher d'elles ainsi qu'un beau fruit visqueux et sanglant. Aussi naturellement, quand il est mûr, qu'un arbre lâche le sien.

Ce n'est qu'après avoir soigné Ania qu'il se permettait de s'occuper un peu de lui-même, de sa propre faim, de sa propre infirmité. Qu'il procédait à des attouchements légers, des pincements autour de sa rotule écrasée, libérait ses pieds de ses bottes pour faire jouer ses orteils, les frictionner, favoriser l'afflux du sang aux chevilles, aux mollets, lutter contre l'ankylose. Sa jambe raide? Un empêchement constant de respirer normalement. Un boulet!

Entre-temps, pour sa bête et lui, il y avait eu toutes sortes de dangers à deviner par avance, de résolutions hardies et désespérées ensemble, à prendre, à travers forêts et landes, permettant d'avancer sans être vu, deviné : une progression moins d'homme que de renard, de cerf, de sanglier, d'animal solitaire et migrant ayant échappé au massacre de sa harde, des femelles et des mâles de son clan, de leurs petits. S'ouvrant au flair, à l'ouïe, des pistes parallèles mais à distance, de celles des chasseurs dont il redoute la flèche et l'épieu, les joyeuses clameurs d'appel au meurtre. Opter pour le montueux, l'abrupt, l'inextricable qui décourage jusqu'aux égorgeurs de métier. Pour l'incision irrégulière, tout en ornières et en bosses, entre deux remontées de terre, naguère faites à main d'homme et à la pelle de bois dur, d'un chemin creux désaffecté depuis le passage des Huns, suivi de celui des gens de son espèce : des Germains. Pour son étroit corridor d'étirement entre deux falaises de marne, encore tenues en place, malgré l'abandon, par le pouvoir des racines des arbres en surplomb, leur formidable charpenterie de soutènement. Pour l'odeur de pourriture, d'humidité constante qui s'en élevait. Celle des branches cassées, des feuilles mortes, de leur fumier. Celle des mousses puantes, des cadavres de lièvres et de blaireaux, de charognards, de rats musqués qui étaient venus s'y perdre, y mourir de blessures ou de vieillesse et sur lesquels grouillaient les mouches et les vers. Pour l'atmosphère de cloaque noir et putride qui partout y régnait, à cause que les arbres se rejoignant au-dessus de lui, barraient tout l'été le passage à la lumière.

Heinrich la Jambe Morte avait dû, chaque jour, fendre à la hache des murs d'épines devant Ania. Lui à pied, la dirigeant par la bride. Lui parlant par onomatopées viscérales, pour maintenir, sans cesse, le contact avec elle, l'inciter à continuer la progression, à ne se sentir jamais seule, lui faire franchir en confiance l'obstacle des troncs d'arbres renversés en travers de galerie, de long boyau sylvestre. Enjamber les carcasses de cerfs, de sangliers, de loups, le hérissement de cimeterres de leur épine dorsale, de leurs défenses démantelées, de leurs andouillers. Avec, toujours, autour d'eux, cette pestilence charrieuse de microbes, d'effluves putrides qu'il leur fallait respirer coûte que coûte, quitte à en mourir, quelques semaines, quelques mois plus tard.

Mais sur l'instant, il faut supporter. Il n'y a pas le choix. La vie et la mort sont au bout. On ne sait pas. Et voilà, c'est la destinée et voilà pourquoi l'on est né. Pour cette entreprise désespérée de gagner du temps sur la maladie, sur l'accident fatal : le coup de scramasax ou de gourdin qui tue, l'agonie lente par immersion dans les bourbiers d'un marécage. Par morsure de vipère, ou de chien enragé. Par la soif et par la faim. C'est selon!

Pour ce qui était de la faim, aussi des fièvres, celle de la dysenterie, des maladies amibiennes, en ce début d'automne où la forêt donne ses meilleurs fruits, il se pouvait que ce qui eût sauvé Heinrich la Jambe Morte et sa mule, outre l'abondance relative de châtaignes et de champignons qu'il avait collectés, que le soir, pour qu'il s'en nourrît, on le laissait griller sur un petit fourneau d'argile de plein air dans un manse ou un autre, un prieuré ou un autre, ait été la présence des mûres sauvages. Partout, de chaque côté d'eux, au-dessus d'eux, elles avaient foisonné dans un affleurement de longues tiges violacées, sarmenteuses et griffues. De menus fruits, ronds et serrés, allant du rose vineux au presque noir du parfait mûrissement.

Moitié palefrenier, moitié apothicaire comme il se doit pour un bon valet d'écurie, un bon éleveur aussi, Heinrich n'ignorait pas que leur jus absorbé dans toute sa fraîcheur, juste avant l'hiver, était un excellent remède préventif contre les ballonnements de ventre, un draineur puissant des humeurs au niveau des poumons pour les chevaux comme pour les hommes. Il fallait voir comme naguère, à la Sagne, il se réjouissait, quand, après avoir mêlé à la ration d'avoine ou de foin de ses bêtes dans les râteliers des mûres qu'il écrasait, elles se mettaient, un jour ou deux plus tard à libérer des chapelets de pets dans un bruit de tonnerre. Alors, ingambe comme il l'était encore, dans ce temps-là, il se mettait à danser sur place à la lisière de leurs sanies, du ruisseau de leur purin. Ôtant son bonnet par révérence, dans les odeurs de crottin chaud et d'ammoniac il se mettait à célébrer la mûre :

– La mûre si menue et juteuse. Si digeste. La panacée. L'élixir de perle noire. Celle qui purifie sa bedaine de roi aussi bien que de serviteur. De reine aussi bien que de pauvre fileuse. De palefroi aussi bien que d'âne, de mulet. La mûre, le paradis du cul et de l'estomac et par conséquent de la tête et du cerveau. Car, comme chacun sait, ou ne veut pas le savoir, tout cela ne fait qu'un et, foi d'Heinrich le palefrenier, foi de Westphalien, qu'on vienne donc lui prouver le contraire.

Qu'Ania s'essoufflât pour de bon, qu'empoisonnée par les miasmes des pourritures de végétaux et de cadavres qu'elle écrasait sous ses sabots pour avancer, elle s'immobilisât haletante, narines dégoulinantes de pus qui, en séchant, lui modelait au museau une carapace de morve épaisse, quel que fût le degré de sa propre fatigue, de la douleur insupportable qui le minait à hauteur de cuisses, de genoux, de reins, de rhume virulent qui lui bouchait le nez, le rongeait aux gencives, à l'angle des paupières, le piquait à la gorge comme s'il eût avalé une poignée de ronces, d'orties crues, Heinrich s'inquiétait de sa misère, prenait soin d'elle.

En attendant de pouvoir préparer pour elle et lui, au bivouac des décoctions émollientes ou pectorales (ainsi des chardons, excellents draineurs des muqueuses enflammées), il lui essuyait les yeux, les naseaux, avec des feuilles de plantes fraîches guérisseuses. Ainsi encore de la menthe aquatique, de la mauve à feuilles rondes qu'il collectait en bordure de source, de ruisseau. Paumes jointes, creusées en coupe devant ses lourdes lèvres baveuses, il réussissait (affaire de confiance illimitée en lui, d'amour absolu) à faire ingurgiter à Ania des poignées de mûres lui provoquant, comme à lui, des coliques légères, les libérant, du moins en partie, de l'accumulation des toxines qui les minaient au ventre, aux poumons, au fur et à mesure d'un voyage dont les dangers et les conditions d'insalubrité étaient telles que la mort les talonnait à chaque pas.

Une fois, à la pointe du jour dans la forêt d'Aulnay qu'il lui avait fallu traverser, un couple de loups s'était mis à gronder sur leur passage...

Ils venaient de passer plusieurs nuits dans les communs en ruine d'un petit prieuré rustique, mal clôturé, situé en plein bois au milieu d'une clairière aménagée en aire de pacage et de labour, à la lisière d'une source. Quatre moines en loques, s'y adonnaient, depuis des mois, pour survivre, après avoir été rançonnés par l'armée des Francs saliens en route pour la Gaule du Sud, à la cueillette des simples, des graminées et des fruits sauvages. Celle des faines, châtaignes et glands dont ils espéraient pouvoir tirer, par décorticage puis écrasement à la meule à bras, une provision de farine de remplacement, après que leur réserve de millet et d'épeautre avait été engloutie par la soldatesque, ayant de surcroît, abattu et consommé sur place les deux vaches et la demi-douzaine de brebis ayant constitué la base de leur alimentation en laitage. Transgressant la règle d'interdiction de viande, ils chassaient, pour ne pas mourir de faim, le merle et la grive au lance-pierres, piégeaient, au collet, le lapin de garenne, faisaient leurs pauvres délices du hérisson cuit à l'étouffée sous la cendre, descendaient dans le ruisseau en chemise et braies retroussées jusqu'aux cuisses pour y pêcher la truite, l'ablette, le goujon, la lamproie, à la main, au filet, à la nasse d'osier, l'épuisette d'écorce.

Malgré leur dénuement, aussi leur rancune contre les Francs, la pitié les avait pris pour ce pauvre bougre (un Germain pourtant, lui aussi, massacrant ses bribes de latin vulgaire, émaillées de patois aulerce avec un formidable accent d'outre-Rhin) chevauchant, courbé en deux et la jambe pendante, sa misérable monture. Leur expliquant d'où il venait, où il allait. Leur montrant, pour les rassurer sur son compte, attaché par une courroie autour de son mollet valide, le papyrus de recommandation rédigé par le prieur de la Sagne, que d'ailleurs ils connaissaient, au nom de Raschomer le chef de guerre déchu condamné à la tonsure par le roi des Francs dont il avait été depuis l'enfance le fidèle serviteur, et qui priait qu'on ait, à l'abbaye du mont Coëvre, la charité de le recevoir comme colon. Trouvant la force sous la crasse de son capuchon, celle de sa barbe de huit jours lui collant aux joues et au menton comme de la poix et qui lui donnait des allures de faune malade, épuisé, de leur sourire et même de leur offrir, afin de se faire agréer pour la nuit, la récolte de mûres qu'il avait collectée le long du jour dans une écuelle de bois à couvercle ferré qu'il portait, quand elle était vide, suspendue par l'anse à la corde lui tenant lieu de ceinture, de sorte de ne point la perdre.

En échange des mûres donc, ils avaient partagé avec lui la collation du soir : de la poule d'eau bouillie à goût de vase accompagnée d'une ration de châtaignes rôties sous la cendre et, comme dans leur pacage désert les végétations avaient un peu repoussé (un court regain d'automne favorisé par l'alternance du soleil et des pluies) Ania avait connu ce miracle de pouvoir paître une herbe neuve avant de s'endormir dans la bergerie vide, oreilles rabattues sur les yeux. Pauvre épave de chair et d'os, couchée, pattes rentrées sous elle, flottant à même le sol de terre battue, comme sur une mer morte.

L'homme et sa bête étaient finalement restés trois jours et trois nuits au prieuré d'Aulnay. Ainsi en avaient décidé par mansuétude, les quatre moines rassemblés en chapitre au petit matin, après les laudes, dans l'oratoire de bois qui leur servait de chapelle, communiquait directement par une porte avec leur dortoir et leur réfectoire dans lequel, assis sur des tabourets à trois pieds devant une planche dressée sur des tréteaux, ils prenaient leurs repas dans de la vaisselle de merisier et de buis. Quant à la chaise du prieur, mort un mois plus tôt, de vieillesse et de chagrin d'avoir dû endurer grossièreté et pillage autour de lui, une belle chaise de chêne rouvre, taillée dans la masse, à haut dossier raide et sculpté surmonté d'une croix latine, l'équipe des Franc saliens l'avait emportée avec tout le reste.

Pendant ces trois jours, ces trois nuits, couché sur de la fougère dans la bergerie vide auprès d'Ania, Heinrich n'avait pratiquement guère cessé de dormir, sauf pour faire ses besoins, mener sa mule paître au soleil et pour manger une fois le jour après les vêpres et complies, la portion de châtaignes accompagnant le morceau de lièvre, de hérisson, de poisson bouilli, devenu, faute d'huile de noix ou de faine, l'unique façon d'accommoder les mets de ses bienfaiteurs.

Les moines paysans essarteurs du prieuré d'Aulnay n'avaient pu faire savoir, comme il était normalement de règle, à leur abbaye mère du mont Coëvre, dont ils dépendaient, à laquelle, en temps ordinaire, calculée selon leur possibilité d'exploitation des terres labourables, des pacages et des ressources de la forêt dont ils disposaient, une fois l'an, à l'époque de la fête de tous les saints, ils payaient redevance en nature, lui fournissant vingt-cinq muids d'épeautre, autant de seigle, dix boisseaux de noix et noisettes, un baril de menu fretin de poissons salés, quatre chapelets de champignons secs longs d'une aune et demie : un de bolets, le second de girolles, le troisième de morilles, le quatrième de craterelles cornes d'abondance, sans oublier les herbes : la sarriette, la menthe, la fleur de millepertuis, renommée une fois cuite dans l'huile, pour le traitement des maux d'oreilles, celui des brûlures, des contusions aussi, le retour à Dieu de leur prieur. Que faute de sarcophage de pierre, après deux jours et deux nuits de prières, ils avaient inhumé comme ils avaient pu dans une simple fosse coffrée avec les cailloux du lit de leur ruisseau et qu'ils avaient creusée en un lieu jouxtant le chevet de leur oratoire dans l'épaisseur de l'argile. Car les marnes abondaient sur les huit bonniers et demi de sol essarté qu'ils avaient, année après année, à la sueur de leur front, arrachés aux bois qui les cernaient, les isolaient des tentations du monde, en même temps les livraient, en cas de guerres tribales entre Germains se disputant les rives de la Loire, à toutes les exactions. Aussi celles des brigands dont le nombre allait augmentant avec la disette. Des sangliers. Des renards. Des chats sauvages, des fouines. Des furets égorgeurs de volailles. Implacables suceurs de sang nocturnes. Et les canetons de l'année, les jeunes poulets, les oisons duveteux piaillaient brusquement à la mort sous un clair de lune crémeux, enrobant, des basses branches à leur cime, les hauts arbres immobiles, transformés en statues de sel. Et l'on avait beau courir, quitter sa paillasse, sauter du lit, interrompre les prières de vigile, quitte à en demander plus tard pardon à Dieu, on n'aurait pour ainsi dire plus d'œufs, plus de volailles jusqu'aux prochaines couvées et pour cela comme pour le reste, il faudrait patienter, considérer que la vie n'était qu'un mauvais passage. Qu'ayant fait, de gré ou de force, sur terre, son purgatoire avant terme, on en serait récompensé par les béatitudes de la vie éternelle.

Démunis de parchemin, de papyrus, ils n'avaient pu davantage, comme cela aussi était de règle, rédiger à la mémoire du prieur défunt, le rouleau des morts, sur lequel son nom en religion aurait dû être consigné, avec la date de son décès calculée selon le calendrier lunaire. Explicité les circonstances qui y avaient présidé, ainsi que le rappel de ce qu'avait été son rayonnement spirituel au milieu d'eux, ses vertus cardinales de moine : sagesse, humilité jusque dans l'exercice de son commandement sur eux; dur travail à l'essartage, au bûcheronnage, à la menuiserie dans l'intérêt de leur communauté, exemple de la fidélité à la discipline nocturne de la prière, acceptation de la maladie, fermeté de l'âme aux prises avec les souffrances de la guenille charnelle en attendant de Dieu la grâce d'en finir avec elle, et de connaître enfin son amour. Et cette belle voix de basse qu'il avait eue avant de succomber à la maladie, pour entonner cantiques et laudes. Exorciser, chaque nuit, par le plain-chant, les tentations du jour. Celles de la veille. Celles du lendemain.

En période de paix, ne fût-elle que relative, de sursis entre deux invasions, où l'on avait eu le temps de semer, de récolter, d'élever des bêtes, de conduire les pourceaux à la glandée, d'extraire les huiles de la noix, de la faine, du chardon, de saler les poissons, d'avoir des ruchers, de provigner dans les vergers, de creuser en terrain sec, à proximité des cuisines, des foyers de plein vent, des silos pour la conservation des grains, on pouvait aussi, début novembre, avec une escorte de bûcherons, assujettis à la corvée d'accompagnement armé de leurs maîtres moines, entreprendre le voyage de trois jours permettant d'atteindre l'abbaye de l'ordre pour assurer la livraison des denrées qui lui étaient dues. Recevoir d'elle, en échange, hardes, chaussures et frocs taillés et cousus dans ses ateliers, socs de charrue, provisions de clous, de lames de couteaux, de haches d'essartage, d'hameçons forgés chez elle. Aussi, procéder à chaque étape, de prieuré en prieuré, à la présentation du rouleau des morts dont lecture était faite à haute voix, avant la prière en commun à l'intention du frère défunt; à l'initiative du seigneur abbé et de son chapitre réuni en séance plénière, le voir remplacer rapidement par un autre, au mieux des intérêts moraux et économiques de l'ordre tout entier et par ricochet de ceux de la petite communauté privée de l'un de ses membres.

D'où la désolation des moines d'Aulnay condamnés, depuis deux mois, à ne pas faire savoir à leur maison mère du mont Coëvre, le dénuement spirituel et temporel dans lequel ils s'enlisaient, faute de pouvoir franchir la trentaine de lieues qui les séparaient d'elle, à travers friches et forêts épaisses. De ne pouvoir s'y hasarder sans leurs bûcherons-charbonniers. Des essarteurs chevronnés, rompus à l'arrachage des souches au levier de bois ferré et qui étaient aussi leurs gardes du corps habituels. Leur *ost* dévoué. Car s'ils avaient toujours exigé d'eux un dur travail, ils les avaient toujours aussi mieux nourris qu'eux. Leur accordant le droit au mariage, refusé la plupart du temps aux esclaves par leurs maîtres laïcs, baptisant leurs enfants, les soignant quand ils étaient malades, leur distribuant, le dimanche, une pinte de cervoise, leur laissant le profit d'un demi-cochon par famille pour passer l'hiver en dehors du carême.

Les Francs saliens les avaient emmenés avec eux pour qu'ils leur ouvrent, si besoin était, leur chemin à la hache. Qu'ils leur dressent sur pilotis des ponts de fortune au passage des rivières. Ils avaient aussi emmené leurs filles et leurs femmes qui savaient filer et coudre, cuisiner, et leur seraient utiles pour réparer leurs chemises et leurs braies, rapiécer leurs bandes molletières, leurs étendards noirs et jaunes déchirés dans les combats ou par les ronces, figurant des porcs-épics, des salamandres, et avec elles, dont elles étaient les mères, quatre garçons hirsutes et craintifs, à peine pubères mais aptes depuis longtemps à la confection des fagots, l'écorçage des troncs, au portage sur le dos des paniers de charbon de bois, à la pêche aux truites, aux écrevisses à la main, et qui avaient beaucoup pleuré d'avoir à quitter les bons moines qui les habillaient chaudement dans le burel de leurs frocs usés, les gratifiant à Noël, leurs parents et eux, d'un gros quart d'oie, à Pâques d'un chapon. D'une petite galette miellée quand ils venaient livrer au prieuré, champignons et fruits sauvages, panerées de châtaignes, de charbon de bois.

Quant à une petite fille qui ne tenait encore qu'à peine sur ses jambes, était à peine sevrée, indifférents aux sanglots de sa mère, à son désespoir de petite bête ensauvagée, hurlant à la mort et se roulant par terre l'écume aux lèvres quand elle l'avait vue disparaître, attelée avec l'un de ses frères au petit chariot contenant les hardes et les ustensiles de son pauvre ménage, les Saliens la leur avaient laissée. Et ce n'était pas l'un des spectacles les plus étonnants de cette pauvre communauté d'Aulnay que de voir cette enfant jambes violacées et nues dans des sabots taillés à la gouge par ses nourriciers, en chemise de chanvre et cotte sombre lui barrant les chevilles, jouant, assise sur un tabouret ou par terre sur une botte de fougère, dans un angle de réfectoire ou de grange avec des coquilles de châtaignes, des vieilles plumes de corbeau ou de coq dont elle se parait en les enfonçant horizontalement et à la diable, sous son étroit bonnet de lin déchiré. Ce qui lui donnait, comme elle avait deux yeux ronds et clignotants, un nez pointu enfoncé comme un coin dans la base du front, un air d'oiselet souffreteux et mythique, métamorphosé en enfant.

Au cerveau vide de sens, maniaque du classement des glands, des aiguilles de pin qu'elle accumulait autour d'elle comme un rempart. En cercle, en rang d'oignons, parfois en croix avec une application minutieuse, selon un ordre imprévisible, allant de l'alternance régulière des matériaux au plus grand désordre. Abandonnant tout à coup le classement qui lui avait donné tant de mal, avait nécessité de sa part une concentration profonde, laissant espérer que la séparation d'avec les siens ne lui avait pas à jamais obscurci l'esprit, pour sauter sur ses jambes, se rendre ailleurs comme si elle venait d'oublier ce qu'à l'instant, elle avait été en train de faire. Ou, d'un geste appliqué et violent, balayant le tout, à l'aide de petites touffes de résineux ou de genêts. Par besoin, sans doute, d'effacer quelque chose. De repartir de zéro. D'avant le passage des Saliens.

Les quatre moines d'Aulnay l'élevaient comme ils pouvaient, en la nourrissant, parce que les dents lui poussaient mal et la faisaient beaucoup souffrir de châtaignes bouillies qu'ils écrasaient pour elle au pilon, mouillaient d'eau chaude, avant de les lui faire avaler à la cuiller de bois, en lui laissant, entre chaque bouchée, le temps de déglutir. C'était un exercice pour lequel ils se relayaient avec patience et puisqu'ils avaient remarqué que s'ils la tenaient contre eux, dans la chaleur de leur paternel giron, la pitance de marrons, parfois suivie d'un brouet frais de fruits sauvages, passait mieux et même, que ses traits se détendaient, prenaient une expression de bonheur absolu et grave, de total abandon, l'habitude avait été prise que le frère nourricier du jour, à l'heure de midi, puis à celle de complies, la prît sur ses genoux pour la faire manger et, rompant la règle du silence au cours du repas, lui parlât. L'appelant par son prénom Ucarica et même par son diminutif Ricali en lui demandant si elle aimait toujours bien sa poupée, une espèce de marotte sans bras ni jambes, ni bouche, ni oreilles, ni yeux, une manière de quille, coiffée et juponnée d'étoupe qu'on lui avait taillée à l'herminette dans une billette de charme écorcée. Dont elle ne pouvait se passer pour trouver le sommeil, à proximité du dortoir des frères, dans le réduit qui avait été leur réserve à vêtements, à linge. La serrant contre elle sur le petit châlit rembourré d'un peu de paille de seigle oubliée par les soldats, où elle dormait sous deux vieilles peaux de mouton rongées par les vers qu'ils avaient dédaignées.

Parfois, au plein de la nuit, elle se mettait à hurler. Il fallait la consoler.

Celui qui s'en chargeait, la prenait par-devers lui, tête cachée sous son aisselle en la berçant. Il lui chantait en même temps quelque chose pour l'apaiser. Un verset ou un autre d'un psaume de vigile convenant à l'heure de prime ou de tierce, celle des laudes, pour que le cauchemar qui la transformait en boule d'angoisse, l'enserrait dans sa toile d'araignée, cède.

Les moines attribuaient à ce procédé d'exorcisme pieux par le chant chronomatiquement réglé sur le calendrier du temps, d'une aube à l'autre, autant qu'à la tendresse charnelle dont, passant outre à leur discipline d'amour désincarné, par pitié, ils l'entouraient, le mérite de venir à bout, ne fût-ce que pour quelques heures des visions épouvantables d'abandon qui la torturaient. De la guérir pour un moment. D'ailleurs, la crise passée, ce qui provoquait chez elle une dilatation libératrice de la vessie, elle se dirigeait, presque toujours, à la lueur de la lampe à huile de résineux qu'on tenait allumée à cause d'elle, vers le pot de chambre en ormeau qu'ils lui avaient taillé à sa mesure et appris à utiliser, du moins de nuit (car elle avait été habituée jusque-là, dès qu'elle avait su marcher, à faire ses besoins dehors sous la surveillance de sa mère) et qu'ils avaient la charité de vider, chaque matin, dans leurs propres latrines.

Qu'il fît soleil, ils l'installaient sur un petit tertre herbeux dominant le ruisseau afin qu'elle prît plaisir à les voir pêcher, patauger plus ou moins hardiment dans l'eau, s'accrocher à une branche d'arbre en bord de rive, à un quartier de roc pour ne pas tomber; rater leur lamproie, leur carpe dorée qui leur filait entre les doigts, s'éclabousser jusqu'aux épaules en se mettant à quatre pour traîner le lourd filet ou l'épuisette d'écorce au fond du lit de la Joule, afin de réussir à capturer les colonies d'ablettes, de goujons qui s'y trouvaient. Et quand, au milieu d'eux, de leur fourmillement étincelant de menues plantes écailleuses, se débattait un poisson rouge, ils lui en faisaient cadeau. Le reléguant dans un vieux vase d'argile noire rempli d'eau pour qu'elle s'amusât de son angoisse de bête piégée, des cercles étroits qu'il décrivait en nageant dans sa prison aquatique et qui lui faisaient oublier la sienne. La cellule, sans compagnon, sans lumière, dans laquelle depuis deux mois, elle se terrait à l'intérieur d'elle-même.

Par charité toujours, ses nourriciers la tenaient au milieu d'eux pendant leurs prières du jour, si bien qu'elle savait déjà joindre les mains, les cacher comme eux dans ses manches; s'agenouiller, face tournée vers le sol et les bras en croix sur la botte d'herbe sèche qui lui était réservée à l'oratoire eu égard à sa fragilité d'enfant. Zézayant un peu de latin, multipliant, par mimétisme, les hosannas et les amen. Par besoin instinctif de faire corps avec eux. D'être de la partie. Et que, tout à coup elle s'agitât, en eût assez de cette immobilité figée qui était la leur, qu'elle sautât sur ses jambes grêles égratignées par les ronces, bâillât d'irrespect, d'ennui, on ne la battait point. La laissant se livrer à son puéril manège, qui consistait, le plus souvent, à se faufiler entre eux. À contourner, sourcils froncés, leurs silhouettes courbées en deux comme on contourne des rochers qui occupent le terrain, gênent votre évasion en même temps qu'ils vous servent de points de repère et d'attache, vous permettent de revenir à eux, de vous y accrocher, si vous prenez peur tout à coup, sentez que vous allez vous perdre.

Avec, en l'absence de rouleau des morts, l'annonce faite oralement par Heinrich la Jambe Morte, du décès de leur prieur, à leur abbaye mère du mont Coêvre, s'il réussissait à l'atteindre, les moines d'Aulnay eussent aimé pouvoir lui confier Ucarica, afin qu'il la leur remît et que, sur leur ordre, quelque paysanne de l'un de leurs manses, réputée pour sa bonté, l'élevât avec ses propres enfants; la nourrissant de laitage, parfois de miel, la caressant plus souvent qu'ils ne se permettaient de le faire eux-mêmes. Encore que si, là-haut, on ignorait tout de leur dénuement, ils ne savaient, de leur côté, ce qu'il en advenait pour l'heure de la maison dont ils relevaient. Si elle n'avait pas d'aventure subi, elle aussi, les mêmes pillages, les mêmes exactions qu'eux. Rendant la communauté impropre à les secourir, à les sortir de leur isolement de ghetto sylvestre. Aussi, à imposer à une famille de tenanciers ruraux, manquant de pain, une bouche de plus à nourrir.

Et puis il fallait compter encore sur au moins trois ou quatre grandes journées de marche incertaine et pénible jusqu'au mont Coëvre où se dressait le monastère, son enceinte. Moitié maçonnerie grossière, moitié pieux. À galeries de bois, hourds crénelés, chapeautés de tuileaux arrachés au toit de l'ancienne villa du gouverneur militaire, originaire de Ravenne qui avait vécu là avec sa famille dans les débuts de la romanisation des pays aulerces, peu de temps avant l'officialisation du christianisme. Au moins huit grandes lieues encore de chemins creux à travers la forêt, et pour éviter la rencontre avec les hommes, toujours les mêmes boyaux à emprunter. Leurs pourritures, leurs boues, leur absence de lumière, leurs couleuvres, leurs rats, leurs cadavres puants, leurs mousses-sangsues, leurs champignons-méduses, leurs bruits confus de reptation, d'agitation sourde, batracienne et gluante.

Si la Jambe Morte venait à bout de ce cloaque, il n'aurait pas d'autre choix, et là-dessus les moines avaient été péremptoires, que de prendre le risque, ensuite, d'avancer droit devant lui, à découvert dans la direction du soleil. De traverser une grande plaine arable de huit bonniers au moins d'étendue qui avait été l'une des plus belles aires céréalières appartenant à l'abbaye de leur ordre qu'ils aient jamais vues. Trois familles de colons, d'origine gauloise la travaillaient encore l'année dernière, y pratiquaient l'assolement biennal : une fois, l'épeautre une fois, le millet. Mais il y avait fort à parier que, cette année, à cause de l'insécurité créée par le passage des soldats, tout cela ne fût plus qu'un désert à terre durcie, craquelée par les chaleurs du dernier été et l'absence de labour, ne fût-ce qu'à la houe. Un lieu n'offrant, en cas d'embuscade dressée en lisière des bois qui l'entouraient, aucune possibilité de se cacher. D'échapper à l'agresseur.

Pourtant, il n'y avait pas d'autre moyen d'atteindre la Coêvre, afin de pouvoir la remonter jusqu'à sa source c'est-à-dire jusqu'à la colline qui portait son nom. L'avait donné, par extension, au camp romain puis à l'abbaye. Car enfin qu'y avait-il de plus précieux au monde pour un groupe humain que de posséder une source? Que ce suintement entre deux pans de roc, pareil à celui de deux lèvres baveuses, libérant, par jets continus et lents, les trésors accumulés d'une nappe souterraine d'eau pure?

Donc, s'il arrivait sans dommage jusqu'à la Coêvre, il lui faudrait la traverser avant la nuit, à cause que, sur la rive gauche, il y avait une grotte qui lui servirait de refuge pour sa bête et lui. Une caverne assez profonde que les millénaires avaient creusée dans l'épaisseur de la falaise dominant, côté nord, le cours d'eau. Une espèce de chambre noire, calcaire et silex, à l'ouverture étroite, tournée vers l'est, par où, un homme et à la rigueur, une mule, maigre comme Ania, pouvaient s'insinuer. Le sable du sol y était assez sec et il se trouvait que la nature y avait ménagé dans l'épaisseur de ses parois, et à hauteur d'homme, des excavations permettant de s'y allonger à l'abri des bêtes rampantes et de l'humidité. Les moines d'Aulnay, à ce qu'ils avaient dit, y avaient eux-mêmes passé la nuit avec leur escorte quelquefois, quand, à cause des tempêtes d'automne, des inondations par les pluies, lors de leur visite annuelle au père abbé, il leur arrivait d'être retardés.

Mais qu'il fût massacré dans une embuscade avant d'atteindre la rivière, ou se tuât par accident, qu'adviendrait-il alors de l'enfant? La tuerait-on à son tour, après Heinrich, après la mule, ou l'abandonnerait-on sur place, livrée à la pire des morts, celle par la faim, la soif, la folie au creux d'un ravin? À moins qu'une tribu de chats sauvages ne la dévorât par exemple?

Aussi, l'avaient-ils finalement gardée par-devers eux. Non pas qu'ils crussent qu'elle était appelée à vivre longtemps, car elle se portait mal, souffrait de la poitrine et du ventre, mais du moins lui assureraient-ils une mort humaine, l'entourant de leurs pauvres soins, de leurs prières.

Justement, une heure environ après son départ du prieuré d'Aulnay avec Ania, au milieu des bruits sylvestres qui les cernaient sous l'obscurité des couverts (s'agissait-il alors d'un passage violent et rythmé de sangliers, de cerfs, de renards ou tout bonnement de lièvres à pattes et râble d'acier, franchissant comme des félins, l'obstacle des troncs renversés, plongeant dans les fougères comme dans une mer, en ressortant pour franchir la baie rousse de soleil d'une clairière, lancés à la façon des chevaux dans une course qui, oreilles rejetées vers l'arrière dans le prolongement du crâne plat, les métamorphosait en javelots, à moins que ce ne fût une famille de blaireaux, piétinant dans leur marche bossue de gros plantigrades, des branches cassées et mortes qu'ils faisaient craquer dans un bruit d'étincelles crépitantes, comme si, à chaque pas, leur ventre, par frottement, allumait un feu sous eux?) il y avait eu ce couple de loups, hirsutes et gris, immobilisés sur leurs pattes boueuses d'ogres nomades, de bandits de grands chemins à regard jaune, fixé sur eux.

Ils se tenaient en surplomb d'Heinrich et d'Ania. De l'étroit couloir pierreux envahi par les broussailles qui avait été, des siècles durant, le sentier de traverse emprunté, en guise de raccourci à travers bois, par les Celtes bûcherons, porchers, laboureurs ou chasseurs, pour leur permettre de rejoindre ensuite plus rapidement la rivière. De la traverser sur un pont édifié par eux à l'aide de deux longues pierres plates de grès roussard prenant directement appui sur ses rives jusqu'au milieu de son lit, où, juxtaposées, elles reposaient sur deux pilotis de silex grossièrement taillés, immobilisés à même l'eau par du mortier.

Franchi ce pont, on était sur la route du mont Coêvre. De son grand lieu de culte local druidique dominant, avec son temple carré de bois entouré de galeries dédié à Cernunnos le dieu tricéphale, au front surmonté d'une paire d'andouillers, toute la région. Avec ses mégalithes dressés en direction de l'est, sa table de sacrifice, sa nécropole-tumulus à enterrer les membres de la tribu des Aulerces diablinthes. Là-haut, deux fois l'an, on célébrait le culte des saisons. Celui de l'été en juin. En janvier, la septième nuit succédant à celle du solstice, l'hiver ouvrait l'année nouvelle par la cueillette du gui sacré et par la foire aux fiancés.

Pour célébrer l'an nouveau, on emmenait avec soi, ses fils à marier, ses filles pubères et c'était l'occasion, entre les pères, de marchander habilement un époux, une épouse pour leurs enfants en âge de s'adonner à l'acte charnel. De vanter l'habileté à l'élagage, au bûcheronnage, à la castration des porcs, au tannage des peaux, à l'arc, au javelot, à la fonte et la forge du fer, des uns, leur sérieux, leur virilité. De louer l'obéissance et la diligence aux travaux féminins des autres : préparation des galettes de pain et des brouets, science de la conservation des poissons et des viandes, des charcuteries, art du tissage des laines ou des lins, à rayures, à carreaux. Qui font alors de si belles saies. De si joyeuses tuniques courtes aux hommes comme aux enfants, les jours de fête.

Ne pas oublier la robustesse. Celle d'une déesse mère, laissant présager une fécondité qui honore un mari dans sa maison. La beauté! Celle des cheveux, de la gorge blanche comme du lait, et la pondération du caractère.

Qu'en échange, tel jeune homme dont il semblerait en effet au père de la jeune fille, que sa réputation au travail de la terre, à l'élevage, son endurance à la chasse, voire à la guerre, n'était pas surfaite, voulût bien l'acheter ce qu'elle valait, on la lui vendrait volontiers, à prix d'ailleurs raisonnable, eu égard à ses propres mérites et pourvu qu'il s'engageât à ne jamais la battre indûment, à l'écouter d'abord se justifier s'il pensait qu'elle avait pu lui manquer. Mais tout de même, on ne descendrait pas au-dessous d'un tiers de sou d'or accompagné d'un torque d'argent pour son cou et d'une tunique de lin. D'un porc bon à abattre, d'un demi-setier d'épeautre ou de millet. Pareillement de cervoise. Ne fût-ce que pour aider à la célébration des noces. Que le futur promît aussi de ne point la répudier par caprice. De lui savoir à tout le moins gré d'être la première de ses servantes. De s'efforcer de ne point la rendre moins heureuse qu'elle ne l'avait été jusqu'ici, sous le gouvernement de son père et de son clan. Qu'il la laissât visiter sa famille une fois l'an, afin qu'on sût comment elle allait, comment on la traitait. Si quelque enfant lui était né.

Le temps passant, on avait emprunté le même pont, après la mise sous tutelle des nations gauloises par César et ses successeurs pour se rendre au camp romain y payer tribut en volailles et en grains, en ballots de laine, en bois de charpente et de chauffe. De même, désormais avec les moines. Auxquels le cens était dû en échange de leur protection. Des soins qu'ils donnaient aux malades;

des habits, des instruments agricoles qu'ils fournissaient aux tenanciers de leurs terres.

Et maintenant, pour Heinrich la Jambe Morte, l'ancien palefrenier tudesque, arrivé jusque par ici dans le sillage des armées germaines, il fallait atteindre ce pont à tout prix ou mourir là, en plein bois, dévoré vif, dépecé comme du bétail par ces deux loups au regard brûlant d'une faim qui les torturait. Qui, du haut de la falaise forestière dominant l'ancien chemin creux devenu ravin où ils se trouvaient, Ania et lui, s'étaient mis à les suivre, avec des grognements réguliers et profonds, une clameur continue et sourde, un roulement de tambour voilé, qu'ils allaient très loin chercher jusque dans leur ventre pour le faire remonter jusqu'à leur gorge. Un avertissement, une menace! Le sombre prologue musical précédant la tragédie qui allait suivre et qui faisait trembler la mule sous lui, de l'échine aux sabots.

Des loups, il en avait tué plus d'un, autrefois, quand, avec les troupes de Raschomer, il avait traversé les forêts des Ardennes, celles des plaines du Nord, puis parisiis puis carnutes. Aussi à la Sagne, où leur apparition en lisière de champ, de pacage, dès septembre, signifiait que l'hiver serait particulièrement précoce et froid. Habile au maniement de l'épieu, il savait viser juste à la gorge, à hauteur de cœur, de viscères. Mais il était fort dans ce temps-là. En équilibre sur des jambes solides et il avait toujours eu avec lui d'autres valets de chiens ou des piqueurs comme lui pour le soutenir, larder la bête de leurs coups, en même temps que des siens.

De toute manière, quitter le dos d'Ania c'était se perdre et la perdre par ricochet. Jamais, si les loups descendaient jusqu'à eux, il ne pourrait, à pied et debout, soutenir le choc. Il tomberait dans l'effort qu'il tenterait de fournir avec son côté valide pour les attaquer à la hache, à l'épée courte. Ce qu'il fallait c'était continuer d'avancer. Essayer de les déconcerter par un calme apparent qui les lasserait peut-être. Encore qu'il connaissait les loups aussi bien que les hommes. Leur patience à la traque. Leur entêtement. Leur rouerie.

D'abord, tenter de maîtriser Ania. Sa peur de pauvre bête domestiquée, d'enfant. Lui tenir la bride courte. La serrer durement aux flancs. Lui imposer, comme toujours, obéissant à sa volonté à lui, une marche aveugle. Fût-ce pour aller à la rencontre de la mort dans le crescendo du grondement des loups. Son prélude au massacre.

Et si c'était la fin pour Ania et lui, ce serait la fin. Il ne serait même pas seul dans ces horribles instants. Lui qui l'avait si souvent été, sinon du temps où Raschomer lui avait donné Basine. Basine! Ces aubes qui avaient été entre elle et lui comme du pain blanc. Comme du miel.

Quel âge aurait-il eu bientôt si, avec cette innocente bête, après qu'ils eurent été, par la force des choses, depuis deux semaines, tout l'un pour l'autre, amis, compagnons, parents, il ne mourait pas tout à l'heure, déchiqueté vif? Vingt-huit ans peut-être.

Sans doute, l'amulette en cristal de roche qu'il portait religieusement à même la peau, sous ses guenilles, avait perdu, sans que Raschomer lui-même s'en doutât, son efficacité, avec les années. À croire que pour lui comme pour son propre fils, c'eût été, maintenant, la volonté d'Harnegonde, qu'à son tour sa chance d'esclave attaché à la sienne qui l'avait quitté, l'abandonnât. L'âpre chance qu'il avait eue, jusqu'ici, de survivre à tout à travers un maître. Mais enfin, il se préparait là de cruels moments et ç'avait été à la sueur brûlante qui lui roulait le long du dos alors qu'il avait froid, au claquement de ses dents qui l'assourdissait, qu'il avait pris conscience à quel point, sinon son esprit, mais sa chair, s'en révoltait.

Et c'est alors que l'un des loups, le mâle, visiblement d'un caractère impulsif, plus altier que la femelle qui le suivait en réglant sa marche et ses grognements sur les siens, après avoir longtemps hésité (au moins un quart de lieue de course régulière et menaçante à plus de cinq mètres au-dessus d'eux), à se lancer, à cause de la profondeur du ravin, de la raideur de ses pentes hérissées de buissons d'épines, de la multitude des gros cailloux qui affleuraient un peu partout, emporté par l'excitation qui le brûlait, celle de l'orgueil, celle de la faim, s'y était jeté, oreilles rabattues, babines retroussées pour leur barrer passage. Attaquer Ania au poitrail donc. Aux jarrets. Les lui ouvrir à coups de crocs. La monture d'abord. Celui qui la chevauchait ensuite et qui s'écroulerait à son tour. L'une et l'autre n'ayant pas la même odeur. L'odeur de l'homme, celle du chasseur, ayant toujours été plus à craindre que celle de n'importe quel animal quand on est loup.

En un éclair, Heinrich la Jambe Morte avait deviné tout cela. Quel calcul la bête faisait en se guidant au flair pour les tuer l'un et l'autre, en s'en prenant d'abord à l'impuissance d'Ania. Ce qu'en déboulant devant eux, et en faisant craquer sous son poids des paquets de branches mortes, en se déchirant les flancs aux dards des ronces, de tout son instinct, de toute sa fièvre, elle préméditait. Il n'avait ni bouclier, ni cuirasse pour se couvrir. Trop invalide pour combattre à pied au scramasax et au corps à corps avec le loup, il ne lui restait plus qu'à tenter l'impossible c'est-à-dire ce qu'il n'avait plus fait depuis qu'il était infirme. Retrouver sa précision de geste, de coup d'œil, sa virulence de manieur de hache courte. Son sang-froid de tueur chevronné qui se mesure avec un adversaire de sa trempe. Seulement, il lui fallait rester à califourchon sur le dos d'Ania. Continuer à la maintenir immobile sous lui. Renâclante et bavante de peur. Lui serrer farouchement la bride de la main gauche pour avoir la droite libre.

Or, sa condition de palefrenier, de fantassin esclave ne l'avait pas habitué à chevaucher et à se battre en même temps. Pourtant, il fallait essayer. Improviser. Se servir de la mule, justement. Si haletante, si terrorisée qu'elle fût. Figée dans une immobilité qu'il savait, malgré sa soumission, l'intimité qui régnait entre eux, ne pas pouvoir lui imposer indéfiniment, afin que son échine lui servît de plate-forme de lancement de son arme de jet. Car Raschomer lui avait aussi remis une francisque qui lui était restée. Une de ces haches massives à manche de bois court renforcé par le prolongement dorsal de la douille où il s'encastrait. Une machine à tuer, formant avec la pièce de métal relativement légère qui l'armait (elle pesait moins d'une vingtaine d'onces) au tranchant peu développé, mais soigneusement incurvé à hauteur du point d'attaque, un angle obtus. Un souci de dissymétrie savamment calculée, éprouvée par l'expérience, de l'ouverture de l'angle manche-fer qui, par la vertu du mouvement tourbillonnaire imprimé au départ, lui donnait une force de pénétration redoutable, de sorte qu'à distance, on pouvait presque arracher un bras d'une épaule, fendre un crâne en deux, détacher une tête d'un tronc. Mais un homme se tient droit, et si son bouclier a été brisé, il devient une cible plus facile qu'un loup, n'offrant que la prise restreinte de son dos derrière l'écran d'un paquet de fougères et d'épines.

Laissant traîner sa jambe morte le long du flanc gauche d'Ania, rassemblant ses dernières énergies du côté droit, dressé de guingois au-dessus du manteau troué tissé par Harnegonde qui lui servait de selle autant que de couverture, prenant appui avec la semelle de sa botte droite sur le vieil étrier qu'il laissait ballotter d'ordinaire à hauteur de sa bonne jambe, profitant d'une seconde d'immobilisation du loup, surpris, à mi-pente, par la présence en travers de sa descente abrupte, d'un assez gros tronc d'arbre renversé, maintenu là en équilibre instable par une excroissance de roc, il fit tournoyer la hache courte en le visant aux reins avant de retomber lourdement sur lui-même, cramponné au col d'Ania.

Littéralement fendu en deux, paralysé d'étonnement et de souffrance, tête levée, gueule ouverte sur la férocité des crocs, le loup hurlait maintenant à la mort, la hache de jet plantée dans la croupe. De nouveau redressé, Heinrich se tourna d'en bas vers la femelle statufiée qui, devenue brusquement bossue, les poils dressés d'horreur sur l'échine, écoutait cette plainte qui, montant jusque par-devers elle, la transformait en caisse de résonance du message de douleur et d'impuissance qui lui parvenait. Qui était celui de son mâle, de son compagnon de misère et de tuerie. Sans doute ce message était-il un ordre, le dernier qu'elle recevrait de lui. Non point d'attaquer à son tour, de le venger, mais de fuir dans l'intérêt, peut-être, d'une portée de louveteaux qu'elle élevait dans quelque tanière, assez loin d'ici, dans une excavation de rocher, un trou défendu par le bastion des broussailles. Des animaux à peine sevrés, encore faibles sur leurs pattes et pour lesquels, l'un comme l'autre, ils étaient venus chasser jusque-là autant que pour eux. Pistant Ania et lui au flair, à grande distance, à l'odeur qui leur avait été apportée par le vent, car, après quelques secondes d'hésitation, de désespoir sauvage et grondant qui répondait au sien, lui arrachait à son tour des gémissements saccadés (et c'était comme si elle étouffait et elle avait un air de solitude que celui qui venait de lui tuer son mâle n'avait jamais vu à aucune autre bête), tout à coup elle s'était tue comme à bout de force, d'hystérie paroxysmique. À bout de deuil.

Faisant volte-face, elle avait disparu en silence par bonds énormes, dévastateurs qui la portaient vers le nord.

Et maintenant, avait pensé Heinrich la Jambe Morte, il fallait que cette souffrance cesse. Il fallait qu'il achève ce loup. Car, pas plus qu'il n'avait aimé voir tuer une femme après qu'on avait abusé d'elle, il n'avait aimé, au cours des guerres et des chasses, les tortures endurées par les hommes et les bêtes avant leur fin. Et puis, il lui fallait récupérer sa francisque car il pouvait en avoir encore besoin si la louve changeait d'avis, revenait et qui sait, en force, avec d'autres. Auquel cas, cette fois, Ania et lui, pour de bon, seraient perdus.

Immobile toujours, paralysée d'angoisse, d'éperdument, la mule flageolait sous lui. Aussi, avant de descendre à terre, dans la boue, avait-il pris la peine de la caresser entre les oreilles, de lui parler. Il l'avait appelée mon cœur, ma colombe, ma poire fondante, mon vin doux, tout comme si elle eût été Basine. Alors, elle avait moins tremblé, s'était laissé attacher par son licou à une branche basse de chêne qui avait pris racine au fond du chemin creux. Seulement, quand il s'était éloigné d'elle pour se hisser, en rampant sur le côté et en s'élevant à la seule force de ses bras qu'il accrochait aux protubérances des pierres et des racines en direction du loup, elle avait henni faiblement, trois fois, pour lui signifier qu'elle l'attendait. Qu'il devait lui revenir. Qu'elle n'avait que lui au monde. Qu'elle était son Ania. La perle de ses yeux. Son trésor de l'aube. Qu'autrement elle mourrait.

La hache de jet plantée dans les reins, le loup n'arrivait pas à venir à bout de son agonie. S'aidant des pattes antérieures et des épaules, il avait même réussi à se traîner jusqu'au tronc qu'il n'avait pas eu le temps de franchir dont, alors qu'il avait été sa perte, il tentait de se faire un rempart contre l'homme s'élevant vers lui, par saccades, lourdes reptations laborieuses, maladroites. Duquel, dans un demi-coma, lui laissant encore la faculté de sentir l'odeur de sueur et de sanies du corps exténué, il percevait l'approche.

La bête râlait, éructante de bave, parcourue d'ondes de souffrance, mais jusqu'ici le cœur résistait et comme la moelle épinière n'avait pas été atteinte, ni le bulbe, ni le cerveau, elle identifiait celui qui venait à elle. Le haïssait de toutes les forces qui lui restaient. Comme elle avait, tout à l'heure, de ces mêmes forces, brûlé du désir de se repaître de sa chair, de ses viscères, de ses os.

Heinrich avait enfin atteint la plate-forme où s'était joué le sort du loup, et le sien. À deux ou trois coudées seulement de distance, il l'avait eu, là, devant lui. Toute haine! Mais toute impuissance aussi à bondir, à mordre. L'arrière-train foudroyé. Le regard (si aigu, si clair tout à l'heure, une lame, un couperet) devenu aveugle. Il décida que c'en était assez de cette boucherie, qu'il ne l'achèverait pas au scramasax en l'égorgeant. Qu'il l'assommerait très vite à mort, d'un seul coup et par pitié, avec le gros gourdin qu'il s'était taillé avant son départ de la Sagne en guise de masse, en cas d'échauffourée et que, s'appuyant sur lui, l'utilisant comme une canne pour se redresser entre deux rampements, il avait pris avec lui pour grimper. Et c'est pourquoi, enfin debout, tenant le gourdin à pleines mains, il l'abattit à toute volée sur la nuque du loup, lui brisant net les cervicales et ce fut tout.

Ensuite il retira la francisque gluante de sang, la suspendit, telle quelle à son baudrier d'ancien fantassin ripuaire, redescendit vers Ania qu'il détacha et repartit avec elle, en direction de l'ouest.

L'après-midi était largement avancé quand, à une percée de lumière au loin devant ses yeux, il sut que la forêt s'ouvrait enfin, le rejetant de son ventre hostile et noir sur une plage de soleil qu'il allait falloir traverser sans aucune protection, aucune possibilité de repli, si des rôdeurs, cantonnés aux lisières, s'en prenaient à lui pour voler ses armes et le peu de provisions qu'il avait reçues des moines d'Aulnay : deux galettes de farine de châtaigne, une poignée de nèfles et de prunes tardives de leur ancien verger, une gourde d'eau pure. Comme ils le lui avaient dit, plus de huit bonniers de friche à franchir au pas, à la fois par excès de lassitude d'Ania, par prudence aussi. Car il fallait éviter qu'elle ne se blessât aux ronces, à leur présence sournoise à ras de terre entre les bouquets de hautes graminées, de folle avoine, de chardons cotonneux et violets proliférant en groupes serrés qu'elle devait contourner. Il fallait jouer le tout pour le tout, une fois de plus. Réussir à gagner l'autre bord de la Coêvre, celui où il y avait la grotte, ou mourir dans ces friches, avant d'avoir atteint cette ligne de brume légère, un peu mauve, elle aussi, comme les chardons, qui montait d'elle, de ses eaux et faisait croire, à distance, qu'elle n'en était que leur subtile émanation de plantes grêles, épineuses, sous un ciel couleur de bronze, blasonné d'un soleil cagoulé de gris.

Personne ne vint.

Parvenu au bord de la Coêvre, il quitta le dos d'Ania, plongea sa francisque souillée de sang dans ses eaux vertes et de crainte que la mule, ivre encore de peur et de fatigue, ne glissât en la traversant, sur les longues pierres humides de son pont celtique, il la fit passer à gué, là où, elle et lui, avaient pied, de sorte qu'ils atterrissent sur l'autre rive. Finalement les moines d'Aulnay avaient raison. En l'absence d'un vrai gîte, ce lieu, quand on s'y trouvait, était plaisant, propice à la halte, au bivouac. L'endroit embaumait les herbes aromatiques, la menthe poivrée, la sauge, le serpolet. Il y avait là aussi, mêlés à une herbe courte et drue de regain, des parterres de trèfle enluminés par l'excroissance veloutée des hautes chicorées ligneuses, l'ombelle crémeuse des carottes sauvages. Un régal pour Ania. Un enchantement pour lui. Subitement, autour d'eux, après l'enfer qu'ils venaient de vivre, ce havre odorant, ce pâturage délicieux, longé par un ruissellement d'ondes rapides et sombres mais fourchues et dorées du bout, à cause de la lumière du soir qu'elles accrochaient une seconde à leur crête avant de s'enfoncer entre les aulnes, entre les saules. Ajoutée à cela, la palpitation incessante des feuillages mêlée à celle de l'eau dans un bruissement continu, moitié végétal moitié aqueux, et qui leur tenait compagnie autant que cette douceur subite qu'avait le vent du soir soufflant de l'ouest. Devenu, à l'heure où la mer se retire, presque une caresse.

Et puis derrière eux il y avait la falaise, telle aussi que les moines l'avaient décrite. De toute sa rectitude abrupte et trapue, érigée par couches gréseuses à stratifications obliques. Enrobée de la stalactite des ronces et des lierres dégringolant de la chênaie qui l'encapuchonnait, elle dominait de toute sa splendeur mi-végétale, mi-pierreuse, cette espèce d'Éden étroit qu'elle cadenassait en sa partie nord, tandis que la Coêvre le verrouillait au sud-est par le barrage de sa chute d'eau. Une effervescence bouillonnante et belle à voir. À savourer des yeux, comme la frange de soie brillante soulignant l'ourlet mouvant d'une robe verte de femme et qui donne soif de la toucher, de la boire.

Sans bien savoir ce qu'il faisait parce qu'il était affreusement éprouvé, qu'il avait, pour de bon, cru sa dernière heure venue à l'apparition des loups, que ce qui s'était passé entre le mâle et lui, comme ce qui se passe dans un corps à corps entre deux hommes qui comprennent, dans un éclair, tout l'un de l'autre, prennent la mesure de leur mutuelle férocité, de leur mutuelle fragilité, avant que de donner la mort ou de la subir, n'avait cessé de le poursuivre; qu'il lui fallait, ne fût-ce qu'un court moment, oublier tout cela, s'oublier lui-même pour ne pas devenir fou, ne pas se mettre à lancer sa francisque à la face de la lune qui se levait dans le ciel encore clair, ou chantonnant comme un enfant réfugié dans le cocon de l'ignorance des dangers qui l'entourent, marcher droit à l'ennemi, à l'agresseur, s'il y en avait encore un, et poitrine offerte, en direction de la falaise, Heinrich la Jambe Morte s'était couché entre les pattes d'Ania vautrée dans l'herbe. Saisissant à pleines mains des touffes de menthe duveteuses il s'en était frotté les poignets, les paumes, les genoux, la figure, avant, dans l'odeur balsamique de leur sève, de sombrer dans un sommeil comateux et noir, l'arrachant à sa condition d'être humain, condamné à vivre hors placenta, hors ventre maternel. L'y ramenant. Le ramenant contre le ventre d'Ania, entre ses pattes, au centre de la terre. À la source d'obscurité et d'énergie de son propre noyau, afin qu'il s'y perde, qu'il en meure ou en resurgisse, chargé des forces telluriques d'une seconde naissance.

Coma bref! Chute décisive dans le gouffre. Sa verticalité foudroyante. Son coup de grisou! Celui qui le subit touche le fond, en revient ou n'en revient pas.

Heinrich la Jambe Morte en était revenu.

À la limite de la désintégration, il avait repris pied sur les bords de la Coëvre. L'épreuve avait peu duré. À peine si la lumière avait eu le temps de battre en retraite en direction des sources de la rivière, si les végétations, la falaise, le ciel qui commençait à peser et se confondre avec elle, à cause de l'immersion du soleil dans une très lointaine mare de sang, commençaient à se farder de sombre, à faire bloc sous la brume; sous les aunes de grosse étoffe râpeuse dont elle accrochait les bourres grossières aux rugosités des roches et des troncs. Aux épines. Qu'elle déroulait, aussi, en rase-mottes au-dessus de la chute d'eau. En escamotant les couleurs, si vives, si tranchées tout à l'heure, de sorte que le barrage n'existait plus que par ce bruit confus, moitié ronron de gros félin, moitié pépiement de passereau qui continuait à sourdre de lui, à travers une juxtaposition de strates cotonneuses verrouillant la Coëvre en amont.

Pendant ce court laps de temps où elle était sans doute tombée avec lui dans le puits qui s'était ouvert sous eux, Ania, non plus, n'avait pas bougé. Ensemble, ils avaient dû disparaître, accrochés l'un à l'autre, ne faire plus qu'un.

Et c'était sans doute pour cette raison, à cause de cette communion absolue entre eux, de ce retour à une identité de nature entre l'homme et la bête, remontant au début de l'avènement des mondes, qu'ils étaient seulement passés à côté du néant. Qu'ils en resurgissaient, hébétés, totalement épuisés mais vivants, au milieu des plantes, de leur élasticité reptilienne, de leur odeur, à l'endroit même où, tout à l'heure, le sol s'était ouvert sous eux.

Maintenant il fallait trouver l'ouverture de la grotte avant qu'il ne fît nuit. Dormir pour de bon ici à la belle étoile et au bord de l'eau, dans leur état de faiblesse c'était, non seulement s'exposer à être de nouveau dévoré ou piétiné par les bêtes, mais prendre mal encore davantage, se gorger d'humidité jusqu'aux os, mourir en crachant le sang à plus ou moins brève échéance.

Ici encore, bien se rappeler les indications qu'il avait reçues : à main droite du pont, à une cinquantaine de pas de la rive, côté soleil levant, découvrir la fissure, située au pied de la falaise sous l'encorbellement d'un éperon de grès corseté de lianes de viornes, ébouriffé de touffes grises de sureau ployant en cette saison sous le poids de leurs grappes de fruits noirs; en constituant l'entrée et débouchant, selon les moines, sur un assez large hémicycle aux parois pourvues en hauteur d'un certain nombre de niches où l'on pouvait s'étendre à l'abri des bêtes rampantes qui le hantaient. Sans compter à l'occasion, de la harde des sangliers, des cerfs migrants, bivouaquant en famille et jusqu'à l'aube. Les petits de l'année rassemblés autour des biches, autour des laies. Les mâles gardant le seuil, le cadenassant de la fascine divergente de leurs andouillers, du cimeterre de leurs canines. Mais enfin, la saison n'était pas encore assez avancée pour qu'on risquât grand-chose d'eux, tant il y avait de fougères, de buissons feuillus dans les sous-bois, pour leur servir de bauge. Y digérer, en paix, racines de raves et glands, regain d'herbe tendre dont ils s'étaient gavés au crépuscule ou à la pointe du jour.

De toute manière, une fois de plus, il n'y avait pas le choix. Heinrich compta donc dix fois autant de pas laborieux et lents de boiteux qu'il avait de doigts sur une main. Ainsi se trouva-t-il, à peu de chose près, au pied de la falaise ceinturée d'éboulis, se chevauchant à la diable, au milieu des orties. Il marcha encore un peu vers l'est en les contournant. Devina, plus qu'il ne vit, à l'incurvation légère d'un pan de roche, dominé par un autre en suspension au-dessus d'elle que c'était là, l'incision, la fissure verticale entre les strates par laquelle il lui faudrait s'insinuer avec Ania. Encore qu'elle fût plus large, quand on était devant elle, qu'il ne l'avait supposé et qu'elle laissât entrer du dehors, à cette heure encore, une giclée de lumière suffisante, sa clarté parcimonieuse de lampe à huile, permettant, du moins à des yeux restés d'aigle comme les siens, d'y repérer, au cœur même de la demi-obscurité, deux ou trois ombres en creux, plus denses et noires, s'en détachant comme des halos sombres à même les parois et qui étaient quelques-unes des excavations dans lesquelles on pouvait s'installer à demi couché pour y dormir. Le reste de l'hémicycle se perdait dans une obscurité de nécropole. Une cohabitation avec les ténèbres, ce qu'elles pouvaient cacher dans leurs replis, dont il allait aussi falloir s'accommoder. D'ailleurs il était trop épuisé pour battre le briquet sur le silex bouchardé qu'il avait emporté de la Sagne avec lui. Encore moins, pour tenter d'allumer ici un feu qui pourtant l'eût réchauffé, permis d'y voir un peu plus loin autour de lui, de se faire quelque idée des dimensions de l'aire de cette chambre noire. Aussi d'éloigner la cavalcade souterraine et noctambule de toute une faune rongeuse et suceuse de sang.

Il se hâta d'aller chercher Ania, la débarrassa du manteau d'Harnegonde, de son bât, des deux paniers coniques contenant sa gourde, sa cuiller, une provision de filasse, un peigne de fer d'étrillage, son fusil à feu, un capuchon de bure, deux peaux de chèvre, sa pierre à fusil, enfin son pauvre bagage d'esclave désormais sans maître, parti, à grand péril, à la recherche d'un autre, la fit entrer de biais par l'étroite brèche qu'il venait d'emprunter lui-même. Ensuite, ce fut le tour du bât et des paniers qu'il plaça dans l'une des niches. Il disposa le manteau et les peaux dans une autre, là où il dormirait. Prenant une dernière fois sur son exténuement, il ressortit pour aller quérir des fougères dont il avait repéré une grande nappe sèche et roussâtre au pied ouest de la falaise, afin d'en faire un matelas pour la mule et lui. Il les coupa avec son scramasax, en constitua une grosse botte à longues tiges, revint, en tirant comme il pouvait sa charge végétale. Mouvante, ondulante, luxuriante comme chevelure défaite de femme qu'il aurait enlevée, traînée par les chevilles sous son bras, à moitié évanouie, la tête renversée dans l'herbe. Dans la grotte, il divisa cette masse en deux, forçant Ania à se coucher sur l'une d'elles à proximité de la niche où il s'étendrait, lui. Mais, contrairement à son habitude, elle se montra rétive, hésitant à lui obéir, soufflant nerveusement, renâclant, col tourné vers le fond de l'hémicycle à croire qu'elle y flairait une nouvelle menace. Une bête tapie dans l'ombre et qui allait bientôt se jeter sur eux, un autre loup ou même quelqu'un. Mais il était tellement à bout, si hors d'état de se défendre, de la défendre, si résigné tout à coup à mourir d'une manière ou d'une autre, dans quelques secondes, dans une heure, qu'il refusa de s'en soucier.

Se hissant à la force des bras jusqu'à hauteur d'excavation comme il s'était hissé à celle du loup, trop éreinté pour manger ne fût-ce que l'une des galettes de farine de châtaigne dont il disposait, le sommeil, son coup de massue, à la nuque, entre les épaules, l'avait, pour la seconde fois de la journée, précipité dans un puits sans fond. Le livrant, aussi longtemps que durerait ce second coma qui se prolongerait jusqu'à l'aube, sa jambe morte pendant le long de la paroi, au possible déchiquettement, à la morsure de quelque animal rôdeur, ou, s'il s'agissait d'un homme, à celle du couteau.

Car de même qu'il l'éveillait autrefois, sur le châlit placé au pied de la couche de Raschomer et qu'il pouvait alors se lever, rejoindre Basine, le petit matin l'avait ramené à lui-même. Réussissant, jusque dans cette grotte, dans le cocon d'une niche de pierre où il s'était recroquevillé en posture de larve, à ranimer en lui la course du sang, à lui rendre des sens. Avec eux, une conscience. Celle de son corps douloureux, mais vivant. Lui rendant aussi une mémoire. De sorte qu'il sût qui il était, d'où il venait, où il voulait aller et même qu'il avait éperdument faim et soif, envie d'uriner, mais pas n'importe où. Pas ici dans le noir, dans la honte. Dehors et librement. Comme une bête sauvage et fière. Comme un homme qui n'a plus peur de rien, se tourne d'instinct vers l'est pour le faire. Qui présente au soleil qui se lève, à ses rayons divergents, habités par l'influx de ses forces vives, de leur pouvoir de régénération quotidienne et divine, la fragilité de sa verge gonflée des miasmes de la nuit, dont, en se vidant en même temps du poison des cauchemars, il se débarrasse, d'abord, devant eux, afin qu'ils puissent la recharger d'énergie vierge.

Ensuite, on verrait. Il faudrait faire sortir Ania de ce trou. L'étriller, la bouchonner avec des fougères, lui donner un peu de temps pour paître. Manger ces galettes de farine de châtaigne avant de repartir. Cette grotte aurait finalement été une bonne grotte, un lieu de bivouac privilégié pour lui. Il en garderait un assez bon souvenir s'il parvenait à atteindre son but. À remonter sans trop d'encombre ce jourd'hui, à l'ombre de la falaise, le cours supérieur de la Coëvre. À susciter, une fois rendu, la pitié du frère hospitalier. Autrement, s'il était repoussé, si tout ce terrible voyage avait été inutile, toute cette solitude endurée dans la faim et la pourriture, dans les souffrances de l'esprit et du corps qui l'avaient vieilli de plusieurs années en quelques jours, réduit à l'état de fuyard, de gibier, il avait décidé qu'il se pendrait après avoir tué sa mule. Voilà tout.

C'est alors qu'il entendit tousser, quelque part dans la caverne.

Que, saisissant, d'instinct, son scramasax qu'il avait gardé à sa ceinture pour dormir, avec sa hache, fichée dans sa botte droite à côté du rouleau de papyrus rédigé en sa faveur, il vint se jeter, dos contre la paroi, face à l'hémicycle. À l'invisible ennemi qui avait occupé ici la place, bien avant lui, et, se cachant à son approche, était resté au fond, toute la nuit, attendant qu'il fît assez clair pour profiter de sa faiblesse de dormeur pour l'égorger. Et comme il avait raté son coup, il se terrait encore dans cette grotte, mais où?

Encore une fois on toussa et la mule qui s'était mise debout en renâclant sourdement comme la veille au soir, émit une manière de grognement viscéral et discret qu'il ne lui avait jamais entendu. Qui tenait du soupir, de l'exclamation humaine. Celle du compagnon qui, l'ayant perçu le premier, vous avertit du danger commun que vous courez si vous ne vous tenez à l'instant sur vos gardes.

D'abord, rester coi, agglutiné à l'ombre, les armes à la main. Laisser l'adversaire approcher. L'obliger à se découvrir, à se trahir lui-même. Ce qui vous donne peut-être une chance d'avoir sa peau au lieu qu'il ait la vôtre.

La toux avait repris une troisième fois. Elle venait toujours de la même direction. Du fond de l'hémicycle. Visiblement, de jour comme de nuit, constamment plongé dans les ténèbres. Irrépressible petite toux sèche impossible à contenir depuis qu'elle avait commencé. Mauvaise petite toux spasmodique qu'il connaissait bien, dont, lorsqu'elle saisit quelqu'un, capitaine ou soldat, seigneur ou esclave, si aucune décoction, aucun enveloppement à la pâte brûlante de sénevé ne vient à bout, celui qui l'endure finit, une fois sur deux, par mourir, en crachant le sang.

Maintenant il en était sûr, il s'agissait d'une toux de femme.

Il s'y connaissait aussi en toux de femme. En cette façon qu'elles ont toutes alors, vieilles ou jeunes, d'essayer, par humilité, par pudeur, de dissimuler leur mal en essayant de l'empêcher franchement de sortir par la bouche. En le remontant, de leur gorge brûlante jusqu'au nez, jusqu'au front comme elles le font avec leur voix pour chanter. Atteindre des sons plus hauts, plus minces, plus maîtrisés que ceux des hommes, sinon les moines, animés du même souci lorsqu'ils psalmodient.

Pendant que cette toux continuait, s'amplifiait même, au point d'envahir toute la grotte, de la transformer en caisse de résonance dont les échos l'éclaboussaient, lui, de leurs vibrations prolongées et sifflantes, il réfléchissait. Si cette femme se trouvait seule et malade dans cette caverne (depuis combien de temps et pour quelles raisons s'y terrait-elle?), si aucun homme n'était avec elle pour se jeter sur lui, l'attaquer à mort, histoire de la défendre et par la même occasion le détrousser, il ne voyait aucune raison de la malmener, de continuer à lui faire peur par sa présence inopinée dans l'antre où elle s'était réfugiée et même, il eût aimé pouvoir quitter, dès maintenant, ces lieux, avec Ania, comme s'il eût été sourd. Qu'il n'eût rien entendu des quintes de plus en plus sèches, précipitées qui la secouaient. Signalaient sa présence. Pouvaient la perdre, la livrer à toutes les violences d'usage dans les circonstances d'isolement et de faiblesse où elle se trouvait acculée.

Cependant, il fallait se défier. Ne pas se laisser trop émouvoir par cette toux. Garder scramasax au poing. Regarder venir. L'homme peut-être. Puisque après tout, il pouvait y en avoir un. Attaché à elle par les liens de la misère ou du sang, ceux de la chair, du mariage. Le mari, le fils, le père, l'amant, le compagnon de rapine pouvait surgir le premier, suivi d'elle, surveillant chacun de ses gestes d'agresseur, en épousant les précautions, les ruses et même, si malade qu'elle fût, armée par lui d'un couteau qu'elle essaierait de lui planter dans le ventre pendant que l'autre tenterait de l'égorger. Car les femmes ne sont pas toujours si incapables, non seulement de se défendre mais d'attaquer qu'on le dit. Toutes ne reculent pas devant le sang à verser, soit par nécessité de sauver leur vie, celle de leurs enfants, soit par déloyauté, cruauté pure. Il en avait aussi connu de cette espèce-là. Aussi avides de richesses, de pouvoir que les hommes. Et comme il ne savait rien de celle-ci, fût-elle seule dans cette grotte en face de lui, il devait se tenir sur ses gardes. Ne pas quitter la grotte avec Ania en offrant le dos à son coup de poignard. Essayer de l'avoir à l'usure, à l'affolement de le sentir là. L'obliger à se découvrir et, faute de pouvoir s'échapper, à se livrer à l'inconnu qu'il était de son côté, pour elle. Sans savoir s'il aurait pitié de son dénuement, de son état ou s'il en profiterait, fût-elle laide ou difforme, ou ravagée par la maladie et l'âge à faire peur, pour lui faire violence, se moquer de ses supplications, de ses cris quand, pour en finir, il la noierait dans la Coëvre une pierre au cou, lui réglerait son compte en lui tranchant la tête.

Car enfin, au fur et à mesure que le temps passait, que rien ne bougeait de près ni de loin dans les profondeurs de la grotte, que, figé contre la paroi, dans une immobilité ardente et douloureuse qui lui faisait de plomb sa jambe inerte, il guettait, dans une crispation de tout l'être, le moindre indice de mouvement, d'attaque violente ou sournoise contre sa personne, contre sa mule, s'installait en lui, y prenait corps, l'évidence qu'il était bel et bien seul dans cette caverne, avec cette femme. Avec cette toux. Qui avait d'ailleurs maintenant cessé. Remplacée par un tel silence, une telle vacuité dans l'hémicycle que l'impression lui en devenait insupportable de la sentir invisible, mais là, comme se tenant à la lisière d'un gouffre. Et puis, enfin, lequel d'entre eux allait se décider à faire le premier pas à la rencontre du terrible inconnu de l'autre? Qui, d'elle ou de lui, prendrait l'initiative du suicide?

De nouveau Ania renâcla, qui s'était rencognée à ses côtés avec des halètements pénibles d'emphysème, de fatigue, d'angoisse accumulée de vieille bête à bout de course, bout de souffle et qui n'en finissait pas de subir ce purgatoire avec lui. Elle aussi venait d'entendre quelque chose. De flairer quelqu'un. Moins une avancée qu'un glissement. Une odeur. Crasse et sueur mêlées. Urine et sanies d'animal humain, de femelle rongée par la fièvre et folle de peur. Si forte, cette peur, qu'elle la poussait à sortir de l'ombre. À en finir.

Il faisait maintenant grand jour au-dehors de sorte que par l'ouverture de la grotte, un peu de lumière vive allait s'allongeant au point d'en éclairer la paroi de l'ouest, de la farder de haut en bas de vergetures dorées pareilles à du miel liquide. Une invite, en les regardant miroiter sur fond de grès roussard, moussu et sombre où elles s'inscrivaient comme par incision, par tatouage, à s'arracher aux ténèbres pour s'aller jeter dans les bras du soleil. Les cent bras qu'il étirait hors nuages et qui lui faisaient une couronne de rayons divergents. Et s'il fallait mourir, mourir au moins devant lui. Devant sa face. Sa promesse de vie renouvelée, d'éclatante résurrection. Et non point comme une crapaude, comme un rat, dans le goulot d'une galerie obscure.

Encore un peu de temps passa, lourd de menace pour

elle et lui. Statufiée aux frontières de l'ombre où, de longues heures d'affilée, pendant que l'inconnu dormait, elle s'était tenue terrée, la femme hésitait à les franchir pour s'aller livrer, sans doute, à ses brutalités de soudard isolé. De farouche Germain probablement en rupture de ban. De déserteur qu'elle avait entendu parler en tudesque à sa bête, la veille au soir en la bouchonnant, lui préparant une litière, avant de se hisser à tâtons dans un bruit de lame de lourde hache raclant la pierre, pour y reposer tout armé dans la niche la plus proche de l'entrée. Sans doute, serait-il reparti sans la découvrir, recroquevillée sur elle-même, sur sa terreur de lui, sur sa faim, sa misère, cachée au fin fond de l'hémicycle, derrière une protubérance de roc, s'obligeant à ne pas s'endormir, à guetter au juger, à l'ouïe, à l'ampleur de ses grands mouvements nerveux de dormeur agité, à ses grognements de vagabond harassé, ses gémissements sourds entrecoupés de ronflements paroxystiques, suivis de plaintes aiguës et brèves comme si on lui enfonçait des aiguilles dans la chair, qu'on le torturait (de même pour sa mule, aussi tourmentée que lui) où il en était avec le sommeil, avec les cauchemars, avec son propre enfer, à la fois semblable et différent du sien, s'il n'y avait eu, impossible à contenir depuis, qu'ici, dans cette caverne, elle avait pris froid, cette toux qui l'avait trahie. Et puisque c'en était fait d'elle, que pour se défendre elle n'avait qu'un mince gourdin fourchu du bout dont elle se servait de jour pour abattre les glands, les châtaignes, écarter devant elle les épines pour atteindre les mûres, les champignons qu'elle dénichait sous le couvert des mousses au pied des chênes, mieux valait en finir, marcher une dernière fois à la rencontre du soleil c'est-à-dire à celle de l'appétit de meurtre de ce Germain. De sa bestialité, de ses coups.

Alors, telle qu'elle était, malade à crever et sale, le visage couleur de feuille morte et ravagé de tics, les yeux chassieux, empaquetée de guenilles puantes, maculées à hauteur de bas-ventre et le long des cuisses du sang figé de ses menstrues, ses pieds écorchés enveloppés dans des fragments d'écorce de bouleau, tenus à la cheville par des liens d'osier, Alcalia, veuve d'Ulric le bûcheron, massacré quelques semaines auparavant à coups de hache pour avoir tenté de fuir, au lieu de suivre la soldatesque mérovingienne de Chlodowig 1er voulant l'arracher à sa hutte de forêt, à son humble épouse partie ce matin-là à la recherche de fruits sauvages dans les sous-bois, pour leur servir d'esclave portefaix, était entrée dans la lumière.

– Tue-moi donc, soldat si tu veux, avait-elle dit en aulerce. Mais je t'en supplie, fais vite. Épargne-moi de longtemps souffrir. Est-ce que tu me comprends?

– Pourquoi te tuerais-je, femme, avait-il répondu, puisque tu ne m'as fait aucun mal, du moins jusqu'ici? Dis-moi seulement si tu es seule, avec ma mule et moi dans cette grotte. Si je n'ai pas à attendre de ta part ou de quelqu'un qui se cache encore dans l'ombre, quelque traîtrise. Jure-moi sur ton Dieu, si tu es chrétienne, de ne pas mentir. Autrement, bien sûr, il me faudrait m'en prendre à toi avant de me mesurer avec ton compagnon ou ton maître.

Alcalia avait juré.

Deux semaines pleines, quatorze jours et quinze nuits d'affilée, par humanité, par pitié, Heinrich la Jambe Morte était resté en ces lieux où il avait cru ne faire que passer pour soigner la veuve d'Ulric le bûcheron.

Il l'avait soignée en même temps qu'Ania. Les traitant à peu de chose près de la même manière, comme il l'avait toujours vu faire et fait dans sa vie d'éleveur de mulets, d'ânes, de chevaux, de palefrenier-châtreur-apothicaire. Rompu à batailler contre les fièvres virales, leurs dyspepsies, leurs infections gastriques, intestinales, urinaires, avec pour corollaires, leurs maux de poitrine et de gorge, leurs vomissements glaireux, leurs crises de dysenterie sanglante.

D'abord, il les avait fait sortir toutes deux de la caverne, les exposant le dos au soleil, pendant qu'il rassemblait sur une large pierre plate qu'il avait découverte au pied de la falaise au milieu des ronces dont il l'avait dégagée en les rompant avec son poignard court, ce qu'il fallait pour allumer un feu odorant, guérisseur, pour elles deux et par conséquent pour lui. Car il avait, lui aussi, le ventre ballonné, gonflé par les flatulences, un point de côté sous les aisselles, la gorge douloureuse, le nez bouché, le front qui lui brûlait, les paupières collées, l'une à l'autre par le pus.

Expert depuis l'enfance à percuter le fusil, sa lame épaisse et courbe contre la pierre à briquet, à faire jaillir, par frottements, l'étincelle sur le silex bouchardé, il avait eu assez vite fait, sur la plaque de grès faisant office de sole, de fourneau de plein air, de métamorphoser en brasier, sur leur fagot d'aiguilles sèches, la provision de pommes de pin qu'il avait rassemblée. D'y mêler une forte poignée de serpolet pour obtenir un feu riche en essences balsamiques : tanin, térébinthe, créosote, aux vertus thérapeutiques susceptibles d'améliorer un peu leur état. Accroupis autour de la pierre, Ania se tenant docilement à leurs côtés, Alcalia et lui en avaient longtemps respiré les fumées, leurs puissants effluves qui leur montaient au nez, les piquaient à la gorge, aux yeux. Rude épreuve au début. Insupportable même! Mais leur procurant, peu à peu, une espèce de soulagement. Un début d'évacuation des mucus purulents qu'ils crachaient ou mouchaient au-dessus des cendres rouges. Une purification par le feu leur arrachant, avec leurs humeurs, des quintes de toux rauque, catarrheuse qu'ils allaient chercher, loin dans leur poitrine, comme si ces fumées qu'ils s'efforçaient d'inhaler, y dérangeaient quelque chose, un mauvais ordre établi dont elles voulaient venir à bout. Qu'ils étaient le champ clos de la bataille qu'elles livraient dans leurs poumons, leurs entrailles, à grand renfort de bouffées d'aromates, de chaleur, contre ce mal qu'ils avaient en eux, qui menaçait de les pourrir, fibre après fibre, à la façon d'une grume, oubliée là, en stagnation, dans le cratère d'une mare d'eau rongeuse.

Comme le Ripuaire connaissait aussi les bienfaits des fumées de hêtre, du *foyard,* astringent, fébrifuge, dont ils se trouvaient quelques-uns, croissant sur les rives de la Coêvre, les jours qui avaient suivi, aidé par Alcalia, se traînant avec lui, ici ou là, le talonnant désormais comme son ombre, il avait ramené autant de grosses branches mortes de hêtre qu'ils pouvaient en soulever à deux pour les porter jusqu'à la sole de pierre, capitonnée maintenant, de nuit comme de jour, d'une épaisseur de cendre irradiante et chaude. Le bûcher de foyard prenait lentement feu par en dessous, arrachant peu à peu, à son matelas épais, volatil et gris, des étincelles d'un rouge violent, bientôt suivies par une éruption de flammes ronflantes, taillées en dents de scie, en langues effilées de serpent. Le circonvenant, le pénétrant par grandes poussées érectiles, dans un fouillis de gros nœud de vipères brûlées vives, s'embrasant les unes aux autres. La pierre était large et lisse, mais par bonheur, à l'une de ses extrémités oblongues, elle avait un creux. Ce qui permettait d'y rassembler juste ce qu'il fallait de cendres brûlantes, de manière à pouvoir y poser, pleine d'eau, sur un petit trépied qui faisait partie de son bagage, l'écuelle en bois qu'il possédait aussi et dont la contenance était d'environ une demi-pinte. Il y faisait préparer, sous sa direction, par Alcalia, pendant qu'il continuait à s'activer, pour collecter des branches de foyard, des décoctions pectorales d'écorce de hêtre qu'elle arrachait aux tronçons des grumes qu'il détaillait en bûches, à la francisque, avant de les jeter sur le bûcher. À raison d'une demi-poignée d'écorce débitée menu par écuelle, la décoction était prête quand, après l'avoir fait doucement bouillir, le liquide avait réduit de moitié. Alors, ils se la partageaient, deux fois le jour, matin et soir.

Pour se nourrir il y avait les châtaignes. Il fallait bien sûr d'abord s'ensanglanter les mains pour les extraire de leur bogue au fur et à mesure qu'on les trouvait sous les grands arbres aux troncs colonnes, lisses au toucher comme une peau d'homme. Un épiderme à grain serré, aristocratique et ligneux de Bédouin caravanier, de chasseur de savane. Avec un bruit percutant et sec, un bruit de grêlons, elles en tombaient, en déchirant autour d'elles le papyrus des feuilles mortes et leur averse de minuscules hérissonnes vertes, roulées en boule sur elles-mêmes, toutes épines rameuses dehors, mais le ventre fendu, ouvert sur le trésor de leur triple fruit, enchâssé dans la cavité blanche de l'involucre, de son ovaire cloisonné, était la providence pour eux.

Sans silex ni briquet depuis qu'elle avait quitté la clairière et la hutte des confins ouest de la forêt d'Aulnay où elle avait vécu avec Ulric pas loin de huit années et mis au monde trois enfants morts en bas âge, fuyant comme une laie, une biche forcée par les chiens, après s'être heurtée, en rentrant, le soir venu, au cadavre de son mari, rendant cervelle et boyaux; réduit, sur l'échelle où on l'avait d'abord attaché, après sa capture, à l'état de pièce de boucherie, de verrat fraîchement égorgé; n'emportant rien avec elle, pas même une peau de chèvre pour se couvrir de nuit, pas même un couteau, non plus qu'un fusil à faire du feu, Alcalia avait mangé cru depuis des semaines. Ne sortant qu'au crépuscule pour cueillir des baies, se nourrir d'ail, d'oignons sauvages, de champignons, de marrons et de glands qu'elle thésaurisait dans la grotte, où elle se cachait ensuite jusqu'au lendemain. Devenue rongeur parmi les rongeurs, couleuvre parmi les couleuvres, renarde parmi les renardes. Dépeceuse, à coups de crocs, de restes d'oiseaux, de jeunes lièvres à demi dévorés par les éperviers, par les buses, les loups-cerviers, elle avait survécu à elle-même, à la folie qui s'emparait d'elle par moments, lui arrachant, de jour comme de nuit, des cris de souffrance paroxystique, des ululements de chevêche torturée, agonisant, ailes clouées, sur la porte d'une grange tandis qu'elle rêvait, éveillée comme endormie, qu'elle était devenue Ulric ou du moins son double. Qu'elle le voyait, se voyait, perdre la cervelle, les entrailles en même temps que lui. En même temps, elle pouvait marcher, et, retenant ses viscères d'une main, elle essayait de l'autre de lui refermer le ventre mais elle n'y arrivait pas et elle cherchait partout son écheveau de fil de chanvre et son aiguille d'os pour le lui recoudre.

Or, voici qu'elle pouvait boire et manger chaud grâce à ce muletier germain. Ce grand rouquin boiteux, large de visage et de poitrail et velu comme un ours dont elle ne savait rien, sinon qu'il était pour l'heure, à peu de chose près, aussi démuni, malade, crasseux, malodorant et pouilleux qu'elle. Aussi tenaillé par la faim. Se régalant, comme elle se régalait, en salivant de plaisir, crachant et morvant en même temps au-dessus du feu, avec les châtaignes qu'elle faisait griller sous la cendre. Avec leur chair onctueuse et brûlante, cuite à l'étouffée et à cœur que, de leurs ongles cassés et noirs, ils dépouillaient de son tan duveteux pour, avec des grognements de jouissance, ceux du sanglier fouisseur s'empiffrant de racines, la gober presque sans la mâcher, au risque d'étouffer par gloutonnerie irrépressible d'affamés.

Qu'aussi, il n'y avait sans doute aucune vraie méchanceté en lui, tout germain qu'il fût. Aucun besoin, en profitant de sa faiblesse de femme, de se venger sur sa misère à elle, de sa misère à lui. Qui était grande, elle le voyait bien. Encore aggravée par sa maladresse d'infirme à marcher, se courber pour se saisir d'une branche ou d'une pierre, se redresser avec son fardeau, le tirer après lui, en progressant de travers, tout en s'appuyant sur la solidité de la jambe gauche, le corps rejeté en arrière de façon que l'autre qui ne répondait plus, parvînt à s'élever, si raide qu'elle fût comme un bâton, avant de retomber au sol dans un froissement de feuilles mortes, à la manière d'un aviron de barque dans une eau bourbeuse, toujours en passe de s'immobiliser ou de couler par le fond.

Qu'aussi, il était capable d'encore sourire. Pas seulement à sa mule que visiblement il aimait. À cette pauvre vieille et touchante Ania qu'il étrillait à l'aide d'un gros peigne de fer, aux dents cassées, abreuvait d'infusions d'orties car il y avait aussi la ressource des orties, pour lui soigner, à elle comme à eux, les poumons, mais à elle, Alcalia. Aux efforts que, pour l'aider à mener à bien cette opération de survie qu'il avait entreprise pour eux trois, elle fournissait : l'arrachage des fougères, leur bottelage avec des liens de viorne permettant d'en ramener une grande quantité jusqu'à la grotte pour matelas et litière, la collecte des mûres, des noisettes, des champignons, sous les mousses. Un patient ratissage du terrain, au pied des chênes, des pins sylvestres. Ne laissant rien passer. Ne négligeant pas le moindre centimètre carré d'humus sous le capiton des feuilles mouillées; auscultant, à pleines mains, leur gonflement luisant et putride au-dessus du niveau du sol, entre deux coussins de lichen, deux racines, dans l'espoir d'y débusquer la girolle ou l'oronge, la trompette-des-morts, le bolet à faire braiser en douceur. Oui c'était cela, souriant! À la ration de nourriture qu'après l'avoir extraite du foyer, en écartant les cendres avec la lame de son scramasax qu'alors il lui prêtait, la rassemblant, pour lui comme pour elle sur un caillou plat en guise d'assiette, elle lui tendait. À sa misère morale et physique. À son délabrement, miroir du sien. Comme si elle eût été belle. À tout le moins bien portante et fraîche. Qu'il eût été agile et bien portant de son côté. Que ce fût pour eux deux, le printemps. Celui de la saison. Aussi celui de l'âge. Un sourire la rendant à sa condition humaine, sa féminité. Réussissant à lui faire prendre conscience qu'elle existait encore. Que toute sale, maigre à faire peur, puante, démantelée qu'elle fût, perdant par poignées ses cheveux que la fièvre lui collait au front, aux tempes, elle redevenait Alcalia.

L'irrésistible sourire d'Heinrich la Jambe Morte, auquel de toute sa pauvre bouche tuméfiée, il arrivait maintenant qu'elle répondît sans même s'en rendre compte! Sans savoir non plus que, dans son pauvre visage réduit à l'ossature, à l'effrayante concavité des joues, il rendait quelque éclat émouvant et doux aux larges yeux bruns mouchetés de fauve qui avaient dû être, hier encore, son plus grand charme de serve filandière partageant, à quelques lieues de cette grotte, la vie d'Ulric, le serf bûcheron.

Deux longues semaines de bivouac, de lutte entre vie et mort pour la Gauloise réduite à l'état de bête furtive. Pour le Germain, acculé, à cause de l'infortune de son maître et de son infirmité, quasiment au même sort qu'elle. De compagnonnage fortuit. D'existence commune entièrement tournée vers la satisfaction des besoins élémentaires. Un acharnement à faire feu de tout bois. À utiliser tous les moyens du bord pour tenter d'avoir le moins faim, le moins froid possible. D'enrayer le mal de poitrine. Celui qui ronge, trouble les idées et la vue, fait trembler bras et jambes, multiplie nausées et flux de ventre. Irritante comme du fiel, du vinaigre, la diarrhée vous arrache des gémissements. En même temps, on se met à vomir. Réduit à l'état d'excrément, de chair en voie de corruption, seul avec votre misère, votre pestilence, alors qu'autour de vous, le monde est calme, végétal, indifférent, vous retournez à la terre pour vous y confondre avec ses pourritures, avec ses boues, à moins qu'il n'y ait quelqu'un qui s'acharne à vous rendre un semblant de santé et du même coup de dignité. Non seulement à force de soins, d'industrie, mais de totale, d'absolue pitié partagée et que vous lui rendez. De sorte que vous, Alcalia, la veuve d'Ulric, massacré par les soudards de Chlodowig 1er et avec vous, Heinrich le Tudesque, de la même race qu'eux, amené par les circonstances à partager votre précarité, ne faites quasiment plus qu'un.

Au sixième matin de la pleine lune de septembre, l'un comme l'autre vont sensiblement mieux. Non seulement à cause des décoctions de thym et d'orties, des châtaignes avalées brûlantes mais encore du sommeil à deux, à l'intérieur de la grotte, sur une seconde pierre plate, trouvée là, accotée contre une des parois de l'hémicycle, à moitié détachée d'elle comme par usure et qu'avec des gourdins en guise de leviers, ils ont pu faire glisser à même le sol. Chaque jour, quand le soleil vire de bord, jette sa nasse dégoulinante d'or fondu, en amont de la Coëvre, ils répandent sur elle une épaisse couche de cendres chaudes. Le transport des braises, du bloc de grès qui leur sert de foyer extérieur à celui de la caverne où ils dorment, se fait à deux, dans un tronçon de chêne évidé à la hache. Il faut aller vite pour, qu'ardentes encore sous leur livrée grise, leur virulence ranimée par les coups de vent, elles ne mettent le feu à ce cendrier improvisé. Soigneusement capitonnée d'une couche épaisse de leur duvet brûlant et friable, la pierre de l'hémicycle s'échauffe peu à peu à la manière d'une sole de four.

À nuit tombée, avant de s'y étendre, à l'aide de branches de genêts, ils en rejettent les braises presque éteintes, mais encore tièdes, de sorte qu'elles continuent à réchauffer l'atmosphère autour d'eux par rayonnement. Quittant en grande hâte, pour éviter de prendre froid, leurs guenilles malodorantes qu'ils ne peuvent laver à la rivière, faute de hardes de rechange et qu'ils placent à l'abri de l'humidité dans une niche, Ania, non loin d'eux, ils se couchent, côte à côte et nus, sur ce dur matelas pierreux, mais dont la tiédeur, avec l'épaisseur des fougères sèches qu'ils accumulent à tâtons par-dessus eux en guise de couverture, maintenue en place par le poids et l'étendue du manteau d'Harnegonde, finit par les pénétrer par tout le corps, jusqu'aux poumons, aux viscères, à la moelle des os.

Tout l'art consiste à ne pas bouger. À rester immobile en posture de gisants pour éviter la chute des fougères qui revitalisent les organes qu'elles recouvrent, détendent les muscles, évitent les crampes, diminuent les maux de tête, tiennent lieu de bain de jouvence, se font chaudes comme de la laine, comme de la soie. Question de volonté. De vigilance. D'attention au corps de l'autre. Pour lui, à celui d'Alcalia. Sa maigreur ballonnée à hauteur de bassin et que les bras décharnés encadrent, soigneusement rangés le long des flancs. Comme dans un cercueil, déjà! Sur son odeur de peau de souffreteuse. Aigre ou fade, selon le degré de fièvre qui la glace ou la brûle. Pour elle, au sien. Charpenté (un corps d'esclave) large encore de poitrail et d'épaules mais à l'inverse du sien, au ventre réduit à un cratère ridé de chair exsangue, entre l'encorbellement excessif de l'ossature du tronc et la virilité en hibernation du sexe, lové, à la façon d'un reptile peureux, dans l'épaisseur, à hauteur d'aine, d'une toison rousse qui lui tient lieu, dans les odeurs de musc et d'urine, de nid, de terrier, de berceau. Sur cette jambe morte qu'il étend le long de lui en la soulevant à pleines mains quand il s'allonge pour dormir. Qu'il n'arrive jamais à replier, à réchauffer, même au contact de sa cuisse à elle, qu'elle fait pourtant exprès, dans ce but, d'appuyer contre. Dont il souffre à longueur de journée. Qui lui arrache des grimaces de douleur quand il peine pour l'approvisionner en bois de chauffe, battre le briquet, transporter les cendres. De même quand il étrille Ania, la masse du col à la croupe, pour favoriser chez elle, respiration, transit intestinal, reprise de la course du sang.

Ce qu'il fait d'ailleurs aussi pour elle. L'obligeant chaque matin avant qu'elle ne se lève et ne réendosse chemise et tunique sales, à tourner sur elle-même, côté pile, côté face, sur leur lit de pierre.

Cependant, s'étant laissé débouler à même le sol, sur son côté valide, il s'acharne, à moitié couché sur elle, à la bouchonner de toutes ses forces, des fesses aux épaules, de la poitrine au bas-ventre, avec des rhizomes de fougères encore, qui lui égratignent l'épiderme mais lui procurent, en même temps, une grande sensation de chaleur et de calme, comme au sortir d'un bain de vapeur odorante.

Et voici les forces qui reviennent. Du moins semblent revenir. Et comme il entreprend, pour finir, de lui masser le ventre, du nombril jusqu'aux hanches, en revenant au nombril par mouvements circulaires, précautionneux qui l'auscultent, s'attardent aux points sensibles de contracture des viscères, qu'il s'efforce du bout des doigts de les assouplir, de les dénouer, voici qu'il a réussi. Qu'elle libère un chapelet de pets, comme Ania, comme lui-même, quand elle s'essaie à le masser à son tour. Et voici qu'il se met à rire. Voici qu'il est content, qu'elle est contente de lui donner l'impression d'aller mieux. Ce qui lui fait oublier, un instant, le boulet de sa jambe morte.

Alors il redevient ce qu'elle voit bien aussi qu'il a sans doute toujours été, avant que d'être infirme : un homme d'énergie, d'espérance. Un homme de vie!

Un matin qu'elle s'est plainte d'avoir les reins brisés, des crampes aux mollets, la respiration courte et ce ventre toujours à porter devant soi comme une outre pleine à craquer d'eau croupie, comme un fœtus pourri, il l'a fait mettre de dos, debout et nue devant lui et, lui ayant ordonné de croiser les mains derrière la nuque, il l'a soulevée de terre à la façon d'une corbeille par les anses de ses coudes repliés. La basculant en même temps vers lui. L'arrachant, l'espace d'un éclair, à sa condition terrestre. Lui imprimant, de haut en bas, un mystérieux mouvement de rééquilibrage par rapport à elle-même, sa structure démantelée et par rapport à lui, devenu son centre de gravitation. Ensuite, après l'avoir doucement laissée retomber sur le sol ferme, il l'a fait asseoir entre ses jambes avec lui, sur la pierre encore tiède de la grotte au milieu des fougères. Il a pris son menton dans le creux de sa main gauche en lui recommandant, d'une voix apaisante, de garder la nuque molle dans le réceptacle de sa paume quand il la ferait virer d'un quart de tour avec l'autre main. Une fois à droite, une fois à gauche. Et c'est sa tête, cette fois, qui a basculé en direction d'une épaule, puis de l'autre dans un mouvement de semi-rotation précis et sec, lui déclenchant à hauteur de bulbe et derrière l'oreille, une douleur légère, presque immédiatement suivie par l'irruption d'un fluide chaud ayant pris racine entre les clavicules et s'élevant à la façon d'un geyser dans tout le crâne. Et comme elle a poussé, pendant l'opération, un léger cri (soulagement, surprise), qu'il l'a gardée, yeux fermés, le temps qu'elle se remette, blottie contre lui comme un enfant, quelque chose est passé de l'un à l'autre. Un courant. Sur lequel ils se sont tus, mais venant renforcer les liens en train de se nouer entre eux à force de misère, de compassion.

Peu de conversation pourtant sur le chapitre. Sur les malheurs des temps et par conséquent le leur. Encore moins de propos larmoyants au sujet des deuils qui les ont frappés. La mort épouvantable d'Ulric. Celle de Basine et de l'enfant. Sur la chute de Raschomer, la cruauté de leur condition de pauvres hères. Tout de même, à un moment ou à un autre, quand ils mangent de concert, assis sur une souche leur tenant lieu de banc, ou, de nuit, quand le sommeil ne vient pas, à cause de l'excès de fièvre, une phrase abrupte qui leur échappe, comme malgré eux, prononcée en langue romane qu'ils possèdent plus ou moins bien, et parlent tous deux, chacun avec leur accent vernaculaire aulerce et germain. Phrase, le plus souvent inachevée, dont, le silence qui la prolonge, en dit bien davantage sur ce qu'ils ont souffert, sur ce qu'ils souffrent, sur ce qu'ils redoutent d'avoir à souffrir encore avant que de mourir, que n'importe quel discours. Silence qu'ils écoutent se propager par ondes. Intensément. Entre eux, ce flux. Cette rivière de sang. Visqueuse. Souterraine. Dans laquelle, ensemble, ils entrent, malgré la peur, le dégoût, pour ne pas laisser l'autre s'y débattre seul avec ses ombres, ses terreurs.

Misère. Compassion. Chasteté aussi. Allant finalement de soi. Fraternelle. Absolue. Pas seulement à cause de la faiblesse de leurs deux corps, mais par pudeur. Par respect. Celui qu'Heinrich éprouve pour le veuvage d'Alcalia. Celui qu'Alcalia éprouve pour le chagrin du Ripuaire d'avoir perdu femme et enfant. Avoué à elle une fois dans des termes qui l'ont frappée.

– Moi qui ai toujours été bon hongreur, bon dresseur d'étalons de même, bon palefrenier, qui ai élevé tant de juments, les aidant à mettre bas de leur poulain bien vivant, même quand l'affaire était risquée, que leur fruit se présentait mal, par les pattes ou en travers d'elles, ce qui risquait de les déchirer; qu'il fallait y aller à la main dans leur ventre pour le redresser d'abord, après les avoir entravées sur place, parce que la douleur les rendait folles, je n'ai pas pu y arriver avec Basine et son enfant. Il était mien aussi et il m'est arrivé mort entre les mains pendant, qu'à elle, le cœur lui cédait.

» Et pourtant elle m'avait fait confiance comme les bêtes me l'ont toujours fait et justement pour m'avoir vu à l'œuvre dans les écuries, dans les champs. Nous étions convenus, entre nous, quand elle avait été sûre d'être grosse, qu'elle n'aurait affaire qu'à moi dans ce moment-là. Pour cet enfant et ceux qui pourraient suivre. Je m'étais fait dire par les autres valets d'écurie, par les soldats, aussi par Raschomer, mon maître et frère de lait, qu'accouchement de femme était affaire de femme. Que c'était pour un homme, même de si peu, comme je suis, manquer à la fierté que de s'en mêler. Mais Basine et moi pensions autrement. Que puisque c'était moi qui lui avais planté un enfant dans le ventre, c'était moi qui, le temps venu, devais le recevoir le premier. L'aider à sortir du gîte. Me montrer bon père avec lui dès les premières secondes où je le détacherais d'elle pour qu'il vienne à moi, qu'il m'appartienne autant qu'à elle. Basine me disait : n'écoute personne. Tu verras, ce sera ton plus joli poulain et voilà que je n'ai plus eu qu'à les enterrer l'une, l'autre. Qu'en penses-tu, Alcalia, toi qui es femme? Est-ce que j'ai eu tort de vouloir aller à la rencontre de cet enfant jusque dans le ventre de sa mère, d'y mettre les mains pour l'en délivrer au milieu du sang, de la douleur et des cris après l'y avoir planté joyeusement avec ma verge par un matin de liesse entre elle et moi? Est-ce qu'il y a eu péché, comme vous dites, vous autres Gaulois, depuis que les moines vous ont convertis au Dieu unique et vierge, mort en esclave sur une croix, à ce que j'aie tenu à l'assister en pareil moment? Car enfin, je ne sais pas comment te dire, mais une femelle, enfin une femme qui s'ouvre aussi bellement qu'une bête, qu'un bonnier de sol pour recevoir la graine, qui n'a de cesse ensuite de la laisser grossir de bon cœur en elle, en même temps qu'elle va et vient, file la laine ou la tisse, tourne la meule à écraser les blés, lessive à grand effort son linge recouvert d'un lit de cendres, le baigne patiemment d'eau chaude, qui mange et boit, s'active ou se repose, gaule pommes et noix, coud tuniques et braies, les répare, se dispute avec les uns, fait la paix avec d'autres, qui la nourrit, cette belle semence, en elle et d'elle, de nuit comme de jour me paraît à tout le moins digne d'avoir à ses côtés, à l'heure de la délivrance, celui qui l'a labourée, hersée. Qu'il tienne à honneur de vouloir l'aider à venir à bout d'un si grand, si terrible ouvrage. Car c'en est un terrible, selon moi, d'avoir à donner la vie autant que la mort. Car la vie, alors qu'on la croit faite pour être aimée de celui ou de celle qui la reçoit, comme si elle était bonne, maternelle est à la vérité sans justice ni pitié. Oui c'est bien cela. J'y vois clair maintenant dans son jeu et par conséquent dans le mien. Dans le tien, Alcalia. Celui d'Ania. Tout comme dans celui de ce loup qu'en traversant les forêts d'Aulnay, j'ai fini par tuer. Enfin, dans celui de n'importe qui.

» La vie suscite l'amour alors qu'elle est sans amour, voilà tout. Le choix est vite fait au demeurant. Ou de s'aller noyer quand on a compris cela ou de faire avec. Pour l'instant, cette mule, toi et moi, faisons encore avec, comme tu vois. À preuve que, si par bonheur, il en reste encore sous les braises je vais te demander quelques châtaignes à croquer, à condition que nous fassions part à deux. Quelques châtaignes de plus, Alcalia, quelques champignons de plus, quelques décoctions, quelques nuits de plus à dormir sur la pierre chaude et nous pourrons peut-être, qui sait, venir à bout des pièges que l'existence nous tend. Lui voler, quoi qu'elle en ait, encore un peu de temps qui nous permette de vivre en sa mauvaise compagnie. Compagnie de garce. De diablesse lunatique. Tirant son plaisir de frapper au hasard sur tout ce qui lui tombe sous le poing. Mais enfin, comme elle est folle, qu'il arrive que sa propre méchanceté l'étourdit, la saoule comme setier de vin, il y a quand même des choses qui lui échappent et dont il faut savoir profiter derrière son dos.

» De la beauté du monde par exemple, Alcalia! Celle qui la dépasse, nous dépasse. Dont n'importe qui peut jouir au long d'une journée quand il a des yeux pour voir. Car il va de soi qu'on peut avoir des yeux et n'en être pas plus avancé pour autant que pauvre aveugle! À ce propos, sache que tes yeux sont restés beaux, Alcalia, malgré la maladie, malgré le malheur. Mais savent-ils encore voir? Le soleil qui se lève, le voient-ils? Cette façon qu'il a d'enrubanner de rose, puis de jaune brillant, le ventre et les mamelles noires de la nuit? De faire pâlir le visage de la lune, de la faire s'évanouir en fumée pendant qu'il s'empare de l'horizon à sa place, qu'il devient le flamboyant visage du jour? Fameux le lever du jour, Alcalia! Ses couleurs qui chatoient au-dessus des collines, des montagnes, des plaines, du front des armées sans que personne n'y puisse rien. Pas même les plus grands hommes de guerre, qu'ils les conduisent à la victoire ou à la défaite. Pas même les plus grands rois. Pas même Chlodowig 1er en passe de faire siennes toutes les Gaules avec les Allemagnes. De posséder la Loire aussi bien que le Rhin. Pas même les seigneurs abbés qui prient devant sa face. La beauté du monde, Alcalia! Qui ne fait de différence avec personne. Ni homme, ni femme, ni enfant, ni bête. Car la lumière qui plonge dans l'eau du lac que le prince longe sur son destrier avec son valet d'armes à pied, lui portant son gonfanon, miroite du même éclat pour l'un et l'autre. Elle refuse d'en priver l'esclave à l'unique profit du maître.

» Ce sont là des choses, enfin des idées qui me sont venues au fur et à mesure des années, après mon départ de Westphalie. De mon avancée de serviteur-palefrenier-soldat sous le commandement de mon seigneur et frère de lait, Raschomer. Campagne après campagne, après guerre. Pour ceux qu'il considérait comme ses pairs, pour ses petits vassaux, pour moi, son valet préféré qui le suivait comme son ombre, eh bien, c'étaient les mêmes saisons, les mêmes pluies, les mêmes neiges, les mêmes soleils. Mêmes rivières à remonter ou descendre. Aussi me suis-je senti, peu à peu, son égal au fond de mon cœur. Sans jamais le lui montrer bien sûr. Ni en paroles ni en actes. Car c'eût été l'offenser en face de ses capitaines. L'obliger, alors qu'il m'aimait comme je l'aimais, à me traiter durement, en homme de rien. À me faire couper la langue et le poing. À me jeter, membres rompus, dans le cul d'une basse-fosse. Alors que je savais qu'il savait, lui aussi, au plus profond de lui-même, qu'amis de petite enfance, puis compagnons d'aventure et de conquête, il y avait déjà longtemps que toute différence avait disparu entre nous. Entre lui, fils de chef de clan ripuaire, entêté de grandeur, de royauté et moi, fils de serf, à lui donné, pour le servir, depuis que j'ai pu tenir sur mes jambes jusqu'à ce qu'elles ne me portent plus.

» Comment t'expliquer, Alcalia? Te convaincre? Qu'à cause de la beauté du monde, malgré ma jambe réduite à l'état de branche morte à tirer à chaque pas comme boulet, malgré cette misère où me voilà plongé pour avoir perdu le soutien de mon seigneur, je me sens libre. Qu'il me faudra continuer à trouver en moi la force de le rester, même si je survis à tout ceci, dois m'aller livrer, comme colon, aux moines du mont Coêvre, tendre la nuque pour recevoir d'eux le joug, une seconde fois, contre châlit, pain de méteil et cervoise amère.

» À deux conditions, toutefois. C'est qu'ils me laissent ma pauvre Ania pour compagnie. Qu'ils ne décident, qu'épuisée comme la voilà, qu'elle n'est plus bonne que pour tirer d'elle quartiers de peau et tronçons d'os pour y tailler des outres et des aiguilles à coudre. L'autre étant qu'à toi aussi, ils te fassent bon accueil. Qu'ils t'aient en pitié autant que moi. D'autant que tu leur appartiens déjà. Ayant été la femme d'un homme qui a peiné pour eux à les fournir en bois de taille, en épieux pour leurs clôtures, en bardeaux pour leurs toits, en fagots, en charbon pour leurs fours, comme tu me l'as dit et dont la mort, te laissant plus abandonnée que louve, que renarde ayant vu son mâle périr, taillé en quartiers, n'a pas été humaine. Qu'en dis-tu, Alcalia?

Et comme elle ne répondait rien, se contentant, après en avoir trouvé encore quelques-unes, sous la cendre, de lui tendre les châtaignes qu'elle avait pris la peine, tout au long de son discours, de décortiquer soigneusement, sans prendre garde à ce qu'elles la brûlaient et quand il lui avait déclaré qu'elle avait gardé de beaux yeux elle les avait précipitamment baissés avec quelque chose qui ressemblait à un sourire, il avait encore ajouté :

– Au demeurant, s'ils se trouvent eux-mêmes en grande détresse, après le passage des Saliens, qu'ils te gardent donc seule avec eux, comme ils en ont le devoir. À moi, ils n'ont aucune obligation, bien au contraire. Je suis un Germain, un Ripuaire qui ne vaut pas mieux qu'un Franc. Avec, par-dessus le marché, une jambe qui, elle, à coup sûr, ne vaut plus rien. Je dois m'attendre à ce que la recommandation de Raschomer, devenu moine de leur ordre, ne serve à rien et que, tout messager que je sois de leurs frères d'Aulnay, chargé de leur annoncer de vive voix la mort de leur prieur et les grandes misères qu'ils endurent, aussi la charge qu'ils ont de cette petite fille qui n'a plus ni santé, ni tête comme je te l'ai raconté, ils me repoussent après m'avoir écouté. Or, s'ils ne veulent ou ne peuvent me garder, s'ils ne sont pas d'humeur à la charité avec moi et Ania, ou dans l'impossibilité de le faire par excès de disette, je m'en irai donc et en quelque sorte le cœur content, de te savoir chez eux, en sûreté, au gynécée de leurs vassales fileuses, partageant leur lait et leur pain et recevant d'elles, après les miens, les soins restant nécessaires à ton état.

Un silence avait suivi. Pendant lequel Alcalia, retenant dans sa main les deux derniers marrons brûlants, à chair roussie qu'elle venait d'éplucher, les avait regardés avec fixité. À croire qu'elle les y découvrait, après avoir perdu, un long moment, la notion de leur existence. Qu'ils fussent devenus, pendant qu'elle avait écouté Heinrich la Jambe Morte, deux fruits étranges, à structure cannelée dont elle ignorait la provenance. Quelque denrée inconnue dont elle ne savait si elle devait se résoudre à y goûter.

Enfin, se décidant à sortir du mutisme qu'elle avait observé depuis le début du long et poignant discours qu'il avait entamé pour elle et pour lui-même, en se laissant porter comme autrefois par le fleuve de la parole, sa précipitation de cours d'eau, toutes vannes ouvertes (chez lui cet art inné de l'incantation verbale au service d'une pensée abrupte et forte qui l'avait toujours distingué des autres palefreniers, des autres valets d'armes), elle avait demandé, sans toutefois oser le regarder en face :

– Mais si les moines te refusent, ta mule et toi, où iras-tu donc?

Et le voyant alors fixer le feu à son tour, avec un air d'absence :

– Où iras-tu donc? avait-elle répété avec une insistance qui refusait de lui faire quartier d'une réponse.

– Eh bien, avait-il brusquement jeté d'une voix rauque, en évitant, de son côté, de la regarder, puisque tu tiens tant à le savoir, ou l'on m'agrée là-haut, comme serf, comme colon, tout perclus que je suis et je saurai encore me rendre utile, ou l'on me repousse et j'en finis pour de bon cette fois. Avec Ania, avec moi. Je la tuerai, je me tuerai, voilà tout. Faute de pouvoir continuer à endurer sans recours, non plus que sans but, pareille misère. À la faire endurer à une malheureuse bête qui n'en peut mais.

Ensuite, ç'avait été de nouveau le silence. Son poids énorme entre eux. Un grand et terrible moment à passer!

C'est elle qui l'avait rompu pour la seconde fois avec, sans bouger de place, assise comme elle l'était, dans le creux évidé d'une vieille souche d'alisier, un grand mouvement de torse la portant vers lui, à la rencontre de ses yeux, de ses mains dont elle s'était saisie ardemment pour les ouvrir et y déposer enfin les châtaignes.

– Erik (elle prononçait Erik et non pas Heinrich, avalant la diphtongue francisque de son nom, la réduisant à une seule voyelle, par maladresse de Gauloise à la prononcer, elle et son *h* aspiré, de même pour le *rich* de la seconde syllabe qu'elle transformait en *rik,* à la manière celte) Erik, il faut que tu saches que s'il n'y a pas refuge là-haut pour toi, il en sera de même pour moi. Je n'irai jamais filer ni tisser la laine des moines du mont Coêvre, s'ils te refusent.

Le puissant élan de la tête et du tronc le projetant à son tour vers elle avait été sa réponse. Un ébranlement chez lui, de tout l'être qui, à travers le tremblement subit de ses doigts encore solides et déliés d'accoucheur, de dresseur d'étalons, de manieur d'armes de jet, d'homme industrieux, à tout inventer, à tout faire, à donner la vie aussi bien que la mort, l'avait secouée elle de part en part. Des doigts de sorcier qu'elle continuait résolument à tenir enlacés aux siens. Qu'elle refusait de lâcher.

Il s'était mis à parler bas maintenant, visage détourné toujours. Comme le marcheur qui va pieds nus, bute et se blesse aux aspérités des pierres, peinant pour chercher ses mots. Sur leur contenu simple, abrupt, lourd de sous-entendus sanglants.

– Si c'est cela que tu veux, Alcalia, sache qu'il me faudrait agir avec toi, finalement, comme pour Ania, comme pour moi.

– Oui, Erik, avait-elle murmuré. Oui, c'est cela que je veux.

– Nous aurons devant nous l'hiver. Sans plus de nourriture aucune. Sans forces recouvrées, suffisantes pour chasser, lutter nuit et jour contre le froid, continuer à nous soigner. D'ailleurs, autant en convenir, je suis à bout. Tout à fait à bout. Le mont Coêvre c'est ma dernière chance, Alcalia.

– Moi aussi, Erik, avait-elle confessé, je suis à bout.

– Et pourtant quel dommage, ma petite, avait-il murmuré dans un souffle, tu as gardé malgré tout, de si beaux yeux.

– Et toi, Erik, si belle façon de me sourire.

Longtemps alors ils s'étaient tus, leurs doigts restant liés à la lisière ardente du feu et les nuits qui avaient suivi, jusqu'à leur départ de la grotte en direction du mont Coêvre, ils s'étaient désormais toujours endormis sur la pierre chaude, main dans la main.

3.

Au matin succédant à la nuit de pleine lune d'octobre, par un temps lumineux et sec, faisant présager les débuts des fortes gelées qui allaient suivre, comme ils toussaient moins, que leurs paupières, moins rongées par le pus, désenflaient, qu'ils souffraient moins du ventre, ils quittèrent la grotte pour remonter le cours supérieur de la rivière, atteindre l'abbaye. Avec elle, les sources de la Coêvre qu'elle détenait. À mi-pente d'une échancrure de colline tout en rochers, en broussailles, leur jaillissement de filets d'eau s'y inscrivant de haut en bas comme des rigoles de sueur. Peu de chose en somme, du moins en apparence, que ce suintement perpétuel et silencieux, presque salivaire, formant ruisseau qu'un enfant pouvait, en cet endroit enjamber au hasard de sa course. Mais rendant le seigneur abbé, avec lui, ses moines, comme l'avait été, avant lui, Diocletius Savarius, le gouverneur romain, avant lui encore, le collège des six druides ayant longtemps régi sur le plan spirituel la communauté des Aulerces diablinthes, maître de toute une vallée de rivière représentant, de sa naissance à sa confluence avec la Loire, pas moins de dix mille bonniers de terres arables ou de friches, de forêts exploitables et giboyeuses, d'étangs poissonneux, de viviers, la possession d'une mine d'or, une autre d'étain. Un domaine sur lequel œuvraient, assidûment, du moins en temps de paix, plus de deux mille vassaux, libres ou non, sans compter la trentaine d'artisans, la centaine de soudards préposés à la défense de l'abbaye et aux fonctions de police sur l'ensemble de ses propriétés, tant séculières que régulières.

Il avait été convenu entre Heinrich la Jambe Morte et Alcalia que s'ils réussissaient à franchir l'ultime étape les séparant du mont Coëvre, ce serait elle qui, là-haut, puisque aussi bien elle appartenait aux moines, qui parlerait la première pour leur annoncer l'assassinat d'Ulric l'un des bûcherons de leurs forêts d'en bas. Les supplierait de la prendre en pitié, plaiderait sa cause à lui, d'ancien valet d'écurie, de Germain, d'homme de piétaille réduit à la mendicité, et qui s'était montré bon pour elle, avant qu'il ne présentât sa recommandation rédigée par le prieur de la Sagne, l'une de leurs plus lointaines maisons en pays cénoman, au nom de Raschomer le chef de clan ripuaire maintenant déchu. Qu'ils avaient d'ailleurs connu, et qu'ils avaient craint comme ils craignaient maintenant celui qui l'avait déposé. Ce Chlodowig 1er, l'ayant condamné, sous peine d'être occis, à se fondre dans l'anonymat de leur ordre pour lui laisser la place. Avant aussi, qu'il ne transmît, de vive voix, les appels au secours de leurs frères du prieuré d'Aulnay.

La lumière était au plus bas de sa course au-dessus de leur tête quand ils atteignirent l'enceinte du monastère, sa porte en bois de grume, consolidée en travers par des demi-fûts en merisier, déjà fermée à cette heure, entre vêpres et complies, qui était celle du souper des moines. Gardée, de l'intérieur, par deux hommes de l'ost, hissés sur un terre-plein, la dominant à mi-corps de leur haubert en mailles serrées, de leurs casques pointus à jugulaire de cuir, de leurs lances.

Pauvre couple crasseux, dépenaillé, que les flaques d'un soleil en charpie ensanglantaient aux épaules, qu'ils avaient là devant eux!

Surgissant par le chemin montueux, tirant après soi, ornière après ornière, une mule aux paupières sanguinolentes, aux poils du ventre et des cuisses rongés par la pelade, à la respiration sifflante. L'homme, affligé d'une énorme boiterie le faisant grimacer de douleur et dériver à chaque pas (mais le visage émacié sous l'épaisseur de la barbe, sa carapace crépue et roussâtre, avait quelque chose d'imposant, de résolu, encore que sans hargne) ; la femme, vermineuse et sans âge, toussant à fendre l'âme, entre deux explications qu'elle leur donnait en langue aulerce qui était aussi la leur pour, pendant qu'ils la jaugeaient, elle, sa misère, ce qui pouvait lui rester de beauté réfugiée dans l'état fiévreux de ses yeux clairs couleur d'anis, dans un visage ravagé par la maladie et les larmes, leur raconter d'où elle venait. Qu'elle avait été la femme d'Ulric le bûcheron de la partie des bois d'Aulnay la plus proche de la rivière, tué à coups de hache pour n'avoir pas voulu suivre les armées du nouveau roi des Francs. Que cet homme, cet infirme d'une jambe qui se trouvait là avec elle, venait de la Sagne, des pays cénomans. Qu'il avait été contraint de les traverser à grande misère, après la chute de Raschomer son maître. Qu'après l'avoir par hasard découverte dans la grotte des bords de la Coëvre où elle se cachait, il l'avait, tout germain qu'il fût, soignée des nuits et des jours avec le plus absolu dévouement. Lui faisant du feu, l'abreuvant de décoctions, de tisanes, la sauvant du désespoir, en vivant auprès d'elle sans jamais lui faire violence ni en gestes ni en paroles, bien au contraire. Aussi, qu'il apportait avec lui un message de la part des moines de la Sagne et de ceux d'Aulnay, pour le seigneur abbé.

Curiosité d'en savoir plus, commisération aussi peut-être, on les avait laissés entrer.

D'abord ils franchirent une première cour, lieu d'allées et venues des laïcs de passage, des tenanciers des manses venant livrer volailles, œufs, grains et saindoux, miel et cire en guise de cens, à l'infirmerie-hôtellerie, aux cuisines. Hors clôture de l'oratoire et du logis des moines, un grand espace venteux et vide, sans allées tracées, circonscrit par des bâtiments frustes qui étaient, outre les écuries, les hangars, une assez longue bâtisse édifiée en torchis et coiffée de chaume qui tenait lieu de réfectoire, aussi de dortoir aux pauvres hères, aux voyageurs de petite extrace. Les autres, chefs d'armée d'outre-Rhin, évêques en déplacement, notables de finance ou de justice, partageant le souper du seigneur abbé et dormant à l'intérieur du cloître, dans son propre logis pourvu de chambres réservées à leur usage.

Claudius, le père aumônier, assurant aussi les fonctions d'infirmier pour l'ensemble des malades, avait été bon pour eux. Au seuil de l'hôtellerie, une vaste salle meublée au long des murs par des châlits, des escabeaux; en son centre, par une longue table dressée sur des tréteaux; à plafond bas, solidement arrimé aux cloisons par une double paire de maîtresses poutres assemblées en queue-d'aronde au système des solives que la clarté de trois lampes à huile en poterie noire ocellait de rais de lumière vacillantes et pâles, ce qui faisait que tout l'ensemble de la charpenterie, comme parcourue de longs frissons nerveux (ceux d'une échine de loup-cervier, de chat-tigre) avait l'air de bouger au-dessus de sa tête encapuchonnée de burel, il avait écouté avec attention le récit d'Alcalia.

– Pauvre femme, avait-il dit, à la fin, si n'était demeurée dans ton triste visage l'étrange lueur de tes yeux d'aneth, jamais je ne t'aurais reconnue. Tu étais jeune et forte encore à la dernière pâque, quand tu es venue ici avec ton mari pour nous livrer charbon de bois pour l'allumage de nos fours et pieux de clôture pour nos jardins avec les deux mules que nous vous avions prêtées. Pour entendre la messe de résurrection avec lui. Recevoir le pain et le vin d'eucharistie avec nos autres vassaux, nos oblats, des mains mêmes du seigneur abbé au nom de celui qui est notre maître à tous, notre chair exempte de péché, le Seigneur Jésus. Pour recevoir, en son nom encore, pitance de fête. Miche de pain blanc à partager avec ton homme, bouillon de poule enrichi de bonnes fèves, rissoles miellées, demi-pinte de cervoise d'orge. Vous étiez repartis, si je ne me trompe, sur les ordres du père cellérier, qui en la matière décide de tout, pourvus, toi, d'une bonne et longue robe de laine, pour l'hiver à venir, lui de braies solides et chaudes taillées dans le froc de notre cher frère défunt, Honorius, ainsi que d'un setier de farine de méteil pour vos besoins ordinaires jusqu'à la nouvelle lune de novembre au jour de Toussaint qui est, pour nous autres moines, reprise de pénitence et de jeûne dans l'attente de la naissance de l'Enfant Roi.

» Mais voilà qu'entre-temps, à cause du triomphe de Chlodowig 1er sur les autres Germains, du passage du gros de son armée à travers nos contrées, avant d'aller se mesurer aux Wisigoths outre-Loire, il s'est produit à nouveau en Neustrie, de grands changements, de grandes violences. Ainsi du malheur d'Ulric ton mari, dont il sera prié, ici, à l'aumônerie, pour le repos de l'âme. C'est miracle, ce qui, nous le savons, n'aura pas été de même pour plus d'un des prieurés des vallées relevant de nous, que Chlodowig qui désormais nous régit, eu égard à la recommandation qui lui avait été faite de notre maison par l'évêque de Grez-en-Ourve, un homme de sa race et de son parentage, soit passé par ici avec une volonté de paix, pourvu que nous sachions lui faire bon accueil. Que nous lui ouvrions nos portes, nos saloirs, nos greniers. Lui procurions bon gîte et bonne chère, place digne de son rang à la chapelle, en face du seigneur abbé, à l'office du matin comme à vêpres. Il est demeuré ici une grande semaine avec son ost. S'amusant avec ses pairs à chasser et pêcher. Il a fallu nourrir ses hommes, ses chevaux et ses mules de trait. Nos provisions de toutes sortes s'en trouvent bien diminuées mais pas au point que nous soyons réduits, sans qu'il y ait péché contre la charité de notre part, à te refuser la pitance et l'asile, infortunée que tu es. Entre donc en cette salle pour y recevoir de quoi calmer un peu ta faim et pour y dormir. Que cet homme entre aussi après avoir conduit sa mule sous l'auvent de nos écuries. Nous lui devons présentement l'aumône, par devoir d'amour chrétien, comme à toi, puisque tu dis qu'il t'a été pitoyable dans ton dénuement et respectueux de ton état de femme. Qu'il me confie le message qu'il tient du prieur de la Sagne. Je le remettrai ce soir au seigneur abbé après l'office de complies afin que le chapitre en prenne connaissance dès demain, après la messe de prime. Quand vous aurez mangé tous deux, chacun prendra du repos de son côté. Toi, Alcalia, dans la partie du *dormitium* réservée aux enfants et aux femmes, ton bienfaiteur dans l'autre.

Ainsi en avait-il été.

Le père Claudius leur avait fait apporter, par un des orphelins de la communauté, préposé au service de l'hôtellerie, une grande écuelle, pour deux, pleine jusqu'à ras bord, de bouillie d'avoine grumeleuse et chaude, assaisonnée d'oignons frits et dans laquelle il avait donné l'ordre qu'on jetât un œuf cru et battu pour l'enrichir, ainsi qu'une portion de lait caillé, salé et poivré. Il leur fut remis aussi deux cuillers d'étain à manche de buis gravé d'une croix latine. Et comme ils avaient, l'un comme l'autre, perdu depuis des semaines le goût des farines onctueuses, ils mangèrent ces mets délicieux avec reconnaissance. Dévotion même. Chacun prenant garde, cuillerée après cuillerée, à ne pas priver l'autre d'une seule bouchée. Et puisqu'ils toussaient terriblement, par moments, en avalant leur brouet tiède qui avait si bon goût à cause des oignons, blondis dans le saindoux, à cause de l'œuf, qu'ils avaient, entre deux éructations, le souffle court, la respiration sifflante, on leur fit encore, pour finir, avaler une décoction brûlante de plantain mêlé à de la fleur de camomille et de mauve.

Ensuite, ils allèrent faire leurs besoins dans la fosse qui jouxtait, dehors, le réfectoire-dormitium, avant d'y revenir s'étendre sur les châlits qu'on leur avait désignés et qui avaient été garnis de paille de seigle.

Ç'avait été leur première nuit l'un sans l'autre. Une grande tristesse pour eux dans l'attente du lendemain. De la résolution du chapitre, à son sujet à lui, et qui déciderait de leur sort à tous deux. Car celle d'Alcalia était prise. Que les moines se refusassent à garder Heinrich et sa bête, elle s'enfuirait pour le rejoindre, reprendre avec lui l'errance et mourir de sa main avant les grands froids des premières neiges.

Il se trouvait que Raschomer, du temps où il tenait la nation aulerce, rêvait d'en devenir le roi, d'y faire souche, n'avait pas laissé de ses visites saisonnières au mont Coêvre, ni de son attitude envers les membres de sa communauté, un trop mauvais souvenir. Se contentant, au lieu d'y prélever le cens en argent, toujours plus difficile à rassembler pour eux qu'une redevance en nature, de prendre ses quartiers au monastère deux fois l'an, pour deux semaines. Celles incluant les deux dimanches encore gras, précédant la seconde période de pénitence qu'ils observaient avant la pâque, les secondes de la Toussaint à la nuit de Noël. Traitant, certes, l'abbaye, aussi longtemps qu'il y tenait quartier comme si elle eût été une de ses villas. Que bêtes et gens, tailleurs et fileuses, forgerons, enfants oblats, tenanciers libres, ou non des manses, ressources de toutes sortes lui appartinssent. À la charge du père abbé de lui tenir table ouverte, de le distraire ou de l'émouvoir lui et ses moines de chœur par leurs chants à la chapelle, car tout païen qu'il fût resté dans le fond de son âme, il était sensible à la suavité des psaumes. Faisant nourrir de bonne soupe où nageaient les quartiers de porc bouillis, la poignée d'hommes de son ost, gardes du corps, palefreniers, se déplaçant avec lui. De bon foin sec et d'avoine ses chevaux et ses mules qui s'en retourneraient vers la Sagne, chargés de jarres d'huile de noix et de faines, de deux ou trois muids de sarrasin et d'épeautre, de barils d'ombles et de truites séchés à la fumée de hêtre et puis encore de quelques aunes du meilleur drap pour les manteaux, pour les braies.

Cependant, sachant jusqu'où aller. Ne pas prolonger son séjour au point d'ôter à ses hôtes le pain de la bouche. De troubler gravement leur règle de vie, celle de leurs macérations, de leurs prières. Mieux encore, n'ayant jamais manqué, au jour de son départ, de leur offrir en compensation, quelque présent, croix ou patène, ou ciboire ou reliquaire orfévrés, contribuant à l'enrichissement de leur trésor d'Église, que le père cellérier, maître des comptes et des archives et seul à disposer des clefs, serrait immédiatement dans un coffre avec les autres objets édifiants et précieux qu'on ne sortait qu'aux jours de fête liturgique et de messe chantée. Ayant promis au seigneur abbé, s'il prenait femme légitime, un de ces jours, en nation aulerce, de lui faire bénir ses noces en son palais de la Sagne. De l'y traiter à grand honneur et respect. Lui donnant du même coup, toute latitude de profiter de l'occasion de ce déplacement, pour visiter tous les prieurés relevant de son ordre. D'en vérifier la bonne marche spirituelle. D'y faire sentir son pouvoir temporel de seigneur religieux. Pouvoir qu'il lui laissait, lui laisserait, dans l'avenir, bien volontiers pourvu qu'il ne se mît pas en travers de sa volonté d'implantation définitive en ces pays et par mariage et par accession à la royauté. Qu'il ne fît point entrave, usant de son poids moral de chrétien et de Gallo-Romain de souche, à sa politique d'établissement. Lui assurât bonne renommée.

Le rouleau de papyrus qu'Heinrich avait confié aux bons soins de Claudius, le père aumônier pour en faire objet de lecture et de discussion à l'heure de réunion du chapitre s'adressait directement, de la part de Raschomer, à Eugénius le seigneur abbé. Les deux hommes avaient fini, sinon par bien se connaître mais bien se deviner. Par observer entre eux un raisonnable modus vivendi qui, au-delà de leurs réticences mutuelles, les avait, à la longue, sinon rapprochés mais transformés en partenaires sachant se ménager. Que Raschomer ait gagné la partie sur Chlodowig, que le Ripuaire ait réussi à tenir la dragée haute au Salien, Eugénius n'en eût pas été fâché. On ne gagne pas toujours au change. La mort du cheval borgne peut vous acculer à vous accommoder d'une monture aveugle. D'autant que le roi des Francs, un gaillard d'une trentaine d'années, aux yeux de félin, au masque violent sous son casque à pointe ou sous la couronne de fer dont il se coiffait pour se rendre à la chapelle écouter la messe, fort de ses victoires sur Syagrius, comte romain de Soissons, sur le roi des Burgondes dont il s'était ensuite assuré le soutien par mariage avec sa nièce, qui se proposait maintenant de battre les Wisigoths outre-Loire, de les refouler au-delà des Pyrénées, s'était montré ostensiblement plus hautain, plus sourcilleux que le Ripuaire. Plus avide. Interdisant pillage, exécutions sommaires et tortures à l'intérieur de l'abbaye, certes, mais exigeant, outre l'entretien de tout un corps d'armée pendant trois semaines d'affilée, des égards dus à son rang qui avaient littéralement mobilisé clercs et laïcs, de nuit comme de jour, mis tous les officiers-moines sur les dents. Du père économe responsable de la cuisson du pain, des distributions de denrées à la cuisine, aux frères cuisiniers eux-mêmes, à leurs marmitons. Du père camérier, veillant à l'entretien des chambres, à l'installation et l'allumage des lampes au crépuscule, leur extinction au matin, à la distribution du savon, de l'eau chaude, au père cellérier, chargé de fournir en boissons, liqueurs de fruits, vin et cervoise, une bonne centaine d'hommes de guerre qui, du premier au dernier rang qu'ils occupaient dans la hiérarchie militaire, aimaient à beaucoup boire.

Après vêpres, quand le soir vient, avec lui, son cortège de mystère qui, du haut de cette colline du mont Coêvre vous fait tout à coup souvenir des vieilles montagnes rhénanes (même fraîcheur piquante de l'air, même épaisseur de nuit comblant, par strates, les inégalités du terrain, leurs dangers, même illusion de liberté, de domination sur le reste du monde au cœur de l'ombre), que le regret vous saisit d'autant, du pays germain; avec lui, celui d'une mère, d'une esclave-nourrice, maintenant morte dont vous avez sucé le lait, aimé la douceur rayonnante du sein nourrissant votre bouche de sa tiédeur, le cercle magique des bras refermés sur votre fragilité aussi longtemps que vous n'avez pas su marcher; que les moines s'en vont dormir pour se relever à la mi-nuit, prier le Seigneur à votre royale intention et, sur votre ordre, à celle des fils bâtards ou légitimes qui vous sont nés; à l'heure du mal du pays, du besoin de régression aux sources de l'enfance, quand la nostalgie vous donne faim, vous donne soif (un vide à combler brusquement, un creux à l'intérieur de soi, l'impression insupportable d'être en train d'y forer sa propre tombe pour y basculer tout à l'heure de soi-même, sans que personne d'autre ne vous y ait poussé), un des grands régals quotidiens de Chlodowig 1er et de ses pairs avait été force pintées de vin miellé servi bouillant, avec cannelle et cumin. Le fameux *bischof* tudesque dans lequel on jetait du pain grillé, après y avoir d'abord plongé un tisonnier rougi à blanc pour lui donner, par effervescence, l'énergie du fer en fusion. Alors se déliaient les langues, aussi les corps. Les chants guerriers fransaliens prenaient de l'ampleur dans la chambre des hôtes. Avec eux, les rires gras qui les ponctuaient, le choc des boucliers projetés l'un contre l'autre entre compagnons jouant à se défier. Et le torchis des cloisons, avec elles, leur colombage, criblé de trous, porteraient la trace des pointes de lances ou de flèches dont elles avaient été la cible durant ces interminables parties de beuverie dont tout le monastère avait tremblé qu'elles ne se terminassent par quelque imprévisible massacre. Quelque viol collectif des ouvrières fileuses et tisserandes du gynécée; quelque incendie allumé par ivrognerie en mettant le feu à la paille tapissant les pavages, après avoir renversé d'un jet de javelot ou d'épée courte mal dirigé, une des lampes à huile accrochées aux maîtresses poutres.

Or, sous le règne éphémère de Raschomer, jamais l'abbaye n'avait connu pareille crainte et c'est pourquoi, Eugénius le père abbé avait accueilli avec une certaine bienveillance la requête de l'ancien chef de guerre déchu de ses fonctions, que son nouvel état soumettait, au demeurant, par un extraordinaire renversement de situation, à son autorité.

Raschomer suppliait qu'on eût la charité d'accorder le pain et le gîte à l'homme infirme d'une jambe qui répondait au prénom d'Heinrich et au surnom de la Jambe Morte depuis qu'une blessure au combat l'avait rendu boiteux et qui avait été parmi ses petits vassaux, son meilleur palefrenier, son plus fidèle garde du corps, son meilleur chanteur et conteur aussi, sans compter d'autres talents qu'il possédait : la connaissance des simples guérisseurs, la science du ferrage des chevaux, de la mise bas des poulains, de l'élevage. Quant à lui Raschomer qui avait été son maître, faute de pouvoir le garder avec lui à la Sagne désormais, après avoir fait amende honorable auprès de son seigneur Chlodowig 1er roi des Francs et du même coup avoir renoncé à toute prétention sur les territoires aulerces pour se faire humblement moine à la dévotion de Dieu, il suppliait, à deux genoux et par grâce, qu'on prît en humaine pitié, ce loyal compagnon des bons et des mauvais jours. Ce frère esclave, donné à lui depuis leur enfance commune en Westphalie.

D'ailleurs, celui qu'il confiait à la mansuétude d'Eugénius et de son chapitre, était resté, malgré les maux qui l'affligeaient, les souffrances presque constantes qu'il devait endurer, d'un grand entendement et courage et l'on pourrait compter sur lui pour avoir à cœur de se rendre utile à ses bienfaiteurs dans la mesure des forces qui lui restaient. Il ne serait donc pas même une vraie bouche inutile à l'abbaye où il pourrait, par exemple, aider aux soins aux malades, à la boulangerie, aux cuisines et sans doute même encore aux écuries.

Le lendemain matin, à l'aube, dès six heures, il lui fut ordonné de se présenter au chapitre pour y être entendu par le seigneur abbé, les pères officiers chargés des affaires de la maison, les moines de chœur, après qu'ils eurent pris connaissance du message de Raschomer et médité sur l'évangile du jour.

Avant de quitter la salle commune des mendiants, celle des hôtes du commun où il avait mangé la veille puis dormi pour se rendre au chapitre, ses yeux avaient rencontré ceux d'Alcalia, tôt levée elle aussi, quand le chant d'un premier coq avait déchiré le silence suspendu au sommet du mont Coëvre, l'ouvrant en deux comme s'il se fût agi d'une pièce de feutre épaisse ayant, jusque-là, bâillonné, bêtes et gens, des heures d'affilée. Deux yeux brûlants de fièvre, d'insomnie, dans lesquels il avait lu la même résolution : ardente, inchangée. Celle, s'il ne réussissait pas à se faire agréer, de quitter le monastère pour le rejoindre et mourir avec lui dans les forêts quand leur couple d'errants n'aurait plus d'autre issue.

Au moment d'entrer dans le logis des moines interdit aux femmes, de franchir seul la clôture par une porte basse qu'on avait déverrouillée devant lui, puis refermée aussitôt, il s'était retourné une fois sur le grand vide de la cour déserte qu'il venait de traverser, et la vision d'Ania sous l'auvent où elle avait passé la nuit, attachée par son licou à un pieu fiché à même le sol qu'Alcalia était allée rejoindre durant qu'il s'éloignait, comme pour la protéger de son pauvre corps de femme malade, lui avait arraché un terrible sanglot qu'il avait d'abord réprimé comme il avait pu, en serrant les dents jusqu'à ce qu'étouffant à force de le retenir, il ait ouvert plusieurs fois la bouche, pour, au milieu des ténèbres qui l'entouraient encore, boire l'air à grandes goulées comme de l'eau sombre, réussir à maîtriser le tremblement de ses mains.

Surtout quand il serait devant eux, ne pas se laisser intimider par cette assemblée de moines (une trentaine à peu près) formant autour de leur abbé un hémicycle. Par leur alignement de colonnes noires, leur hiératisme d'hommes de macérations et de prières, encapuchonnés jusqu'aux sourcils, les mains jointes et cachées dans les manches de leur coule, resserrée à la taille par une ceinture de cuir avec laquelle ils se donnaient eux-mêmes la discipline après s'être accusés publiquement de leurs péchés. De leurs moindres manquements à leur devoir d'adoration d'un Dieu, s'étant volontairement laissé supplicier, non seulement pour les racheter eux, s'il fallait en croire ce qu'ils disaient de cet incomparable amour divin dont ils s'essayaient à être le pâle reflet, mais aussi les misérables de son espèce, les laissés-pour-compte des conquêtes avortées et des guerres, du cours aveugle et violent de l'histoire, les intrus, les païens comme lui. Car il n'était pas baptisé, n'avait pas l'intention de leur mentir là-dessus pour se faire bien voir de leur communauté; augmenter d'autant ses chances de survie. Recevoir d'elle, ne fût-ce que la paillasse et le pain qu'elle fournissait aux plus démunis. À la poignée d'esclaves ruraux travaillant en commun ses jardins et ses vignes sous la direction du père jardinier. Dormant et mangeant dans une longue bâtisse de pisé, coiffée de paille de seigle, à longueur d'année, de vie. Ne possédant rien, pas même eux-mêmes. Encore qu'ici, dans ce monastère, on eût à cœur, leur prêtant une âme, de ne pas les vendre et même de les soigner quand ils étaient malades. De leur accorder, à l'occasion, le mariage avec une femme de leur condition servile, une cabane pour vivre avec elle, avec les enfants qui leur venaient.

Guidé par un enfant berger à dos rond, un adolescent bossu à doux visage larvaire et pâle, pétri dans du lait, grand bougre roux à faciès ravagé par les souffrances, à silhouette de haut échassier cuivré, affligé d'une patte blessée, comme tombé de son nid de soleil au milieu du cercle sombre des moines et dont le cœur saute à la gorge de peur qu'on l'achève, il avait fait son entrée claudicante dans la salle du chapitre.

Car sa condition d'aventurier esclave lié à la fortune ou à l'infortune d'un maître, de garde du corps de confiance, de témoin muet, ayant maintes fois assisté, en dehors des combats, des scènes de pillage, à toutes sortes de tractations, souvent tenues secrètes, entre Germains et notables laïcs gallo-romains, entre Germains et clercs, lui ayant appris que, si, bien sûr, la cuirasse ou la pourpre était loin de faire l'homme d'honneur, de foi jurée, la coule ne faisait pas forcément non plus le chrétien, il n'était du tout certain, aux yeux de ces hommes noirs, aux réactions aussi imprévisibles, somme toute, que celles de n'importe qui, de trouver grâce, au nom de la charité.

Sur un signe d'Eugénius, le père cellérier avait lu à haute voix la supplique rédigée en latin par le prieur de la Sagne en sa faveur. Il l'avait écoutée debout, appuyé sur le bâton-massue qui lui avait servi aussi de canne depuis son départ de là-bas, sa main gauche, accrochée par habitude au manche du scramasax fiché dans la ceinture de cuir de son sayon dépenaillé et en regardant droit devant lui au-dessus des moines, un lieu visible pour lui seul, et qui était la terrasse du palais de Raschomer dominant l'étang glauque aux reflets d'ambre où il s'était baigné autrefois au pied d'un chapelet de belles et sévères collines forestières.

Sur un autre signe de l'abbé, ç'avait été le tour de Claudius, le père aumônier (une femme ne pouvant être admise au chapitre, encore moins Alcalia la pauvre serve) de rapporter, en son nom, le récit qu'elle lui avait fait de l'effroyable mort d'Ulric son mari. De l'état où cette mort l'avait réduite. Des bons soins qu'elle avait reçus du Germain qui se tenait en face d'eux à leur merci. Son beau visage léonin buriné par les épreuves, leurs grands coups de ciseaux au plein de la chair du front et des joues. Y creusant jusqu'à l'os. S'étant fait un jeu d'en dégager les méplats et les bosses, la raideur des articulations des muscles faciaux, tendus comme des cordes. De sorte que le nez, au-dessus duquel les yeux, doux et perçants ensemble, brillaient encore du feu de la vie qui s'était réfugiée, là, à l'abri, dans le creuset des orbites, y prenait une importance tragique.

Ensuite, Claudius ayant terminé sa plaidoirie de père hospitalier en sa faveur, et l'ayant déclaré le porte-parole des pauvres moines du prieuré d'Aulnay, ç'avait été son tour de parler.

Il l'avait fait, moitié en langue vernaculaire du pays, celle des ruraux cénomans et diablinthes, qu'il possédait relativement bien pour s'être souvent mêlé à eux, au cours de leurs moissons, des mises bas de leurs bêtes, lors des corvées d'entretien des vieilles voies gallo-romaines ayant permis à Raschomer de pérégriner en territoire aulerce, moitié en bas latin avec, ici ou là, des tournures spécifiquement tudesques, lui faisant d'instinct, à la façon germanique, pour donner davantage de solennité et de force au tableau qu'il avait brossé de leur dénuement, de leur attente angoissée de secours spirituels et temporels, de leur patiente charité avec la pauvre enfant malade et folle qu'ils avaient recueillie après le départ forcé de ses parents dans le sillage d'un corps d'armée fransalienne, débuter souvent une phrase ou une autre par un adjectif.

Ce qui obligeait ses auditeurs à prêter aussitôt l'oreille pour ne rien perdre de l'ensemble de la proposition qui allait suivre, du substantif qu'il illustrait, avant qu'on sût duquel il s'agirait.

– Pitoyable est la misère, seigneur abbé, de vos bons frères du prieuré d'Aulnay. Et, démunis qu'ils sont de pain et d'habits, de troupeaux et de fourrage, de bûcherons, d'autant plus grande leur vertu. Même s'ils m'ont demandé, si j'arrivais jusqu'à vous, de vous confesser, en leur nom, qu'ils pèchent en mangeant la viande des rongeurs qu'il leur faut bien piéger pour ne pas mourir de faim. Véritablement digne de louange aussi leur charité. Qui les a fait me garder avec eux jusqu'à ce que je retrouve quelque force me permettant d'atteindre votre maison.

D'emblée, comme toujours, pour peu qu'on lui laissât la parole comme s'il eût été un homme libre, ce rythme incantatoire du discours. Son amplitude, sa vigueur. L'apparentant, en la circonstance et sans qu'il le sût, à celui des chants liturgiques des moines du chapitre, l'écoutant sans ciller, en apparence, en dérouler seul et à haute voix devant eux, la manière de plain-chant répondant au leur. Au demeurant, la voix du Tudesque était belle. Gutturale. Abyssale. D'une virilité contenue. Restée intacte dans la prison du corps démantelé. À croire que ce païen d'outre-Rhin, cet Apollon germain loqueteux, avait une âme. Aussi forte que la leur. Aussi capable que la leur de prendre du recul avec soi-même et ce bas monde qui l'avait acculé au servage. De le transcender. Oui, une âme! Qui était l'ouvrage d'un Dieu sans commencement ni fin, et n'habitant par conséquent sa chair mortelle que pour la préparer à resplendir un jour dans toute sa pureté originelle. À force de souffrances endurées, acceptées.

On le garderait donc, à l'abbaye du mont Coëvre.

Ce jour même, il reçut une paire de braies, une tunique courte, des bandes molletières solides et propres. Aussi des socques à semelles cloutées, une pelisse en peau de chèvre noire, pour ses allées et venues au-dehors, car l'hiver était proche. À l'infirmerie, on continuerait à lui prodiguer la nourriture et les soins appropriés à son état. De même, bien sûr, pour Alcalia qui serait confiée à la diligence du gynécée des fileuses, pourvu, lui aussi, d'une infirmerie. À celle des enfants trouvés, chargés de l'approvisionner en pitance et tisanes appropriées à son état sous la direction du père hospitalier.

Pour Heinrich, qu'un jour, il aille mieux, on verrait bien quels services il pourrait encore rendre, compte tenu de son infirmité qui était, elle aussi, digne de pitié. Et, puisqu'il avait été cher à Raschomer, son dévoué frère esclave comme il était écrit sur le rouleau de papyrus que les moines du scriptorium avaient déchiffré tout à l'heure, sa situation demeurerait inchangée. Sinon que son destin, lié jusqu'alors à un conquérant tudesque aujourd'hui déchu et tonsuré, le serait désormais à celui d'une abbaye. Quant à sa mule épuisée, hors d'usage, une bouche de plus à nourrir aux écuries, on lui accorderait aussi, pour avoir respecté la faiblesse et la pudeur d'Alcalia, l'avoir traitée comme une sœur, pitoyablement et pour l'amour de Dieu, cette grâce de ne point l'abattre ni de l'en séparer puisqu'elle lui avait été, de son côté, bonne compagne de voyage et de misère.

Pour ce qui était des moines d'Aulnay on se porterait à leur secours dans les jours qui allaient suivre. C'est-à-dire qu'un contingent d'une dizaine des hommes de l'ost renforcé par quelques jeunes laboureurs en armes, sous la direction du père marguillier qui était bon cavalier, irait les quérir avec la petite fille qu'ils avaient par-devers eux. Du moins si elle n'était pas trépassée. Mieux valait pour le moment qu'ils réintégrassent la maison de leur ordre, plutôt que de leur détacher un nouveau prieur, deux ou trois couples de bûcherons, quelques muids d'avoine et d'orge, quelques brebis, du linge et des coules, exposés qu'ils resteraient, pour peu que les guerres continuassent entre Saliens et Wisigoths, aux exactions de toutes sortes au cœur de la forêt. De cela on le mit aussi au courant. Alors qu'il n'était qu'un pauvre hère, un infirme, pas même un colon capable de tenir l'araire. Mais il en allait presque toujours de cette façon avec lui. Pour peu qu'on lui laissât licence de s'exprimer sur une affaire ou une autre, à cause de cette fascination qu'il exerçait sur ceux qui le regardaient, l'écoutaient, on oubliait, du moins dans l'instant, qu'il n'était rien. On avait souci de lui rendre compte.

Il demanda s'il pourrait saluer Alcalia avant qu'elle ne quittât la maison des hôtes, être autorisé à la rencontrer quelquefois. Il lui fut répondu que oui. Que les dimanches, après la messe de none qui réunissait, dans la nef de l'oratoire, les vassaux de l'abbaye, les tenanciers des manses, les manouvriers, les domestiques des deux sexes, ils auraient licence de se parler en bons et fraternels amis qu'ils étaient devenus, l'un pour l'autre, dans la caverne des bords de la Coêvre et que, même, ce jour-là, celui du Seigneur, ils pourraient partager, sur le coup de midi, la pitance qui leur serait servie dans une même écuelle pour deux. À savoir, le bouillon de volaille auquel ils auraient droit, accompagné d'une portion de pain servi frais et chaud, ou bien encore la soupe aux choux et au lard octroyée aux malades, aux convalescents pour les aider à reprendre force, avec, selon les possibilités du moment, de la saison, deux œufs pochés ou bouillis dans leur coque, sinon une part de fromage de chèvre à manger chaud sur une galette de blé noir, ou des châtaignes trempées dans du lait.

Que de son côté, Alcalia réussît à se remettre, elle reprendrait au gynécée des fileuses, situé au fond des jardins-vergers dont il était séparé, ainsi que de la forge, de l'atelier des frères tailleurs par de hautes palissades, l'isolant des activités masculines du monastère, son travail de fileuse. Œuvrant, mangeant et dormant avec ses pareilles. Jeunes ou vieilles femmes sans enfants, sans mari, occupées tout le jour au dévidage, au tissage des lins et des chanvres que les colons d'en bas faisaient pousser puis rouir, après récolte, dans les ruisseaux affluents de la Coêvre. Avec des périodes consacrées à la confection des chemises et des tuniques habillant femmes et filles des tenanciers ruraux, bergères et humbles *mancipias,* trayeuses de vaches. Éleveuses de porcs aux longs poils noirs, hure fouineuse redoutable, les reconnaissant au flair, allant donner du groin contre leurs socques de bouleau, contre leurs mollets nus, égratignés par les ronces des bois ou des friches, le hérissement ligneux et sec des éteules après la moisson, lorsque, courbées en deux, une pièce d'étoffe nouée en forme de sac à ses extrémités et suspendue à leur cou par une corde, elles glanaient. Engraisseuses d'oies blanches comme des lys. De paons déployant au bas de la longue robe couleur de torchis, de terre battue, qui les vêtait indistinctement et qu'elles relevaient jusqu'à la taille, sur la raideur de leur cotte de chanvre, la magnificence de leur roue ocellée, vibratile. Soulevée, autour de l'étrave émeraude du corps, par l'orgueil ou le désir d'amour et capteuse de lumière.

Les dévideuses, les filandières, les tisserandes, les couturières, leur communauté servile de femmes de tout âge vouées à la fabrication des textiles à l'usage des clercs et des laïcs, œuvrant du lever au coucher du soleil qui, au fuseau, qui, au métier à tisser dans l'odeur âcre des chanvres et des lins fraîchement écorcés par les hommes de corvée à grands coups de maillet après rouissage, celle du suint des laines de brebis, c'était ce monde à part, travaillant sous la férule du camérier, qu'elle allait rejoindre. Un univers intensément laborieux, fermé. À dessein, retranché du monde masculin. Celui des moines, surtout. Au-delà de leurs potagers, de leurs vignes, des verdoyantes petites friches où leurs volailles s'ébattaient à l'abri des bêtes de proie derrière les palissades de leur enceinte. Loin d'Heinrich! De son pouvoir d'apaisement. De guérison sur elle!

Et lui que deviendrait-il sans les yeux d'Alcalia posés sur lui presque sans cesse depuis des semaines? Ses beaux yeux dévorants et tendres illuminant son étroit visage de biche traquée, quand elle les levait vers lui. Oui que deviendrait-il sans Alcalia? Le maintenant à l'abri de ses propres infirmités, de ses propres amertumes, dans le cercle magique de son regard à la fois plein de renoncement et d'attente. Plein d'amour.

– Écoute-moi bien, Alcalia, avait-il dit ce même matin-là, dès son retour du chapitre (c'était au seuil de l'infirmerie des hommes, où elle s'était tenue pour l'attendre : moines malades, enfants, serviteurs, confondus, qu'on soignait avec des simples, des cataplasmes de farine de lin, de moutarde, dont on lavait les plaies à l'alcool de genièvre ou de pomme, pansait les ulcères à la feuille de chou et l'on entendait par moments, de là où ils se trouvaient tous deux, s'élever les gémissements, les râles, mêlés aux prières de la septième heure que ceux qui le pouvaient récitaient ensemble pour exorciser leurs maux, du moins réussir à les endurer), écoute-moi bien, Alcalia. Il nous faut, dès ce jourd'hui, nous séparer. Ne fût-ce que pour un temps. Les moines m'ont fait savoir qu'ils me gardent, me prennent comme toi, avec Ania en pitié, et c'est là, pour nous trois, une grande chance. Mais puisque nous ne sommes point mari et femme, nous ne pouvons prétendre à autre chose, si nous voulons recevoir d'eux, nourriture et soins dans l'espoir de recouvrer un peu de santé, que de vivre séparés comme l'exige leur règle d'honnêteté. Toi au gynécée où il y a une salle réservée aux mancipias malades, moi ici, à l'infirmerie du père Claudius. Il m'a semblé comprendre, à ce que tu m'as dit, une fois, alors que nous vivions de concert dans la caverne, qu'après la mort de ton pauvre homme qui ne cesse de te tourmenter, il te serait de surcroît fardeau de te retrouver sans moi. Si cela est toujours vrai, pourquoi te cacher qu'il en va de même de mon côté. Et, si je te manque autant que tu vas me manquer, vois, comme toi et moi, aurons de la peine à en prendre notre parti. Pourtant il faut le prendre. D'autant qu'il nous sera permis de nous voir chaque dimanche après la messe et de partager la nourriture, ce même jour, à l'hôtellerie. Accroche-toi donc à cette idée comme je m'y accroche. Que de nuit comme de jour, elle nous tienne compagnie, tout comme si nous étions encore ensemble devant le feu sur les bords de la Coêvre. Comme si ta jambe venait se mettre contre la mienne quand nous dormions sur la pierre chauffée. Dimanche, je verrai Heinrich. Dimanche je verrai Alcalia.

» Écoute-moi bien mon trésor, mon cœur, mon Alcalia, mon Ania, ma Basine, car tu es Basine aussi, tu es tout ce qui m'est cher en même temps, et, après ce que tu as vécu, tu n'es pas femme à t'offenser de pareils propos, bien au contraire, puisque aussi bien que moi désormais tu sais qu'amour tout comme haine sont continuité, maillons d'une même chaîne, venant unir entre eux, bêtes et gens, les désunir, selon qu'ils sont faits pour s'aimer ou pour se haïr, tu n'auras, à chaque fois que tu souffres encore, car tu n'es pas guérie, quand la fièvre te mouille jusqu'à la racine des cheveux, que la sueur te ronge la peau, qu'un poids te pèse sur la poitrine comme si on voulait l'écraser, quand tes urines te brûlent, que le ventre te tord, qu'à ne pas manquer à penser à moi. Pense à moi, Alcalia. Si nous ne pensons pas sans cesse l'un à l'autre, la maladie ne cédera pas. Si l'esprit et le cœur n'aident le corps, à coup sûr dans l'état d'exténuement où nous sommes encore, elle aura le dessus.

» Au demeurant, je m'arrangerai pour avoir chaque jour de tes nouvelles et que tu aies des miennes par les enfants infirmiers qui te pourvoiront en bouillons de viande, décoctions et remèdes préparés ici à ton intention. Tu as grand besoin, selon moi, de tisanes de bouillon-blanc et de chou vert, aussi de sirop de navet pour te purifier de fond en comble et j'espère assez que le père Claudius, qui n'a rien contre toi ni contre moi à ce qu'il m'a semblé, daignera m'écouter un peu là-dessus. Je le crois homme de pitié et de si grand entendement qu'il est capable d'écouter un bon conseil, même lui venant de quelqu'un de plus bas que lui. Donc, adieu mon cœur, mon Alcalia. À dimanche. Promets-moi de travailler à te guérir pour l'amour de moi!

Et ils s'étaient baisés aux lèvres furtivement et pour la première fois avant que, guidée par ce même enfant bossu, à visage laiteux et rond qui l'avait conduit, lui, au chapitre, elle ne s'en aille en direction du gynécée. De ses magasins de textile en attente, de ses auvents de plein air abritant ses métiers à tisser, de son atelier de cardage, de dévidage. Avec son réfectoire-dortoir-maison commune où logeaient et mangeaient les manouvrières qui étaient sans famille, les veuves sans enfants mariés et capables de les héberger, les jeunes mancipias orphelines ou celles, trop éloignées du manse de leurs parents, situé dans la vallée, pour y retourner le soir à travers bois et champs, sans risquer les mauvaises rencontres, aussi les loups. Y attenant, une autre salle, à cloisons de bois, chaudement coiffée de paille de seigle, à façade orientée plein sud, réservée, pour qu'elles aient le profit du soleil, à celles qui étaient malades et qui pouvaient aussi bénéficier, par une porte intérieure sans cesse tenue ouverte en hiver, de la tiédeur de la petite cuisine-infirmerie-chauffoir où une femme d'âge et d'expérience, avec le concours de ses deux aides, des adolescentes, filles trouvées, l'une grande et maigre aux yeux sombres, orientaux au-dessus d'un nez busqué, l'autre petite et replète à faciès écrasé de dogue blond, initiées par elle au travail de garde-malades, préparait cataplasmes et tisanes, réchauffait les bouillons de viande amenés solennellement chaque jour après complies par deux gamins officiant à l'hôtellerie, dans une marmite de terre grumeleuse et noire qu'ils tenaient en suspens, chacun par l'extrémité d'un gourdin passé sous son anse en bois courbé, consolidée en son milieu, pour les portages, par une gaine de fer-blanc.

Le gynécée! Un monde à part, à la limite de l'interdit. De la relégation. Édifié dans la partie la plus haute du mont Coêvre sur des affleurements de granit qui constituaient, à des niveaux différents, les fondations de ses bâtisses rondes ou cubiques, se rejoignant par des manières de galeries à la façon d'un rucher. D'où les ouvrières, y menant la vie anonyme et affairée des abeilles, sortaient, une fois la semaine, pour se rendre au travers des vignes et des vergers qui les en séparaient, à la chapelle de l'hôtellerie pour y entendre la messe, caqueter à la sortie avec leurs connaissances et, quand c'était Noël ou la pâque, avec les gens de leur parentage montés jusque-là pour le baptême de leurs enfants en âge de descendre dans le bassin d'immersion et de communier dans les instants qui suivraient. Pour la distribution, dans la foulée, faite par l'aumônier, des vêtements usagés mais encore solides ayant appartenu aux moines défunts qu'il leur répartissait saisonnièrement. Celle d'une ration de petits pains ronds au lait, de délicieux craquelins au sel et au cumin, d'un tiers de pinte de vin coupé d'eau. Une occasion de retrouvailles, de modeste frairie, sous l'œil des moines de service, veillant au partage des denrées. À la répartition des menues friandises, des bandes molletières qui tiennent chaud en hiver au-dessus des socques, des chutes d'étoffe, lin ou chanvre, collectées à l'atelier des tailleurs, des couturières, pour emmailloter dedans les petits enfants; rapiécer le fond des braies, en tirer un capuchon, ce qu'il faut pour rajeunir le bas d'une cotte de paysanne usé par le frottement du tissu sur l'empeigne des sabots. Enfin tout ce qui permet, gratis, à qui est pauvre, d'avoir de quoi faire durer plus avant, plus longtemps, les hardes qu'on a reçues une fois presque neuves à l'aumônerie, trois ou quatre ou cinq ans plus tôt, parfois davantage. C'est selon. Un jour de noces ou d'enterrement. De baptême donc. Enfants, adultes, mêlés.

On entre nu dans le bassin creusé à même le sol à l'entrée de la maison de Dieu après s'être dépouillé des vêtements avec lesquels on a péché et quand on en sort, lavé de ses fautes, on vous en tend d'autres, retaillés et cousus dans les meilleurs morceaux des chemises, des caleçons et des coules des moines dont on a renouvelé certaines pièces du trousseau il y a peu. Bûcheron-défricheur, conducteur d'araire, on s'en retourne chez soi avec les siens, ce soir-là, presque heureux. On a le ventre plein. Sur soi des hardes nouvelles, des habits protecteurs et chastes et cette idée que Dieu vient de vous pardonner d'être homme, qu'Il vous a tout à l'heure, si démuni que vous soyez, fait cadeau d'une chance de salut, en quelque sorte vous soulève.

4.

CES mêmes dimanches, pour peu qu'elles fussent pucelles bonnes à marier, sinon belles mais avenantes, à cause de cette fraîcheur de jeunesse de leurs quinze ou seize ans qui les parait, de la tête aux pieds, comme invisible bliaud de soie souple et tiède, bliaud de reine, sous la raideur de la robe-tunique qu'elles faisaient tenir à hauteur d'épaules en l'attachant par de grossières fibules de fer à leur chemise de chanvre, il arrivait qu'un fils de tenancier de manse, un jeune forgeron, un tailleur, un valet d'écurie ou d'armes, un homme de l'ost, auxquels leur sourire, leur façon de se tenir, leur timidité ou leur enjouement naturel plaisait, prissent prétexte de la manche déchirée de leur saie, de leur tunique courte de paysan ou de soldat, pour leur adresser la parole. Les priassent, puisqu'elles étaient là, qu'ils étaient là, qu'après la messe, on leur laissait quelques heures de repos devant eux, de quasi-liberté, de bien vouloir la ravauder en attendant la distribution des oublies, des écuelles de caillé, des tranches de pain rassis de la semaine, plongées dans du lait, puis dans l'œuf battu avant de les frire et qui constituaient, pour l'ensemble des vassaux la collation dominicale servie deux heures avant le coucher du soleil et leur retour chez eux.

Comme il était de règle qu'il y eût toujours dans la

poche profonde d'une robe de femme ou de jeune fille un peu de fil, une aiguille de fer ou d'os, des ciseaux, un dé, si elles consentaient à ce travail de reprisage (une manière de leur faire comprendre qu'avec la permission des moines, celle de leurs parents, elles verraient d'un bon œil qu'ils leur fussent désignés comme maris) alors, ils pouvaient, assises qu'elles étaient pour coudre sur le banc de pierre du narthex, se tenir debout devant elles un long moment pour jouir du plaisir de les regarder faire. Tandis qu'elles œuvraient, tenant sur leurs genoux, tout imprégnée encore de la chaleur de leur corps d'homme, de son odeur, la tunique qu'ils venaient d'ôter pour la leur remettre. Un message sinon d'amour mais de désir qu'elles recevaient, la nuque courbée sur leur ouvrage, leur chevelure épaisse, raide ou bouclée, répartie de chaque côté des tempes par une raie médiane et maintenue en place par une cordelette verte ou bleue fortement nouée à l'arrière du crâne et qui était le seul luxe de leur tenue de fileuse, de tisserande, de servante orpheline. Que le garçon qui les dévorait des yeux, toujours debout devant elles, mais s'efforçant de capter leur regard, s'essayant, quitte à forcer sa nature souvent fruste, à leur tenir des propos courtois, agréables, à les faire rire, admirait comme s'il se fût agi d'un diadème de prix. D'une de ces couronnes byzantines, incrustées d'argent et d'émaux, ruisselantes de pendeloques de grenats, d'émeraudes autour du front de celle qui la porte, et qu'on rêve de toucher du doigt.

Et les mains vous brûlent de concupiscence et de crainte et vous continuez à parler de tout et de rien. Prix du setier de sel, cette année. Nombre de muids de seigle récoltés sur le manse de votre père. D'ombles-chevaliers ou de carpes, de truites, pêchées dans la Coëvre avant carême pour le compte des moines. De faucilles, de boucles de ceintures, d'anses de marmites et de seilles à puiser l'eau, de coutres de charrue forgés aussi pour eux si vous êtes forgeron. D'arbres abattus, débités en bois de charpente ou de chauffe si vous êtes bûcheron, charbonnier, scieur de long. Et voici qu'à son tour elle s'anime, parle cardage, fuseau, métier à tisser de haute lisse, élevage d'oies et de porcs, traite et barattage de la crème du lait. Et voici qu'entre vous le courant passe. D'autant que vous faites partie de la même communauté tribale. Êtes, l'un comme l'autre, soumis aux impératifs de ses intérêts spirituels et temporels. Qu'ainsi qu'on appartient à une grande villa gallo-romaine ou tudesque, vous appartenez, vous, aux moines du mont Coëvre et que, si vous êtes l'un et l'autre esclaves, c'est d'ailleurs bénédiction pour vous d'être à eux car ils se font une règle de ne pas vous vendre, ni vos enfants. De vous accorder le droit à la dignité de l'état de mariage.

Le dernier dimanche de septembre, fête de l'archange saint Michel, où Heinrich la Jambe Morte, après les premiers six jours de séparation d'avec elle, était venu attendre Alcalia à la sortie de la chapelle, à quelques pas de l'infirmerie des hommes, avait été un grand moment pour eux.

À l'inverse des quelques jeunes couples qui se retrouvaient là, parce qu'ils se plaisaient; qui, au-delà de la dureté de leur condition, de sa précarité, au-delà de leur propre médiocrité de caractère, qui n'était pas forcément le produit des circonstances, au-delà des limites de leur capacité d'aimer, de leurs défauts, voire de leurs vices, de leur goût pour la violence, espéraient, pour peu qu'un jour, on les mariât, de la rencontre de leurs corps, une manière d'éblouissement, susceptible, ne fût-ce que pour quelques nuits, quelques jours, de leur donner des ailes, eux, connaissaient déjà toute la misère du leur.

Or voici qu'ils se voyaient pour la première fois avec des vêtements propres. Que, lavés des pieds aux cheveux, ils ne sentaient plus la sueur, les excréments, l'urine quand on les approchait, qu'ils s'approchaient l'un de l'autre.

Le miracle. L'émerveillement pour eux! Aussi complet que celui des tout jeunes rustres et soldats, des jeunes serves et fileuses les entourant et qui eussent tant aimé pouvoir se toucher, faire connaissance avec l'odeur de bonne santé de leur corps, de ses tiédeurs intimes dont les vêtements, même les plus rudes, à hauteur d'aisselles, de reins et d'aine laissaient, au travers d'eux, se répandre les effluves.

Il se trouvait que l'abbaye du mont Coëvre, pour avoir été encore, un demi-siècle auparavant, siège de garnison et centre de rassemblement de l'impôt levé par Rome sur la nation aulerce, bénéficiait, à l'intérieur de son enceinte, de deux établissements de bains.

Ces thermes antiques, les uns publics, assez vastes mais frustes, construits plein sud, non loin de l'actuel gynécée, à l'usage de la centaine de militaires chargés de la protection de la villa-oppidum et des opérations de police d'occupation romaine et de maintien de l'ordre en rase campagne; à celui des artisans, des domestiques; les autres, privés, réservés au gouverneur, à sa famille, à leurs hôtes, ainsi qu'à l'officier-centurion commandant la place, de moindre étendue certes, mais aux murs de salle de gymnastique, de bains d'eau tiède, de vapeur, élégamment ornés de mosaïques, représentant des scènes de chasse, de courses de chars, ou d'amours païennes, avaient été maintenus en état de fonctionnement de par la diligence des moines, restés fortement imprégnés, même après la chute de l'Empire, du moins en matière de santé, par les bienfaits de l'hydrothérapie.

La galerie qui les reliait naguère directement à l'habitation du proconsul, à l'ensemble de ses appartements convertis en salle d'infirmerie et d'accueil des malades, en dortoir-auberge, en aumônerie, en cuisines continuait à jouer le même rôle. L'ancien atrium, lui, pourvu en son milieu d'une citerne-réceptacle des eaux de pluie était devenu, avec le temps, une grande cour intérieure rustique, servant de carrefour aux allées et venues des aides-soignants, des marmitons allant puiser l'eau. Des voyageurs, de leurs chariots, de leurs montures. L'ensemble réussissant encore, à cause, ici ou là, d'une entrée de vestibule ou de réfectoire surmontée d'un fronton, à l'antique, de la présence de la galerie-portique restée à peu près intacte, d'une fontaine octogonale ornée de feuilles d'acanthe, à garder, perché qu'il était, sur les hauteurs d'une colline océanique, gréseuse, et gauloise, un aspect de logis patricien méridional, édifié selon les critères de convivialité d'une société orientale refermée sur elle-même. Vivant entre soi, derrière un grand rectangle de hauts murs extérieurs aveugles. Ouverte, à l'intérieur, autour d'un vaste espace quadrangulaire à l'air libre, chapeauté de soleil instable, de nuages adipeux et nacrés, s'agglomérant en bataillons de nuées ventripotentes qui, chahutées par la violence des vents, pissaient tout à coup comme pluies de cendres, des tonnes d'eau grise, à l'odeur excitante d'iode et de sel, de crachin. Celle d'une mer, suffisamment proche, à moins de deux jours de marche pour qu'il arrivât, par temps clair, qu'on la devinât, lovée, grosse couleuvre claire, à l'échancrure d'un horizon qui, l'après-midi changeait de couleur avec elle. Passait de l'émeraude à l'améthyste, à l'or fondu jusqu'à ce que nuit d'encre s'ensuive.

Le père Claudius, homme de bel empirisme en matière de traitement de toutes sortes de maladies, des céphalées aux vomissements, des convulsions aux dysenteries, des contusions en tout genre, aux rages de dents, prônait, pour en avoir plus d'une fois, en cas d'inflammation des poumons, de maux de gorge, d'yeux, d'oreilles sévères, expérimenté les bienfaits, la pratique des bains d'eau chaude et surtout de vapeur. Celle des séances de sudation intense, propices à l'évacuation des toxines. À ce qu'il appelait, tout comme s'il se fût agi d'une séance d'exorcisme, la chasse aux démons.

Outre qu'à chaque changement de saison, avec elle, d'adaptation à un nouveau régime alimentaire (rigoureux en période de jeûne), à un rythme de travail, de prière, de sommeil calqué sur la durée plus ou moins longue des nuits et des jours, il était de règle que le chapitre en son entier prît un bain de vapeur autour du seigneur abbé (totale nudité, esprit de chasteté, silence, et la vapeur monte et les pores se dilatent et la prière à bouche fermée que chacun se doit de faire monter vers le Dieu trinitaire, libère alors l'esprit, tout comme le corps, de ses poisons), venait ensuite le tour des enfants oblats, celui des novices sous la surveillance du préchantre qui leur enseignait la musique, suivi de celui des porchers, des gardeurs d'oies; après eux venaient les aides-boulangers, jardiniers, marmitons, les apprentis cordonniers et pour finir l'ensemble des manouvriers adultes, petits vassaux esclaves, travaillant sur la réserve abbatiale, à l'intérieur de son enceinte. S'y ajoutaient, à l'initiative du père infirmier quand il le jugeait bon, dans l'intérêt de ses patients affligés de toux persistantes et sèches, de sommeil fiévreux, d'affaiblissement général, des séances supplémentaires d'hydrothérapie dans les thermes privés de Caïus Vulpius.

De leur côté, à peu de distance de ce qui avait été le casernement des militaires de la garnison romaine du mont Coêvre, devenu leur gynécée, les femmes et les filles du monastère, les serves cardeuses et fileuses pouvaient disposer aux mêmes dates saisonnières, sous le contrôle d'un affranchi, remplissant l'office de sous-intendant laïc, de régisseur, détaché auprès d'elles par le père intendant et qui lui rendait compte de toutes choses, des anciens bains publics. Ceux des soldats impériaux et du personnel du gouverneur.

La mise en fonctionnement des thermes, quatre fois l'an, pour l'ensemble des habitants de la villa abbatiale n'était pas une mince affaire. Une centaine et demie de gens, ou moins, par groupes d'activité et d'âge, de hiérarchie sociale laïque ou religieuse à purifier des souillures accumulées, dans leur sang, leurs poumons, leurs viscères, par sudation intense suivie de frictions au crin de cheval ou de mulet, au bouchon de foin. Les plus valides, les plus jeunes, étrillant les plus âgés, les plus infirmes, pour l'amour de Dieu.

Il fallait s'atteler, à tout le moins deux jours à l'avance, à l'allumage et à l'entretien des feux des hypocaustes, porter l'eau de leurs chaudières à ébullition, dans les souterrains creusés sous la salle des bains tièdes et celle des bains de vapeur. Il y avait des spécialistes en la matière, se relayant par équipes de deux ou trois, toutes les quatre heures. De vigoureux jeunes esclaves, endurcis à supporter la chaleur des fours à la boulangerie, celle des foyers qu'ils entretenaient dans les forges, pour la fonte, le laminage, le battage des lingots de fer par les moines forgerons, deux gaillards musclés, taciturnes, fils de tenanciers libres, faisant valoir quelques bonniers de bonne terre à chanvre dans la vallée. De solides tonsurés, voués à la fabrication des pentures de portes, de coffres et de leurs clous, des lames de couteau, des hachoirs, des éperons et des mors, davantage encore, qu'à la prière. Travaillant, cuculle et capuchon ôtés, en chemise et caleçon de chanvre, jambes nues dans des sandales en peau de chèvre et qu'il fallait bien, eu égard à la dureté de la tâche qui leur incombait, nourrir, même en période de jeûne, deux fois le jour, de bon pain, légumes et bouillies, sans compter le vin coupé d'eau, la cervoise, tout comme l'ouvrier laïc qui travaillait avec eux, un Carnute originaire des pays plats entre ceux des Parisiis et des Aulerces, venu louer, à vie, ses services au mont Coêvre pour la pitance, l'habit et le gîte dans une chaumière attenante aux bâtiments de la forge avec sa femme devenue cardeuse au gynécée. Aussi pour dix sous d'argent, à lui remettre au matin de la fête de tous les saints, au premier jour de novembre.

Quant à la poignée d'esclaves préposés à la chauffe des hypocaustes, tant aux thermes de l'ancienne demeure de Caïus Vulpius qu'à ceux de sa garnison, ils se voyaient gratifiés, pendant la semaine où cet enfer durait, outre d'heures supplémentaires de sommeil, intercalées entre chaque corvée et d'un carré de savon au suif leur permettant, dans des baquets d'eau tiède préparés par les mancipias, de se laver, avant de s'écrouler d'épuisement sur leur châlit, d'une ration de viande bouillie, bœuf ou jarret de porc, venant s'ajouter à leur livre de pain de méteil, leur écuelle de millet, leur double pinte de cervoise ou de poiré, avec, aux dernières heures du dernier jour d'ouverture des thermes, qui se devait de tomber le samedi, le droit, pour eux-mêmes et ceux de leur condition, à l'accès aux bains de vapeur dans le caldarium, avant la reprise pour douze semaines, de leur travail de tâcherons obscurs à la boulangerie et dans les forges.

Arrivés au mont Coêvre l'avant-veille de l'équinoxe d'automne coïncidant avec l'ouverture saisonnière des thermes, du lundi de la Saint-Thècle au samedi de la Saint-Michel, Alcalia tout comme Heinrich avaient pu bénéficier aussitôt, elle dans ceux de la garnison, lui dans ceux de Caïus Vulpius, et cela à trois reprises, sur les ordres du père Claudius qui les tenait visiblement en grande pitié, d'un traitement par bains de vapeur, suivis de séances de sudation intense en position allongée, sur les plates-formes de briques tièdes, construites en surplomb des bassins d'eau chaude. La toux irrépressible et sèche d'Alcalia était devenue moins fréquente et plus grasse, signe que le mal allait céder peut-être. Les maux de tête, d'oreilles et d'yeux diminuaient. Avec eux, l'impression d'étouffer, comme à cause d'un corset de fer qu'on lui aurait étroitement soudé à hauteur de poitrine. Son visage de femme que l'incision de deux rides, de l'angle interne des yeux, jusqu'aux lèvres, marquait au travers des joues d'un tatouage sévère, le dramatisant désormais à vie, avait du moins repris couleur, depuis que le sang quelque peu épuré, réussissait à en irriguer la peau. La bouche, moins morbidement étirée, avait presque repris sa place au-dessus du menton et l'attitude du corps, si souffreteuse qu'elle fût, qu'elle le resterait, avait enfin perdu quelque chose de la rigidité tétanique l'ayant, depuis des semaines, maintenue en état de tension musculaire intense, à la limite de la crise de suffocation aiguë, de la folie convulsive.

Mieux même, à cette heure, elle souriait. Elle souriait à l'homme dont elle avait été séparée depuis six jours. Se tenant pour un peu de temps auprès d'elle, sa jambe percluse étendue raidement de biais comme toujours, par rapport à l'autre quand il était assis, ses fantastiques cheveux roux, lavés et peignés de frais accrochant la lumière et qui, s'exprimant lentement en aulerce, parfois en ayant quelque peine à trouver ses mots, et avec l'accent tudesque, s'adressait doucement à elle comme si elle eût été une enfant. Dont elle buvait les paroles à la fois simples et bonnes comme celles d'un père, soucieux de sa santé, de son isolement, de son besoin d'affection. Oubliant ses propres misères, son infirmité (cette jambe toujours qui lui pesait comme du plomb, avait fini par lui distendre les muscles de la hanche et du bassin) pour s'inquiéter de son sort.

Se sentait-elle un peu mieux? La laissait-on bien se reposer de jour et de nuit sur le châlit dont elle venait de lui apprendre qu'elle le partageait avec une veuve comme elle, mais plus âgée, paralysée d'un bras et qu'elle aidait à se lever, à manger, à boire, changer de chemise? Se promenait-elle dans les jardins-vergers séparant le gynécée du logis et de la chapelle des moines? Marcher sous les arbres fruitiers, dorés par l'automne, ne pouvait être qu'une bonne chose pour elle, une activité apaisante parce que pratiquée, comme c'était le cas ici, dans des lieux protégés où ni hommes ni bêtes ne pouvaient la menacer d'aucune sorte. Où elle n'avait que la compagnie des oiseaux. Celle des nuages, si étincelants, si beaux en cette saison où les jours se font à la fois plus radieux et plus courts. Qu'elle devait s'aérer beaucoup, profiter des derniers soleils, surtout ceux du matin qui donnent de la force, était d'ailleurs, autant que le sien, l'avis du père Claudius avec lequel il se trouvait décidément en bons termes. Ils avaient, à l'infirmerie, de grandes discussions sur les mérites des simples, leur dosage en pharmacopée. Ils étaient tombés d'accord sur les vertus conjuguées, mi-parti du plantain lancéolé, mi-parti du thym sauvage, cueilli au meilleur de sa floraison, entre juin et août, sur le coup de midi quand le soleil est à son plein. Ensemble, infusés dans une eau ayant subi quatre ou cinq bouillons après avoir été sucrée au miel.

De son côté s'entendait-elle bien avec Bathilde la responsable des malades au gynécée? On la disait capable et dévouée, ayant hérité de sa mère, qui la tenait de la sienne, la science de guérir, par les plantes toujours, les ulcères, de soulager les rages de dents. Excellente accoucheuse, elle avait su se procurer par des marchands de passage, en l'échangeant avec la permission du père intendant contre écheveaux de bonne laine et de lin, une provision d'alchemille des montagnes, qui, bue en quantité suffisante et régulière, hâte la guérison des déchirures consécutives à l'accouchement. Autoritaire certes, capable de brusquerie avec son monde, cette Bathilde, mais pitoyable au fond et forte comme un chêne. Alcalia, buvait-elle bien, en leur entier, les trois pintes de tisane d'ortie prescrites par le père Claudius? Qu'il lui fallait absolument, tout comme lui, Heinrich, s'astreindre à absorber pour espérer se débarrasser, à la longue, des poisons qui, leur infectant encore entrailles et poumons, provoquaient chez elle, à de certaines heures, surtout le soir, avait-elle remarqué, lorsque la lumière vire au gris, que la lune se lève, petite et blanche, grosse comme le poing, hésitante et chétive, avec une tête de nouveau-né, aux traits mous, aux paupières encore soudées sur les visions d'un univers fœtal, des vomissements subits, de fulgurantes douleurs au ventre; entre les seins. Et l'on a froid brusquement, le long du dos, au creux des reins, autour des chevilles et l'on se remet à tousser. Et ce froid et ce chaud qui vous tourmentent ensemble par tout le corps font, qu'au lieu d'espérer, on désespère. Et puis la crise passe, qu'on a subie, yeux fermés, étendue à plat sur le châlit, jambes et bras écartés, paumes ouvertes, en s'appliquant à respirer lentement, à faire le vide du mal en soi. À la façon d'une femme en mal d'enfant s'essayant à supporter les douleurs.

On vous apporte du bouillon que, l'écuelle tenue serrée entre les genoux, vous savourez, cuillerée après cuillerée, à la lueur de la lampe à huile que le sous-intendant est venu allumer, comme chaque soir, entre chien et loup. C'est un excellent bouillon de poireaux et de raves, parfumé à la sauge et relevé d'ail comme vous n'aviez pas eu l'occasion d'en goûter depuis longtemps et dans lequel vous pouvez, si vous le voulez, tremper une galette de blé noir, puis la détailler par morceaux à la cuiller. Onctueux qu'ils sont. Gonflés de bon jus de légumes odorant et chaud. En même temps que vous vous réjouissez d'être ici dans la pénombre, au calme, de pouvoir manger, les larmes vous coulent sur la figure. Vous ne savez plus où vous en êtes. Avec vous-même. Avec la vie. Votre passé vous est un carcan aux épaules, un boulet aux chevilles, alors que votre avenir, lui, ne tient qu'à un fil. Que vous ignorez si vous allez guérir. Si Erik, votre cher Erik, le Tudesque boiteux devenu votre soleil entre deux murs gris, va guérir. Si un jour, on vous laissera vivre avec lui. Vous voudriez tant, à cause de lui, retrouver la force de filer, d'être utile. Celle d'écraser les grains à la petite meule de votre ménage pour la préparation des bouillies du jour. Celle de soulever le poêlon rempli d'eau, l'installer sur son trépied au-dessus des braises; tresser des écheveaux de paille pour la fabrication des corbeilles vous servant de réserves à provisions, laver le linge à la lessive de cendre.

Au lieu de cela, voyez comme le temps vous file entre les doigts. Déjà, en ce dimanche de la Saint-Michel, il est plus de midi sonné. Le bonheur de manger avec Erik dans la même écuelle, en amis, en amants, en frères, de partager le pain frais, la poignée de noix, le caillé, avec, pour finir la pinte de décoction d'ortie fraîche, est si vite passé. Car tout au long de ce repas à deux, vos cuillers, par hasard, se heurtant ou allant volontairement à la rencontre l'une de l'autre, auront été comme autant de caresses fortuites ou non, de baisers imprévisibles ou calculés que vous aurez échangés. Et qu'importe si les autres, les jeunes servantes et manouvrières, les bergères, les filles de laboureurs, les charreteurs, les rudes jeunes hommes de l'ost qui les courtisent, s'en seront scandalisés. À moins qu'ils n'aient ri de votre couple démuni, n'ayant plus de santé, plus d'âge, égaré parmi eux, faisant tache au milieu de leur vaniteuse jeunesse. Elle, une pauvre mancipia devenue si laide à voir, si maigre et terreuse de peau, tousseuse et morveuse, sans protection ni soutien que ce Germain. Cet intrus! Promenant sa boiterie d'un coin à l'autre après avoir été réduit à se traîner jusqu'ici avec une mule toute bonne à être équarrie pour y mendier auprès des moines, fort d'une recommandation en latin rédigée par ceux du lointain prieuré de la Sagne, aux confins orientaux des pays aulerces, son pain d'esclave, son bout de châlit, ses hardes, son écuelle, sa cuiller de bois.

Et cette façon, déconcertante, irritante même pour leur entourage, qu'ils ont, cet ancien serf palefrenier, ayant servi un chef de bande ripuaire, un envahisseur tudesque (un de plus) désormais réduit à la tonsure, par un autre, par ce Chlodowig 1er dont l'étoile ne cesse de monter dans toutes les Gaules et cette veuve gauloise de bûcheron gaulois, taillé en pièces, il y a peu, par la soldatesque sicambre, et qui devrait haïr en lui le Teuton, de se tenir assis l'un contre l'autre, immobiles et cois, en se parlant bas. En se regardant par instants, dans le blanc des yeux comme si rien au monde n'existait finalement qu'eux. Oui, cette façon qu'ils ont, d'oublier, quand ils sont ensemble, ceux qui les entourent. De ne pas avoir honte. De s'afficher silencieusement, mais de s'afficher. Eux, leur misère, leur démantèlement, leur étrangeté et plus grave encore, plus inexplicable, cet amour qu'ils se portent. Irréductible, absolu. Et c'est là que, plus ou moins confusément, non point pour eux mais pour ceux de leur condition qui prétendent les juger, le bât blesse. Les incite, plus ou moins grossièrement, à se gausser d'eux. Car on voit bien que, là-bas, dans cette fameuse grotte où l'on dit qu'ils auraient survécu, plusieurs semaines, des liens se sont formés, enfin, quelque chose qui dépasse tout le monde. Qui les dépasse. Un besoin irrépressible l'un de l'autre, une tendresse qui font que les séparer un jour, leur refuser le droit à la vie commune, serait les tuer. Alors s'imposerait à tous, cette évidence insupportable, qu'on peut, même si l'on n'est rien, ou totalement rejeté, s'ouvrir les portes de la liberté en mourant d'amour.

Passeront novembre, puis décembre. Leurs fanges, leurs averses, leurs tempêtes océanes venant échouer sur le mont Coêvre comme navire butant contre récif. S'y empalant dans un fracas de mâts rompus, de coques éventrées, de feulements de souffrance et le lendemain, il faut, avec des chaînes et des cordes, avec des leviers de fortune, traîner les arbres foudroyés des jardins-vergers, ceux du cloître, hors des allées en travers desquelles ils sont tombés. Débiter leurs branchages sur place et sous la pluie en bois de chauffe, en fagots. Les réduire, par ablation, à la hache, de leurs souches humides et limoneuses comme des sexes, à leur seul tronc qui fut hier encore colonne sacrée, lieu d'équilibre et d'échange entre ciel et terre, leurs forces adverses, pour en tirer, après équarrissage, des pièces de charpente, de mobilier. Il faut bûcheronner sous les rafales car, à l'approche du solstice d'hiver, le temps presse et les douze heures de travail de jour dont le compte est systématiquement maintenu, à la mode romaine, entre le lever et le coucher du soleil, alors que la durée du temps de lumière va en diminuant, s'écourtent d'autant. À telle enseigne de se trouver réduites à une quarantaine de minutes à la veille de Noël, tandis que celles de nuit se font interminables, rendent, du moins pour les moines, la station nocturne dans la chapelle, leurs prières de vigiles d'autant plus éprouvantes. Se plier à tout. Au rituel de l'hiver. À ses neiges cotonneuses, soporifiques. Qui enrobent, statufient. Vous font douter d'être encore vivant. À ses coups de vent, ses coups de fouet dans le dos, en pleine figure. Endurer à l'infirmerie comme au-dehors les choses et les êtres tels qu'ils sont.

Les hommes de l'ost par exemple. Qui ne vous ménagent pas, débités à la rigueur sur un ton de cordialité feinte, les sarcasmes. Ceux qu'on réserve au soudard du camp adverse n'en pouvant plus mais. Au rescapé d'une armée dissoute et qu'on tient à merci. À l'infirme auquel on pourrait faire perdre l'équilibre d'un croc-en-jambe, histoire de s'ébaudir en lui faisant mordre la poussière.

On n'ira pas, du moins dans un premier temps, jusque-là, avec ce Germain. Ce colosse d'outre-Rhin devenu boiteux. Ce vagabond ayant réussi, tant il a la langue bien pendue jusque dans son jargon tudesque largement émaillé de bas latin, à se faire bien voir par le chapitre. À jouer les messagers des moines d'Aulnay, arrivés maintenant ici, mais sans l'enfant, cette petite fille tombée malade et folle après la déportation de ses parents, qu'ils avaient gardée par-devers eux et qui est finalement morte, en crachant le sang. Avec cet ancien esclave de Raschomer, trouvant le moyen, sous les hardes solides mais grossières qu'on lui a données, celles des plus pauvres colons, des tenanciers-serfs (et voilà qui fâche les gardes à la longue, les irrite contre lui) d'avoir quasiment sinon des airs de roi, mais d'homme libre. D'autant que le père hospitalier qui non seulement le soigne si bien qu'il reprend un peu du poil de la bête mais fait cas de lui, trouve bon, comme s'il était encore un soldat, un défenseur de l'abbaye comme eux, un Diablinthe de souche et non pas un étranger, un barbare de méchante race, de lui laisser son scramasax et sa francisque avec laquelle il se vante d'avoir tué un loup qui l'aurait attaqué, sa mule et lui, dans les forêts d'Aulnay. Et puisque le voilà, une fois de plus, comme si la vie militaire le regardait encore, à traîner du côté de la tour de guet ses vieilles bottes de vétéran hors d'usage, entre deux lampées de tisane, deux platées de fèves ou de gruau, deux visites à sa mule scrofuleuse qu'on lui a permis d'installer aux écuries, au lieu de l'assommer, d'en tirer, au moins, le profit de la peau et des os, entre deux conciliabules, avec le père Claudius toujours, sur l'art de faire cuire à la vapeur, l'*Equisitum Arvense,* autrement dit la prêle ou queue-de-cheval avant de la poser en cataplasme en cas d'éruption cutanée, de blessures suppurantes et d'ulcères ou d'en préparer une tisane contre les hémorragies et les vomissements de sang, c'est l'occasion ou jamais de se gausser de lui, de le prendre en délit de hâblerie avec cette histoire de loup.

– Dis donc, la Jambe Morte, paraît que tu sais encore bien viser, abattre ton homme ou ta bête à la francisque. On aimerait voir.

La cible d'exercice est là, au pied de l'échafaud de bois, servant de poste d'observation, au-dessus de la vallée, à droite de la grande porte d'entrée du monastère et de la cour des gardes. C'est, rivé à mi-hauteur de la palissade de l'est, un disque de pin sylvestre fraîchement taillé dans la chair du tronc. Un peu de résine y suinte encore, exhalant une odeur excitante et fine de baume guérisseur des maux de poitrine et de gorge que pour l'avoir souvent utilisé avec les chevaux, le Ripuaire connaît bien.

Surtout, ne pas refuser l'épreuve, quitte à ne pas s'en remettre. Ne pas s'esquiver sous les rires gras. Oui, mais comment s'en tirer? Cette fois, Ania n'est pas là pour éviter, en s'appuyant contre son flanc, de perdre l'équilibre après avoir imprimé, au départ, un mouvement tourbillonnaire à son propre corps et à sa hache de jet et puis, comme deux mois ont passé depuis le jour où il a tué ce loup, il n'est pas sûr, une fois de plus, d'avoir gardé la main.

– Si vous tenez, a-t-il dit, à me voir rater ou réussir mon coup, du moins faut-il que vous sachiez que je ne peux pas m'y risquer, histoire de vous donner du bon temps, sans ma mule. Je dois me rattraper contre elle pour éviter la culbute à cause de ma patte morte.

– Si tu veux une mule, le Teuton, a proposé quelqu'un, un petit blond de l'ost, aux yeux d'acier rivés sur lui, tu n'as qu'à te servir de la mienne, je te la prête. Va la chercher si tu veux. Elle est là-bas près du puits, à prendre le frais.

– Non, a-t-il riposté tranquillement. Il me faut la mienne. Il me faut une bête que je connais, qui me connaît. Qui est habituée à mes façons d'infirme avec elle.

Et, tournant délibérément le dos à la poignée de soldats du gué, à leur nargue, il est allé la chercher.

Maintenant qu'il est revenu avec elle, au milieu d'eux, se concentrer. Rentrer en lui-même. Se retrouver seul avec Ania et avec la cible comme il avait été seul avec elle et avec le loup. Oublier ces soudards qui l'entourent. Leur hostilité joviale et ricanante. Ne songer qu'à ce qui peut, à leur insu, le protéger d'eux. À l'amulette de cristal de roche qui ne l'a jamais quitté depuis son départ de la Sagne, puisque le père Claudius, non plus que hache et scramasax n'a exigé de lui qu'il s'en défasse. Oui, songer à l'amulette, à son pouvoir. Retrouver, encore une fois, comme naguère Raschomer dans les combats, lui, hier avec le loup, cette capacité de s'identifier à l'homme ou à l'animal à abattre. Maintenant à cette cible. Devenir son double pour ne pas la rater. Ne plus voir qu'elle. La posséder du regard. Entrer en elle. S'insinuer dans son épaisseur ligneuse. La circonscrire. Apprécier au jugé sa distance. À quelle hauteur, le bras, maniant la hache à manche court, doit amorcer son mouvement tourbillonnaire en fonction du point d'impact idéal. Faire confiance, aussi, au bras donc. À ses muscles, ses tendons, à ses nerfs. À la mémoire qu'ils ont gardée d'une redoutable science guerrière enseignée dès l'enfance et devenue, à la longue et à l'usage, aussi viscérale que si elle appartenait aux intuitions fulgurantes de l'instinct. Pour le reste, décider d'ignorer que les choses ont changé. Qu'on n'est plus le même. Que la jambe gauche, son pouvoir d'inertie ralentit le mouvement, en amoindrit l'effet de force centrifuge, empêche de prendre, pour de bon, appui sur le pivot d'un corps en rupture d'équilibre à la moindre esquisse de giration sur lui-même. Tenter l'aventure malgré tout. Affaire de vie et de mort une fois de plus, autant que dans les bois d'Aulnay puisque ceux qui regardent Heinrich la Jambe Morte s'apprêter à lancer son arme de jet, en collant d'avance au flanc droit de sa mule pour ne pas tomber, sont, eux aussi, des loups.

La francisque a tournoyé trois fois au bout du bras valide du Ripuaire. On l'a vue d'un coup s'élever dans les airs pour redescendre. Accomplir une trajectoire presque parfaite avant d'aller mordre la cible à peu de distance de son centre. Y rester, plantée comme un couteau de boucher, un hachoir, dans un quartier de viande coriace.

Une performance balistique remarquable, étant donné les circonstances et c'est dans le silence et sans plus oser rire qu'on a regardé, épongeant avec sa manche la sueur qui lui roulait sur la figure, s'éloigner en claudiquant avec sa bête, celui qui venait de la réussir; se dirigeait maintenant vers le refuge de l'hôtellerie sans prendre la peine de se retourner une fois, ni même d'aller retirer son arme de jet restée enfoncée dans l'épaisseur de la cible. Qui s'en était allé se jeter sur son châlit pour y dormir au moins six heures d'affilée entre tierce et none, à telle enseigne qu'un des enfants trouvés, aidant à l'infirmerie, avait dû le réveiller pour la collation du soir, avant complies.

Et c'est alors que sur l'escabeau dont il disposait au pied de sa paillasse il avait trouvé sa francisque. Quelqu'un était venu jusqu'ici pour la lui rendre pendant son sommeil. Ainsi, visiblement, entre eux, en avaient décidé les hommes de l'ost. Une façon de lui faire comprendre qu'ils lui laisseraient désormais la paix. Mieux même, qu'il lui serait accordé par eux une manière de droit de cité au monastère du mont Coêvre.

Quelques semaines plus tard, là-haut sur sa colline engivrée, il y eut Noël. Pour son petit peuple de vassaux, le régal d'un morceau d'oie rôtie, d'un pain au lait d'une livre et demie pour deux, d'une portion de flan cuit en terrine sous couvercle à même la cendre chaude, servi sur le coup de la douzième heure après la nuit de vigile la plus longue de l'année, sa messe d'avant et d'après la minuit, suivie de celle de prime et puis encore de celle de tierce. Il fait grand jour. Le soleil dore la neige, cuirasse le fouillis crémeux des broussailles d'une carapace de miel épais et qui donne faim. On a envie de manger le paysage, les arbres, la forêt, le gâteau bleu du ciel, la neige, sa propre main. Alors la joie éclate. Viscérale. Incontrôlable!

Tout à l'heure, au cœur de l'ombre, l'Enfant Roi est né. Beau comme le solstice d'hiver qui vient de franchir avec lui le seuil des ténèbres. Alors la règle permet au moine, non plus une, mais deux fois le jour, de rompre le pain accompagnant l'écuelle de bouillie, le morceau de lamproie, d'anguille fumée, la portion d'œufs brouillés, les crêpes au caillé, les rissoles qu'on lui sert sur le coup de midi, puis, en collation vespérale.

Passé janvier, février, les macérations reprendront, calquées sur celles de Jésus de Nazareth retiré dans le désert. S'y préparant, par la solitude et par le jeûne à affronter la foule de Jérusalem, sa soldatesque romaine, lors de la pâque et puis encore, qui l'attendent, les tourments de la crucifixion.

C'est durant cette courte période d'adoucissement de la discipline monastique, en quelque sorte d'indulgence, de pitié, pour les membres de sa communauté, entre les deux points forts de l'aventure messianique : la naissance et la mort d'un homme enfanté par une femme mais engendré par Dieu, désigné par lui pour se porter victime expiatoire des péchés du monde, avant de l'aller rejoindre, de se fondre en lui, d'y renaître en son sein (sa vie terrestre n'ayant été qu'un passage, une série d'épreuves à subir, débouchant sur l'infini, le retour à l'état d'immanence avec le père) qu'Heinrich la Jambe Morte osa s'ouvrir au père Claudius de son désir de prendre pour femme, avec la permission du chapitre et si elle déclarait toujours bien vouloir de lui, Alcalia, la veuve d'Ulric le bûcheron.

Entre-temps, dès qu'il avait recouvré quelque santé, son art de panser les plaies purulentes après leur nettoyage au vinaigre bouilli, de réduire les foulures, de châtrer les poulains et les porcs avec rapidité et précision, d'aider juments et mules après la mise bas, à l'expulsion des humeurs leur infectant le ventre, en leur faisant avaler un mélange d'huile de noix ou de faine et d'alcool de vin qu'il obtenait par distillation en vase clos dans des pots de terre à fonds perforés superposés, lui avait assez vite fait une solide réputation d'apothicaire-infirmier, d'habile chirurgien-rebouteux, de factotum de choix, devenu indispensable tant à l'infirmerie qu'aux écuries. S'y ajoutaient, d'autres services rendus. Non seulement au père hospitalier, aux palefreniers de l'ost mais au père camérier. Pour l'installation des lampes au crépuscule dans les dortoirs et les réfectoires, leur extinction au matin, la répartition aux malades, aux voyageurs de passage, du savon et de l'eau chaude, l'aide aux cuisines à la préparation de la cervoise, par décoctions épaisses d'avoine ou d'épeautre fermenté, les veilles de grandes fêtes liturgiques.

Raschomer avait dit vrai. Celui qu'il avait confié à la charité des moines du mont Coëvre s'était révélé, tout infirme qu'il fût, capable de servir les intérêts du monastère. D'y mériter largement le pain, l'habit, la part de châlit. Avec cela, l'esprit vif, s'intéressant à tout. Gai par-dessus le marché. Mais d'une gaieté qui, avec le temps, lui était devenue particulière, n'avait plus rien à voir ou presque avec les lourdes joyeusetés qu'on pouvait attendre d'un ancien soudard. Une gaieté quasi éthérée, lumineuse, maniant la plaisanterie en finesse. Surtout auprès des malades dont il arrivait que le père Claudius se déchargeât sur lui pour les panser, procéder à leur toilette avec l'aide des enfants trouvés de service. Pour remettre en place à l'occasion, une cheville, une épaule luxée. Une gaieté qui leur faisait quasi autant de bien que les soins qu'il s'efforçait de leur prodiguer mais qui semblait, à tout prendre, ne plus pouvoir réellement le concerner, lui. Tout comme il arrive qu'un exercice de style dans lequel on a fini par exceller, vous soit désormais d'autant plus aisé à exécuter, qu'à force d'en connaître tous les rouages, il vous est devenu presque étranger. Car si la bouche d'Heinrich la Jambe Morte savait rire encore, rendre un instant au visage l'éclat solaire d'antan, les yeux, eux, ne le savaient plus. Sauf, quand, une fois la semaine, il leur était donné de rencontrer ceux d'Alcalia.

Le père Claudius n'avait pas jeté les hauts cris. Non plus que refusé de présenter, d'abord, la requête du Tudesque au père cellérier qui régissait la maison, c'est-à-dire le temporel du monastère. Achetant et vendant terres et bois, matériaux et denrées. Accordant les gratifications aux maîtres forgerons, aux tailleurs, aux charpentiers œuvrant pour le compte de la communauté. Veillant au bon ensemencement des terres, à l'entretien des bâtiments, l'amélioration du cheptel. Un homme tellement surchargé de responsabilités économiques et financières que la règle n'exigeait pas qu'il assistât quotidiennement aux offices du jour et dont, pour les mêmes raisons d'intérêt général, la voix au chapitre était prépondérante pour accorder licence ou non, aux esclaves, aux serfs colons attachés à l'abbaye de se marier quand ils en faisaient humblement la demande par l'intermédiaire du père réfectorier ou boulanger par exemple; du père connétable dirigeant les écuries sous les ordres duquel ils avaient coutume de travailler. Pour les femmes, par le truchement du régisseur laïc du gynécée qui transmettait leur consentement, parfois leur refus, à l'assemblée des moines qui en débattaient une fois l'an, généralement en décembre. Obéissant en cela, à l'antique tradition celtique, chère à leurs petits vassaux, de la demande en mariage et des fiançailles, après Noël, dans la foulée des réjouissances druidiques de la fête du gui.

Rompant, non point la règle du silence, car il fallait bien, à l'infirmerie parler avec les malades, les interroger sur leurs maux, donner des ordres à ceux qui les soignaient, les nourrissaient, mais celle des paroles strictement indispensables dans l'accomplissement de sa tâche et celle de ses aides, Claudius avait eu, avec son protégé ripuaire, son nouveau serviteur de confiance, une conversation toute de franchise, bien plus d'homme à homme que de clerc vénérable à tâcheron laïc de condition servile.

Il fallait qu'Heinrich sût qu'en égard aux bons offices qu'il lui rendait auprès de ses malades et à l'aumônerie, de même vis-à-vis du père connétable; aussi à la discrétion qu'il mettait à souffrir de sa jambe sans presque jamais s'en plaindre, qu'il n'avait, pour sa part, rien contre cette éventualité de mariage entre lui et une femme qu'il avait sauvée du désespoir et de la mort. Lui rendant, sans jamais abuser de sa faiblesse, les soins que Jésus lui-même eût rendus au pestiféré, au paralytique, à celui que le malheur a rendu fou. Et puis, il voyait bien, tout membre qu'il fût d'une communauté chrétienne apostolique ayant renoncé aux choses de la chair, qu'il y avait grand attachement d'amour entre eux. À telle enseigne qu'il suffisait qu'ils parlassent ensemble, partageassent la pitance du dimanche après la messe pour qu'on les sentît heureux c'est-à-dire reconnaissants et paisibles comme on peut l'être après avoir fait oraison quand on est moine, avoir offert son cœur, son esprit et son corps à la discrétion du Seigneur Dieu.

Cependant, il n'y aurait pas moins des obstacles à lever pour que ce désir d'union reçût l'agrément du père cellérier et, avec lui, de l'ensemble du chapitre. Des conditions à remplir pour que ce mariage ne fût point à scandale, et pas seulement au conseil des moines mais, à travers lui, à l'ensemble de la population laïque du mont Coêvre. Aux hommes de l'ost, aux serviteurs libres ou non, aux oblats, aux femmes du gynécée et des manses. Pour qu'il ne bousculât ni les usages ni la loi auxquels chacun, ici, était soumis en la matière.

Qu'Heinrich se persuadât bien d'abord que s'il refusait de se faire chrétien, d'abandonner son paganisme d'origine, Alcalia tout humble serve qu'elle fût, attachée aux forêts et domaine des moines d'ici, et christianisée d'office par eux, comme tous leurs gens, depuis que leur ordre avait pris le relais des gouverneurs romains ne lui serait pas accordée.

Il ne pouvait ignorer non plus que chez les Aulerces, comme chez les autres peuples, d'ailleurs, on n'aimait guère voir, un homme, fût-il aulerce lui-même, mais attaché à une autre villa, une autre contrée de la nation, rechercher en mariage, qu'il fût de condition libre ou non, une femme en dehors de son propre milieu d'origine. Oser prétendre, en se l'appropriant, priver l'un des membres du clan dont elle fait partie, de la possibilité de faire souche avec elle. Aussi du travail qu'elle peut fournir, des services qu'elle peut rendre à la communauté si elle est simple paysanne ou fileuse. Des biens qu'elle emporte avec elle si elle est de condition libre et née de parents aisés. Il arrivait que l'affaire, même conduite par le demandeur avec précaution, dans le respect des lois et des coutumes matrimoniales en usage, dans la société de la jeune fille, que ce fût en matière de contrat civil d'alliance, de prix symbolique à payer aux parents de la future, de rituel de fiançailles, de délai à observer entre la remise de l'anneau et l'échange public du baiser d'accordailles et le mariage, d'engagement de la part du prétendant à régaler, au jour de ses noces, tous les jeunes gens qui eussent pu la demander pour eux, prît dans l'imagination des plus échauffés, des soi-disant allures de rapt, leur fournissant prétexte à se mal conduire avec les deux accordés. Non seulement en paroles mais en actes. Surtout s'ils se sentaient soutenus par l'ensemble de l'opinion.

Opinion dont tout maître des lieux, religieux aussi bien que laïc, devait plus ou moins tenir compte, selon les circonstances, ne fût-ce que pour éviter les affrontements, les coups bas, à l'encontre des intéressés : charivari humiliant devant la porte de la fiancée, horions administrés au futur, à la tombée de la nuit, au détour d'un sentier, derrière une cloison de grange, par une poignée de gaillards silencieux et masqués, et autres brimades plus ou moins graves ou larvées, visant à décourager les familles des promis dans leur intention de les unir.

Les choses ne prenaient pas forcément un tel cours, surtout quand le couple, étant démuni de biens, voire esclave, son mariage ne lésait personne. Encore qu'il arrivât que les commensaux de la mancipia, de la bergère, de la fileuse se sentissent offensés à leur façon. Qu'on les entendît crier contre elle à l'infidélité au groupe, et, si vil qu'il fût, à celle du sang.

Semblable et cependant différent, le cas d'Alcalia et d'Heinrich le Tudesque. À la fois plus épineux en apparence et peut-être plus aisé, dans le fond, à résoudre. Plus épineux parce que, lui, était germain. Un étranger. Un intrus au mont Coêvre. Un ancien valet de chef de bande envahisseur. D'un de ces Teutons redoutés en train de mettre à feu et à sang, à cause de leurs querelles tribales la belle vieille Gaule occidentale chevelue, la troisième lyonnaise, giboyeuse et fertile qui s'était fait, naguère, une raison d'être romaine. À preuve, ces enlèvements de familles de bûcherons, de colons, arrachés à leur terroir d'origine, à leur seigneur, à leur hutte, à leurs enfants en bas âge. Condamnés à se traîner dans le sillage de leurs armées pour leur servir d'esclaves. À preuve, ce massacre d'Ulric dont Alcalia était veuve. Avec laquelle, lui, justement, un Tudesque voulait convoler en secondes noces! Requête irrecevable si l'on s'en tenait à cette seule et scandaleuse idée d'union animale et barbare, consentie par une femme avec un homme de la race de ceux qui avaient mis, quelques mois plus tôt, son mari en pièces, à coups de hache. Recevable, toutefois, si l'on considérait qu'Heinrich le Ripuaire, n'ayant pas été l'un des auteurs de l'assassinat d'Ulric, l'avait, en quelque sorte, réparé, par les soins prodigués à sa veuve dans la grotte où elle s'était alors terrée. Qu'Alcalia, lui étant redevable de sa survie, il était devenu naturel, au fond, et même juste, puisque son bienfaiteur le souhaitait, qu'elle devînt sienne et même de bon cœur. Sans éprouver de la honte. Ni vis-à-vis des gens de l'abbaye ni d'elle-même. Du mari et des enfants qu'elle avait perdus. Et puis enfin, qu'il l'obtînt pour épouse, éprouvée dans son esprit et dans sa chair, comme elle l'était, qui donc s'aviserait de soutenir, s'il la prenait, d'y avoir perdu quelque chose? Surtout pas les soldats. Car si Heinrich s'était tu sur leur hostilité particulière à son égard, dans les débuts, Claudius n'en était pas moins au courant du piège qu'ils lui avaient tendu en le mettant au défi de renouveler, devant eux, son exploit à la hache de jet lui ayant permis de tuer un loup dans les forêts d'Aulnay. Obligés qu'ils étaient désormais de convenir qu'outre qu'il n'était pas un couard, il avait fait merveille aux écuries, juste après la Noël. Leur sauvant de la mort, deux juments et leur poulain lors d'une mise bas difficile.

Que le chapitre fît savoir qu'il avait sans doute l'intention de permettre à la veuve d'Ulric, le bûcheron gaulois et à l'ancien palefrenier-soldat et frère esclave de Raschomer le Tudesque de s'unir, on pouvait donc espérer qu'il n'y aurait pas de levée de boucliers contre eux, de parti pris de leur faire l'existence intenable. S'imposait, en tout cas, la conversion d'Heinrich au christianisme et que la date des noces, comme la loi et la coutume l'exigeaient, à la fois, ne fût pas fixée, la fiancée étant veuve, avant les neuf lunaisons et demie suivant celle du décès du premier mari, en sorte qu'elle ne fût pas enceinte de lui lors de ses accordailles avec un autre sans que ce dernier en ait eu connaissance. Et si, visiblement, ce genre de précaution était sans objet dans le cas présent, il n'en restait pas moins qu'il faudrait observer l'interdit, ne pas compter sur un mariage entre eux, avant le plein de l'été, et la fête de la Saint-Jean-Baptiste.

Dans la semaine précédant l'ouverture du grand jeûne de quadragésime, de ses quarante jours de carême, très exactement, la veille du mercredi des Cendres, juste après la messe de sixte, célébrée quotidiennement par le père Claudius avant la séance de soins aux malades, Heinrich le Ripuaire, l'ancien serviteur favori de Raschomer le Balafré, franchit sous le narthex, le seuil de pierre en granit brut de la chapelle jouxtant l'infirmerie des hôtes du commun et des vassaux du mont Coêvre, pour demander, en compagnie de quelques autres de la villa, qu'on l'admît au catéchuménat avant que de recevoir le baptême, au matin de la pâque.

Outre un jeune gardeur de cochons de l'abbaye d'une quinzaine d'années, pauvre garçon trouvé, passablement débile dont on avait, année après année, reculé le baptême et parce qu'il ne comprenait rien à ce qu'on lui racontait de Jésus-Christ, ni de l'immortalité de l'âme, non plus que des sacrements et aussi, parce que ayant horreur du moindre trou d'eau, il se mettait à trembler de peur devant le frère porcher qui tentait de le catéchiser, à la perspective d'entrer nu dans le baptistère et de s'y noyer, il y avait, là, une poignée d'enfants de dix à douze ans. Fils et filles de laboureurs de la vallée. D'artisans, n'ayant encore jamais, dans leur existence de jeunes ruraux, de manouvriers, déjà rompus à la cueillette des fruits sauvages, à la surveillance des bêtes, à l'arrachage de l'ivraie, des chardons, des épines, à l'actionnement, à la main, de la meule familiale, eu l'occasion de venir au monastère. Que l'un de leurs parents avait conduits, là-haut pour la circonstance. Juste avant le début des semailles de printemps, l'élevage des poussins, des canetons fraîchement nés, la préparation des ruches, le frottage minutieux de leur paroi de paille avec des sommités de serpolet, de marjolaine et de sauge qui attirent de loin les essaims, bref quand on a encore le temps de s'occuper un peu de son âme, de celle de ses enfants avant de se jeter dans les travaux des champs. De ne plus penser à rien d'autre qu'au dur enfoncement du coutre dans la glèbe.

Profils frustes, à nez crochu, fortement chevillé comme des becs d'orfraie à la racine du front entre les cavités jumelles des yeux étonnés et fixes, ou bien encore aux traits à peine esquissés, dans l'épaisseur fruitée du visage rond sous le capuchon de burel brun ou le béguin de lin maintenu sous le menton par des cordons, tout effarait, émerveillait ensemble, ces sauvageons. Ces humbles appelés de la sixième heure de ce mercredi des Cendres, à faire partie de la communion des saints, au jour lointain, indéterminé, à peine crédible pour eux, de l'Apocalypse : les dimensions de la villa, occupant sur la colline plus de huit bonniers d'étendue. Sa façon, derrière les hautes palissades qui l'isolaient en hauteur du reste du monde, elle, ses bâtiments, ses greniers sur pilotis, ses fours à pain, ses silos à grains creusés à même le sol, ses vergers, son jardin-cimetière, son cloître, ses deux chapelles, de s'accrocher à la moindre aspérité rocheuse, de susciter au moindre détour, une sensation de vertige. Les casques à jugulaire de cuir, les baudriers, les épées courtes des hommes de l'ost, leur va-et-vient intimidant de militaires toujours armés, d'une tour de guet à l'autre. Le hennissement de leurs chevaux. La vastité des écuries. Celle du réfectoire où on leur avait servi à leur arrivée, après deux ou trois grandes heures de marche, dans le froid acide du petit matin, une bouillie chaude et salée d'avoine et d'orge avant que de les conduire à l'oratoire pour la présentation au père aumônier.

Et maintenant, debout dans l'ombre de la chapelle, son étirement de boyau s'achevant en cul-de-four seulement percé de trois meurtrières, il allait falloir apprendre à devenir chrétien. Se plier, à genoux, aux premiers rites initiatiques constituant la préface d'un baptême qui, au jour de la pâque, dans le sillage de la résurrection de votre Rédempteur, le Seigneur Jésus, mort pour vous sur une croix, vous laverait de votre originel péché.

Investi du pouvoir d'opérer quotidiennement le miracle

du changement du pain et du vin de messe en son corps immolé, il y a de cela plus de cinq siècles, pour que vous ayez l'âme sauve, là-bas, très loin, du côté de l'est, d'où viennent ces marchands au teint sombre, yeux de braise et barbe longue, chaussés de bottes de cuir souple et gaufré, emmitouflés dans de somptueux caftans rayés, doublés de fourrure, armés jusqu'aux dents; avec eux, leurs serviteurs, poussant devant eux des mules chargées de ballots, de coffres verrouillés, remplis de toutes sortes d'extraordinaires denrées auxquelles on n'aura jamais accès, quelqu'un, d'à la fois redoutable et rassurant, un moine, en cuculle noire et capuchon de même, vivant avec ses pareils en état de renoncement, ayant été ordonné prêtre (et c'est pour cela qu'on vous a commandé de l'appeler père) et dont, à force de macérations, l'haleine est devenue si pure, qu'elle a pouvoir de vous laver la face de toutes les souillures qui sont entrées en vous par le nez et les yeux, par la bouche et les oreilles, vous souffle au visage. Ensuite vous vous prosternez devant l'autel. Avec les autres postulants vous formez un groupe serré. Une masse informe d'échines courbées, un grouillement silencieux de monstres ténébreux, immobilisés, face contre terre, pris au piège de l'illumination. Viennent, psalmodiées en latin et que personne, à l'exception du récitant, ne peut comprendre (et c'est pour cela qu'on les croit d'autant, agissantes, efficaces, qu'on a foi en elles), des paroles d'exorcisme dont on s'est contenté de vous dire, tout à l'heure, en langue vernaculaire, qui est la vôtre, en aulerce, donc, qu'elles vous arracheraient du corps le démon qui y tenait garnison depuis que vous êtes né. Y menait mauvaise et joyeuse vie, de nuit comme de jour! Vous incitant à mentir, chaparder, vous battre entre vous, manger et boire avec gloutonnerie quand vous en aviez l'occasion, et plus grave encore, à prendre modèle sur certains de vos proches qui continuent plus ou moins ouvertement à prier les dieux de l'antique fable. À chanter des airs païens en l'honneur de Cybèle, à la nouvelle lune de mai. À vénérer quelque petite statue de Mars ou de Cernunnos le dieu tricéphale, dissimulée dans les champs, sous un tas de bois mort ou dans l'épaisseur d'une botte de foin, au fond d'une jarre. Au lieu d'entonner des cantiques et d'invoquer le Seigneur Christ pour qu'il vous évite les calamités de la grêle, des trop grandes sécheresses, des trop grandes pluies. Car c'est lui le maître de toutes choses à travers Dieu le Père. C'est lui qui aura pitié de vous. Volonté aussi de vous punir, si vous avez péché contre lui.

Tout cela fait, qu'à nouveau, debout, devant l'officiant qui, d'un index sacré, plongé solennellement dans la cendre, en signe de renoncement à vos fautes, aux errements de votre passé hérésiarque, vous marque au front du sceau de la crucifixion, vous venez de changer d'état, de nature. Que, déjà, vous marchez sur la voie de votre rédemption.

– Et maintenant, allez dans la paix du ciel. Retournez dans vos forêts, sur vos manses. Abstenez-vous de toutes viandes pendant quarante jours. Même de saindoux, tartiné sur ces rouelles de pain tranché qui sont votre régal d'enfant le soir, après une journée d'errance avec vos porcs, avec vos oies dans les friches, de ramassage de bois mort, d'écroûtement du sol à la binette de bois ferrée, en vue de l'assouplir avant le passage de l'araire de votre père.

Oui, que la paix soit sur vous.

Sur toi aussi, Heinrich la Jambe Morte. Sur cette femme prénommée Alcalia. Venue s'agenouiller dans l'ombre, furtivement, en retrait des postulants et dont tu n'eusses pas même deviné qu'elle était là, que c'était elle, si tu ne l'eusses entendue tousser de temps en temps derrière ton dos. De cette petite toux nerveuse et sèche (la toux de la caverne) qui, en ce matin du mercredi des Cendres, l'avait reprise et qui était le signe de l'émotion intense qu'elle éprouvait d'avoir osé, sans en demander la permission, venir jusqu'ici pour s'y tenir à tes côtés, en communion humble et parfaite. Car enfin, entre elle et toi, les jeux étaient faits. Ou l'on vous donnerait l'un à l'autre à la Saint-Jean, de plein gré et à la face du monde, ou vous fuiriez ensemble l'abbaye comme vous en étiez convenus, là-bas, dans cette grotte où vous retourneriez pour y vivre enfin un peu de temps ensemble, avant de prendre, de concert, résolution d'y mourir.

Au matin de la pâque, avant la grande messe de sixte célébrant la résurrection, après avoir veillé depuis la minuit dans la chapelle du cloître en compagnie des enfants revenus au monastère depuis le jeudi saint pour assister à la bénédiction des huiles sacrées par le seigneur abbé, entendu l'office du jour, écouté la lecture des passages de l'Ancien Testament relatant l'histoire de la création du monde, de la fuite d'Adam et Ève chassés du Paradis terrestre, de l'exil des juifs en Égypte, de leur retour en Israël, de Moïse recevant sur le Sinaï les Tables de la Loi, de la prédication de Jésus au milieu d'eux et des occupants romains, de sa montée au Calvaire, de sa mort dans les tortures, Heinrich le boiteux descendit, entièrement dévêtu, avec les autres postulants mâles, dans le bassin creusé à même le sol du petit baptistère en forme de hutte ronde, chapeauté de bardeaux, de la villa abbatiale.

S'accrochait à lui, Énard, le simple d'esprit. L'adolescent porcher qui avait promis que, cette fois, il n'aurait point peur de s'immerger jusqu'aux aisselles dans l'eau de la fosse sacrée, pourvu qu'Heinrich, « son Heinrich », comme il disait, ne cessât de le tenir accolé contre lui pendant le temps que le rituel de purification durerait.

Car depuis quelques mois, l'amour d'Énard le demeuré,

pour le nouveau venu au monastère, le grand rouquin roux édenté et boiteux aux yeux couleur de gentiane, au sourire astral, n'avait plus de bornes. Sa confiance en lui non plus. Cela tenait aussi à ce qu'il l'avait vu procéder, à la demande de Théodulph, le frère porcher, à la castration de la vingtaine de porcelets rassemblés en vue de leur émasculation dans une souillarde proche de la basse-cour. De tumultueuses petites bêtes foncées de poil, reniflantes et piaulantes, à peine sevrées. Des postulants verrats qu'il fallait bien, si l'on voulait que l'opération s'effectuât sans dommage pour leur engraissement futur, se hâter de priver de leur embryon de virilité avant qu'ils n'aient atteint l'âge de quatre semaines, puisque au-delà, leurs testicules, leurs « couilles » comme le disait Théodulph le tonsuré, tout aussi raidement que les gens des manses qui les lui amenaient pour la circonstance, aussi que les enfants trouvés qui les conduiraient à la glandée à la fin de l'été seraient devenues chaudes, habitées par les ferments de l'instinct de procréation, travaillées par ses pulsions, par ses fièvres. Ce qui rendrait l'intervention franchement plus douloureuse, moins favorable à la prise de poids qu'on attendait de leur troupeau de grosses larves sourcilleuses et boulimiques, vouées, avant que de périr égorgées, par un soir de froid sec, de nouvelle lune de décembre, favorable à l'abattage des porcs et à la conservation des charcuteries, aux seuls plaisirs de la goinfrerie. D'ailleurs ici, au mont Coëvre comme ailleurs, on connaissait l'adage : verrat châtré après le terme échu, ne sera oncques moult viandu.

Excellent hongreur comme tout bon premier valet d'écurie qui se respecte, pour le Germain de la Sagne, l'ancien châtreur de poulains attitré de Raschomer, la castration des pourceaux ne posait aucun problème. S'asseoir sur un escabeau trépied, caler de force entre les tenailles des cuisses (la vivante et la morte) le petit diable noir à l'échine zébrée de marcassin domestiqué retourné sur le dos, pattes en l'air, tête en bas, groin dilaté d'épouvante, de la main gauche, le pincer sec, au niveau du bas-ventre pour mieux débusquer à travers le velours sombre de la peau, la présence des testicules, les circonscrire, elles, leur bourgeonnement soyeux, leur protubérance fruitée suspendue sous l'épiderme à l'arbre du sexe; ne plus les lâcher de sorte que, lorsque l'autre, la main droite, celle qui réfléchit, arme sa pensée d'un scalpel minutieusement acéré à la pierre à aiguiser et purifié au feu de braise entre chaque émasculation, ayant pratiqué avec une merveilleuse habileté une double incision à bonne hauteur, la gauche, de nouveau, fasse son office; qu'elle glisse trois doigts : pouce, index et majeur par la mince ouverture sanglante, se saisisse du testicule, le fasse tournoyer une fois autour de sa tige en tirant dessus pour mieux l'offrir au tranchant de la lame, voilà littéralement un jeu d'enfant!

Le temps, pour le goret, d'éprouver quatre fois de suite les effets d'une douleur fulgurante. Ceux d'une espèce de viol perpétré au couteau. Qui, l'atteignant au plus intime de l'être, de façon irréversible, le rejette à terre, sans qu'il ait eu loisir de se reconnaître, au milieu de ses sanies et de celles des autres. Du fouillis de leurs testicules et des siens, de leur élasticité de minuscules œufs mollets sur laquelle il glisse, en s'essayant à trouver un nouveau modus vivendi sur ses pattes tremblantes. Pour Énard, lui, chargé par Théodulph, de maintenir au rouge le charbon de bois sur le brasero, avec un soufflet à main en cuir de bouc, qui s'y applique ardemment, en bave d'application, l'extase, la fascination! Et, par conséquent, dans la foulée, l'identification intégrale avec les pourceaux. Au point qu'émasculation après émasculation, on le voit porter instinctivement la main gauche à hauteur de sexe comme pour se protéger. Car c'est lui, dirait-on, qu'Heinrich châtre à travers eux. À telle enseigne qu'à chaque renouvellement du sacrifice, quelque chose lui glace la verge comme si on la lui fouettait avec des paquets de neige. Mais, puisqu'il n'en meurt pas, que le grand prêtre, le magicien, le maître d'œuvre en même temps qu'il lui fait mal, lui sourit, l'appelle affectueusement par son nom, Énard, mon petit Énard, donnant, avec une intonation venue d'ailleurs, au *ard* d'Énard une résonance particulière, jamais entendue, qui le fait exister, sortir de son anonymat, ce qui ne lui était jamais arrivé depuis qu'il est au monde, ce grand froid qui l'inonde à hauteur de pubis, tourne à la chaleur, le ceint aux reins (moitié plaisir diffus des sens, moitié bonheur du cœur) d'une écharpe tiède. De sorte que, désormais, comme on suit un père, un frère aîné, un indéfectible ami qui, à la fois vous aime et vous gouverne, il suivrait la Jambe Morte jusqu'au bout du monde et que, par conséquent, il entre avec lui, pour lui complaire, se sentir de sa race, de sa trempe, dans le gouffre plein d'eau du baptistère.

Pour lui, pour le Germain le tenant embrassé, pour les autres gamins, le bain initiatique se sera déroulé sans encombre en ce matin pascal de l'année 506, celle où Chlodowig 1er battrait les Wisigoths à Vouillé, tuerait de sa propre main Alaric, leur roi, histoire d'en finir avec l'un de ses derniers rivaux. De s'assurer la primauté sur toutes les Gaules.

Bénie la piscine par le père Claudius en y versant le saint chrême, prononcées au-dessus d'elle et de ses ouailles entièrement nues tournées, sur ses ordres, la face en direction de l'occident et les reprenant en écho, les paroles d'exorcisme, d'abjuration des mauvaises œuvres, celles des démons, des dieux immoraux et barbares, Énard le pauvre Énard, qui les aura coassées pour faire comme tout le monde, sans, pour sa part, du tout comprendre de quoi il en retournait, qu'il renonçait à Satan, à ses voluptés, à ses pompes pour s'engager à Jésus-Christ pour toujours, mort de peur qu'il aura été, mais accroché comme la moule au rocher, comme l'actinie ventouse, l'anémone de mer, au corps maigre et musclé du Teuton qui s'était glissé dans l'eau le premier, l'y avait doucement plongé en le soulevant comme un enfant, n'avait jamais cessé de le tenir entre ses bras pendant le rituel d'immersion, ressortirait du baptistère, non seulement sain et sauf, mais lavé de son péché. Qu'il mourût ce jour même, Dieu le recevrait en fils. Et ce serait comme si sa misère, sa bâtardise, sa faiblesse d'entendement n'auraient jamais existé. Et puis enfin, tant qu'il vivrait (c'était du moins ce qu'on lui avait promis), quelle félicité de pouvoir s'endormir à deux pas de ses cochons, dans la compagnie du Seigneur Dieu. Aussi, de recevoir, à la sortie du bassin pour se rendre à la messe, des vêtements neufs, pour la première fois de son existence. Chemise, tunique et braies taillées exprès pour lui : la gracieuse aumône faite par l'abbaye à ses baptisés du jour de la pâque, garçons et filles, après que ces dernières furent descendues ensemble à leur tour dans la piscine. Et, communiant sous les deux espèces, de connaître le goût du pain blanc azyme et du vin dont il n'avait jamais bu.

Pendant la messe, Alcalia était venue s'agenouiller sur la pierre du sol, tapissée de paille de seigle et de fougère de la chapelle des hôtes. Elle s'y était tenue avec les autres femmes, le long du mur gauche de la nef, les hommes ayant été massés, à droite pour entendre l'office.

De la montée de Claudius en aube de lin blanc sur sa cuculle noire, de son « *Introïbo ad altare Dei, ad deum qui laetificat juventutum meam :* je m'approcherai de l'autel de Dieu. Du Dieu qui réjouit ma jeunesse », jusqu'à l'« *Ite missa est :* allez la messe est dite », en passant par l'épître de saint Paul : mes frères, purifiez-vous du vieux levain afin que vous soyez une pâte nouvelle et puis encore par l'évangile du jour relatant la disparition du cadavre du Christ, son tombeau ouvert, sa résurrection d'entre les morts, toutes choses que le Germain avait écoutées avec intérêt et stupeur ensemble (l'impression pour lui d'accéder à un univers dans lequel, quoi qu'il fît, il aurait toujours du mal à se reconnaître, encore qu'il n'eût rien contre ce Christ s'étant fait porter victime expiatoire pour les violences du monde et dont la présence était censée, depuis qu'il avait communié, maintenant, l'habiter), jamais, ni la veuve d'Ulric qui portait sous sa chemise l'amulette en cristal de roche qu'il lui avait confiée en secret, le dimanche des Rameaux, précédant celui de la pâque afin qu'elle la cachât sur elle jusqu'à ce que les circonstances permissent qu'elle la lui rendît, ni lui, ne s'étaient regardés. Pourtant c'était pour elle et dans l'espoir de tenir un jour, contre lui, son corps souffreteux mais si dévoué au sien, mais si tendre que si on les laissait vivre ensemble, si on les mariait, ils retrouveraient bien, l'un l'autre, perdus pour chacun d'eux, depuis longtemps, les chemins du plaisir, qu'il renonçait à ses dieux bien-aimés. Ceux de sa Germanie brumeuse, née de la rencontre des ténèbres et des neiges du Grand Nord, du Niflheim scandinave et tudesque, avec les eaux tièdes des fleuves du Sud. Il renonçait à Ymir le géant géniteur. Le tout premier des premiers, engendré par le ruissellement des rivières chaudes à la surface des glaces. Ymir capable de se reproduire lui-même après s'être abreuvé au lait d'Audumala, la vache sacrée qui, de la même façon que lui, avait mis bas de Buri qui avait des cheveux et forme humaine. Buri à son tour avait donné naissance à Bor. C'est alors qu'avait eu lieu le premier mariage entre géants de sexes différents. Celui de Bor, petit-fils d'Audumala, si riche en lait qu'il jaillissait de son pis en quadruple torrent avec Bestla, descendante d'Ymir. De leur union était né Wotan, le dieu de la poésie et du chant. Celui des combats, de la foudre et de la guerre, déployant au-dessus du monde terrestre où l'homme n'existait pas encore, la voûte céleste. Wotan avait engendré Thor qu'il avait eu de Iord qui signifie la terre. Thor, le dieu au marteau qui, forgé par le nain Sidri revient de lui-même dans la main de celui qui l'a lancé, un jour qu'il se promenait au bord de la mer, avait donné vie à deux troncs d'arbres rejetés par la vague. Ç'avait été le premier couple humain.

Depuis, l'univers retentissait des clameurs de combats ou de réconciliations entre les deux dynasties originelles. Celle d'Ymir. Celle d'Audumala. Du bruit de leurs massacres ou de leurs rires, de leurs beuveries de frères ennemis, avec, au milieu d'eux, second fils de Wotan et de la déesse Frija dont le nom signifie la bien-aimée, Baldr le juste, le pacifique, le rayonnant. Dont il est dit que dans l'Asgard, la demeure céleste de son père, son palais aux chambres innombrables, où les chevrons du toit sont des lances, les tuiles, des boucliers, où les murs dégoulinent d'or, il est le plus excellent des dieux. Que tous le louent. Qu'il est si beau à voir, si brillant et si pur dans ses jugements, qu'il émet de la lumière. Cependant, ses volontés, guidées par la droiture, se réalisent peu, tant les forces du mal sont puissantes qui le battent en brèche. Pourtant, un jour, après la mort des autres dieux dressés les uns contre les autres dans un ultime combat entraînant leur fin, c'est lui qui serait le maître de la résurrection du monde.

C'était lui, c'était Baldr que la Jambe Morte regretterait le plus et, comme il avait osé s'en ouvrir au père Claudius, au cours d'une de ces conversations libres et paisibles qu'ils avaient ensemble à la pharmacie de l'infirmerie, lors de la fabrication des élixirs et des baumes, des cataplasmes en tout genre, ce dernier lui avait fait observer que Jésus, né, lui, de Marie et du vrai Dieu, celui qui est Esprit, Force de création bienfaisante, celle de l'Éden d'avant la faute, le remplacerait amplement. Lui donnerait l'occasion de combler toutes les aspirations au bien dont il le savait habité.

Bref, il allait falloir s'y faire.

Se déshabituer par exemple de rendre un culte au frêne

dont Thor avait tiré Askr le premier homme. Avec lui, à l'orme auquel il avait donné forme de femme et le nom d'Embla.

Changer d'histoire. De panthéisme, de genèse! Non plus de la majesté de l'arbre, de sa colonne chevelue érigée entre ciel et terre et qui unit le monde des dieux à celui des hommes, mais de par le pouvoir d'un créateur unique et sans visage, se déclarer issu de l'humilité de la glaise et père, par la chair, de la première épouse. Celle qui dans votre sommeil longtemps solitaire, vide de représentations et de pensées, de couleurs et de sons, de formes, de mouvements, est née de vos forces vives. De la virilité de votre premier rêve. Croire à l'Éden des moines. Au malheur d'en avoir été chassé pour crime d'orgueil perpétré contre Dieu. Cultiver l'espoir d'y retourner, après avoir subi sa peine. Celle d'endurer mille maux dans un monde talonné par la violence et par la faim, jusqu'à ce que mort terrestre s'ensuive. Oublier l'image qu'on avait des autres et de soi à travers les arcanes de la foi ancienne au profit de la nouvelle.

– N'oubliez pas, avait tonné le père abbé, s'adressant dans son homélie de la pâque aux nouveaux baptisés, qu'à chacune de vos fautes graves contre l'esprit, contre la chair, c'est le Seigneur que vous crucifiez. Que vous devenez d'autant ses bourreaux.

Faire l'apprentissage de la culpabilité donc. Apprendre à se défier de soi, de sa condition d'homme. Tourner le dos au passé. Enfin, presque. Troquer un mystère contre un autre, une célébration, une crainte, une espérance. Pour le reste, compter sur la sagesse de Claudius. Sa modération à votre égard, de médecin, d'ami. D'initié, plus que n'importe lequel des autres clercs du mont Coëvre, à la fragilité des âmes prisonnières de la faiblesse des corps. À sa parfaite et subtile charité qui n'exigerait jamais de l'ancien frère esclave de Raschomer qu'il détruise l'amulette en cristal de roche confiée à Alcalia au jour de totale nudité de son baptême, mieux même qui se garderait d'y faire jamais allusion devant quiconque, clerc ou laïc. De sorte de ménager en lui le passé. Ses points de repère. De ne pas, en le coupant aveuglément de ses racines, en faire un arbre fauché, un homme mort, incapable d'assumer ce qui pourrait encore lui rester d'avenir.

Au vingt-deuxième jour de juin de l'année 506 à la veille de la nuit la plus courte de l'année lunaire, de la grande fête ancestrale du feu allumé dans la cour des hommes de garde, rebaptisée fête de la Saint-Jean, en même temps que deux autres couples de condition servile mais plus jeunes qu'eux, d'une dizaine d'années, on maria Heinrich le Germain ripuaire avec Alcalia, l'Aulerce diablinthe, veuve d'Ulric le bûcheron, taillé en pièces par les soudards du roi des Francs.

C'est-à-dire que ce matin-là, dans leurs vêtements ordinaires, mais qui avaient été soigneusement lavés puis exposés au soleil, après qu'on leur en eut prêté d'autres, pendant les trois jours qu'ils avaient mis à sécher, ils se présentèrent à la chapelle de l'aumônerie pour entendre la messe de sixte. Alcalia avait ses cheveux fraîchement tressés et recouverts par un voile court de lin blanc orné d'un fin galon de passementerie bleue, offert, avec l'autorisation de l'intendant, par les fileuses et les tisserandes du gynécée que, puisqu'on la mariait, elle allait quitter. Sa tunique de chanvre rugueux de femme de peu, avait été agrémentée, pour la circonstance, à hauteur d'ourlet, d'une souple guirlande végétale de viorne en fleur. Duveteuse, vibratile et sans poids. Cousue légèrement par endroits à gros points lâches de sorte qu'elle pût, le lendemain, la découdre sans dommage. Le seul luxe de sa tenue était à hauteur de poitrine une fibule ronde et brillante en cuivre martelé, œuvre de Gasteric le forgeron carnute qui en avait fait don au Ripuaire à l'intention de sa future épouse, en échange des soins qu'il avait prodigués à la sienne, en lui remettant un poignet et une cheville démis à la suite d'une chute malencontreuse.

Alcalia, comme les deux autres fiancées, tenait à la main un bouquet. Le sien, confectionné par Heinrich lui-même était fait d'une énorme brassée de genêts. Elle le pressait contre elle. Virginal et flamboyant il brillait entre ses deux seins comme un lingot d'or. Il ressemblait à celui qui, pour le cueillir, bien avant l'aube était parti à la rencontre du soleil. De son premier filin de clarté, sa scintillante pépite, débusquée dans la mine à ciel ouvert d'une coulée de nuit. Qui y était allé seul et comme si de rien n'était. Qu'il fût léger de souvenirs, délié de corps, agile à la course. Avec la vie devant lui. Une vie d'homme fort, pourvu de richesses et bien né! Avec une fille à lui promise, belle comme ce jour de la Saint-Jean, qui maintenant pointait, fardé de nacre et de rose. Une fille légère comme lui de passé. Riche comme lui de santé, de coffres remplis d'objets orfévrés, d'épices, d'étoffes rares. Lui amenant une terre, une rivière, des chevaux. Riche d'avenir mêlé au sien. Moins une femme qu'une déesse. Qu'une fée. Deux yeux d'ambre (l'ambre du Nord, celui de la Baltique et qui lui tiendraient désormais lieu de patrie) dans un visage fruité, mais grave et la blancheur du corps, ruisselant le long du sien comme un torrent, son élasticité de pâte tiède, pétrie, repétrie; gonflée au ventre et aux hanches par le levain du soleil.

Après l'avoir solidement lié avec une branche d'osier, il avait appelé sur ce bouquet, en le présentant aux quatre points cardinaux, la bénédiction du dieu Thor et celle de Mjollnir son marteau qui éloignent des couples les forces maléfiques, favorisent la fécondité, en répétant quatre fois : « Thor et toi Mjollnir qui détiens le pouvoir de revenir sur toi-même, d'être pareil au faucon qui s'élève droit au but puis revient s'accrocher au poignet de son maître, continuez à m'apprendre les *runes :* les secrets. Ceux des branches quand on les entaille en direction du levant et qui aident à lutter contre la maladie. Ceux de l'accouchement qui aident l'enfant à se séparer de sa mère et toutes les autres runes belles et fortes qui conduisent l'homme, à la fin, vers son salut. »

Tout au long de la messe célébrée par le père Claudius, dont l'introït, à la veille du solstice, avait été en quelque sorte une réponse à la supplique du matin d'Heinrich le Tudesque au dieu Thor : « Ne crains rien, Zacharie, ta prière est exaucée, Élisabeth ton épouse va te donner un fils. Tu l'appelleras Jean. Il sera cher au cœur de Dieu », Alcalia n'avait cessé de serrer les genêts contre son cœur. Aussi, toute la cérémonie, pour lui, pour elle, qui savait qu'il était allé vers ses anciens dieux au matin de leurs noces, ce qu'il leur avait demandé pour eux deux, s'était passée comme dans un rêve : la lecture de l'épître, l'oraison, le graduel, l'évangile du jour, la consécration du pain et du vin, la communion, puis, agenouillés sur le pavage que les enfants trouvés avaient orné de millepertuis, d'ombelles de carottes sauvages, de coquelicots, la bénédiction publique de leur couple. Et comme ils n'avaient aucun parent, non plus que frère ou sœur, oncle ou neveu pour leur servir de témoins, ç'avait été l'épouse de Gasteric le forgeron avec Énard, le porcher, qui avaient tenu au-dessus d'eux le voile blanc de pureté, signe de l'alliance de leur union avec l'amour de Jésus-Christ.

À cause de la longueur du jour, de son étirement somptueux d'heures tièdes, lumineuses, atteignant, à cette date, quatre-vingts minutes au moins, de l'aube au couchant, leur accordant la grâce de leur chaleur de juin sur le visage, les épaules, les mains, celle de l'odeur des foins séchant sur les pentes du mont Coëvre et qui montait jusqu'à eux par-dessus les palissades d'enceinte, d'où les vallées, que de là-haut, ils découvraient, étalaient à perte de vue au pied d'un déferlement de rocs concassés et bruns, de halliers hantés par les vipères et les lièvres, leur tapisserie de basse lisse vert et bleu que des taches de lumière survolaient à la façon des colombes; à cause de la douce inaction permise d'un après-midi nuptial passé à musarder dans les jardins-vergers : un voyage de noces en somme autour de la villa abbatiale, après qu'on leur avait offert à midi la frairie d'une volaille rôtie, d'un plat de fèves parfumé au basilic, d'une écuelle de millet au lait et aux cerises, ils avaient vécu, ce jour-là, entre ciel et terre. À un moment, la lune s'était enfin levée et ç'avait seulement été quand ils l'avaient vue, flottant devant leurs yeux, belle nageuse dorée, radieusement chauve, à face ronde et plate, aux traits royalement figés, prenant un bain de nuit silencieux dans une mer intensément noire, alevinée d'étoiles brillantes que, se trouvant tout à fait seuls, assis sur le bloc de granit qui leur tenait lieu de banc au seuil de la chaumière qui leur avait été désignée pour y vivre, en prolongement des écuries, qu'Heinrich avait attiré Alcalia entre ses genoux, la faisant asseoir sur sa cuisse valide pour la baiser au visage.

Peu à peu, elle s'était prise à trembler de tout son corps qu'elle serrait ardemment contre lui. Un corps redevenu féminin, presque guéri, qui avait retrouvé de la chaleur, des formes, du poids et qui s'offrait au sien comme celui d'une très jeune fille pleine de désir mais inexpérimentée. À laquelle, chaque baiser, chaque caresse longue ou furtive, chaque douce morsure derrière l'oreille, au creux de la nuque, entre les seins arrachait des gémissements légers de surprise et de plaisir, des soupirs qu'elle allait chercher, comme toutes les femmes éprises, très loin en elle, dans le passé édénique de sa chair, du temps où elle était biche, pigeonne, louve, laie, renarde, chatte sauvage amoureuse de son mâle.

Et c'est alors qu'il avait su que le dieu au marteau l'avait entendu.

À l'équinoxe de printemps de l'année qui avait suivi, un fils leur était venu qui avait reçu le nom de Marcus en l'honneur de l'un des quatre évangélistes, mais qu'ils appelaient Thor quand ils étaient seuls avec lui. Que, dans la cabane leur servant de gîte, nourrisson à peine sevré, enfoui au chaud dans un petit sac en peau de blaireau et de lièvre qu'Alcalia lui avait cousu, ils tenaient couché entre eux, sur leur paillasse dans le noir. Que c'était comme s'ils reposaient, à l'insu de tous, à un grand jour de marche d'ici, au pied de la colline, sur la pierre tiède, dans le ventre de la caverne.

Et c'est alors qu'Alcalia, après ses noces, ayant reçu du père connétable, pendant que son mari s'activait à l'infirmerie et aux écuries, la charge, outre de filer la laine, celle d'élever un bouc et une dizaine de chèvres, Ania était morte de vieillesse et de phtisie, dans le bercail attenant à leur logis où on leur avait permis, sur l'intervention de Claudius, de l'installer. Et ils l'avaient veillée tendrement, pieusement, en sa nuit d'agonie, tout comme si elle eût été un être humain, un parent.

Un autre enfant leur était venu. Une fille, Johanna, puis encore une autre, Irmegonde mais n'ayant vécu que quelques mois, emportée par la variole.

Et c'est alors qu'aux environs de sa quarantième année, reprise par le mal des poumons contracté dans l'humidité de la grotte, Alcalia était morte en crachant le sang. Que cinq années plus tard, parti cueillir des simples pour l'infirmerie, à une journée de marche du monastère, sur les bords de la Coëvre proches de la grotte et du pont celtique, à la veille du solstice d'été de l'an 521, quand le soleil est au zénith de sa force, insuffle à chaque plante son maximum d'énergie, de vertu, le Westphalien boiteux, au sourire astral, à la voix d'or, aux mains savantes, guérisseuses, s'était noyé.

Perte d'équilibre, faux pas d'infirme sur les dalles inégales du vieux pont traversé en sens inverse, quinze ans plus tôt, dans l'espoir de rejoindre la villa abbatiale du mont Coêvre, tout porterait à le croire. À faire de sa dépouille, retrouvée deux jours après, déjà gonflée d'eau, au pied de la chute formant barrage à sa fuite, en aval, de grand poisson humain flottant le ventre en l'air, de Neptune barbu épuisé par les tempêtes, pris au piège de sa propre dérive, remontée au monastère à dos d'âne, inhumée avec les prières de l'Église auprès d'Alcalia, dans le cimetière-verger réservé aux petits vassaux, celle d'un homme mort par accident.

À moins (il y en eut plus d'un pour le penser à part soi) qu'il se fût agi d'un suicide. Que sachant ses enfants en âge de se passer de lui, Johanna, de filer, de coudre, de traire, de saler les viandes, de glaner, Marcus, de panser un cheval, de commencer à pouvoir conduire un araire, battre les grains au fléau, ne pouvant endurer d'avantage d'être privé d'Alcalia, de ses manières silencieuses et graves de femme marquée par le destin, ayant accueilli chaque jour passé avec lui, comme une grâce, fatigué de continuer à souffrir seul dans sa propre chair, sans la consolation de ses beaux yeux, de son corps épousant le sien, il ne se fût volontairement laissé couler à pic à quelques pas du lieu où ils s'étaient rencontrés.

Telle avait été la vie d'Heinrich le Ripuaire, l'ancien frère esclave du chef de bande Raschomer déchu de ses fonctions de proconsul germain en pays aulerce par Chlodowig 1er. Heinrich la Jambe Morte auquel Gundri, le jeune vassal jardinier du monastère du mont Coêvre, son arrière-petit-fils, tant et tant ressemble.

II

Gundri le Rouquin

5.

GUNDRI rejette derrière la nuque le sac de chanvre huileux de pluie qui lui sert de capuche ordinaire pour l'abriter des averses et des vents. Il a enfin cessé de pleuvoir et c'est grand soulagement pour lui que de pouvoir aérer sa tignasse crépue et courte, taillée rondement et au bol par le frère Anselme avant le départ de l'abbaye. Sentir la peau de son crâne redevenue sèche et avec elle, ses boucles drues de rouquin brassées par les vents de mer qui, des monts d'Armor auxquels ses compagnons et lui, en route vers l'est tournent le dos, soufflent jusqu'ici, lui donne tout à coup un sentiment d'allégresse, de liberté.

Pourtant il fait presque nuit et après une trentaine d'années de paix relative, par ces temps de massacre, de pillerie, de coups de main renouvelés dans le nord-ouest des Gaules par la soldatesque franque du petit-fils de Chlodowig, Chilpéric 1er pour lui gagner définitivement plus au sud, *Caesarodonum :* Tours, *Limonum :* Poitiers, et puis encore Angoulême et Bordeaux sur les chemins de la nation ibère, sans compter les attaques des rôdeurs de tout poil, c'est faire courir de grands risques à leur convoi de sarrasin, de millet et d'épeautre, à leurs bêtes de selle et de trait, à eux-mêmes, que de n'avoir pas réussi à atteindre, à cause d'un joug à demi rompu en son milieu au-dessus du front d'une paire de bœufs attelés à un chariot chargé de fûts d'huile de noix et de petit vinaigre des collines de la Coëvre en pays diablinthe, le prieuré de Haultsurf dominant sur son piton de roussard tavelé de nappes d'orties, de chiendent, de bardane, la confluence des deux Évailles et de la Jouanne, celle-ci, une fois atteinte, leur ouvrant la route vers le nord-est, vers la Sagne.

Le frère Arnulph, charpentier de son état, nommé par le frère intendant responsable de l'entretien des attelages, avait dû tailler sur place à la hache celtique, dans le vif d'un tronçon de coudrier, un coin prismatique dont il avait fignolé la pointe au coutelas. Ensuite, il l'avait enfoncé au maillet dans l'échancrure de la pièce endommagée. Ce n'avait pas été un labeur aisé pour lui que de mortaiser au milieu de toute cette pluie énervante et fine d'automne, de toute cette boue qui lui collait aux bottes et à l'ourlet du froc. Qui collait aux socques de frêne de Gundri qui l'avait aidé, comme c'était son devoir de jeune vassal d'Église, fils d'un serf récemment affranchi, à consolider le système en l'entourant, là où le joug avait failli s'ouvrir en deux, par de gros liens de chanvre à peine teillé, si épineux au toucher qu'il leur avait mis à tous deux, les mains en sang.

À un moment, Arnulph avait juré. Ce qui était une grande faute pour un homme soumis à la règle de saint Benoît de Murcie qui veut qu'une âme ne puisse faire son salut qu'en observant dans le silence, le jeûne et la prière, fût-ce au milieu des pires traverses de la condition humaine, les disciplines imposées au-dedans comme au-dehors à un moine digne de son ordre. Plus grave encore, dans le feu de l'action, celui du travail malaisé à fournir, il s'était laissé aller à jurer en idiome celtique, celui de son enfance. En langue païenne de Gaulois. De serf indigène, assujetti à la culture du sol, à la corvée par Rome d'abord, par les Germains ensuite. En homme de rien. Encore si mal christianisé, si ignorant des exigences de spiritualité du vrai Dieu, qu'il lui arrive de se cacher pour invoquer la protection des divinités sylvestres dans les forêts où il est né. Celle du dieu Cerf à triple face. Celle de Lug, le Mars gallois, des Celtes bretons d'outre-Manche, de ceux d'Armor et qui fait encore couler le sang d'un coq, celui d'un agneau, d'un jeune bouc sur la table de sacrifice druidique, à l'heure de prime, quand la lune est à son zénith, afin que sa récolte de fèves, de miel et d'orge, de blé noir soit bonne. Pour que sa femme, qui est grosse, mette bas d'un fils bien formé et qui atteigne l'âge adulte, l'aide à peiner sur les terres de son patron laïc ou de son seigneur abbé, après qu'il se sera privé de pain, de brouet pour le nourrir quand il était encore sans force à la besogne. Qu'il n'était qu'un enfant. Sans raison d'être. Sans utilité.

Après ce jurement, il y avait eu un grand silence jusqu'à ce que le père Honorius, fils de notable gallo-romain des rives de la Loire, chef de la chorale des moines et de celle des jeunes gens destinés par leurs parents à devenir oblats, promu, pour l'heure, par le père abbé, responsable administratif et spirituel de l'expédition (il chevauchait, avec éperons et bottes neuves, un assez beau demi-sang élevé dans le haras de l'abbaye, portait sous sa cuculle à capuchon, suspendue et rivetée par une chaîne à rouelle à sa ceinture de discipline en cuir de tonsuré, une bourse en peau de chèvre, damassée en son milieu d'une croix latine, contenant une provision de tiers de sous d'or frappés à l'effigie du premier roi franc de Paris, maintenant défunt, Childebert et de sous d'argent frappés, eux, à celle de Clothaire son frère roi de Soissons devenu, après qu'il eut assassiné ses neveux à la mort de leur père, César germain de toutes les Gaules) lui eût rappelé devant tous qu'il devrait, au retour, s'accuser publiquement de son manquement à la retenue, à la pudeur. Celle des mots. Par faiblesse de caractère, impuissance à contenir l'expression de la colère la plus grossière et de surcroît, pour s'y être laissé aller, en langue vulgaire.

Avec plus d'une grande heure de retard, le convoi a pu s'ébranler de nouveau. Traverser à gué, entre chien et loup, à la recherche d'un gîte de fortune, un assez large cours d'eau, heureusement peu profond et tapissé en son lit de pierres plates faisant office de pavement naturel. De route à peine immergée, permettant aux convoyeurs d'y entrer jusqu'aux jarrets. De guider l'avancée beuglante des bœufs, celle des mules, des chevaux attelés au garrot à l'antique et dont il a fallu sans cesse ménager la respiration et les nerfs en les conduisant d'une bride ferme, mais sans excès. En les appelant par leur nom, les encourageant d'une voix rauque, proche de la leur. Du hennissement.

Retrouvée la terre ferme, ils avancent en cahotant dans les bourbiers d'une saulaie, son fouillis de hautes prêles, de roseaux duveteux, encadrés par la dizaine de valets d'armes à cheval ou à pied chargés de les protéger. De jeunes garçons trapus, solides, fils de laboureurs, de forgerons, de charrons, de tanneurs inféodés au domaine de l'abbaye. Rompus dès l'adolescence, avec l'installation définitive des Francs en terre gauloise, au maniement de leurs redoutables armes germaines et qui leur sont devenues, peu à peu, familières. Celui de leur framée, de leur scramasax à lame courte de coupeurs de tête, de leur francisque. Accoutumés à vivre en troupe et en groupe, avec les vétérans de l'ost. Sous leur férule de soldats de métier. Chargés, loin de leurs père et mère, de leur endurcir la peau. De les accoutumer à donner et recevoir des coups en échange du couvert et du vivre, du châlit garni d'une paillasse et d'une peau de mouton où ils dorment aux écuries, de l'équipement, de l'habit, de la monture que le monastère leur octroie. À peine pubères, déjà sévèrement dressés à encaisser le choc brutal du fléau qui les frappe aux reins et dans le dos. Qui leur fait sauvagement mordre la poussière, quand, se jetant au galop sur le mannequin d'exercice affublé du casque et du haubert et qui pivote raidement sur son pieu fiché au sol, ils ratent leur coup, en cherchant à l'atteindre au milieu de l'écu. À le renverser avec leur lance.

S'ils sont fantassins, au-dessus du camail de fer qui leur recouvre le col et les épaules, de sa pèlerine d'écailles métalliques, du casque conique, à nasal aussi de fer, leur donnant, même s'ils sont jeunes et gais quelquefois et beaux de regard et de traits, un terrible visage; au-dessus de leur haubert, s'ils sont cavaliers, de la calotte de bronze à gorgerin de cuir qui alors les coiffe lourdement, à la façon d'un chaudron renversé, la lune enfonce son coutre rond et cireux de charrue légère dans l'humus des nuages noirs. À chaque fois qu'elle ouvre à travers eux un sillon, qu'elle les défonce comme souches de chênes, en même temps que le convoi, elle illumine, par en dedans, leur bourre grossière d'une lueur pâle, couleur de filasse, de paille sèche. Et c'est alors qu'au plus fort de son pouvoir, elle prend visage solaire, indéchiffrable et rond de femme et que le cœur de Gundri, auquel ce faciès cuivré et plat rappelle quelque chose, se serre à la regarder. Comme il se serre, en même temps, à la pensée d'Arnulph. Du blâme et du châtiment qui l'attendent au retour de l'expédition qui doit les conduire jusqu'aux frontières des pays carnutes.

Gundri aime Arnulph. Ses façons robustes et gauloises d'équarrir une poutre, d'ajuster d'une main de maître, alors qu'il n'a que dix-sept ans comme lui, les pannes d'une charpente. D'en faire les fils de chaîne d'un toit, avant de les appareiller aux fils de trame des chevrons. De hisser, pour le dressage d'un pignon, la verticalité parfaite d'un poinçon coupant en deux le triangle isocèle que forment les arbalétriers avec l'entrait qui lui sert de base. De lier le tout. De le cheviller. Comme il a, tout à l'heure, réussi à cheviller les deux pièces, presque détachées l'une de l'autre, du joug des bœufs. L'été, il travaille nu-pieds. Alors il retrousse les manches et la jupe de burel de son froc qui l'encombre, se met à siffler ou fredonner sourdement par crainte d'être entendu et puni pour avoir rompu la règle du silence, un psaume ou un autre qu'il entremêle avec des airs de chants celtiques de sa prime jeunesse de fils puîné d'un bûcheron charpentier des forêts de l'Hermet qui, faute de pouvoir le nourrir longtemps, le marier dignement avec une fille libre comme il a réussi à le faire avec son aîné, en a fait cadeau aux moines de l'abbaye d'à côté. Celle du mont Coêvre. Lui, sa bonne et franche nature de jeune rustre gaulois, pétant de vie, de santé, ses mains intelligentes et fortes qu'il met au service du monastère et de ses fiefs, alors qu'il n'a pas la vocation religieuse. Qu'il n'arrive pas à comprendre le bien-fondé des macérations qu'après l'avoir, d'office, tonsuré, on lui impose, entre deux séances de lourd et beau travail de charpenterie, auquel il s'adonne à grands ahans et avec passion comme on travaille le ventre d'une femme pour en faire sa maison. L'habiter. Ce manque, cette souffrance qui le tourmente, Gundri, en lui, l'aime aussi!

Cependant, lui et Gundri ont eu ensemble quelques bons moments cette année, au sortir des duretés de l'hiver. Car elles n'ont pas manqué ces duretés. Pour Arnulph surtout. Chaque nuit que Dieu fait, le sommeil interrompu une première fois, à la vingt-quatrième heure pour les prières de vigiles, une seconde fois au lever du soleil, pour les laudes. Dans une chapelle étroite et longue, à structure de boyau voûté, son froid humide ou mordant, malgré la litière de paille répandue sur le sol de terre battue et le port, tout de même prévu par la règle, de sous-vêtements chauds sous la cuculle. De la chemise et des caleçons de serge réchauffés par des bas que des bandelettes maintiennent serrés autour du genou, de la tunique de laine brute, de la pelisse en peau de mouton, de la chape sur les épaules des longs mois de gel.

S'y ajoutant, le rituel des privations. Celui des jeûnes du temps de carême. Alors on ne mange, quand on est moine, qu'une fois le jour et pas avant que le soleil ne se couche. Et qui succède si vite, cette sombre période, cette austère et démoralisante quadragésime, quand on est jeune, qu'on besogne dur et qu'on a faim, aux réjouissances permises de la Nativité, de l'Épiphanie, de la circoncision du Seigneur Christ.

Nuit bénie. La plus louangée, la plus longue, la plus chère au cœur, au corps affamé et transi d'Arnulph : Réjouis-toi, fille de Sion. Ton Seigneur Roi est né, le Seigneur du Monde, que cette nuit de solstice d'hiver! Dont, il y a peu encore, ses propres ancêtres, venus des steppes d'Asie, fixés depuis, dans les forêts hantées par les ours et les loups, entre les Vosges et l'Atlantique, célébraient, eux aussi, au plus noir de son déroulement, ce qu'elle promettait d'avènement. De retour au cycle de lumière, sous la conduite des druides, procédant, avec la faucille d'or, à la récolte solennelle du gui. Celui qu'il faut cueillir au sixième jour de la lune d'hiver sur le chêne rouvre si l'on veut qu'il soit au plein de son pouvoir de guérison des esprits et des corps. Et c'est alors, quand on est celte, homme de chasse et de pêche, de luttes incessantes et tribales, qu'après le sacrifice d'une innocente paire de bœufs blancs n'ayant jamais subi l'humiliation du joug, d'un sanglier à hure somptueuse de dieu sylvestre, sauvagement décapité, après qu'on l'a d'abord couché sur le dos, ventre et sexe offerts, en propitiation aux étoiles, qu'on peut ripailler et chanter quand on a l'âge de faire souche, d'établir en accord avec son parentage, son ethnie, sur une femme, sa domination. Et qui sait, l'aimer peut être...

Nous sommes arrivés. Nous sommes arrivés.
À la porte des rics, la porte des chefs.
Dame, donnez-nous l'étrenne du gui.
Si votre fille est grande,
Dame, donnez-nous l'étrenne du gui
Si elle est prête à choisir l'époux
Dame, donnez-nous l'étrenne du gui
Si nous sommes vingt ou trente, bons à prendre femme
Dame, donnez-nous l'étrenne du gui.

Et c'est alors, quand vous êtes moine, à la façon douloureuse d'Arnulph, qu'il coule encore dans vos veines le sang tumultueux mais maintenant honni du gui, son âcre sève, que pour l'avoir entendu chanter en secret, hors de portée des oreilles des clercs, par quelque vieille serve gallo-romaine, vous connaissez la chanson des rics, celle qui, dans un bruit d'armes entrechoquées contre les boucliers de bronze, ouvre au jeune guerrier que vous êtes, la porte de l'an neuf en même temps que celle de la jeune fille à peau blanche, rincée à l'écume de bière, aux cheveux rassemblés en cimier au-dessus de son visage grave et plein, à front haut, narines écartées comme celle d'Épona, la déesse jument; qu'il vous est bien sûr défendu désormais de la chanter, une fois l'an, sous peine de flagellation, que plus souvent qu'à votre tour, vous souffrez. Mais c'est alors aussi que, lorsque licence vous est donnée, quand l'occasion liturgique s'en présente, d'entonner à la chapelle avec les autres tel cantique convenant mieux à votre essence, à vos besoins, que tel autre d'action de grâces désincarnée que vous le faites avec une jubilation rare.

Celui du prophète Daniel et de ses trois compagnons ayant échappé aux flammes du bûcher par exemple. Qui célèbre le Seigneur pour ses œuvres visibles, celles de la terre dont vous faites partie avec votre chair périssable, mais bien vivante, avec les cinq sens qui l'animent;

desquels on n'aurait jamais dû vous ôter le droit naturel de jouir. De vous en réjouir!

Loué sois-tu Seigneur pour avoir fait le soleil et la lune
Et les étoiles aussi.
Pour les nuages et la pluie
Pour les fleurs et les fruits
Pour l'hiver et pour l'été
Pour les neiges et les glaces
Et puis encore la foudre
Pour les sources, les fleuves et les mers
Tout ce qui vit dans les eaux
Pour toutes les bêtes que tu as créées
Pour les enfants des hommes
Pour la germination universelle
Pour la terre...

Et ainsi de suite et encore et encore jusqu'à ce que la voix vous manque, que vous n'ayez plus de salive.

Or, voici que malgré la dureté du bloc de grès qui blesse vos genoux, l'éreintement des prières et des psaumes qui se succèdent au long des veilles d'après la minuit, malgré la douleur qui vous coupe en deux, à hauteur d'échine, de ceinture, à force de prosternations répétées qui vous glacent le ventre, et malgré encore, l'humilité absolue de votre condition qui, en arrière des moines de chœur, de ceux qui parlent pour de bon latin, lisent les Livres saints dans le texte grec, hébreu même, qui savent dessiner et peindre, recopier la Bible, les Évangiles au scriptorium, déchiffrer au premier coup d'œil, la parole et la musique des anges, vous fait occuper le dernier rang avec les frères travaillant aux cuisines, à l'infirmerie, aux champs, au vivier, au moulin, vous cessez tout à coup d'avoir froid, faim et sommeil, de vous sentir démuni, étranger à l'entreprise de reniement forcé des impulsions de votre jeune corps, en vue du bien de votre âme. C'est qu'au fur et à mesure qu'à travers le cantique de Daniel sauvé des flammes, vous évoquez, sans qu'il y ait péché, les beautés de ce monde, les élans régulièrement renouvelés de sa fécondité, saison après saison, dans le cadre d'une liturgie agraire et sylvestre, voulue par Dieu qui en est aussi bien l'aboutissement que la source, qui vous a créé de telle sorte que, de plein droit vous en fassiez partie, le bonheur vous envahit.

Celui qui, merveilleusement animal, divin, absolu était vôtre quand vous étiez petit, en écoutant la vieille fileuse chanter pour vous, sourdement et dans l'ombre, quelque chose. Voix magique égrenant des mots magiques. Vous ouvrant les portes du rêve. Vous arrachant à vos limites humaines pour aller vous faire donner de la tête contre l'infini. Tout comme Daniel passant avec ses compagnons à travers le feu.

Dans la hutte ronde de charbonnier, au toit percé d'un trou pour le passage des fumées, qu'elle partage avec votre famille depuis son veuvage, puisqu'elle est la mère de votre mère, elle vous a prise contre elle. Au-dedans comme au-dehors il fait déjà noir. À peine votre père et votre frère aîné rentrés fourbus au logis, après la corvée d'élagage de la charmille du cloître du monastère, il a fallu, dans la clairière de forêt où vous habitez, fermer au verrou la porte et les volets qui vous protègent des rafales de pluie et des bêtes sauvages.

Pourtant la lune n'est pas encore haute et les étoiles, qui lui font une haie d'honneur, commencent à peine à ressembler à des yeux ouverts, constamment braqués sur elle. Sur sa splendeur souveraine de dame de haut lignage. Impavide. Intouchable. Dont il convient de respecter la solitude sacrée de reine de l'ombre. De pivot. De clef de voûte des nuits.

Celle de ce soir justement qui est la quarantième après celle de l'équinoxe d'automne, de ses grands élancements de mer à hauteur d'astres à ce que disent les voyageurs venus de l'Armor et que les moines appellent désormais la fête de tous les saints, est pour Aniavera, votre grand-mère, la fête celtique de la mort. Celle d'entrée en hibernation du monde vivant. Les moines soutiennent que l'hiver ne vient qu'une cinquantaine de nuits plus tard. Ils le font coïncider, selon les règles de ce qu'ils baptisent le calendrier julien, avec celle du solstice d'hiver qui est la plus longue de toutes et qui donne naissance, par l'intermédiaire d'un ventre de femme prédestinée, à « l'enfant ric », « l'enfant roi ». Pour Aniavera, non. Il n'y a pas d'automne, mais une rupture brusque d'avec l'été, sanctionnée par la chute violente des feuilles après leur ensanglantement et le refus de la terre de donner du fruit. Au demeurant, pour elle, l'année débute au fond de son cœur, comme elle débutait pour ses ancêtres nomades de l'âge de pierre, puis de bronze, c'est-à-dire en mars. Trois lunaisons après celle que les moines célèbrent en priant et chantant plus longuement encore que d'habitude, en criant Noël, et même, en se réjouissant charnellement. En buvant du vin chaud, en mangeant du pain frais et grillé trempé dedans.

Quand on est Aniavera, l'an nouveau commence au plein de la lune de mars. Quand l'ombre va cesser de triompher. De tenir la lumière sous elle. De lui imposer sa lourdeur de nappe de plomb. De l'empêcher de prendre du champ. De gagner du terrain sur elle. Alors la vie reprend. Avec l'émergence des bourgeons, la naissance des agneaux, le dégel des rivières, le premier tracé du sillon. Le temps de la guerre aussi. Avec le réveil d'Ibésus, le dieu bûcheron, le Mars gaulois, s'ouvrant dans la forêt avec sa hache un chemin à travers les ronces, en poussant le cri de guerre qui fait fuir l'aurochs et le loup, accourir le jeune homme, dans la virulence de l'âge, pour se joindre à lui, avec son épée courte, sa framée.

Donc, elle vous tient contre elle. Contre sa tunique de burel couleur de terre cuite dont elle a, elle-même, filé puis tissé la laine, il y a de cela longtemps, bien longtemps, avant que vous naissiez. Quand elle avait gardé assez de force pour, contre sa hanche gauche déformée par le poids de la quenouille, en supporter encore le fardeau et, maintenant le fuseau au creux de sa paume droite, en étirer la filasse bourrue entre index et pouce, l'égaliser, avant de l'enrouler autour de lui.

Avalée en silence la bouillie brûlante d'avoine et d'orge avec les autres femmes et les enfants après qu'on a servi les hommes, rompus par l'effort d'avoir dû, ceinturés par des cordes à la fourche des branches, étêter, entre ciel et terre, la trogne des arbres du cloître qui autrement atteindraient les bardeaux, finiraient par grand vent, en les frappant comme des masses, par les fendre en deux, aussi à les pourrir par accumulation de leurs feuilles mortes, maintenant elle chante. Vous, vous êtes debout entre ses deux genoux bosselés sur lesquels vous prenez appui comme sur deux pierres rondes. En même temps vous avez chaud. Non point seulement à cause de la bouillie. Relevée ce soir-là, d'un peu de sel qui vous l'a rendue délicieuse et de la poignée de nèfles que vous avez grignotée en guise de dessert, mais parce que vous êtes bien contre elle. Que la musique de sa voix vous est connue depuis toujours et que son sourire édenté de vieille fileuse (elle doit avoir dans les quarante-cinq ans) occupée de l'aube au couchant à préparer, après cardage, le lin, la laine, le chanvre pour les tissages, est celui qui, le plus souvent, plus souvent que celui de votre mère occupée à glaner, à broyer les grains, à élever les porcs, les chèvres, à les traire, a illuminé les ténèbres de votre petite enfance, reléguée en hiver, dans un coin de la pièce commune dans un coffre de bois garni d'un matelas bourré de balle d'avoine réputée favorable à la santé des nourrissons, à celle de leurs viscères, de leurs poumons. Et alors que deviendriez-vous sans elle? Sans Aniavera? Sans cette présence qui vous protège de la peur? D'une solitude qui, sinon, vous maintiendrait prisonnier de vous-même? Inapte à réussir un jour à parler, à bouger, à vous évader de vos limbes.

Plus tard, quand vous saurez marcher, tenir seul votre cuiller à brouet, singer hommes et bêtes qui vous entourent en imitant leurs grognements, en répétant leurs jurons, elle sera encore là, sous le saule, au bord de la mare où vous vous plaisez tant, à la bonne saison, à jouer avec les brindilles de fagot, les coques de châtaignes ou de noix, les carcasses de volailles cuites au pot, les tronçons d'os à moelle, à l'aide desquels vous tentez d'édifier une hutte ronde sur le modèle de celle du bûcheron-charbonnier, votre père. Au demeurant, tout vous est bon pour y parvenir et au fur et à mesure que vous prenez de l'habileté, que la réflexion vous vient, vous arrivez à des résultats étonnants.

Devenu, avec la complicité de votre aïeule, grand collectionneur de mandibules de marcassins et de jeunes porcs, de cages thoraciques de lièvres, de chats sauvages, de blaireaux, de rats musqués, écharnées au couteau par les chasseurs et séchées au soleil, assis par terre, vous vous appliquez à constituer avec elles, un cercle aussi large que possible dont vous êtes le centre, une armature d'ossements qui tiendra lieu de fondation à la maison. Votre maison! Et comme vous la voulez aussi solide que possible, vous les imbriquez, les attachez pièce par pièce les uns aux autres, en faisant passer au travers de leurs cavités des liens de paille ou de longues tiges de viorne effeuillées. Puis vous comblez les vides avec des poignées de glaise mouillée, en alternance avec des paquets de mousse gonflée d'eau, d'un vert cru, formant ciment, dans lequel vous enfoncez, aussi régulièrement que possible, des baguettes fines d'osier constituant une manière de charpenterie circulaire et flexible dont vous tentez de rassembler les éléments en les liant pour obtenir un toit conique, avec un peu de fil de chanvre dont Aniavera vous a fait don. Après qu'un soir d'été, le long du chemin forestier la ramenant de l'abbaye où elle était allée chercher un ballot de laine cardée, à l'atelier des femmes, elle l'a découvert à ses pieds, perdu sans doute par une glaneuse ou quelque fagoteur ou jeune porcher conduisant ses bêtes à la glandée tout en cherchant girolles et bolets sous l'humus gras des feuilles huilant la semelle de ses lourdes socques fixées à ses chevilles nues par des cordes.

Travail patient, minutieux, industrieux d'enfant! Obéissant, d'instinct, aux règles ancestrales de l'architecture primitive d'habitat collectif. Lorsque l'homme et l'animal ne font quasiment qu'un dans la lutte qui les dressent l'un contre l'autre pour survivre. Ainsi de vous, Arnulph. Retrouvant pour bâtir le gîte de fortune, le long des grandes voies d'expansion ou de fuite en avant des hordes orientales, les gestes séculaires des communautés semi-nomades retranchées encore plus de cinq mille ans avant l'ère chrétienne derrière la barrière de l'Oural! L'une talonnant l'autre. La contraignant, au fil des millénaires, à cette ruée vers l'ouest sanglante et pillarde qui se prolongera bien au-delà des premiers siècles judéo-chrétiens et de l'hégire musulmane, l'œil sans cesse braqué sur le soleil qui se couche. Sur l'Atlantique. Une fuite en avant, le cheval dans ses débuts n'ayant pas encore été dompté, amorcée à pied. La tribu conquérante poussant devant elle, si besoin est, au fouet, son contingent d'esclaves portefaix, tireurs de civières, de brancards sans roues, chargés de ses prises de guerre, de ses malades, de ses vieillards. Avec ses bivouacs et même ses haltes prolongées plusieurs années parfois, pourvu que la vallée empruntée se soit révélée fertile, ses rivières poissonneuses, ses forêts grouillantes de gibier et riches dans leurs sous-bois, l'automne venant, de champignons, de baies succulentes et sauvages.

Alors on dresse pour de bon la tente en peau de chèvre, de bouquetin de l'Atlas, après avoir réussi, lors de grandes chasses à l'épieu, à tuer ce qu'il a fallu d'aurochs pour, leur chair boucanée ou dévorée fraîche, en utiliser les mâchoires et le crâne comme soubassement propice à en consolider l'assise de cuir. À lui donner de la hauteur. À la river sur l'ossature des mâchoires et des crânes de bœuf. Un système qui permet, non seulement d'y dormir, mais de s'y asseoir. L'hiver d'y manger. D'y tenir conseil et même d'y jouer de la musique en soufflant dans deux os creux d'inégale longueur, soigneusement nettoyés de leur moelle puis enfoncés dans une outre de peau, au rythme d'un petit tambourin en poitrail de louveteau ou de jeune lynx. Et voici tout à coup que, dans l'ombre, les femmes, mi-épouses mi-esclaves, retranchées à deux ou trois, en groupe chuchotant et tiède dans l'espace qui leur est propre, en harem primitif, charriant autour de lui des odeurs charnelles et musquées mêlées à celle de leur lait dont elles abreuvent leurs nourrissons dormant bouche ouverte et poings fermés dans le triangle de leur giron, protégé d'un morceau de fourrure de loutre, parfois d'ourson, de ragondin, de chat-tigre, se mettent à pousser, en alternance, des ululements d'oiseaux nocturnes en chasse, des aboiements de cervidés en mal d'amour, luttant à mort, ramure contre ramure, pour s'assurer la possession des femelles, leur fécondation. Et le chef de la tente les laisse faire et même, il les encourage avec sa flûte taillée dans du buis et dont il tire des sons hystériques et miaulants, soutenant ceux, inhumains et terribles, qu'après les avoir mis en branle dans le creuset de leur gorge, elles modulent, en les faisant vibrer le long des cloisons de leur nez épaté d'Asiates, avant de les en rejeter, vibrato après vibrato et par saccades, comme au long d'une cascade en gradins, des filets d'eau.

Des siècles et des siècles après, cette fièvre, cette complicité qui resurgit entre Aniavera et l'enfant Arnulph autour de l'élaboration du gîte ancestral. Celui qui vient juste après l'excavation naturelle dans le roc, après la grotte : autour de la hutte. Du besoin de l'édifier aussi vaste et indestructible que possible pour s'y retrancher, y faire souche. Du besoin aussi, un jour, de la quitter. Voire, de la détruire pour chercher fortune ailleurs. Creuser son trou ailleurs. Ce qui fait que si votre aïeule applaudit, bat des mains quand vous avez réussi à en construire une à votre taille d'enfant, à faire qu'elle tienne debout, elle applaudit encore lorsque vous la détruisez d'un coup de socque ou de bâton, après avoir mis toute votre passion à la construire, des heures durant.

Et vous vous jetez contre Aniavera en tremblant du bonheur d'être aimé, compris dans votre désir de maîtriser le monde, de le construire, de le détruire au gré de votre sagesse, de votre folie du moment.

La chanson d'Aniavera, celle qu'elle chante pour célébrer la première nuit d'hiver druidique en train de tomber sur les bois de l'Hermet, avec ses premières ardeurs cuisantes et froides, est chanson d'évasion. Recul sans cesse élargi des limites de l'esprit et de la matière. Il n'y a guère de différence à la vérité, entre ce qu'elle dit, les prodiges qu'elle énumère, ce à quoi son héros aspire, de métamorphose en métamorphose, ce qu'elle espère en matière de libération des âmes et des corps,

J'ai été sous de nombreuses formes
Avant d'être libre
J'ai été errant dans l'air
Lampe brillante. Mot parmi les lettres
J'ai été livre à l'origine
J'ai été route. J'ai été aigle
J'ai aussi été l'effervescence de la bière.

et le cantique des trois juifs, plongés sur les ordres du roi de Chaldée, à cause de leur refus d'adorer les idoles, dans le brasier d'un four. S'y promenant indemnes, ou plutôt, devenus flammes parmi les flammes, de par la grâce du Dieu d'Abraham transformant leur chair vulnérable en substance éthérée, inexpugnable, de même nature que la sienne propre.

Et c'est pourquoi lorsqu'on est Arnulph, entonner avec les autres frères le *canticum puerorum* du livre du prophète Daniel, c'est reprendre, à peu de chose près, la cantilène d'Aniavera. En quelque sorte la prolonger sans qu'il y ait ni contradiction, ni rupture. Même qualité de ferveur. Même espérance d'échapper un jour aux limites de la condition charnelle.

Alors qu'Aniavera est maintenant morte, que vous vivez assujetti aux exigences d'une règle monastique qui vous tient prosterné, genoux meurtris, sur les aspérités d'un bloc de grès, à cause de ce chant divin de Daniel qui ressemble au sien, c'est comme si elle vivait encore, que vous étiez debout entre ses genoux qu'elle ouvre ou resserre contre vos flancs, au rythme de son souffle de chanteuse. Du flux et du reflux de sa voix qui avance et recule comme une mer feulante et nocturne. Et vous êtes la barque se tenant en suspens à la crête de son roulis, dans le havre de ses cuisses écartées, la baie qu'elles creusent pour vous y recevoir, par grand amour maternel de vous! Et vous êtes lampe brûlante, et vous êtes aigle, effervescence de la bière et vous êtes livre à l'origine et puis jeune juif exilé dans Babylone, sauvé de la consumation par le feu. Vous échappez à toutes les épreuves. À votre enfer. À vous-même. Vous n'en finissez plus de mourir et de renaître. Dieu (ou les dieux) vous tient dans sa main, vous façonne chaque jour un nouveau visage. C'est lui qui insuffle vie à chacune de vos métamorphoses, les renouvelle à l'infini. Que vous le célébriez en latin ou en patois ancestral avec la voix d'Aniavera qui vous a fait comprendre toutes ces choses bien avant les moines, sa bienveillance est sur vous. Sa bouche, celle d'Aniavera, autant que celle des moines, commentant le Pentateuque et les Prophètes, l'Apocalypse et les Épîtres est devenue la vôtre. Et par sa grâce aussi, Aniavera, toujours, revit en vous. C'est elle qui manie l'équerre et l'herminette, dirige votre habileté à la gouge pour tailler et creuser les bardeaux, faire chevaucher leurs écailles ligneuses sur le clayonnage d'un toit de grange ou de chapelle, d'hôtellerie abbatiale. Qui anime votre force à la masse, décuple votre sûreté de main, de coup d'œil pour travailler avec vos compagnons laïcs, rustres vassaux, assujettis à la corvée d'entretien des bâtiments du monastère, au dressage d'un hourd de défense et de guet; à la réparation de sa galerie de bois qui court en surplomb de l'antique muraille gallo-romaine, qu'on franchit par un porche à tympan semi-circulaire, appareillé en briques losangées, noircies par les fumées des incendies allumés, il y a trois siècles, par une horde de Hiang-Nou, les fameux Huns, venus apporter le meurtre et la dévastation sur la colline du mont Coêvre avant leur refoulement aux frontières du Danube. C'est elle qui besogne à vos côtés pour la réparation de l'enceinte, la mise en terre de ses énormes pieux accolés les uns aux autres à la cime des tertres herbeux dominant des fossés où croissent des épines, dissimulant des pièges à loup, capable de vous cisailler une jambe de rôdeur ou de soudard imprudent. D'en faire, s'il survit au déchiquetage, un manchot ou un cul-de-jatte à vie!

Et c'est là qu'est pour vous le miracle! Une femme, cette femme, qui est sans doute la seule au monde qui vous ait pour de bon aimé, donné l'occasion d'avoir des ailes, d'échapper aux contingences de votre condition servile, a changé d'état, de sexe, d'occupation en mourant. Elle n'est plus, Aniavera la fileuse, veuve du cardeur Renaud, mort avant elle d'un mal mystérieux qui le tenait au ventre et le faisait se tordre de douleur sur sa paillasse et saigner par le fondement, malgré les frictions à la cervoise chaude, les cataplasmes à l'argile, les tisanes de cerfeuil, persil et chou qu'on lui préparait à l'infirmerie du monastère où il se mourait. Par amour de vous, elle est devenue vous. Elle est devenue Arnulph, charpentier moine. C'est elle, autant que vous, qui souffre de faim et de soif en temps de carême. Un temps très long. Qui n'en finit plus. De la mi-février au matin de la pâque. Où ne vous est alors servi qu'un seul repas par jour, vers la dix-huitième heure. Après vêpres et complies, une demi-heure avant le coucher. Généralement un plat de fèves ou de lentilles, accompagné d'oignons piqués de clous de girofle, d'une livre de pain de ménage, avoine et seigle mêlés, suivi d'une ration de lait caillé les jours ordinaires; le dimanche, d'une crêpe, aromatisée au miel et même parfois des oublies. Leur fine pâte de froment roulée en cornet, fabriquée avec le reste des hosties, ou encore des craquelins, le miel n'étant point défendu, mêlé au lait, à la farine, en cette interminable période de privation. Parfois, ce sont les harengs saurets séchés et fumés à la sciure de bois, mangés au couteau sur un morceau de pain tranché après avoir été roussis à même la braise par le frère cuisinier, le *coquinarius,* et ses aides : une poignée de gamins d'une douzaine d'années, fils de laboureurs ou d'artisans qui, après s'être, selon le rite, trois fois purifié mains et visage, avoir récité trois oraisons, lavé trois fois les fèves avant de les bouillir, les avoir rincées ensuite dans trois eaux, sont déjà maîtres dans l'art de les faire mijoter dans du saindoux à même de grands pots de terre noire vernissée à couvercle. Car si la viande est interdite, il n'en va pas de même pour la graisse de porc qui donne aux légumes, aux féculents, comme aux soupes, un goût délicieux de lard finement fondu relevé de sarriette, parfois d'une gousse d'ail.

Pour les harengs, les enfants marmitons, après les avoir éventrés pour leur arracher l'arête dorsale, les disposent alors grands ouverts, à la façon de morceaux de parchemin déchiqueté, sur d'énormes grils fabriqués par les deux moines et le forgeron appointé de la villa. Quand elles sont garnies d'une triple rangée d'une dizaine de saurets, ils se mettent à deux pour les soulever et les poser sur des trépieds, au-dessus des braises d'un foyer de plein vent. Accroupis devant lui, ils surveillent passionnément la cuisson des harengs salés et fumés en provenance de la Baltique ou des mers du Nord, amenés par barriques jusque dans les ports, ensuite par voies fluviales et de terre à travers les nations de Germanie et des Flandres, celles de Burgondie, d'Austrasie puis de Neustrie jusqu'ici aux lisières de l'Armor. À l'ourlet du feu, la flamme qu'ils attisent à l'aide d'un soufflet de peau à poignées de bois ornées de chevrons creusés au couteau, leur brûle la peau des joues et des paupières presque autant que les saurets qui se mettent à griller, en faisant monter autour d'eux une odeur piquante de chair de poisson rôti mêlée à celle de la fumée. À genoux, comme ils sont, actifs et silencieux, tendus vers leur ouvrage, d'eux, on ne voit que l'épaisse semelle étincelante des têtes de clous de leurs socques taillées dans du hêtre et que le bas de leurs braies d'hiver en grosse laine terreuse, retenues à la taille par un cordon de lin passé dans une coulisse à hauteur de ceinture, sous leur tunique courte à capuchon. Tassés sur eux-mêmes et au coude à coude en posture de prosternation, de révérence devant le feu, on pourrait les confondre avec un rassemblement de grosses bêtes furtives de sous-bois : ragondins, blaireaux, hypnotisés par les flammes d'un foyer de plein air, abandonné à nuit tombante par des bûcherons. Par une sorcière. Des créatures étranges, à mi-chemin entre l'animal et le gnome et qui, prenant appui sur les solides pattes arrière qui leur servent à fouir, parfois à se redresser et même, avec un grand élan des reins, à se tenir une seconde presque debout, manient avec des gestes savants, presque humains, des pincettes, des pelles à braises et des grils chargés de victuailles couleur de feuilles mortes, à l'odeur puissante de plantes magiques, de fumeterre qu'on froisse entre les mains pour que s'en exhale un parfum enivrant, diabolique, de cendre chaude.

Rater la cuisson des saurets, deux par moine de chœur et frère convers, trois pour le prieur, cinq pour l'abbé quand il reçoit un hôte à sa table, c'est s'exposer à essuyer non seulement une gifle ou un coup de ceinture de cuir en travers du dos, mais à être privé de hareng. À devoir se contenter, avant de s'aller coucher, d'une ration de pain et d'eau. Ni le frère coquinarius pourtant assez bon homme au fond, qui fait souvent semblant de ne point voir que ses aides, avant de les laver, raclent le fond des marmites, se régalent des graisses à demi figées qu'ils y récupèrent d'un grand coup de langue au creux de la cuiller de bois; qui leur fournit, selon les ordres, parce qu'ils sont des enfants, même en période de carême, un petit déjeuner se composant d'une livre de pain et d'une pinte de lait pour deux, non plus que le frère économe qui veille aux livraisons des denrées à la cuisine et à la boulangerie, ni le réfectorier responsable du bon ordre au repas des moines, de la répartition de leur pitance, de celle des serviteurs, libres ou non, des soldats, des femmes du gynécée des fileuses, des hôtes de passage, de la collation des pauvres après la grand-messe chantée du dimanche, ne badinent là-dessus.

Les saurets, anchois, petits mulets et sardines, le cabillaud de Norvège, la morue, achetés dans les ports de mer, ramenés par étapes jusqu'à l'abbaye du mont Coëvre, coûtent cher. Il faut prévoir les dépenses occasionnées par le voyage pour aller les quérir, le coût des péages, de domaine à domaine qu'il faut acquitter à l'entrée ou à la sortie des ponts enjambant les rivières qui leur tiennent alors lieu de frontière. Et puis, il y a les accidents, les convoyeurs de corvée qui tombent malades, se foulent une cheville, prennent froid sous la pluie, souffrent de diarrhées, de rhumatismes aigus pour avoir traversé les marais; les chariots détériorés, les ruptures d'essieux provoquant des frais de forge, de charronnerie. Or, l'argent est rare, fût-ce dans les coffres d'une des plus grandes abbayes des pays aulerces, ayant réussi, peu ou prou, à survivre à la chute des Césars, à l'invasion des Huns. À la colonisation des Gaules par les Germains.

Parfois on peut acquérir les saurets d'Écosse et de Norvège, la merluche, le saumon fumé réservé aux voyageurs de marque, à la grande foire du début novembre qui se tient à deux jours de marche seulement du monastère, dans le grand bourg de Horps-en-Grez situé en contrebas sur les bords de l'Erve.

Disciples de saint Colomban le redoutable évangélisateur de leur île, entiché de sévères brimades, de punitions corporelles dont il aura pris soin de dresser un catalogue minutieux dans son souci maniaque de châtier la chair, de la traiter en ennemie irréductible de l'âme, des moines irlandais, spécialistes de la pêche au saumon quand, venues des mers arctiques, leurs bandes, femelles en avant, mâles les suivant, remontent le cours des fleuves pour y frayer au printemps, viennent les vendre sur le continent. De l'Armor à la Burgondie et même par les vallées du Doubs et de la Saône, celle du haut Rhin jusque chez les Helvètes. Jusqu'à Bâle. Au milieu des autres marchands de toutes origines, de tous bords (chrétiens d'Orient, Grecs ou Cypriotes, Phéniciens, musulmans, juifs ou Syriens, vendeurs d'épices, de soie mongole ou chinoise, de musc et d'encens d'Arabie, de fibules ouvrées en forme de demi-lune, de serpent lové sur lui-même, de fermoirs de bourse, d'aumônière d'argent ou de bronze, les païens saxons ou scandinaves tenant, eux, commerce de fourrures de renard et d'ours blanc, de sacs, de gourdes, de bottillons en peaux de renne, aussi d'épées, de couteaux à dépecer et pourfendre, à égorger les hommes ou les bêtes, selon qu'il s'agisse de guerre ou de chasse, sans compter la boissellerie, de la louche de ménage au mortier à broyer les bâtons de cannelle, les grains de poivre, les gingembres) ils se tiennent, impavides et muets, observant entre eux la règle du silence qu'ils n'interrompent que pour débattre, avec âpreté et calme, du prix de leurs poissons avec les chalands.

Énergiques et sombres dans leur froc souillé par les vomissures de la mer, les sables, les varechs des baies de l'hiver où ils ont embarqué puis débarqué, les boues des forêts côtières, celles des vieilles voies gallo-romaines défoncées, des gués et des friches des pays cauchois et d'Ouche qu'ils ont franchis avec des chariots et des mules de louage, faisant étape dans les monastères, les petits prieurés de leur ordre ou non, dans les granges des villas des nouveaux maîtres francs plus ou moins christianisés, dans celles des cabarets dont ils se tiennent à l'écart des beuveries et des servantes, couchés à même la paille, le capuchon rabattu sur le visage après le partage du pain, du fromage sec de vache ou de chèvre et de l'eau; après aussi, les dernières prières du soir et d'action de grâces rendues à Dieu de n'avoir été ni volés, ni sauvagement battus, estropiés, au cours d'une embuscade tendue par une compagnie de soudards en rupture de ban, d'hommes de sac et de corde, égorgeurs, pillards et voleurs de métier; de n'avoir pas dû être acculés à rendre coup pour coup, non plus qu'à enterrer l'un des leurs, après des oraisons funèbres hâtives expédiées en plein vent et sous des rafales de pluie, en bord de chemin désert, de carrefour; parfois même dans la foulée, s'ils ont eu le dessus, un de leurs assaillants qu'ils ont occis, dont ils offrent par la même occasion l'âme autant au diable qu'à Dieu, ils sentent, quand on les approche, autant que leurs poissons, le sel et la sciure brûlée des fumures.

Leurs bottes de voyage portent dans leurs plis profonds des traces de marne et d'usure et quand ils sortent de dessous leur scapulaire où ils les tiennent croisés, leurs bras, pour soulever leurs saumons, en faire valoir le poids qui peut aller au-delà de trente livres, la pureté momifiée de leur chair orangée de cadavres royaux, de divinités arctiques piégées au filet ou transpercées au trident dans les rivières d'Écosse ou d'Irlande, assommées puis guillotinées sur place au couperet, leurs mains, rongées par les saumures, égratignées par les écailles, écorchées par le maniement des rets qu'ils tendent après avoir construit des barrages pour mieux les capturer au moment du frai, sont des mains de pêcheurs, de matelots-esclaves, de bouchers. Les mêmes que celles de leurs serfs-marins qui les accompagnent, chargent et déchargent les chariots, pansent les chevaux, leur servent de portefaix, de cochers, d'hommes à tout faire, se plient, du moins deux fois le jour, à l'aube et le soir à complies, à leurs prières, leur sont totalement soumis. À condition toutefois qu'ils ne les privent point trop de cervoise dont ils reçoivent une pinte à nuit tombée et, qu'au milieu de leurs bêtes de somme, des caques de morue salée, dans les écuries où ils dorment, ils dégustent entre eux. En chantant en sourdine des complaintes en gaélique où il est question de monstres marins barrant le passage des détroits à l'avancée des barques de pêche. De femmes-phoques à face ronde et plate, nez retroussé, narines dilatées, aux beaux seins blancs auréolés de rose, se traînant sur leurs pattes arrière palmées, au pied des falaises des archipels du Septentrion, à l'époque du solstice d'été. Des jours sans nuit, de la fête du Beel Tin, des feux de la Saint-Jean, en faisant vibrer la corde des luths entre leurs doigts bagués de coraux. En soufflant dans des trompes marines verdies par les moisissures des océans, pour célébrer le mariage entre la terre et les eaux, entre l'oiseau de mer et celui des forêts de l'Ulster, entre le rocher et l'arbre, l'homme et la femme. Entre la vie et la mort, la fin et le recommencement de toute chose à l'orée du Grand Nord polaire.

Rouges de poil ou presque blancs à force de blondeur, sévèrement tonsurés, tête ovoïde, long nez et menton lourd de mandarins chinois, de Celtes bretons, Gallois irlandais, à peau fragile et claire que la dureté des vents et du climat violace aux paupières et aux joues, leurs yeux, couleur de glacier bleu ou de verre blanc opaque, éclairés par en dedans des feux d'un mysticisme sauvage, d'un éclat dévorant et barbare quand ils les posent sur vous pour vanter en latin si vous êtes moine comme eux, en idiome brittonique si vous êtes gaulois, en tudesque si vous êtes d'outre-Rhin, la qualité de leurs denrées, se faire une idée de votre condition de laïc : Gallo-Romain resté aisé malgré les spoliations germaniques, serf intendant de grand ou petit seigneur franc ayant désormais son domaine au nord de la Loire, fait son trou, dans ce qui fut, pour les Césars, les pays de la troisième lyonnaise, affranchi pauvre, rustre libre besogneux essayant de se procurer à bon compte, pour moins d'un denier, la dernière couche de sardines, d'anchois salés restés invendus au fond d'une caque pour avoir été écrasés par le poids des autres, ayant elles, au cours des transactions précédentes, trouvé preneurs, sont de ces regards à vous donner froid dans le dos, si vous n'êtes pas armé contre eux. Contre ce qu'ils révèlent sans ambiguïté, d'indifférence au bonheur terrestre d'autrui autant qu'au leur. Contre leur faculté de vous déshabiller l'âme, de ne vous faire quartier, si besoin est, d'aucune dureté pour vous l'arracher du corps, dans le but de lui faire une place au soleil de Dieu.

Ils ne sont là que pour prier et vendre au mieux des

intérêts de leur ordre qui sont ceux du Seigneur auquel leur vie appartient, et voilà tout!

Cependant, il y a aussi la charité. Le devoir que chaque vendredi, en mémoire de la crucifixion, ils se font de la pratiquer au bénéfice des misérables qu'ils rencontrent. Ainsi, les voit-on, ce jour-là, se priver d'une partie de leur propre bouillie de sarrasin, de seigle, pour remplir l'écuelle puante que le mendiant leur tend sous le narthex des églises où ils se rassemblent pour prier au passage des villages et des villes. Accepter aussi le principe du troc, quand le pauvre tenancier de quelques bonniers de labour et de friche, totalement démuni d'argent après avoir payé sa redevance, leur propose en paiement, un tiers de setier de sarrasin, de seigle, de millet pour leur porridge, d'avoine pour leurs chevaux, contre un fond de caque de hareng ou un fort quartier de morue à débiter ensuite, à la demande, les mois d'hiver. Ceux du temps de carême surtout. Où la soupe au lard, la saucisse aux raves et aux choux, le morceau d'andouille sont interdits.

Arnulph adore les harengs. Le sauret servi brûlant par le réfectorier et les frères de service avec un filet d'huile de navette, de colza ou de faine ou une noisette de beurre, aussi avec du lait dans lequel on l'a trempé. Mangé lentement. Étalé sur une épaisse tranche de pain noir quand on est domestique tandis qu'elle est de méteil, parfois d'épeautre, quand on est clerc, abbé ou prieur, bien sûr. La chair du sauret légèrement racornie par la brûlure du feu, son goût sauvage et piquant, singulièrement adouci par l'huile, par le beurre et dans laquelle on mord en même temps que dans le pain, lui-même de haut goût, mêlant son âpreté nourricière à celle du poisson est le seul plaisir de bouche irrésistible et puissant qui lui soit permis avec les œufs en période maigre. Prendre garde cependant à ne point trop trahir cette volupté-là. Cet enivrement de l'odorat, du palais, de l'estomac, des entrailles. Cette flambée de jubilation charnelle qui le saisit à la première bouchée après une journée d'absolue privation, si ce n'est tout de même, une demi-pinte de lait chaud, consentie sur le coup de sept heures du matin aux religieux astreints à de grands efforts physiques avec les laïcs qui les secondent, à la forge, à la menuiserie, à la maçonnerie, dans les jardins. Tenir ensuite jusqu'à complies et sans s'évanouir après ne s'être nourri que de recueillement et prières, à midi.

Observer scrupuleusement, la faim au ventre, les rites du *prendium,* de l'unique repas du soir. D'abord le lavage des mains, puis à la place qui vous est désignée selon la hiérarchie, le degré d'ancienneté dans l'ordre, de responsabilité ou de soumission, entendre, debout, la prière dite par le seigneur abbé. Rappelant que toute nourriture, toute boisson est sacrée et que chacune venant de la pitié de Dieu, doit être reçue avec reconnaissance, ménagement et pudeur.

Propreté, décence, silence donc pendant le repas pris en commun. Chacun assis, du moins en hiver, à cause du froid, sur des escabelles garnies par le réfectorier et ses aides, d'un coussin de lin brut bourré de plumes de canard ou d'oie, de même que, dans le même but, il a répandu de la paille sous les tables. À l'angle de la salle du réfectoire cloisonné de bois, au-dessous de l'envol de gros oiseaux de nuit de sa charpenterie en châtaignier, de l'alignement régulier du plein-cintre étroit de ses baies capteuses de giclées de lumière, sur une estrade, un moine lettré qui, d'ordinaire, travaille au scriptorium à recopier la Bible et les textes hagiographiques, debout devant un lutrin, lit un passage de la règle ou l'histoire édifiante d'une vie de saint ayant subi le martyre pour l'amour de Dieu.

Veiller à ce que la fringale qui vous tenaille, parfois vous trouble l'esprit autant que la vue au point de vous rendre indifférent aux atroces péripéties de saint Étienne, de saint Onésime évêque d'Éphèse, né à Colosse, mort à

Rome en 109 dans les supplices, pire encore, à celui de saint Sébastien, le subissant deux fois, percé de flèches et laissé pour mort, revenant à la vie, alors battu jusqu'à ce qu'il expire, une fringale qui vous ferait avaler les bouchées doubles, réclamer une autre portion de nourriture, ce qui est défendu et punissable, soit tenue en bride. Que tapie dans votre gorge, votre ventre où elle vous tourmente, vous l'empêchiez de bouger, d'en sortir alors qu'elle vous ronge comme un rat depuis des heures. Mâcher lentement, quand bien même le désir de ne faire du hareng qu'une seule bouchée sur la tartine de méteil, une seconde bouchée de l'autre, vous coupe le souffle. Que vous avez envie de vous jeter sur la pitance de votre voisin. De lui arracher le pain de la bouche. De marteler la table du poing, de jeter à la tête du frère réfectorier votre écuelle en hurlant : j'ai faim. Un hareng! Encore un hareng, deux harengs, trois harengs! Envie de blasphémer, de mordre, de tuer presque. Et les larmes vous montent aux yeux de désespoir et de honte.

Pareillement maîtriser la soif! La coupe d'eau des jours de pénitence, de cervoise des jours ordinaires, de vin, des jours fastes, vous devez, la tenant précautionneusement à deux mains, ne la vider que sans hâte : Buvez frères, sans bruit et à la façon des pigeons, commande la règle. Même lenteur, même révérence obligée pour gober les œufs, servis bouillis dans leurs coques et minutieusement décapités au couteau, d'abord, par chaque convive. Car ils sont pareils, déclare le seigneur abbé, à un vivant soleil lové dans le secret d'une mer laiteuse. Comme la face stellaire de Dieu lui-même tenue longtemps cachée dans la plus fragile et la plus précieuse des châsses. Se conduire donc, pour les manger à la façon des anges.

Les œufs de Dieu, mais aussi ceux d'Aniavera. Qu'à l'intention de son petit-fils elle réussissait, de temps en temps, à dérober dans la basse-cour de sa propre fille qui, par obligation, en était si avaricieuse. Tâchant de les vendre à moins pauvre qu'elle. Une femme de charron, de maître de forge, de colporteur de passage. À les lui échanger contre deux aiguilles d'os, un peigne de corne. Contre du sel, un pot à cuire les bouillons, une cruche à bec, une lampe à huile, une peau de chèvre qui l'hiver tiendrait lieu de cape courte, le jour; de couverture, la nuit, à l'un ou l'autre des membres de sa famille. L'œuf volé d'Aniavera! Ou bien encore, celui dont, tout bonnement, elle se privait quand elle en recevait deux, avec un petit plat de fèves, des cuisines de l'abbaye, à l'heure du repas, qu'œuvrant au ravaudage du linge et des habits des moines, elle partageait alors, à l'atelier des femmes, avec les fileuses, les tisserandes. Elle entraînait Arnulph avec elle sous des prétextes divers : rassembler du bois mort avant la tombée du jour, ramasser faines et glands en bordure de clairière pour en tirer de l'huile, en réduire la fine chair serrée et dure en farine, le lui faisait gober cru, en grand secret, après l'avoir sorti de la vaste poche qui, dissimulée dans un pli de sa tunique de laine épaisse, lui tenait lieu, non seulement de réserve à fil de chanvre et de lin, d'aiguilles, de petit couteau, mais de garde-à-manger, de boîte à surprises pour l'enfant!

Parfois, elle en sortait aussi des noix, un bout de fromage sec parfumé au cumin, une poignée de cerises des vergers de la réserve des moines prolongeant les jardins du cloître, qu'à la façon d'une mère oiseau, donnant à son petit la becquée, elle lui enfonçait une par une dans la bouche tandis qu'il s'agrippait à elle en roulant des yeux blancs, et grognant de plaisir. En se faisant un jeu de recracher les noyaux dans ses mains qu'il arrivait qu'il léchât pour ne rien perdre de la moindre goutte de jus. De cette délicate odeur de fruit acidulé, idéalement frais qui imprégnait ses paumes, aux callosités épaisses qu'elle ouvrait pour lui en les tenant l'une contre l'autre à la façon d'une coupe.

Une bénédiction pour lui quand il était né qu'elle eût

déjà été vieille. Que par pitié pour elle, au monastère, comme au logis du père d'Arnulph on ait exigé d'elle moins de gros travail. Ce qui lui avait donné un peu de temps pour l'aimer lui. Pour que de cet amour il se souvienne, le portât dans son cœur plus sûrement que celui qu'on exigeait chaque jour qu'il cultivât en l'honneur du Seigneur Christ.

Toutes raisons qui font qu'Aniavera, depuis qu'elle n'est plus, vient souvent le rejoindre au réfectoire des moines, surtout en période de jeûne.

Personne ne la voit que lui. Petite silhouette trapue, empaquetée de burel. À la tunique rapiécée sous les bras et aux coudes. À tête encapuchonnée d'un morceau de chanvre rêche qu'elle fait tenir, en le nouant serré à hauteur de nuque. Ne lui offrant, comme toujours, que la nudité d'un visage au front bombé, au nez un peu camard, aux yeux couleur de rouille et qui, venue pour la douceur, pour l'amour, s'asseoir en silence contre lui, guide sa main de sorte qu'il tienne proprement, sans fièvre apparente, sa cuiller de bois, son couteau de moine à manche de corne, à lame ébréchée du bout, qu'il porte comme les autres, suspendu à sa ceinture, par une rouelle de fer.

Et puis encore, pour le soutenir, cette autre présence. Occasionnelle, mais efficace elle aussi, mais si vivante! Celle de Gundri, le nouveau jeune vassal jardinier. Les instants de bonheur, de joyeuseté cachée, d'absolue complicité partagés avec lui, à la fin de l'hiver, aussi dans les débuts d'automne, quand le travail les oblige à œuvrer de concert dans les vergers, les vignes de l'abbaye. Plus longuement encore cette année, la construction à deux, avec l'autorisation du père intendant, à quelques pas de celle d'Eberhardt, père de Gundri, d'une chaumière pour la jeune fille qu'avec, dans la voix, une solennité mystérieuse et craintive, ils appellent l'un comme l'autre, « la fiancée ».

Quand ils sont seuls ensemble à travailler en période d'abstinence, au sortir de l'hiver, dans les jardins-vergers des moines du mont Coëvre, l'un à réparer les pâtis de la villa abbatiale, sa double enceinte de pieux endommagés par le gel et les pluies, l'autre à procéder au semis des graines potagères, au greffage des arbres à fruits, Gundri le vassal jardinier qui reçoit deux collations par jour, outre qu'il prélève en pain, châtaignes ou noix quelque chose de celle de la douzième heure pour Arnulph le frère charpentier afin qu'il se sustente en secret malgré l'interdit, aime, en secret toujours, parler avec lui de choses et d'autres dans un latin robuste et vulgaire, émaillé d'expressions gauloises empruntées à l'antique langue du pays. Celle, du moins du côté maternel pour l'un comme pour l'autre, de leurs aïeux communs, les Celtes aulerces.

On est à mi-mars à peu près. Il fait encore passablement frisquet. Le printemps échange avec l'hiver de rudes passes d'armes dont il faut savoir tenir compte pour s'adonner à l'ouvrage entre deux averses, leurs giclées de grosses gouttes froides, leurs vomissures de grêlons, blessant, à leur point d'impact avec un sol meuble, fraîchement retourné, offert à leurs coups de masse, les pépins de pommes, de poires et de coings soigneusement collectés durant l'hiver après consommation des fruits. Tenus au sec dans des jarres puis répandus à la volée avant d'être recouverts d'une couche d'humus de l'épaisseur d'un pouce en vue d'obtenir au printemps suivant, juste avant la montée des sèves, quelques jeunes plants susceptibles, après arrachage et repiquage immédiat, respectueux de l'étoupe duveteuse de leurs racines, de fournir, deux ans plus tard, de jeunes fruitiers-tiges à planter avant ou après greffage.

Gundri fils d'Eberhardt, laboureur d'origine germanique, descendant d'Heinrich la Jambe Morte et cantonné sur une tenure d'environ seize bonniers d'étendue, soit à peu près vingt hectares de terre arable, de pâture, de friche et de futaie, de tronçon de ruisseau, contre redevance en argent, en nature et en corvées au bénéfice du monastère qui en possède environ deux mille, de part et d'autre de la rivière qui traverse son domaine, est finalement assez content qu'après accord entre son père et le frère cellérier, régisseur des biens temporels de la villa, qui décide avec le seigneur abbé, des contrats d'affaires avec les tenanciers libres des terres, les forgerons, les tanneurs, de pouvoir œuvrer désormais, à longueur d'année ou presque dans les jardins-vergers des moines. Sur cette partie de leur domaine rural qu'ils appellent la réserve, exploitent de leurs propres mains avec l'aide de quelques vassaux. Certains, libres comme lui depuis l'affranchissement de sa famille, les autres, non. Tout un contingent de *mancipiis* et de *mancipias,* c'est-à-dire d'esclaves. Attachés ou vendus avec les terres. Ou bien légués au monastère en même temps qu'elles. Lors d'une donation de roi franc à leur bénéfice ou encore de l'un de ses leudes fraîchement christianisés, ayant à se faire pardonner, avant que de mourir, sous peine d'enfer, quelque meurtre prémédité ou non, quelque viol de pauvre femme ou de servante, quelque accaparement de terre illicite, obtenue par la ruse, le parjure, sans compter des habitudes d'ivrognerie, de polygamie notoire ayant contraint sa femme légitime, dame germaine de haut lignage ou riche Gallo-Romaine épousée par intérêt sur le sol conquis, à s'effacer à peu près totalement devant les favorites du moment.

S'ajoute à cette main-d'œuvre celle de leurs enfants. Plus démunie encore, celle des enfants trouvés. Abandonnés de nuit au pied de la passerelle du porche de l'abbaye sur une vieille peau de chèvre, dans un panier d'osier, parfois à même le sol, par une famille incapable de les nourrir, ou bien encore, nés de rapports honteux entre une jeune femme de bonne maison et son séducteur de condition servile, ou de la suite d'un engrossement par viol et qu'on a la charité, tout en les élevant à la dure, d'appeler les « petits frères ».

C'est le rôle du père aumônier de recueillir, sauvés de la mort dans un fossé, de la noyade, de l'étranglement à leur naissance, ces infortunés. De les confier d'abord à des servantes ou des paysannes nourrices. De leur fournir, quand ils sont en état de marcher, la nourriture et une paillasse dans le bâtiment-dortoir jouxtant les écuries qui leur est réservé. De leur faire retailler des tuniques de laine et des braies, une chemise et un caleçon de chanvre, dans les frocs et le linge usagé des moines puisqu'ils font partie des bonnes œuvres du monastère. Aussi de leur tenir la bride courte. Cependant, s'ils ont failli, seul le maître d'enfants est habilité à les battre.

Promus, dès qu'ils en ont la force, vers sept ou huit ans, gardeurs d'oies ou porchers, sous la direction de deux frères adultes expérimentés, ils errent à longueur de jour, de pâtures, de bords de ruisseau, depuis matines jusqu'à la cloche des vêpres, en poussant devant eux leurs oies, friandes, avec l'ortie fraîche, du lait du pissenlit, de la chair onctueuse des grosses limaces couleur de terre cuite qu'elles engloutissent d'un coup; de la rainette verte qu'elles font lever devant elles, bec en avant et à l'arrêt, comme des chiens de chasse, un lièvre, une gélinotte et qu'elles gobent à la façon des serpents. Arrachées, dès la pointe de l'aube à leur sommeil en bande sous les granges construites sur pilotis de la villa abbatiale qui leur tiennent lieu de dortoir et qu'il arrive qu'on protège, à partir de mi-novembre, côté nord, par des claies mobiles de chaume, car leur troupeau de gros volatiles immaculés est précieux (une centaine d'entre eux représentant la redevance en nature à fournir à l'époque de la Noël à l'abbaye royale de Saint-Denis, faute de quoi, il faut lui régler une livre d'argent) sous les brumes de mars ou d'octobre, elles vont d'abord leur train silencieux au milieu des herbes mouillées, en s'y frayant, telle une flottille de barques oblongues, carénées de blanc, dans des épaisseurs d'algues, une route gluante et lente. Que se lève tout à coup au-dessus d'elles un soleil mauve, crevant le plafond d'un ciel clair, embué de vapeurs, pommelé de nuages cendreux, chahuteurs, un ciel d'équinoxe, de marée violente et haute qui, même à distance, à cinq ou six jours de marche de la mer, les enfièvre, travaillées brusquement par on ne sait quel ferment de peur haineuse qui les métamorphose en couleuvres sifflantes, elles dressent, toutes ensemble, leur long cou blanc de gorgone coléreuse au-dessus des végétations, d'hydre aux centaines de têtes vipérines taillées dans l'albâtre. De troupeau rétif, conduit, quoi qu'il en ait, dans le droit chemin, à légers coups de baguette de coudrier flexible, par trois ou quatre gnomes noirs. Tous, vaguement bossus, à cause de la livre de pain d'avoine, des deux oignons crus, de la pomme ridée, avec, si l'on n'est pas en période de pénitence, le morceau de lard fumé, qui, gonflant l'espèce de besace en peau d'agneau qu'ils portent suspendue par une corde en travers de poitrine et rejetée dans le dos, constituent leur viatique jusqu'à l'heure de la soupe et de la galette chaude de blé noir ou de millet d'après les prières d'action de grâces, à l'heure de complies, qu'ils recevront avant de s'aller coucher sous la surveillance du maître d'enfants.

Pour la conduite des cochons à la glandée à travers bois, il en va autrement. Les porcs noirs, élevés directement sur la réserve ou par les tenanciers libres ou non faisant valoir, hors de son enceinte, les terres de l'abbaye, divisées en exploitations de superficie et de rapport inégal, sont de rudes gaillards. Noirs de poil, la hure fonceuse de suidés ensauvagés armée de canines tronconiques. Capables, non seulement de fouir, de labourer comme des houes ce qu'il faut d'épaisseur d'humus, pour débusquer les racines succulentes, celles de la fougère, de la carotte sauvage, mais aussi de frapper d'estoc l'homme ou l'enfant qui les irrite, veut s'improviser leur porcher. Dont, ni la voix, ni les bourrades à coups de socques dans leurs flancs parcourus d'ondes nerveuses, pour les faire sortir ou rentrer dans leur souillarde, ne leur sont familières. Celui qui n'est pas leur gardien attitré, les menant paître régulièrement par bataillon serré et couinant, dès leur jeune âge de solides pourceaux castrés. Ombrageux. Domestiqués à peine. Parce que nés, la plupart du temps, du croisement des truies du domaine avec les sangliers dont on favorise dans les forêts l'accouplement avec elles à l'époque du rut.

Qu'ils appartiennent aux tenanciers des manses de l'abbaye ou aux moines eux-mêmes, interdits de charcuterie, mais non point leurs esclaves, leurs forgerons, leurs tanneurs laïcs, leurs soldats, non plus que les voyageurs de passage auxquels, soit en échange de leurs services, soit par courtoisie pour les hôtes de bonne naissance, les marchands, les mendiants même, ils assurent le vivre et le couvert, que deviendrait-on sans le cheptel porcin du mont Coëvre! Sans ces quartiers de porc fumés ou salés qui font les soupes grasses. Sans ces réserves de saindoux étalé sur tartine noire de pain tranché. Sans ces régals, fussent-ils toujours comptés, de viande de haut goût, de charcuterie gauloise? Oui, que deviendrait-on?

Ne pas croire, cependant, que les petits frères resteront forcément gardeurs d'oies ou porchers à vie jusqu'à ce que Dieu les reprenne après les avoir donnés à la terre pour y faire leur salut dans l'obéissance et selon l'extrême humilité de leur condition. Ignacius le maître d'enfants, s'il les fustige à l'occasion, a souvent aussi pitié d'eux. Quand ils sont nés débiles, bossus ou manchots, il a volontiers une bonne parole pour eux, voire un sourire. Qu'ils soient affligés d'un pied bot, il prend soin de les faire équiper pour la marche d'un sabot à haute semelle de bois ferrée, solidement maintenu à l'aide d'une bande molletière, de la cheville jusque sous le genou et tenue en place par une mince plaque-boucle de bronze étamé, munie d'un ardillon de fer à triple rivet.

Une spécialité de Wolfram, le maître appointé des forges de la villa, un Ligurien de Nantes, tenant de son père fransalien d'origine, et amenée avec lui, de sa Germanie natale, la science des alliages, celle des fers battus, que ces boucles à ardillon. Qu'il fabrique aussi bien pour les petits frères que pour les jarretières à maintenir les bas de lin ou de laine des femmes ou des filles œuvrant à filer et à tisser pour le compte de la villa du mont Coêvre!

Que ces enfants viennent à mourir un jour ou l'autre, de la méningite ou du croup, d'une broncho-pneumonie infectieuse, de la peste ou de quelque mal pernicieux dont le frère infirmier n'a pu venir à bout avec des bouillons d'herbes, des enveloppements d'huile de lin chaude, des frictions à la térébenthine des îles grecques, Ignacius veille à les enterrer chrétiennement dans la portion du cimetière-verger des moines, réservée à leur usage et délimitée, nord-sud, par un haut talus planté de vigne, de sorte que les fosses qu'on y creuse, parallèlement les unes aux autres mais en sens inverse du talus, permettent d'y étendre, comme le veut la coutume, le jeune mort, tête orientée vers l'ouest et surélevée par deux cailloux tandis que les pieds seront tournés vers l'est. C'est Ignacius encore qui, avec les autres enfants ayant tenu le rôle de fossoyeurs, l'y installe, couché de son long sur le dos, à même la terre, les mains jointes à hauteur de poitrine ou de pubis, puis, à genoux un moment au-dessus du tertre dont l'éminence à peine esquissée désignera désormais la présence de sa dépouille abandonnée ici à la commune pourriture, lui fait l'ultime charité, de réciter pour lui, la prière des trépassés. Celle qui fait confiance à Dieu, lui confie l'âme de l'orphelin arrachée aux limbes du corps, afin qu'elle connaisse en son sein l'illumination. L'inépuisable amour.

Le père Ignacius (le Seigneur l'accueille un jour lui aussi quand ce sera son tour de se présenter devant sa face, de changer de nature pour atteindre à la transparence du verre de celle d'un vivier d'eau pure) avec une vigilance de pédagogue chevronné, digne de la confiance à lui témoignée par le seigneur abbé et le chapitre qui lui confient la formation des enfants de condition servile, celle, avec eux, des petits frères, sans compter celle des oblats, fils cadets ou benjamins de bonnes familles libres offerts à l'abbaye par leurs parents pour y devenir, s'ils sont lettrés, dessinateurs habiles, copistes minutieux, moines de chœur, archivistes, scribes enlumineurs; s'ils sont de petite extrace, encore qu'industrieux de leurs mains, frères convers (le cas d'Arnulph justement) a tôt fait, en les observant par lui-même, autant qu'en tenant compte de l'avis des hommes de métier de la villa, chargés de leur en inculquer les rudiments, de détecter leur talent particulier, s'ils en ont un, après les avoir répartis soit dans les ateliers, à la menuiserie, à la forge, aux cuisines, à la boulangerie, aux viviers, dans les jardins, soit, à l'aide à la construction des fours à pain et des silos à conserver les grains, creusés à même le sol, à leur maçonnerie; au travail de la boissellerie, au cardage.

Qu'ils aient une belle voix de garçon impubère, capable de se plier au séraphisme de rigueur, c'est l'initiation aux suavités du chant grégorien qui les attend. Ses modulations asexuées, presque atones, de jeune castrat oriental interdit de virilité, de liberté d'expression personnelle, et cela pour la plus grande gloire de Dieu. Sous peine, faute de n'y point parvenir ou d'avoir eu le front de ruer dans les brancards, d'être exclus du saint chœur des anges par Honorius, le père cantor. Alors, on les renvoie aux nasillements de leurs oies, aux grognements de leurs cochons charbonneux et rétifs, aux trivialités de l'élevage. Ce qui ne chagrine pas forcément le petit frère jugé indigne de persévérer dans l'étude de l'art psalmodique. Pour peu qu'il préfère, aux longues heures consacrées à la discipline implacable du plain-chant, celles, humblement partagées, à travers bois et friches, avec les bêtes. Leur familiarité chaude, leur errance plus ou moins bon enfant, à la mesure de la sienne. De son besoin de nomadisme, d'aventure, de grandes explosions de soleil après l'orage, et, si le temps le permet, de repos dans le giron des fougères, celui, odorant, des menthes poivrées, dans la compagnie de deux chiens hirsutes, deux dogues intelligents et batailleurs, dressés à combattre les loups. Des gardes du corps à faciès écrasé comme le sien. Qui se sentent bien avec lui, comme lui, avec eux. Lui parlent à grands coups de gueule dans une langue qu'il comprend. À laquelle il peut répondre par onomatopées aiguës ou sourdes de son cru, par sifflements brefs de commandement ou d'amitié. Ses seuls vrais alliés, ses féaux. Qui auront constitué son seul vrai parentage. Le connaissent à la voix, à l'odeur, au corps, à l'âme et qui, si quelque jour il meurt des suites d'une pneumonie contractée pour avoir trop longtemps marché sous des bordées de pluie, pour avoir eu les reins brisés par la chute d'une branche un jour de tempête, le regretteront pour de bon; hurleront à la mort en son honneur toute une nuit d'affilée à la façon des pleureuses; décriront des cercles autour de la chapelle des gens du commun aux allures de grange où son cadavre repose sur une civière jusqu'à ce que, ne lui ayant laissé que ses braies par pudeur, on l'enterre, après lui avoir ôté sa tunique courte d'adolescent et ses chausses, sa cape retenue à l'épaule gauche par une fibule de fer, si toutes ces pièces de vêtement sont encore assez bonnes pour les faire porter par un autre enfant, apprenti porcher ou manouvrier de son âge. Aussi, après avoir récupéré, dans la même intention, son petit fusil à battre les pierres à feu. Lui permettant, hier encore, dans le creuset d'un trou ménagé par lui à l'abri du vent, dans les clairières, d'en allumer un pour y cuire les châtaignes arrachées à leurs bogues sous les arbres en les piétinant sous ses socques à semelles à clous; d'y rôtir la perdrix, la poule d'eau tuée par chance au lance-pierres. Et puis encore son gobelet d'étain à boire l'eau des jours ordinaires ou la cervoise du dimanche; en hiver, la lampée de vin aigrelet et bouillant, relevé de grains de poivre ou de clous de girofle, servie, le soir, aux garçons comme lui, pour les requinquer de leur journée de froidure. Les guérir, si faire se peut, d'un de ces rhumes tenaces qui finissent par tuer leur homme ou leur enfant si on n'y prend garde.

Ajouté à cela son écuelle et sa cuiller de bois suspendue à sa mince ceinture de cuir brut, son couteau à dos et tranchant rectilignes emmanchés dans un morceau d'andouiller de chevreuil mâle ou de cerf, sa corne à héler son troupeau ou pour appeler à l'aide s'il s'était égaré en se hasardant trop avant avec ses gorets, avec ses truies sous les couverts. Si, au-delà des limites ordinaires de pacage qu'on lui avait assignées, il avait étourdiment cédé à l'attrait des sous-bois. Celui des hêtraies, sillonnées, obliquement, d'arbre en arbre et de haut en bas, les après-midi d'été, par des diagonales de soleil, multipliant autour de sa personne et de ses bêtes, aussi ensorcelées que lui par la magnificence de l'heure, une féerie mordorée en même temps que délicieusement bourdonnante d'insectes. Un de ces instants privilégiés qui font dire à des êtres simples de son espèce pour traduire ce moment de volupté parfaite, de liberté parfaite qui s'empare d'eux, les pénètre jusqu'à la moelle des os, les ouvre comme une corolle, les transforme en tournesol aimanté par le parcours sacré de la lumière au-dessus de leur tête : il fait bon. Comme il fait bon!

Et les voilà qui s'enfoncent dans la forêt comme dans une mer! Qu'ils gagnent, avec leurs pourceaux, avec leurs truies bougonnantes et noires, le large vert et bleu des fougères. Et voilà que la terre ne les porte plus, tout boiteux qu'ils sont. Qu'ils ont des ailes aux talons. Ils ont oublié leur état de petits frères claudicants ou bossus, traînant avec eux, en surcroît de leur misère, le boulet de leur bâtardise orpheline. Une flaque de soleil posée sur l'ombre d'un fourré, là-bas, très loin, au-delà d'un étang qu'ils ne connaissent pas, de son parvis de roseaux raides et brillants aux lueurs d'épées, les attire. Ils aimeraient s'en emparer comme d'une pièce d'étoffe. S'en vêtir. Devenir soleil eux-mêmes. Rentrer le soir au monastère, leurs hardes de porchers enluminées d'or pur. Et comme ils n'ont eu, un long moment, plus d'yeux que pour ce mirage, pour ce rêve les arrachant à eux-mêmes, à leur fatalité, faute d'avoir pris souci de se créer des points de repère leur permettant de revenir sur leurs pas : ici un tronc de chêne mort et renversé, évidé par la pourriture (un arbre-sarcophage), plus loin la présence d'un pin, l'étoupe de sa chevelure maigre en haut du fût et plus avant encore, ce houx trapu, armé de son feuillage acéré accroché au bastion d'un talus, alors ils se sont perdus et il leur a fallu souffler dans leur corne.

Et quand on les retrouve à nuit tombante, leurs pourceaux et eux, recrus de fatigue, pâles de visage et les pieds en sang, coupables d'avoir erré à l'aventure, au risque d'avoir perdu quelques-unes de leurs bêtes, de les avoir livrées aux loups, à la morsure des vipères, malgré ce qui les attend, le pain sec et l'eau, peut-être les coups de baguette d'osier sifflant, administrés sur leurs mains tendues, il y a ce bonheur qui perdure au plus profond d'eux-mêmes, malgré la souffrance physique, malgré les larmes. Cette fuite en avant d'oiseau libéré d'une cage. Cette échappée vers la splendeur. Et quand ils meurent prématurément d'une maladie ou d'une autre qui les emporte bien avant l'âge d'homme, s'il y a un Dieu, comme Ignacius le leur assure pour justifier ses bontés et ses duretés envers eux, c'est de ce bonheur d'un après-midi d'été, celui de cette course nomade, libre, voluptueuse, avec leurs oies, avec leurs porcs, avec leurs chiens dont ils se prévaudront auprès de lui pour qu'Il les agrée. Plutôt que de leurs terribles malheurs d'enfants, nés sous le signe de l'abandon, de l'humiliation afin que maintenant qu'ils l'ont pour père, ce bonheur, il le leur rende et pour toujours. Tel que, sur terre il leur a donné idée, une fois, d'un paradis sylvestre immanent, habité d'arbres gigantesques et silencieux mais laissant passer, entre leurs branches vibrantes, tendues comme des cordes de luth orphique, la musique bourdonnante des astres!

Qu'à tout le moins, il leur tende son gant, passe avec eux et avec leurs bêtes, contrat d'alliance, de féage, pour les siècles des siècles. Qu'ils deviennent ses gentils vassaux, gardeurs d'oies, porchers à vie de leur immortel Seigneur. Promenant en son honneur leur bétail. Lui-même, voué, comme eux, aux délices de l'éternelle errance à travers l'Éden d'avant la faute. Et puisque jusque dans la compagnie de leurs frères d'infortune, ils furent ici-bas toujours seuls, qu'aussi, ils eurent si souvent faim, c'est alors qu'avec leurs dogues, avec leurs troupeaux miraculés ayant retrouvé avec eux la vraie parole perdue au soir terrifiant du péché, ils pourront entonner : « Yahvé est mon pasteur. Avec lui je ne manque de rien. Sur des prés d'herbe fraîche, il me parque. Vers les eaux du repos, il me mène. Il y refait mon âme. »

Oui, c'est bien cela. Refaire son âme. Pour Gundri de même. Continuer donc, comme dans les jardins-vergers, à peiner aux côtés d'Arnulph, par les chemins cahotants, aventureux, le conduisant vers la Sagne, au pays de la fiancée.

6.

COMME, à cause de ce joug rompu au-dessus des bœufs tirant le chariot aux jarres d'huile, ils ne pouvaient plus espérer gagner à temps le prieuré du Haultsurf qui les eût accueillis, après le passage à gué du gros ruisseau pierreux qu'il fallait bien franchir avant nuit noire; avec lui, par lentes foulées gluantes et dans un bruit de succion, ses marécages, sur les ordres d'Honorius, leur convoi a fait halte à la lisière d'un groupe de maisons étirées et basses, leur hameau de gîtes serviles à toits paillés, circonscrit par des fascines de roncier. Un rassemblement de grosses bêtes sédentaires à pelage rêche de sangliers, de blaireaux, lovées au sec dans les creux d'un sol bosselé formant terrasse en surplomb des marais. Retranchées derrière l'enceinte d'épineux les tenant à l'abri des autres bêtes. Les furtives, les rampantes, les nomades. Qui passent à l'attaque, mordent, sucent le sang, crachent leur venin puis repartent, ne laissant derrière elles que cadavres éventrés, dévastation. Comme les soldats justement! Comme les soldats!

À cette heure perfide, dangereuse entre toutes, pour le pauvre laboureur, le pauvre colon, quand les brouillards et les ombres progressent de concert en rase-mottes, referment le cercle autour de lui, de sa famille, de son étable, de ses ruchers, il convient, après immobilisation complète du convoi, de s'annoncer de loin et vite. De rassurer sur ses intentions, à voix intelligible et forte, à l'approche des chaumières aux volets déjà clos, aux portes verrouillées. Les gens, recrus de fatigue, après le travail d'essartage du jour, de labourage à la houe, s'y terrent avec leurs haches, leurs faucilles, leurs masses, leurs bêches ferrées. Avec leur aiguillon, leur fouet, leur fléau. Et la crainte, après une dizaine d'années de calme relatif sous le règne de Clothaire, d'être massacrés, à cause de la reprise des guerres entre Chilpéric 1er, l'actuel roi de Neustrie dont ils sont et Sighebert son frère, roi d'Austrasie, l'enjeu étant Poitiers et Tours, Limoges, Cahors et Bordeaux, pourrait pousser certains d'entre eux à vendre chèrement leur vie. Celle de leurs femmes, de leurs filles violées avant qu'on les tue, de leurs enfants à la mamelle, arrachés à leur berceau pour jouer avec leur petit corps larvaire et tendre, emmailloté de bandelettes à la balle au mur, pendant qu'on arrache à leur père, à leur aïeul, à leurs aînés, la verge avec des pinces de fer portées au rouge, qu'on les ampute des mains et des pieds, avant de les noyer avec leur chien, une pierre au cou.

Dressé sur sa selle de cuir brut, les mains placées en porte-voix, Hardouin, le vétéran des hommes de l'ost qui, pour y avoir naguère pris femme en la personne de Bertrade dont il est maintenant veuf, connaît l'endroit, exploité en partie par des tenanciers libres, éleveurs de canards et producteurs de lin, payant le fisc moitié en argent, moitié en nature au prieuré de la Voivre dont ils sont les fermiers, un Gaulois de souche dans la force de l'âge, rude au combat et qui ouvre la marche devant ses cadets avec un couple de molosses, mangeurs de soupe et d'abats de vénerie, dressés par lui, si besoin est, à déchiqueter les mollets de l'adversaire, a décliné en aulerce sa qualité de soldat, de chef militaire, au service de l'abbaye du mont Coëvre. Demandé, au nom du père Honorius, asile à l'intérieur de l'enceinte.

– On se dirigeait vers le prieuré du Haultsurf qu'on n'avait pu atteindre ce soir à cause d'un incident de parcours. Si Dieu voulait, ce serait pour demain. Ensuite, si Dieu le voulait toujours, il y aurait l'étape d'Aulnay, puis d'Avesnes-en-Jouanne, celle de Melleray-en-Riboux, de la Fresnay-sur-Dive, d'Oisseau-le-Perthuis, enfin de la Sagne. Toutes maisons filles de l'abbaye du mont Coêvre et qu'à l'approche de l'hiver, alors que la rumeur montait de la volonté de Chilpéric, à l'instigation de la reine Frédégonde, d'augmenter les impôts, on avait devoir de fournir, avec les surplus du monastère, en denrées de première nécessité qui pourraient venir à leur manquer à cause des exigences exorbitantes en espèces sonnantes et trébuchantes qui se préparaient.

» Pour ce soir, ici, on ne demandait rien. Que l'abri dans les écuries, dans les granges, le feu pour faire griller les châtaignes et les morceaux d'anguilles et de harengs fumés, constituant, avec la cervoise, quelques sacs de sarrasin, du saindoux et des noix, le plus clair du viatique de l'expédition.

» Moines, petits vassaux, garçons d'armes, on était la vingtaine en tout. Sept chevaux. Six mulets et trois paires de bœufs. Quatre chariots. Dont un, couvert, bâché de cuir pour abriter des pluies, les étoffes et les grains. Aussi pour les malades; au cas où il y en aurait. Oui, c'était cela. On ne demandait que la braise et le gîte en toute bonne foi jurée et pour l'amour de Dieu. En bons voisins aussi. Attachés les uns comme les autres, et selon leur rang, aux intérêts de ce coin de Neustrie, devenu royaume franc avec Chlodowig 1er. Passé à son fils Childebert, puis à son frère Clothaire. Ces temps-ci à Chilpéric, revenu après la répudiation d'une première épouse et l'assassinat, par étranglement, d'une seconde, à sa maîtresse favorite, l'insatiable Frédégonde.

Des portes s'étaient alors ouvertes par où des hommes, courbés en deux, parce qu'elles étaient basses, étaient sortis, se tenant d'abord prudemment sur leur seuil, le bâton à la main, le couteau d'égorgement des porcs à la ceinture et dont, à cause de la distance et de la tombée de la nuit sur eux, on ne distinguait guère l'expression du visage sous le capuchon rabattu de la petite cape courte réchauffant la saie gauloise à carreaux qu'ils portaient large et flottante par-dessus leurs braies aux bandes molletières alourdies de boue, qu'ils n'avaient pas eu encore le temps, à cette heure, de faire sécher, une fois assis devant le feu, en mangeant leur brouet.

Cependant, quelqu'un avait reconnu Hardouin. À la silhouette. Trapue mais assurée de militaire. De cavalier sur sa petite jument de guerre. À la voix. Joviale. Mesurée. À l'accent. Le bel accent rocailleux des Aulerces diablinthes et cénomans. Un frère de Bertrade répondant au nom d'Alderic avec lequel il avait eu commerce autrefois, du temps de ses accordailles et de son mariage avec elle et qui, devenu le chef de famille de ses frères et sœurs cadets à cause que leur père était trépassé, avait reçu de Hardouin, le *mundium,* le sou et un denier, économisé sur sa solde, représentant l'achat de sa future puissance d'époux sur Bertrade qui, depuis cinq ans qu'elle n'était plus, lui manquait.

Il ne se cachait pas là-dessus. L'ayant choisie par goût autant que pour se procurer, en la prenant pour femme, une fidèle servante après que, lors d'une opération de police, l'ayant conduit avec l'agrément des moines du mont Coëvre jusque par ici pour le compte de ceux du prieuré du Haultsurf, il l'eut remarquée. Petite et diligente. Joufflue encore comme fillette en ses seize ans. L'œil, couleur de blé vert. Les cheveux, sombres, frisés, comme ceux d'une Languedocienne, d'une Ibère. L'esprit et les mains prompts. N'ayant pas sa pareille pour battre le briquet. Allumer un bon feu de plein air entre quatre grosses pierres et qui, sur le commandement d'Alderic, lors de son premier passage en ces lieux, lui avait préparé, ainsi que pour ses trois compagnons d'armes, puis tendu, à l'heure du bivouac, dans l'écuelle carénée de céramique noire, pansue, luisante et lisse, réservée aux hôtes, la meilleure soupe aux raves et aux choux, à la queue et au jarret de porc qu'il eût mangée de sa vie.

La plus vive, encore que la plus pondérée. La plus capable à l'usage, qu'un soldat, pris par les exigences du service, la nécessité des longues sorties en rase campagne, des corvées de guet, puisse trouver pour lui ménager bon accueil et bon gîte, à chaque retour dans ses foyers. Égale d'humeur presque sans cesse, jusque dans l'affliction. Car aucun des quatre enfants qui leur étaient nés n'avait survécu aux épidémies de dysenterie puis de peste bubonique qui s'étaient abattues sur la Neustrie depuis la mort de Clothaire, le roi assassin de ses neveux, les fils de Chlodomir son frère défunt dont il convoitait l'héritage, celui des pays tourangeaux et pictons. Or, depuis le nouveau partage de l'Empire franc (un empire s'étendant de la Saxe, la Thuringe jusqu'à l'Atlantique, de la Manche aux Pyrénées) entre Sighebert, Gontran, Chilpéric et Garibert, les fils de Clothaire, le monarque meurtrier, qui se l'étaient réparti par tirage au sort, sans aucun souci de cohérence politique, ne cessant depuis, par pure convoitise à courte vue de barbares, de multiplier entre eux les guerres intestines, les coups fourrés, dans l'espoir d'arrondir leur lot, de grandes calamités s'étaient abattues sur le pauvre monde, venant s'ajouter aux horreurs de la guerre, comme si Dieu se fût résolu à punir les innocents autant que les coupables.

Pour ce qui était de Bertrade, des fièvres auxquelles on ne savait, en ce milieu de VIe siècle terrible, quel nom donner, l'avaient emportée comme tant d'autres. Et si elles n'épargnaient pas les reines, ainsi d'Austrechilde, femme de Gontran, roi d'Orléans, de Burgondie, des Vosges et de la Saône et puis encore de la vallée du Rhône, non plus que leurs enfants (et l'on avait tué les médecins qui n'avaient pas réussi à les sauver) ce n'était pas une consolation pour Hardouin, le vétéran de l'ost du mont Coëvre qui l'avait vue mourir à l'infirmerie du gynécée dans des souffrances inouïes, lui ôtant jusqu'à la connaissance de ceux qui l'approchaient.

– C'est toi, Hardouin, beau-frère, s'était enquis Alderic avec un grand mouvement en avant, le détachant des autres. De leur groupe d'hommes, jeunes comme vieux, pareillement empaquetés dans des hardes terreuses et se tenant jusque-là, qui, le croc, qui, la hache ou l'épieu à la main, sur la défensive. Tous faisant corps. Car enfin, s'ils étaient vingt à surgir inopinément à la tombée du jour avec armes et bagages devant la dizaine de chaumières rassemblées derrière l'enceinte de fascines, eux, n'étaient pas loin d'être le double et l'on voyait bien, à leur silence buté d'hommes assiégés dans leur repaire (le même que celui du sanglier surpris dans sa bauge, faisant front, l'échine hérissée, prêt à la charge), à leur façon de serrer leurs pelles, leurs faucilles, leurs couteaux de charcutier, leurs fourches à deux dents à ramasser les foins, à la crispation des muscles de leur visage, de leurs mains, qu'ils étaient disposés, face à leurs adversaires, à en massacrer quelques-uns, avant de l'être eux-mêmes.

– Oui, avait répondu Hardouin. C'est moi, Alderic, beau-frère, qui t'ai donné naguère et de bon cœur le sou et un denier pour avoir Bertrade et qui l'ai pleurée quand elle est morte. Aussi bien, suis-je redevenu ce que j'étais avant elle : un soldat et rien d'autre. Or, j'ai la charge pour l'heure, sous l'autorité d'Honorius, très vénérable père et clerc ici présent qui mène le train, de convoyer des vivres de place en place jusqu'aux frontières du Perche-Gouet et des pays carnutes. Ouvrez donc puisque nous sommes des vôtres et non point Saxons terribles. Que nous puissions, outre manger à l'abri, avoir l'agrément de dire, ce soir, nos prières avec vous.

Ainsi en avait-il été. L'antique porte gauloise, celle qui

est construite à claire-voie avec des planches et chargée sur un côté de la lourde pierre faisant office de contrepoids quand, son unique battant, encastré à hauteur d'homme dans l'entaille profonde du sommet de son jambage est soulevé pour l'en libérer à la force du bras et de l'épaule, avait lentement pivoté sur elle-même.

Au lendemain matin, à nouveau, il pleuvait. Plus dru encore, plus résolument que la veille. Journée grise, pisseuse. On ne savait trop si on résisterait à l'épreuve : dans le chuintement irritant de l'averse lubrifiant les feuillages et les branches mortes, sous un ciel baveux, tavelé de nuées charbonneuses, une lente avancée d'hommes et de bêtes résignés à se laisser mouiller jusqu'à l'os, malgré l'épaisseur du burel des cuculles, des chaperons, celle des tuniques sans manches en peau de mouton, enfilées par-dessus les casques avant le départ; malgré le cuir des bottes cavalières d'Honorius et des gens d'armes; malgré celles, en écorce de bouleau (moins des bottes que des guêtres, des manières de houseaux ligneux) prolongeant le frêne des sabots des petits vassaux comme Gundri. Leur protégeant, fixées à hauteur de chevilles et de genoux par des liens de filasse, les jambes et les pieds, des morsures des serpents et des pluies.

Oui, on ne savait trop si on y résisterait. Pourtant il fallait partir. Cheminer à la grâce de Dieu comme toujours. De grandes voies gallo-romaines défoncées longeant le cours des rivières, en landes broussailleuses, traversées pour prendre au plus court, gagner du temps. De marécages en forêts. De celles dont les ténèbres s'ouvrent et se referment sur vous comme des gueules. Des pièges à loup. Aller de l'avant. Question de service commandé. De devoir de moine et de soldat.

Quitter le refuge des manses. De leurs greniers communautaires construits sur pilotis afin de mieux tenir au sec les seigles, les avoines, les épeautres, les provisions de noix où Gundri, avec quelques autres, avait dormi auprès d'Arnulph, l'ami de cœur. Prenant prétexte, pour lui tenir compagnie, qu'il lui tînt compagnie, de ce qu'ensemble ils faisaient équipe sur le chariot aux bœufs noirs. Deux bêtes trapues et sombres, laineuses du col, du garrot, aux yeux globuleux, batraciens, presque des aurochs, répondant aux noms de Mars et de Vulcain et qui avaient passé la nuit sur une litière de fougère, dehors, en dessous d'eux. Du plancher surélevé de la réserve aux grains qui leur avait tenu lieu de dortoir.

S'arracher à ce gîte entre ciel et terre auquel on accédait par une échelle et alors, là-haut, on se sentait libre tout à coup. Merveilleusement. À la fine odeur de poussière de farine, si délicate, si excitante au palais, aux narines, des épis qu'ils avaient, dans la pénombre, écrasés, sans le faire exprès, sous leurs pieds avant de s'enrouler dans les peaux de chien et de loup qui leur servaient de couvertures de voyage. À celle des petits fromages de vache ou de brebis qu'on y faisait sécher sur des claies accrochées aux solives. Celle, piquante, des oignons. À la contemplation, au petit matin, de leurs bulbes vernissés. De leur suspension régulière à longueur d'entrait, de maîtresse poutre, d'élégantes lampes à huile en céramique lisse. Tourner le dos à ces lieux bénis où l'on pouvait dormir comme l'oiseau dans son nid. Comme l'écureuil dans son arbre et dans son trou au milieu de munitions de bouche patiemment accumulées, vous assurant la survie. Car on avait tout ce qu'il fallait ici, dans ce grenier, ou presque, pour espérer échapper à la famine. Celle qui vous condamne à mêler la paille aux racines, à broyer le tout avec des glands, pour vous en nourrir. À manger de la viande de loup, de chat sauvage, de rat, de corbeau pour ne point devenir anthropophage. À vous battre contre eux au bâton, au lance-pierres pour leur arracher les cadavres de lièvres, de hérissons, de blaireaux dont ils se partagent les lambeaux.

S'éloigner de ce havre d'abondance. De repos. Et puis

encore, oublier ses rêves, ceux de cette nuit, étonnamment joyeux, sereins pour Gundri, malgré le joug brisé, la progression cauchemardesque à travers les marais. Sans doute, à cause, outre de ces nourritures à portée de main, de leur présence intime, rayonnante : chaque grain de blé un soleil, chaque fromage une nébuleuse, chaque oignon une planète (un monde à savourer, à débiter en tranches), la présence d'Arnulph. De son corps chaste et solide de jeune moine convers, habité pourtant comme le sien par le besoin d'amour. Un corps fraternel et bon c'est-à-dire l'aidant, par sa présence charnelle, à se sentir moins seul, moins inquiet des autres et de lui-même. Moins travaillé par la peur. Aussi, par les espérances du lendemain.

Ainsi cette nuit, autour de Gundri dormant flanc à flanc avec Arnulph, il y avait partout des fleurs. Il y en avait jusque dans l'arbre gigantesque occupant le milieu du grenier et dont il ignorait l'origine et l'espèce. Un arbre souverain. Mythique. Au tronc de cuivre martelé. Dur au toucher. Brillant comme la patène de communion de la Noël et de la pâque au monastère du mont Coêvre. Tenant lieu de colonne de soutènement à l'édifice et dont l'élancement des maîtresses branches prenant racine à hauteur de chapiteau, leur projection divergente et circulaire en forme de galaxie tournoyante, faisait office de charpente à la nacelle aérienne du grenier devenu rond et que, de grandes coulées de vent, élastiques et puissantes comme des vagues de mer, faisaient osciller à la cime de leurs crêtes à la façon d'une barque, dans laquelle, étendu auprès d'Arnulph, il se laissait bercer sur un lit de genêts dorés. Les mêmes, répandant autour d'eux, une flamme aussi éblouissante, une odeur aussi musquée, aphrodisiaque que ceux qui lui étaient déjà apparus dans ses songes, la nuit d'avant.

C'était dans la grotte située au pied des hauteurs du mont Coêvre qui avait été après six heures de marche la première étape nocturne de leur expédition. À la lueur grésillante d'une chandelle de suif que le père Honorius avait allumée au centre d'une longue pierre plate portant sur elle et autour d'elle de très anciennes traces de cendre et qui occupait le milieu de l'hémicycle de la caverne, il s'était, comme les autres, hissé pour dormir à la force des bras et des poignets dans l'une des loges, constituant, à un bon demi-pied du sol, des excavations naturelles à flanc de paroi.

Très vite, dans ce trou noir où il s'était recroquevillé d'instinct comme un enfant perdu, comme une bête, le sommeil l'avait pris. À peine le temps pour lui, reçu à hauteur de nuque, son coup d'assommoir, d'avoir conscience qu'il changeait brutalement d'état. Devenait un vase vide et poreux. Un objet fait pour contenir autre chose que lui-même. Et c'est alors que l'homme était venu. Le visiteur. De la lourde pierre plate et cendreuse pareille à une table de sacrifice druidique effondrée où il l'apercevait distinctement étendu depuis que la chandelle de suif s'était éteinte (et malgré qu'elle le fût, c'était pour lui comme s'il régnait, dans l'hémicycle une clarté aussi vive que celle du jour), il l'avait vu tout à coup se redresser, se mettre debout, hésiter quelques instants sur la direction à prendre en regardant autour de lui, à la façon de quelqu'un cherchant à s'y reconnaître et même il l'avait entendu tousser. D'une toux quinteuse, maladive et sèche de femme atteinte des poumons, alors qu'il accusait, des pieds à la tête, dans sa stature, son maintien, les signes de la virilité. Aussi, par son côté à la fois solaire et fruste, l'ardeur impérieuse, encore qu'on la sentît maîtrisée de l'intérieur, d'un regard intensément bleu qu'il avait finalement posé sur Gundri avant de marcher vers lui. Il boitait.

Haut de taille, roux de barbe et de cheveux, habillé de vêtements ternes et grossiers, ceux des gens du commun, des valets d'écurie, mais portant sur ses traits usés un grand air de détachement et de bonté, sa poitrine flamboyait. À cause de ce qu'il tenait contre elle une énorme brassée de genêts qui lui faisaient une tunique d'or, une somptueuse cuirasse de fête. De roi. De demi-dieu. Gundri n'avait éprouvé aucune crainte en le voyant s'approcher de lui à le toucher. Au contraire. Et même, quand, de son haleine qui était singulièrement et puissamment fraîche, il lui avait doucement soufflé à hauteur de front, ç'avait été comme si, rendu à la virginité radieuse de l'esprit et du corps de sa petite enfance encore ignorante des violences du monde, ses dix-sept ans, déjà assombris par la lutte incessante pour la vie qu'il devait mener avec les autres, avaient été lavés de toute fatigue, de toute appréhension du lendemain. Ensuite, il lui avait donné la gerbe de genêts :

– Prends-la, mon cher fils. Prends-la pour la fiancée, avait-il dit.

Ç'avait été les seules paroles qu'il eût prononcées. Tout de suite après, il n'avait plus été là et Gundri s'était réveillé dans sa loge de pierre, des larmes de soulagement le long des joues avec, dans les oreilles, mêlé au bruit qu'au-dehors faisait la chute d'eau de la Coêvre, son crépitement d'étincelles, de foyer allumé à la surface bouillonnante de la rivière, le son de cette voix, gutturale, insistante, lui parlant secrètement dans la nuit et pour lui seul, de la fiancée.

La fiancée! Celle qu'il a été convenu sur l'ordre d'Eberhardt son père et avec l'autorisation du seigneur abbé et sur avis favorable du père intendant, qu'il devra la ramener de la Sagne pour l'épouser ici, au mont Coêvre après lui avoir remis chez elle, en présence de sa famille, avec le sou d'argent et un denier, l'anneau de bronze des *sponsalias*, des fiançailles, forgé pour elle au monastère, la robe de burel et la chemise de lin neuves, les deux fibules rondes permettant de les fixer l'une à l'autre, aux épaules, les chaussons de cuir à lacets du soir des noces et même, pour la saison froide, à porter entre la robe et la chemise, une cotte de laine épaisse, duveteuse et blanche tissée par Eulalia sa mère à lui, pendant les après-midi de neige ou de grosse pluie du dernier hiver. Ces habits neufs constituant, alors qu'il a été convenu que la fiancée serait pourvue par sa propre famille d'un trousseau, le don gracieux offert par Eberhardt, colon affranchi, tenancier d'un manse d'une vingtaine de bonniers sur le domaine abbatial du mont Coêvre, à sa future bru, ont été avec soin pliés et serrés dans un sac de peau. Placés dans le chariot couvert à l'abri des intempéries avec la saie, les braies, le manteau court à capuchon, retaillés pour Gundri dans les hardes encore en bon état au moment de sa mort, du frère Ambroisus, décédé à l'âge de quarante ans des suites d'un empoisonnement du sang, après avoir passé le plus clair de sa vie de moine à tenir, comme secrétaire du père cellérier, les livres de comptes. Excellé, au scriptorium, dans la copie des *Confessions* de saint Augustin évêque d'Hippone, en pays carthaginois et numide, né en 354, mort en 430, converti au christianisme après une vie aventurière, par les prédications de saint Ambroise, son propre patron qu'il vénérait beaucoup.

Vêtements solides et proprement taillés. Tirés du meilleur de l'habit monastique du vénérable et studieux clerc défunt et que ce serait, à la fois, péché et mauvais calcul de la part de Gundri, de ne point ménager en les portant avant l'arrivée à la Sagne. Manquer au respect qu'il doit à la famille de la future et à elle-même, en franchissant pour la première fois le seuil de sa maison dans des hardes déchirées et flétries par le voyage qui ne lui donneraient pas meilleure façon que celles qu'il porte présentement sur lui. Rapetassées aux coudes, aux genoux. Vieilles de trois années déjà. De huit saisons de gros travail dans les jardins du monastère, sans compter aux heures creuses de l'hiver, les coups de main à donner aux frères maçons, aux charpentiers œuvrant à l'entretien des bâtiments abbatiaux et de ceux des manses.

Ermelinde! Il paraît qu'elle s'appelle Ermelinde et qu'elle va cette année sur ses seize ans. Qu'elle est avenante. Bien proportionnée de corps. Bonne ménagère et tisserande. Qu'on lui confie volontiers, à l'époque des moissons, la garde des petits enfants qu'elle berce, enlange, délange et nettoie, les faisant patiemment téter son pouce quand ils pleurent parce que leur mère n'est pas encore rentrée des champs pour leur donner le sein. Du moins ce sont là, les paroles d'Eberhardt père de Gundri qui, lors d'un déplacement l'ayant conduit, l'automne dernier, jusqu'aux lisières du Perche-Gouet pour convoyer des grains (et c'est le tour de Gundri cette année) après l'avoir vue s'activer chez Alderic son père, entendue chanter d'une belle voix, sur ses ordres, à la veillée, des cantiques en l'honneur de saint Sébastien et de saint Denis portant sa tête entre ses mains après qu'on la lui eut tranchée, aussi, des petits lais, joyeusement païens et celtiques où il est question de jeunes vierges se promenant en groupe au premier jour d'entrée de la saison d'hiver dans une forêt de chênes rouvres et refusant à une compagnie de jeunes guerriers, à la recherche d'une épouse, qu'ils leur prennent un baiser avant la nuit de la cueillette du gui, a passé marché avec lui pour qu'il la lui réserve comme bru. Faisant valoir, de son côté, les qualités d'un fils dont il s'est porté garant que la femme qui lui serait donnée, n'aurait point à redouter d'être malheureuse avec lui.

Et maintenant puisque les jeux sont faits, décidées ferme, ces accordailles après qu'il a été loyalement convenu entre Eberhardt et Alderic que si Gundri venait, entretemps, à mourir de mort naturelle ou violente (car on ne sait jamais, avec ces épidémies, avec ces guerres), l'année d'attente écoulée, ne voyant personne venir la chercher, Alderic serait libre de donner sa fille à quelque autre, il lui faut aller de l'avant, et à la grâce de Dieu, par les chemins hasardeux le conduisant vers Ermelinde. Et quand il l'aura en face de lui, qu'elle l'ait ému ou non au premier regard, fait naître en lui désir de la toucher, de lui plaire, de réussir à l'apprivoiser, à s'emparer d'elle avec des caresses légères (les mêmes que celles qu'il inventait, enfant, maraudant à travers bois, pour se saisir d'un de ces jeunes faons à moitié endormis et saouls pour s'être gavés au printemps de bourdaine et qui se laissaient prendre, yeux perdus, et il aurait pu les tuer s'il avait voulu et au lieu de cela, après les avoir tenus inertes et tièdes contre son cœur, il les reposait doucement dans le fourré et sa journée de jeune rustre en était illuminée), oui, qu'il ait envie, ou non, de la serrer entre ses bras, elle, de le serrer, lui, entre les siens, il la ramènera avec lui au mont Coêvre pour la faire sienne, après avoir remis à Alderic le sou et un denier confié par Eberhardt au père Honorius qui les a dans sa bourse de voyage, cachée sous sa cuculle et suspendue par une chaîne autour de son cou. Qu'il se tient prêt à défendre avec un de ces petits poignards courts à manche gravé aux initiales de leur porteur qui constituent l'arme personnelle de voyage des moines en déplacement, en dehors des lances, des haches, aussi des arcs et des masses de la soldatesque et des convoyeurs qui les entourent.

Car les temps sont redevenus si durs, si inhumains avec ces nouvelles guerres entre rois germains aussi affamés de femmes que de cités, d'abbayes, de places fortes. Ces femmes que Gundri et Arnulph, bien sûr, connaissent peu et devenues, du moins pour eux, jeunes hommes de labeur et d'humble extrace, avec la reprise des massacres, des sévices de toutes sortes, des maladies qui les emportent, des déportations d'un royaume tudesque à l'autre, denrée si rare au mont Coêvre qu'il a bien fallu qu'Eberhardt, avec l'accord des moines, tente d'en trouver une ailleurs qu'à la villa et en pays diablinthe pour le seul fils qui lui restât. Dans l'espoir qu'il fasse souche, non seulement pour lui-même et pour son bien, mais dans l'intérêt de la communauté abbatiale. Elle-même, inquiète, du maigre renouvellement des générations chez ses vassaux et par conséquent de l'avenir.

Oui, les femmes! Esclaves ou libres. Dont la beauté offerte ou au contraire, l'art de se faire désirer, celui de se soumettre à toutes leurs exigences de jouisseurs pour obtenir d'eux, davantage, les rend parfois indispensables aux monarques francs. Qu'ils mettent dans leur lit, font reine pour un temps, répudient, parfois reprennent. Leur imposant dans la foulée leur polygamie de potentats sauvages. Couchant avec des religieuses. Inversement, contraignant l'épouse légitime qui a cessé de leur plaire à prendre le voile, à se faire oublier dans un couvent si elle ne veut pas mourir décapitée pour l'adultère qu'elle n'a pas commis ou l'inceste.

Les femmes! Les belles. Les moins belles. Les jeunes. Les moins jeunes qui portent encore sur elles, les traces de joliesse ou de grâce qui les ont rendues autrefois désarmantes même aux yeux des plus brutaux. Qui pourraient désarmer encore une autre espèce d'homme. Plus rare, plus délicatement passionné. Qui aurait du goût, autant pour le souvenir de la beauté que pour la beauté elle-même. Un homme timide et jeune par conséquent. Qu'une pucelle de son âge, de sa force, de son degré d'inexpérience et d'exigence, effraie. Alors que son aînée a des chances de le rassurer sur lui-même.

Celles dans le plein de leur maturité et qui, leur nourrisson à la mamelle, révèlent, quand on passe, fileuses ou bergères, circulant en plein vent, épouses de tonneliers, de forgerons, de verriers des villas environnantes, entr'aperçues par la porte entrebâillée de leur logis, gravement assises sur un escabeau, visage tourné vers la lumière, dans l'ouverture d'une tunique sombre qu'elles ont dégrafée à hauteur de poitrine, l'écume déferlante d'un sein de nacre auquel l'enfant suspendu s'abreuve goulûment aux sources de sa propre vie. Et l'on voudrait être à sa place et l'on détourne les yeux et même, on fait semblant de n'avoir rien vu. De crainte que quelqu'un, un compagnon, un maître, ne devine ce qui se passe en vous. Combien vous ébranle, de fond en comble, ce besoin qui vous a tout à coup saisi. Cette soif de boire à cette femme. De vous accrocher à elle comme la grappe au cep de vigne. Et vous avez honte de vous et vous avez envie de pleurer.

Les femmes sujettes, encore que gouvernantes, des hommes!

La façon qu'elles ont, puisque c'est là leur lot, du moins en public, de se taire quand les hommes parlent en faisant peser sur eux le poids de leur silence. De leur réprobation. De troubler, sans mot dire, à la façon de poser sur eux leur regard de servante ou de reine ou au contraire de le détourner, leur assurance de décideurs. De maîtres. D'ébranler secrètement en eux l'intime conviction renforcée par l'iniquité des lois, celle des mœurs, qu'elles leur sont inférieures. Incapables de vrai jugement. De pensées claires. Faites pour être aimées ou malmenées, adulées ou rejetées. Qu'elles sont, soit que l'humeur du jour vous porte à la violence ou à la galanterie, bêtes de somme autant que juments de prix. Et on n'a de comptes à rendre à personne là-dessus et encore moins à elles-mêmes.

Les femmes! Le mystère de leur sexe. De leur vocation à l'enfantement. Qui les transforme en victimes écartelées dans la souffrance et les cris, en fleurs sanglantes après les délices et les délires heureux de l'amour charnel! La dépendance dans laquelle on les tient. Celle de leur père. De leur mari. De leur fils aîné. Celle des clercs chargés de diriger leur conscience et qui les fait obéir et désobéir, se soutenir entre elles, ou se nuire férocement pour exister et qui les rend, pour peu qu'elles aient réussi à acquérir de l'influence, d'autant plus redoutables que celui qui leur prête pouvoir et richesse, peut, à tout moment, les leur ôter.

L'année de ses seize ans, Gundri a vu passer l'une de ces femmes, terrifiante et belle. Hissée sur le pavois avec le titre de reine alors qu'hier encore, elle filait humblement la laine dans l'ombre de celle qui le possédait de plein droit et dont elle fomentait la chute. C'était Frédégonde, l'ancienne serve franque. La rusée, la criminelle, l'insatiable. Venue successivement à bout de deux reines. D'Audowere d'abord. Épouse légitime, en son temps, de Chilpéric 1er et qui lui avait donné pourtant trois fils, sans compter les filles. Mais Frédégonde, dont, l'ayant parallèlement prise dans son lit, il n'avait bientôt plus su se passer, à cause de cette science qu'elle avait de l'amener au plaisir, subtile aragne tendant ses fils autour d'Audowere, avait su, la prenant dans ses rets, lui faire commettre le faux pas qui fournirait prétexte à son royal amant, à casser le mariage d'avec une épouse avec laquelle il ne couchait plus guère que par devoir de mari et par habitude.

De Frédégonde, la rumeur disait que, n'en étant encore qu'à ses débuts dans l'art implacable et subtil de la machination, sa grande habileté, pour provoquer la rupture officielle de l'union du roi et de la reine, avait été de s'entourer des conseils d'un évêque sans scrupule qui, supputant le bénéfice qu'il pourrait en tirer par la suite, l'avait aidée par ses conseils, à ce qu'Audowere suscitât, d'elle-même, des motifs légaux à être répudiée.

En ce début de moitié de VIe siècle, Chilpéric de Neustrie et Sighebert d'Austrasie n'étaient pas encore frères ennemis. Ils conduisaient la guerre au contraire de concert, contre les peuples de la confédération saxonne, lesquels, jalousant leur bonne fortune de Francs saliens s'étant rendus maîtres de presque tout l'empire d'Occident, ils avaient du mal à contenir. Chilpéric avait donc quitté la Neustrie pour franchir le Rhin, laissant Audowere enceinte de plusieurs mois. Or, ayant accouché d'une fille, voici qu'elle s'inquiétait de la faire baptiser le plus vite possible. Mais fallait-il y songer avant que Chilpéric revînt? De ce qu'on eût plongé la petite Hildeswinde en son absence, dans les eaux lustrales, la délivrant du péché originel, serait-il content ou fâché? Y verrait-il sage et pieuse précaution de la part de son épouse à ménager les intérêts spirituels de leur enfant pour le cas où elle ne serait pas longtemps appelée à vivre ou manque de considération à son égard de roi et de père qu'on aurait eu l'insolence de ne pas attendre pour présider à la cérémonie d'immersion?

Et l'aveugle Audowere de s'ouvrir de ses scrupules en la matière auprès de sa pire ennemie. De Frédégonde la rouée. L'entourant, pour mieux la berner, de toutes les prévenances possibles et imaginables qu'une servante dévouée et vertueuse puisse prodiguer à une maîtresse qu'elle aime et dont elle soutient les intérêts.

L'aubaine dont il allait falloir tenter de profiter, ç'avait été cette idée de baptême avant le retour de Chilpéric, que l'évêque l'avait encouragée à entretenir. Il suffirait de faire valoir à la reine que le roi prendrait d'autant plus plaisir à voir Hildeswinde, qu'on l'aurait baptisée, afin de la lui présenter dans toute la pureté de son nouvel état de chrétienne. De profiter de son isolement de naïve pour influencer le choix de la marraine. Certaine noble dame franque que l'on savait pouvoir soudoyer par d'importantes promesses de cadeaux, et qui se ferait porter gravement malade au jour dit. De sorte qu'Audowere, prise de court, au milieu des guirlandes et des tentures du baptistère, l'évêque en habits sacerdotaux, se tenant prêt à officier, se tournât vers Frédégonde pour solliciter son avis, une fois de plus.

C'était là qu'il faudrait jouer serré. L'inciter, dans son désarroi, à enfreindre les lois canoniques qu'elle connaissait très mal et qui interdisent à une mère d'être la marraine de son propre enfant. Ce qui est non seulement une faute, mais la rend impropre à tout commerce charnel avec le père.

Ainsi en avait-il été. La servante ayant su trouver les mots qu'il fallait pour que la maîtresse tombât dans le piège.

– Qu'y a-t-il besoin de vous inquiéter d'une marraine? Aucune dame ne vous vaut pour tenir votre fille sur les fonts. Si vous m'en croyez, tenez-la vous-même.

Audowere tenant Hildeswinde entre ses bras pendant l'immersion dans les eaux sacrées, avait signé, du même coup, l'acte de sa répudiation qui avait eu lieu au retour glorieux de Chilpéric, ravi de la prendre en défaut. D'en finir avec elle de ses obligations d'époux. De pouvoir, après lui avoir assuré le revenu de plusieurs domaines en pays aulerce, l'expédier dans un couvent de la cité du Mans jusqu'à ce que Frédégonde, promue, une dizaine d'années plus tard reine de Neustrie, se sentît assez forte pour la faire assassiner par des sicaires à elle sans que personne n'osât ouvertement l'en accuser. Car, si, dès le départ d'Audowere, elle était devenue la concubine affichée de Chilpéric, elle avait cependant dû, sa bonne fortune dépendant de lui, de ses humeurs, de ses foucades de barbare, consentir, une année plus tard, à feindre encore l'effacement. À rentrer dans le rang, ou presque, lorsqu'il s'était flatté de mettre dans son lit, en l'épousant, non point à la façon expéditive germanique par l'anneau et par le denier, mais dans le plus grand appareil religieux et civil, entraînant, en principe, l'indissolubilité du mariage et la monogamie, une princesse de sang.

Cela tenait à ce qu'il venait d'assister aux noces de Sighebert son plus jeune frère, pour lequel il nourrissait à l'époque, une manière d'affection, avec Brunehilde fille cadette d'Athanageld roi des Goths, établi en Espagne.

À l'instar de ses aînés, les rois Haribert et Gontran, ce grand débauché, habitué à tenir comme eux, une manière de harem, à puiser dans le contingent des servantes, des esclaves pour s'approvisionner en femmes, auxquelles, il faisait jouer, à l'occasion, le rôle d'épouse morganatique, avait été frappé par la solennité du mariage de son cadet, en sa ville capitale de Metz. Car, à l'inverse de Clothaire son père, de ses trois frères, Sighebert qui n'était pas dissolu, s'était résolu à n'avoir qu'une seule épouse et qui fût royalement née.

L'union de Brunehilde avec lui, la grâce de ses manières de jeune grande dame tudesque, imprégnée de culture romaine occitane, les charmes de sa figure, l'agrément de sa conversation autant que les richesses qu'elle apportait dans ses coffres avec le gage de renforcement de la paix entre les Francs d'Austrasie et les Wisigoths, cinquante ans après la dernière grande bataille entre eux à Vouillé dont l'enjeu avait été le Languedoc, l'avaient fait rêver. Aussi tout ce faste déployé par Sighebert en la circonstance de ses noces avec Brunehilde qui, visiblement, le subjuguait. Qu'il aimerait passionnément jusqu'à sa mort. Ce rassemblement de tous ces leudes de Sighebert venus avec leur suite d'hommes et de chevaux jusqu'à Metz. Ces comtes des villes burgondes, rhodaniennes, provençales. Ces gouverneurs des provinces septentrionales de la Gaule, ces chefs patriarcaux de vieilles tribus franques d'outre-Rhin, habillés sauvagement de fourrures. Des espèces d'ours, d'aurochs, ayant consenti à quitter leurs forêts pour trinquer dans leurs cornes de buffle, à la santé de la fiancée goth qui entendait le latin. Et puis encore les ducs alamans, baïwares et thuringiens. Sans compter les nobles gaulois, les évêques, venus représenter ce qui pouvait perdurer de la civilisation romaine, donner quelque distinction à ces grandes réjouissances tudesques où le vin et la bière coulaient à flots. Où les plats d'argent et d'or, raflés dans les pillages de la conquête resplendissaient sur les nappes de lin blanc.

Comble de raffinement, il y eut un épithalame prononcé en latin par le poète de service que Sighebert, qui se piquait de belles lettres, entretenait alors, à la cour de Metz. Il s'appelait Venantius Clementianus Fortunatus et il était romain. Esprit agréable et sans profondeur, habile à manier la métrique des vers classiques, il avait d'abord voyagé à travers les Gaules, s'y taillant une réputation de distinction jusque dans les bonnes maisons tudesques où l'on affectait, par moments, au milieu des pires vulgarités, de cultiver les sentiments délicats.

Fortunatus avait, dans son poème, fait de Sighebert, un nouvel Achille et Brunehilde avait été comparée à Vénus. Il fut dit que le feu des pierreries cédait à l'éclat de son visage. Qu'aucune néréide des mers d'Hibérie ne pouvait songer à l'égaler. Que le royaume des Goths avait en elle mis au monde une perle nouvelle et ce *« O virgo miranda mihi »,* ce « Ô vierge que j'admire » du poète appointé, débitant, imperturbable, le chapelet de lieux communs mythologiques usés jusqu'à la corde, au-dessus des crânes francs couronnés, des bonnets de loup de leurs vassaux, des mitres des évêques, ce *« Clarior aethera »,* ce *« Brunichildes lampade fulgens-saphyrus-crystalla »* et tutti quanti, la déclarant plus lumineuse que voûte céleste, d'un éclat plus fulgurant que le cristal, que le saphir et dont, au demeurant, comme les autres, Chilpéric n'avait pas compris la moitié, avait fini de lui mettre la tête à l'envers.

Brunehilde avait une sœur aînée Galeswinthe, elle aussi, princesse à marier. Frédégonde avait dû se plier aux volontés de son amant qui, si attaché qu'il fût à elle par les sens, ne la jugeait tout à coup plus digne d'occuper un jour en Neustrie une place de reine. Souffrir la rage au cœur, le départ d'une somptueuse ambassade vers l'Espagne.

Cette seconde mise en veilleuse avait duré deux ans. Car, dans un premier temps, les tractations entre la cour de Neustrie et celle d'Athanagilde avaient été laborieuses. À cause de cette réputation de viveur connue jusqu'en Espagne qu'avait le prétendant et qui scandalisait les Goths, plus soumis en profondeur aux Évangiles, à l'observance de monogamie demandée par l'Église, que les Francs du Nord. Temps suivi d'un second pour Chilpéric. Celui où, après avoir prêté serment de n'avoir plus qu'elle, ayant enfin obtenu Galeswinthe, de l'épouser en grande pompe. De se croire par vanité, quelques mois, amoureux d'elle. De se lasser de sa douceur et de sa vertu. De retourner aux caresses de Frédégonde et comme la pauvre jeune reine lui réclamait, d'elle-même, sa répudiation pour en finir avec les humiliations qu'elle essuyait, lui offrant de lui laisser tous ses biens avant de repartir en Espagne, poussé par Frédégonde, de la faire étrangler dans son lit.

Sommé par Sighebert, au nom de Brunehilde sœur de Galeswinthe, de se présenter devant le *mâlberg* germain, la cour de justice, composée des juges en armes, Chilpéric, sur les conseils de Gontran, alors soucieux d'éviter une guerre entre ses deux autres frères, s'y était rendu pour répondre du meurtre de sa propre épouse et en payer le prix aux termes de la loi salique. Si la vie d'un esclave domestique valait de quinze à trente-cinq sous d'or, celle d'un notable romain, cent sous, le double quand il était franc et jusqu'à six cents, pourvu qu'il fût affidé au roi lui-même, ce dernier ayant, par privilège d'état, droit à être homicide sans en être châtié, il n'en restait pas moins, et ç'avait été l'avis du mâlberg en son entier, que l'assassinat d'une reine, le prix de son sang, qui n'était d'ailleurs pas prévu par la loi, le *wehrgeld* salien qui devait en principe, une fois réglé, garantir le coupable de poursuites ultérieures, se devait d'être de taille.

Chilpéric dut céder à Sighebert, au profit de Brunehilde, héritière de l'épouse qu'il avait fait étrangler, ce qu'il lui avait, dans l'euphorie de ses noces avec elle, en don du matin, un an plus tôt, assuré en biens propres, selon la tradition, pour prix de la première nuit passée avec elle. C'étaient Bordeaux, Limoges et Cahors. Les cités de Béarn et de Bigorre et l'ensemble des manses qui en relevaient et qu'en présence de témoins officiels, il avait nommés tout haut en lui tenant la main droite dans la sienne et en jetant sur elle de la gauche, le rituel brin de paille, symbole de donation. Douaire considérable qui lui eût assuré, si elle avait vécu, non seulement de grands biens, mais fourni des étapes de voyage la rapprochant assez d'Espagne et du royaume des Goths qui remontait jusqu'à Carcassonne, pour espérer d'y recevoir quelquefois, à l'occasion, sa mère qu'elle aimait beaucoup et qui lui manquait.

Mais c'était ne pas connaître l'avarice de Chilpéric, son cynisme, non plus que la nature de Frédégonde devenue reine en titre. Lui, furieux, d'avoir dû se défaire de ses plus belles possessions d'Aquitaine, elle qui en avait, en le poussant à faire tuer Galeswinthe, convoité l'usufruit.

Cinq ans plus tard, le roi de Neustrie ayant rassemblé des troupes dans Angers qui lui appartenait, ayant confié à Chlodowig, le plus jeune des trois fils qu'il avait d'Audowere, leur commandement, sans qu'aucune déclaration de guerre eût été faite à Sighebert, le faisait marcher sur Tours qui se souciant aussi peu d'appartenir aux Austrasiens qu'aux Neustrasiens, se rendait, puis sur Poitiers, avec l'intention, dans la foulée de reprendre Limoges, Cahors et Bordeaux.

On était alors en 573. Depuis, ç'avait été des guerres sans merci entre Austrasie et Neustrie, la haine entre Frédégonde et Brunehilde s'exaspérant, Sighebert reprenant Poitiers et Tours. Les reperdant. Pour venir à bout de Chilpéric qui avait, cette fois, lancé Théodebert, son autre fils dans une campagne terrifiante à travers le Poitou, armant les tribus les plus sanguinaires d'outre-Rhin, avec lesquelles il avait passé marché : Bavarois, Alamans, Saxons, Thuringiens, manieurs de haches d'armes lancées en pleine figure, de javelots à crochets attirant l'adversaire à soi comme poisson au harpon. Quelque chose comme le retour des hordes d'Attila. Dévastant tout à plaisir, déportant des villages entiers à leur suite, faisant des esclaves !

Terrorisé lui-même, Chilpéric avait dû céder, sur le moment. Refuser les combats. Rendre à son frère les villes dont il s'était officiellement défait au profit de Brunehilde en réparation du meurtre de Galeswinthe mais les troupes mercenaires de choc de Sighebert rentrées chez elles, avec leur butin, il relançait de nouveau Théodebert au-delà de la Loire, lui, de son côté marchant vers Reims et l'Austrasie.

Rappelant pour la seconde fois à lui les barbares de Germanie du Sud contre promesse de droit au pillage sans frein en Neustrie et même de pouvoir s'y implanter sur les bonnes terres, Sighebert avait failli avoir le dessus. Il avait occupé Paris où Brunehilde avec ses filles et Childebert, le fils de quatre ans qui leur était né, était venue le rejoindre, dans le même temps où Théodebert, défait devant Angoulême par une armée gauloise du val de Loire soutenant les Austrasiens, avait été tué. Pris de court par la mort de ce fils d'Audowere resté son allié malgré la répudiation de sa mère, Chilpéric avait dû, avec Frédégonde, se replier à Tournai. Pendant que les notables de Neustrie, les Gallo-Romains à lui assujettis, le voyant en mauvaise posture, prenant les devants dans l'espoir d'éviter les exactions de la soldatesque austrasienne, proposaient à Sighebert, le grand vainqueur du moment, de passer à lui. Et même, sur le chemin de Tournai où il marchait contre son frère, ils l'avaient hissé sur le pavois à Vitry sur les bords de la Seine et proclamé roi de Neustrie.

Moments tragiques pour Chilpéric, réfugié dans une villa bloquée par les troupes de son frère. Pour Frédégonde la complice de tous ses appétits, de ses faux serments. L'instigatrice de ses froids calculs de tueur. Et puis elle se trouvait enceinte et presque à terme.

Le fils qu'elle avait mis au monde l'avait été au milieu des tumultes d'un siège et des craintes qu'elle nourrissait du massacre de sa famille et d'elle-même, de sorte qu'elle avait même songé, un moment, à laisser mourir de faim et de soif le nouveau-né. Et puis, elle avait changé d'avis. Car malgré les crises d'abattement qui terrassaient alors cette coléreuse, cette sanguinaire effrénée, la changeaient en loque prostrée sur son lit, sa capacité de jauger ceux qui l'entouraient, de prendre la mesure de leur caractère, de leur état d'esprit, d'en découvrir les points faibles et forts pour mieux manipuler leurs cœurs, ne l'avait pas quittée. Ainsi, eut-elle vite remarqué, parmi les leudes demeurés fidèles à Chilpéric, la présence, à Tournai, de deux jeunes Francs. De bouillonnants Flamands, disposés et par loyauté à la foi jurée, aussi par bravade et grand orgueil, à courir tous les risques pour réussir à pénétrer dans Vitry et assassiner Sighebert.

Belle comme elle l'était et comédienne-née, fascinante dans la fureur mais aussi dans la douleur et les larmes quand elle le voulait, leur promettant, s'ils tuaient Sighebert et revenaient sains et saufs, monts et merveilles pour eux et leurs futurs descendants, s'ils y laissaient la vie, des prières et des aumônes dans tous les lieux saints de Neustrie pour le repos de leur âme, elle eut vite fait, les rendant amoureux d'elle quasi autant qu'ils l'étaient de la gloire, de les tenir à dévotion.

Le scramasax qu'elle remit à chacun d'eux, dont elle avait elle-même empoisonné la lame, ne pardonnerait pas. Prétextant de leur désir de faire au roi d'Austrasie, leur soumission de Neustriens, on les laissa entrer dans Vitry et s'approcher de Sighehert qu'ils tuèrent avant de succomber, à leur tour, sous les coups de sa garde. Pris de court par la mort violente, inopinée, d'un homme à la veille d'entrer en possession de la Neustrie, de se tailler, en l'ajoutant au royaume qu'il détenait par héritage, un empire lui permettant de se conduire en maître de la Weser à l'Atlantique avec des enclaves jusqu'à Marseille, d'autres jusqu'aux frontières de la nation des Goths d'Espagne, le contingent des barbares d'outre-Rhin, toutes chances perdues d'implantation en territoire gaulois, avait plié bagage, ravageant tout en chemin, en guise de compensation.

Encore une fois la chance avait tourné. Elle souriait de nouveau à Frédégonde. À Chilpéric, retrouvant la Neustrie. Quittant librement Tournai pour se rendre à Vitry. S'y assurer de la mort de Sighebert, contempler son cadavre, sans remords, encore que sans haine particulière, car après tout, entre eux, entre familiers rivaux, ç'avait toujours été le jeu. On était toujours trop nombreux à devoir se partager les biens d'un père, ayant prêché d'exemple en poignardant deux de ses neveux, pour s'emparer des leurs.

De par la diligence de Frédégonde, l'ancienne servante d'Audowere, devenue avec le temps, non seulement la concubine en titre, mais la reine, l'alliée politique, la partenaire active, l'agent de consolidation de son pouvoir à lui, Sighebert avait été tué. C'était là un soulagement. Permettant à son frère aîné, venu à bout de lui, par toutes sortes de feintes, de coups fourrés, de prendre la peine de lui faire célébrer des funérailles dignes de son rang, c'est-à-dire en grande pompe à Lambres-sur-la-Scarpe et, l'affaire liquidée, de marcher sur Paris pour s'y saisir des richesses qu'il y avait laissées et décider du sort de sa veuve et de ses enfants. Simple spoliation ou massacre. Assignation à résidence, entrée au couvent, emprisonnement, on verrait bien! Cela tiendrait à l'humeur et aux circonstances du moment qui le porteraient à laisser la vie à ses neveux et à leur mère, ou non.

Lorsque deux ans plus tard, au printemps 578, Frédégonde avait fait son entrée à l'abbaye du mont Coêvre, alors que venant de Rouen, elle se dirigeait vers Tours, dans l'intention de gagner, de là, les villes d'Aquitaine, celles ayant constitué le don du matin de Chilpéric à Galeswinthe, dont elle avait enfin obtenu de lui de jouir de tous les revenus, en argent, comme en nature, elle se trouvait quasiment au faîte de sa gloire. Certes, elle ne triomphait pas encore tout à fait des obstacles l'empêchant d'amener ses propres fils sur les marches du trône. De s'assurer à travers eux, si Chilpéric venait à mourir, le statut inamovible de reine mère, la mettant à l'abri des revers de fortune, susceptibles de la ramener à l'état de bassesse, d'où, en dix ans, on l'avait vue s'élever, mais elle avait des raisons d'espérer en venir à bout. Affaire de persévérance acharnée, avant tout. De stratégie sans cesse déployée, contre, après la mort de Théodebert devant Limoges qui l'avait débarrassée d'un premier beau-fils, le dernier, Chlodowig, qui fût encore en vie. Le second, Mérowig, venant de finir tragiquement au cours d'un guet-apens tendu par ses soins, aux confins des forêts sauvages des bords de la mer du Nord.

Il faut dire que Mérowig le fol, l'imprudent, le passionné Mérowig, avait tout fait pour lui faciliter les choses, l'aider à travailler à sa propre perte.

Ç'avait été un grand malheur pour lui, que, venu jusqu'à Paris avec son père, la découvrant retranchée avec ses deux filles dans le vieux palais des bords de Seine qui avait été celui du dernier des proconsuls romains en Gaule, belle veuve éplorée de vingt-huit ans de son oncle

Sighebert assassiné par les sbires de sa marâtre, il fût tombé pour de bon amoureux d'elle. De cette grâce du maintien et des paroles qui l'avait rendue irrésistible aux yeux de tous, en Austrasie. À ceux de Sighebert la voyant franchir pour la première fois, le seuil de son palais de Metz. Et même, sans doute, malgré des années d'âpres guerres, de détestation, aux yeux de Chilpéric lui-même. De ce beau-frère ayant pour complaire à une femme de rien qu'elle abhorrait, fait étrangler son épouse légitime, Galeswinthe, sa sœur. Comme elle, princesse de sang et fille du roi des Wisigoths. La tenant complètement à merci après lui avoir, cette fois, tué son mari. Car alors qu'elle avait tout à redouter de lui, qu'il aurait eu lieu de s'emporter contre elle au point de la faire exécuter, lorsque à son arrivée dans Paris, il avait découvert qu'elle avait osé, pour le battre en brèche, lui et son ambition de s'emparer de la couronne d'Austrasie, organisé l'évasion du petit Childebert, l'enfant de cinq ans qu'elle avait eu de Sighebert, de le faire reconduire secrètement à Metz afin qu'il lui échappât, qu'entouré, là-bas, de grands feudataires dirigeant le royaume en son nom, il continuât d'incarner la dynastie austrasienne jusqu'à ce qu'il fût en âge de régner, il s'était contenté de la dépouiller de ses richesses. Des sacs d'argent et d'or, des joyaux, des étoffes de prix que, croyant Sighebert venu définitivement à bout des Neustrasiens, elle avait amenés à Paris avec elle. Et, la séparant d'Ingonde et de Chlodaswinde ses deux filles dont il avait ordonné l'exil à Meaux, de l'assigner à résidence en la ville de Rouen. Et même, si avaricieux qu'il fût, il lui avait laissé une petite provision de monnaie d'argent et d'or frappée à l'effigie de Sighebert, des bijoux, quelques pièces de lin et de soie, de laine fine, quelques fourrures qu'il avait prélevées à son intention sur les biens dont il la spoliait.

Mais avant son départ pour Rouen sous sévère escorte neustrienne pendant que, dans l'euphorie du pillage du palais consulaire, Chilpéric passait le plus clair de ses jours à faire le compte des trésors qu'il ramènerait à Soissons, coup de foudre réciproque entre Mérowig fils d'Audowere et elle, ou calcul politique de fine mouche, de femme habile en intrigue autant que Frédégonde, elle avait su, découvrant bien vite l'intérêt brûlant que lui portait son neveu par alliance, prendre soin d'en entretenir le feu. D'y répondre par les soupirs, les regards qui persuadent un homme qu'il est payé de retour. Qu'on ne demande qu'à être aimée de lui.

Amour aveugle autant qu'emporté de Mérowig pour une femme faite! Attirante comme un fruit mûr, une fleur au zénith de son éclat. Passion de jeune prince à la fois naïf et barbare, décidé, quitte à susciter la haine des siens, à braver l'interdit d'un mariage avec sa tante. Ce projet d'union, alors tenu secret, étant bien vite devenu, chez lui, l'idée fixe, le but à atteindre à n'importe quel prix. Avec, sans doute, venant étayer la volonté d'y parvenir, le besoin, en épousant Brunehilde, de se venger de Frédégonde. De cette insolente et dangereuse marâtre que ses frères et lui, pendant que leur mère et leur sœur vivaient claustrées dans un couvent du Mans, avaient dû supporter, entourer d'égards. Voir, au fil des années, après un bref recul d'influence, le temps qu'ils avaient eu l'aînée des filles du roi des Goths pour belle-mère (et d'elle, ils n'avaient jamais eu rien à craindre car elle était bonne et sans détour) revenir en force. Prendre part aux affaires du royaume, avoir ses propres partisans, sa propre clientèle, ses propres tueurs à gages, s'enrichir avec démesure et, forte des fils qui lui étaient nés, avec lesquels, eux, les fils d'Audowere la recluse, devaient partager les bonnes grâces de leur père, oser, à l'occasion, lui tenir tête, se faire craindre de lui. Car Chilpéric de Neustrie s'était mis à redouter les colères de l'ancienne serve devenue la complice de toutes ses entreprises, son âme damnée.

De son côté, bien sûr, Mérowig, le bouillant Mérowig,

l'amoureux exalté de la veuve de son oncle défunt n'était pas un saint. Son appartenance à la lignée des grands prédateurs fransaliens, ayant réussi, après Rome, à mettre le grappin sur les Gaules, le faisait chasser de bonne race. Cultiver avec le plus absolu manque de scrupule, des appétits de pouvoir sans frein, dans la pure tradition des hommes de son clan.

D'abord rentrer à Soissons, comme si de rien n'était, dans le sillage de son père, des hommes de son ost convoyant les trésors du roi et de la reine de Metz. Se résigner à le suivre à Braîne où, devenu l'aîné des héritiers de la couronne depuis la mort de Théodebert, il était en butte aux perfidies de Frédégonde, exigeant sa part de joyaux, d'étoffes précieuses ramenées de Paris; pavoisant avec les colliers, les boucles d'oreilles et de ceinture, les anneaux sigillaires gravés aux initiales de l'exilée de Rouen. Se disputant avec sa fille, car elle en avait une, qui voulait que de tout cela, il lui échût quelque chose. Entre elles, des querelles de maquignons, des échanges d'insultes pouvant aller jusqu'aux coups. Se détestant. La fille enviant à sa mère son influence sur son père, les revenus qu'elle tirait des cités de l'ancien douaire de Galeswinthe, voyant passer les intérêts de ses propres frères, Chlodobert et Dagobert, toujours avant les siens.

Supporter l'insupportable. Se taire. Se contenir. Atermoyer. Assister aux fêtes données à Braîne en l'honneur de la victoire. Tenir sa place, enfin son rang, fût-il sans cesse menacé, dans un climat plus ou moins larvé de haine domestique, à table, à la messe, à la chasse, dans les conseils aux côtés de Chilpéric. Et, puisque entretenu par Frédégonde, dans son irritation de les avoir perdues, il ne se résigne pas, à l'exception de Tours ralliée à lui, à renoncer à Poitiers, Limoges et Cahors demeurées fidèles à l'Austrasie, persistant à reconnaître pour leur maître, le roi enfant de la cour de Metz, obéir avec soumission à son ordre de repartir sur les pas de Théodebert tué devant Limoges pour les réduire.

Une occasion inespérée, pour lui, de prendre du champ à la tête d'une petite armée dont il a été décidé qu'on la grossirait sur place avec de la piétaille tourangelle. De se diriger vers le Poitou avec l'intention de s'en détourner, dès que faire se pourrait pour remonter vers Rouen. Chevaucher jusqu'à Tours comme si de rien n'était. Que l'expédition en direction du Languedoc fût son seul but de jeune chef neustrien, dévoué, corps et âme aux intérêts de son seigneur père. Une fois à Tours, commencer à jeter le masque. Prétexter du désir de célébrer pieusement les fêtes de la pâque en la basilique de Saint-Martin pour s'attarder toute une semaine. Le temps, accueilli par Leudaste, comte de Tours, partisan dévoué de Chilpéric, d'abuser cyniquement, en bon Mérovingien, de son hospitalité. De se faire donner, sous menace à peine déguisée de mettre autrement sa maison et la ville à sac, les objets de grand prix qu'il possède. D'exiger de lui à titre personnel, aussi de la cité, sous prétexte de soutien à la campagne militaire poitevine, un tribut énorme en deniers comptants. Et, constitué son premier trésor personnel de guerre sur le dos des Tourangeaux, revenant sur ses pas sous prétexte de faire visite à sa mère au Mans, rejoindre tout bonnement, et sans crier gare, à travers les pays carnutes, Brunehilde, à Rouen.

Tout s'était passé très vite, à partir de là, pour Mérowig et comme dans un songe. Un songe où le rêveur tente l'impossible. Essaie de s'envoler par exemple. De frapper le sol du pied et, sans avoir des ailes, de s'élever, au-dessus des forêts et des fleuves. Au-dessus des lois qui régissent la multitude. Des interdits.

Car la veuve de Sighebert, si affectée hier encore par le veuvage, avait fait si bon accueil à celui qui venait à elle, nanti des sacs d'argent du comte Leudaste, de ses plus beaux plats orfévrés, de ses plus belles aiguières et convoyant avec lui les blés et les vins tourangeaux, ceux d'un terroir dont elle n'avait jamais cessé de se considérer l'héritière depuis le meurtre de sa sœur, que ç'avait été comme si la terre ne les portait plus. Qu'également charmés l'un de l'autre, leur couple d'amants n'ait plus eu qu'une idée : celle de légitimer son union, au nez et à la barbe de la Neustrie et de l'Austrasie. Quitte à braver les règles rigoureuses, sur le chapitre, du droit canon.

Rouen avait, pour chef spirituel, un Gaulois de souche, l'évêque Praetextus qui, par une rencontre singulière, se trouvait être le parrain de Mérowig. Pour l'avoir tenu sur les fonts, présidé à son immersion d'enfant dans les eaux purificatoires, il l'aimait de vraie tendresse, ayant pour lui des indulgences de père, l'appelant son fils, quand ils se rencontraient. Praetextus avait cédé aux instances de son royal filleul revenant sans cesse à la charge pour obtenir de lui la bénédiction de ses noces avec la reine d'Austrasie en faisant valoir que neveu qu'il était d'elle, mais seulement par alliance, l'absence de tout lien du sang entre elle, princesse wisigoth d'Espagne et lui, prince fransalien, issu d'une lignée de Germains du Nord, empêchait qu'il y eût péché à les unir. Enfreignant pour lui complaire les règles canoniques, prononçant sur eux les paroles sacramentelles nuptiales, il avait signé, autant que celui de Mérowig, son propre arrêt de mort.

Après ce mariage en effet, tout avait très vite basculé dans le scandale et dans le drame. Même si, dans les premiers temps, et jusque dans le feu de la colère, Chilpéric arrivé à Rouen pour régler son compte à ce fils qui, au lieu de guerroyer en son nom en Aquitaine, avait tourné casaque pour lui jouer le tour d'épouser la veuve de son frère, le régler à cette encombrante belle-sœur qui, en devenant sa bru, semblait vouloir ruiner ses projets d'accaparer l'Austrasie, les trouvant réfugiés, pour échapper à sa vindicte et au nom du droit d'asile exercé par l'Église, dans une chapelle dédiée à saint Martin, n'avait pas osé commettre le sacrilège de les en faire sortir de force.

Après toutes sortes de tractations entre Praetextus et lui, qu'il n'avait pas encore osé mettre à mal non plus, et leur avoir, en public, juré la vie sauve, passant même, lorsque le couple avait quitté Saint-Martin pour plaider sa cause devant lui, quelques jours avec eux. Se laissant apparemment persuader qu'unis par grand amour et sans qu'il y eût péché mortel, ils n'avaient pour ambition, au fond, Mérowig, que de le servir, Brunehilde, que de devenir une alliée à travers son jeune fils. Ne les séparant l'un de l'autre soi-disant que pour un moment. À la fois par raison d'État et dans leur intérêt. Brunehilde demeurant assignée à résidence à Rouen. Mérowig regagnant avec lui Braîne et Soissons. Sinon pour s'y justifier pleinement, mais, par un dévouement désormais sans faille aux intérêts de la couronne de Neustrie, pour y faire oublier, ou presque, les griefs qu'on nourrissait contre lui : Tours rançonnée à son profit. Aussi, ses frasques de tempéramentueux. De tête brûlée.

Or voici que pour son malheur, à quelques lieues de sa ville capitale de Soissons, la nouvelle était arrivée au roi de Neustrie que profitant de son absence, deux grands feudataires d'Austrasie, Godewin et Sigoald, ralliés au roi enfant de Metz l'avaient attaquée. A telle enseigne que Chlodowig le plus jeune fils qu'il avait eu d'Audowere et Frédégonde avec le sien, encore à la mamelle, avaient dû fuir. Levant sur son passage un contingent de rustres neustriens, Mérowig se battant à ses côtés, il avait défait Godewin et Sigoald. Mais ç'avait été hélas, pour le nouveau mari de Brunehilde, une mauvaise affaire que cette tentative par des Rémois, de prendre Soissons. Et bien qu'elle eût été aussitôt désavouée par une ambassade des seigneurs de Metz auprès de Chilpéric, la dénonçant comme un acte de guerre privée, n'ayant rien à voir avec la politique de paix qu'ils désiraient mener avec la Neustrie, l'idée s'était peu à peu emparée de lui qu'elle avait été le résultat d'un complot, tramé derrière son dos, par Brunehilde et que Mérowig, jouant hypocritement les fils prodigues revenus à leur devoir d'amour et de respect vis-à-vis de leur père, y avait trempé.

D'autant que Frédégonde, quitte pour la peur et revenue à Soissons, mais humiliée, mais hors d'elle, n'avait plus cessé de jeter de l'huile sur le feu :

– Ce mariage de Mérowig avec sa tante, un scandale et une provocation politique délibérée en même temps. En quelque sorte, une déclaration de guerre. Une insolence de fils prenant femme sans l'agrément des siens et ralliant à lui, pour arriver à ses fins, damer le pion du même coup à son propre père, un évêque sacrilège qui méritait la roue, l'écartèlement! Cet accouplement? L'ignominie. L'inceste. L'absolue trahison! De la part de Brunehilde surtout! Une manipuleuse d'hommes, une sorcière! Et puisque Chilpéric avait eu, par-dessus le marché, la naïveté de faire confiance aux propos tenus par les ambassadeurs de Metz venant innocenter l'Austrasie de l'attaque de Soissons, au point de leur accorder la libération de Brunehilde, son retour chez elle auprès d'un fils qu'elle dresserait à devenir le pire ennemi des Neustriens, ce qu'il fallait, avant tout, pour arracher Mérowig, et pour toujours, à l'influence de sa putain wisigoth, tuer le mal dans l'œuf, c'était, non seulement, lui ôter ses armes et le garder à vue, ce qui grâce à Dieu était maintenant fait, mais statuer sur son sort, devant le tribunal domestique où elle avait voix prépondérante. Quant à la campagne d'Aquitaine dont il s'était moqué pour s'aller jeter dans les bras de la veuve de son oncle, elle devait, bien entendu, reprendre. Il n'était pas question que la vipère de Metz pût un jour se vanter d'avoir recouvré pour de bon les cités que Chilpéric avait eu l'étourderie d'offrir pour prix exorbitant de sa virginité à sa lourdaude de sœur. Et ainsi de suite...

Et Chilpéric d'obtempérer. D'envoyer outre-Loire le dernier fils d'Audowere qui lui restât, fût en âge de porter les armes avec, pour mission, de s'emparer de Poitiers, en levant une armée d'Angevins et de Tourangeaux.

Pendant ce temps, le tribunal domestique avait fait comparaître Mérowig tenu depuis des mois dans un état de semi-captivité. La tradition voulait chez les descendants du chef franc Mérowig, le fondateur de la dynastie dont il portait d'ailleurs le nom, qu'en signe de noblesse innée, de virilité singulière, de sacralisation de leur personne, prédestinée au pouvoir, leur chevelure qu'on laissait croître librement depuis leur naissance ne connût jamais le ciseau. Que tressée ou flottante, elle les désignât aux yeux de tous comme rois ou princes de sang.

Se voir condamné, sous l'impulsion de sa marâtre, à ce qu'on lui rasât le crâne avait été pour Mérowig connaître la pire déchéance. Tondu, il perdait ses droits à la couronne et celui de porter les armes. De plus, ordonné prêtre malgré lui, contraint à quitter le costume national franc pour l'habit religieux, on l'avait, de Soissons, expédié, sous bonne garde, dans un lointain monastère des pays aulerces cénomans, celui de Saint-Calais, afin que, soumis aux règles de la discipline ecclésiastique, il s'y étiolât dans la plus complète réclusion. Mais, se portant en embuscade avec une troupe d'hommes aguerris dans les environs de Saint-Calais, Gaïlen, un sien compagnon d'enfance et de jeunesse qui l'aimait, lui était lié par vasselage et fraternité de soldat à soldat, l'avait arraché à son escorte et fait tourner bride, conduit à Tours en vue d'y obtenir de l'évêque Grégoire, et cela, de gré ou de force, le droit d'asile.

Ce droit d'asile, assorti de celui de communier sous les deux espèces, qu'en double état d'infraction au droit canon : un mariage consommé à un degré de parenté prohibé, suivi d'une renonciation sacrilège à la prêtrise, Mérowig, surgissant, arme au poing et crâne rasé dans la basilique, avec ses partisans, le jour de la messe de la pâque, avait exigé de Grégoire, sous menace, s'il lui était refusé, de tuer quelqu'un sur-le-champ, avait suscité à Soissons une véritable levée de boucliers.

Commencerait alors, ordonnée par Chilpéric, soutenue avec acharnement par Frédégonde, cette chasse à l'homme qui, de Tours, où il ne pourrait longtemps rester, jusqu'à Metz, dont, malgré les instances de Brunehilde auprès des grands feudataires gouvernant au nom de son fils, on lui refuserait l'entrée, se terminerait, pour lui, par un guet-apens qu'on lui avait dressé, du côté d'Arras, dans une de ces grandes villas franques, moitié palais, moitié ferme, où, sa chevelure ayant repoussé, il avait été salué du titre de roi par une troupe de Neustriens vendus à Frédégonde, qui, l'ayant mis en confiance, le barricadèrent avant d'envoyer la nouvelle de sa capture à Soissons.

À Gaïlen le vassal dévoué corps et âme, le compagnon de folie, de misère et d'errance à travers les forêts tourangelles et carnutes, celles de l'Argonne, puis de Lorraine, pour finir, celles des Ardennes et qui serait condamné, pour haute trahison, crime d'État, à mourir pieds et mains, nez, oreilles tranchés, par terreur profonde du sort qui l'attendait quand son père viendrait à s'emparer de lui, il demanda, par grâce, qu'il le tuât d'un coup d'épée. Ce que Gaïlen fit par amour de lui, avant que de périr à son tour dans des souffrances inouïes. Encore qu'il y eût bien des gens pour dire que c'était Frédégonde qui l'avait fait poignarder par un sicaire à elle, avant l'arrivée de Chilpéric. Maquillant le crime qu'elle avait ordonné, en suicide de crainte qu'il n'eût pitié de Mérowig. De ce garçon frondeur, impétueux, risque-tout. De mœurs brutales et porté, tout comme lui, au pillage. Capable en même temps de lier son destin à celui d'une femme ayant su troubler en lui, non seulement les sens, mais l'assurance virile du barbare. De le faire rêver à quelque chose qui ressemblât à de l'amour. Pitié de ce fils qui lui ressemblait, et dont il n'eût pas eu le cœur de lui ôter la vie.

En ce printemps de 578 où, selon l'habitude des Francs se portant de villa en villa, en cités leur appartenant, non seulement à travers leur propre royaume, mais celui de leurs frères, de leurs neveux dans lesquels ils possédaient des enclaves, elle nomadisait en grande pompe avec enfants, gardes du corps, esclaves domestiques, armes et bagages, en direction de Tours, un seul point noir encore pour elle : Chlodowig, le dernier des beaux-fils qui lui restât. Dont l'existence fît encore écran à Chlodobert qui avait quinze ans, à Dagobert qui en comptait cinq, ses propres fils qu'elle emmenait à peu près partout avec elle, sans compter cette fille qui la détestait, qu'elle détestait. Chlodowig, promu par Chilpéric chef d'armée. Inexpérimenté certes, mais s'efforçant loyalement de lui reconquérir les villes d'Aquitaine restées fidèles à l'Austrasie, alors qu'elle les convoitait si violemment pour elle-même et sa descendance. Chlodowig qui avait repris Poitiers, fait sa jonction, comme il le lui avait été ordonné, avec l'Albigeois d'origine gauloise, Désidérius, ennemi des rois wisigoths installés à la lisière de ses terres. Le grand allié du Midi du roi de Soissons. Chlodowig qu'elle n'avait pas encore réussi à prendre en faute, à lui faire commettre quelque erreur qui le perdrait à son tour dans l'esprit de son père. Qu'un de ces jours, elle y parvînt, ensuite elle pourrait songer à faire assassiner Audowere la reine déchue dont elle avait été la servante. Dont l'existence, fût-elle d'une recluse, sous le voile de nonne, dans un couvent du Mans, lui était insupportable. Alors enfin, elle pourrait respirer!

7.

SON arrivée au mont Coêvre, annoncée depuis trois jours au seigneur abbé par deux avant-courriers, avait mis l'abbaye sens dessus dessous.

Du père cellérier au camérier, au réfectorier, en passant par le boulanger et ses aides, adultes ou enfants, tout le monde avait vécu dans les transes. La crainte de lui déplaire avait tenu en haleine et empêché de dormir aussi bien les clercs que les tâcherons. Que la poignée de femmes du gynécée auxquelles on avait fait abandonner le fuseau et le métier à tisser pour apprêter, dans la portion de l'ancien logis des gouverneurs romains encore en état et réservée aux hôtes de marque, l'appartement de trois chambres qu'elle avait demandé qu'on lui réservât, sans compter, pour en défendre le libre accès, une salle de gardes. L'une devant lui servir de salle d'apparat, pour y manger, y recevoir du monde, s'y tenir dans la journée, la seconde, de chambre à coucher pour elle-même et ses suivantes tudesques, la troisième pour ses fils et leurs serviteurs. À prévoir aussi, dans la foulée, une souillarde-dortoir pour la dizaine de servantes esclaves dressées à lui obéir au doigt et à l'œil, à satisfaire tous ses besoins. De pauvres filles dormant au milieu des chaudrons, des baquets et des seaux qu'elle faisait transporter partout pour ses bains chauds, de ses pots de chambre en bronze et à couvercle dont elle était si fière, des paniers en vannerie où l'on rassemblait ses linges souillés et ceux de sa famille.

De grandes pièces de lin blanchies à la lessive à la cendre et gardées en réserve dans les coffres de la *cella* avaient été déroulées pour les suspendre le long de cordes de chanvre tendues d'une cloison à l'autre, à l'aide de fortes pinces en bois d'alizier, de sorte qu'elles retombassent de haut en bas en une succession de longs plis profonds et réguliers du plus bel effet. Un large morceau de soie incarnat, brodé en son milieu d'une croix potencée en fil d'argent : le plus beau cadeau qu'ait reçu, un demi-siècle auparavant, l'abbaye, du chef ripuaire Raschomer avant la disgrâce qui l'avait réduit à se faire moine, avait été lui aussi déroulé pour faire office de portière entre la pièce de réception et la chambre.

Selon sa détestable habitude, il y avait de grandes chances qu'elle l'emportât avec elle. Soit, que de méchante humeur, après s'être enquise de sa provenance, elle se l'octroyât d'office, déclarant qu'il ne s'agissait là que d'un prêté d'autrefois par un leude germain déchu, ayant naguère trahi les intérêts de Chlodowig 1er le bisaïeul de ses fils, pour un rendu d'aujourd'hui ou que, disposée à être aimable, elle fît seulement sentir, en s'extasiant sans arrêt sur la qualité du tissu, la richesse de la broderie, qu'elle attendait que, par courtoisie, on la lui donnât. Ce qui finalement reviendrait au même.

Pour les moines se résigner à faire avec elle la part du feu. Compte tenu que deux autres belles pièces de soie, deux patènes d'argent et d'or un reliquaire précieux, quelques cabochons de lapis-lazuli et d'améthyste, enfermés dans un coffre avaient été secrètement cachés, la nuit précédant son arrivée, dans une excavation à flanc de colline, dissimulée derrière un rempart de broussailles et d'éboulis. Une vieille cache utilisée déjà dans les débuts de siècle quand la fièvre de rapine des premiers Germains succédant à celle des Huns, ne faisant grâce du moindre setier d'avoine ou d'orge, de quartier de viande, de la moindre plaque de ceinture, avait transformé la seconde Lyonnaise en désert.

Une vingtaine de carrioles pleines à craquer de ballots d'étoffes et de hardes, d'outres de peau, de mobilier de voyage, de coffres de bois ou de fer, de paniers à provisions suivaient le char à bancs à deux roues et quatre chevaux dans lequel, avec Dagobert, son plus jeune fils, la servante chargée de lui et ses deux suivantes, elle se tenait, parée comme une châsse, assise sur un coussin de laine pourpre sous la bâche l'abritant du soleil et des pluies, Chlodobert, chevauchant à ses côtés. Deux palefreniers à pied, en tunique courte barbare de grosse laine terreuse à capuchon de chèvre noire, braies larges, contenues, au-dessous du genou, dans les traditionnelles bandes molletières du soldat, chaussés, à la gauloise, de brodequins de cuir frustement tannés, tête rasée, yeux d'émail bleu transparent de Tudesques du Nord, profil grossièrement taillé comme à l'herminette, avec un air à la fois de rudesse et d'angoisse permanente peinte sur le visage qui tenait à leur condition d'esclaves dont la vie dépendait d'une femme toute-puissante, d'une espèce de reine-ogresse sans foi ni loi qui dormirait tout à l'heure sous les fourrures de grand prix, dans le décor solennel autant qu'immaculé qu'on lui aurait préparé comme si cela était son dû; qu'ils devaient, par des chemins mal frayés, conduire de place en place et par tous les temps, peinaient avec leurs bêtes. Des étalons coupés, noirs de poil, gris de crinière, qu'ils malmenaient, par instants, de la voix et du fouet dans la montée passablement glissante à cause des grosses pluies récentes de la fin mars.

Convoi bigarré, pesant et barbare cerné par des soudards mercenaires ou non, des fantassins gaulois mêlés aux Francs, aux Saxons, équipés du scramasax, du javelot, de la masse ferrée. Échangeant, en marchant, plaisanteries et jurons dans un jargon à eux, moitié tudesque, moitié latin vulgaire, créant entre eux une espèce de franc-maçonnerie militaire avec ses mots de passe, ses allusions ordurières au sexe des femmes, au leur. Celles, animales, sanglantes, avec lesquelles, pour s'exorciser eux-mêmes, ils parlaient de la mort qu'ils donnaient, recevaient, en termes de boucherie. D'hommes de tuerie de métier. Et cette faim au ventre les tourmentant depuis des heures et cette soif qui, rendus, là-haut, palefrois et bêtes de somme dételés, les feraient se jeter sur la nourriture. Sur les chaudrons de fèves et de lard, sur les galettes d'avoine et de seigle. Une centaine de soudards à rassasier au moins pendant six jours. À régaler de viande, de poisson frais de vivier, d'omelettes au miel, de lait caillé, de pain de méteil. Toutes denrées dont il faudrait, ensuite, diminuer d'autant les rations des domestiques de l'abbaye, des fileuses, des oblats, des enfants trouvés et même des malades. Car les récoltes de l'année précédente avaient été médiocres à cause du manque d'eau en mars-avril; de soleil en été. Défavorable à la croissance des salades et des raves, celle des pois, des lentilles; à la maturation des grains, à la ponte des canards, des oies et des poules, à leur couvage; à la fécondité des brebis et des truies.

Et Frédégonde à traiter à table selon son rang. Elle, ses enfants, ses suivantes de haut lignage. D'imposantes matrones westphaliennes à regard bovin, menton lourd. Engoncées dans les voiles sombres, les pelisses de voyage en renard roux. Choisies exprès par elle, pour lui tenir compagnie, prévenir ses moindres désirs parce que, laides et sans âge, elles servaient de repoussoir à cette beauté qui était sienne, lui avait permis de servante qu'elle était, de prendre le pas sur deux reines.

À festoyer de même veillant sur sa sécurité, commandant aux soldats et chevauchant avec Chlodobert aux flancs de son char de voyage, trois grands feudataires de Chilpéric dont deux cousins, à lui, par leurs mères qui avaient été les filles de son oncle Childebert mort une vingtaine d'années plus tôt, sans héritier mâle. Une aubaine pour Clothaire, son propre père que cette absence de fils lui ayant fourni l'occasion d'hériter de la couronne de Neustrie.

Soupe de volaille onctueuse enrichie de galettes de blé lui serait servie ainsi qu'à son entourage en guise d'entrée et, comme on la disait friande d'oiseaux sauvages plus que de sanglier ou de cerf, on ferait bouillir pour elle, puis rôtir à la broche, chapelets de bécasses grises, de gélines, de perdrix, piégées pour la circonstance au filet, le long des bords de la Coëvre, par les tenanciers des manses de la vallée, les capturant sur l'ordre du père cellérier. Car ce n'était pas la coutume de le faire, d'ordinaire, au printemps mais de les laisser, au contraire, se reproduire en paix. Œufs pochés servis sur du pain tranché préalablement grillé puis plongé dans l'huile chaude; ragoût d'omble, de brochet cuit à l'étouffée dans des terrines à couvercle sur un lit de noisettes nageant dans du lait; tendre fromage blanc assaisonné au cumin, à la menthe, à la sauge des prés. Gaufres miellées. Crêpes fourrées à la crème et aux raisins secs; vin blanc de Loire adouci de sirop de cassis, de mûre, de groseille. Et l'on tremblait que quelque caprice ne lui vînt d'exiger un breuvage, une pièce de venaison, un assaisonnement aux aromates qu'on n'aurait pas sous la main.

Que son matelas de duvet d'oie, ceux de ses fils qu'elle gâtait immodérément ne lui parussent pas assez moelleux.

Ne pas lui déplaire surtout, ne pas lui déplaire! D'autant que le bruit courait qu'elle s'était mis en tête de faire augmenter l'assiette et le taux des impôts restés inchangés en Neustrie depuis Clothaire. Qu'elle incitait Chilpéric à mettre sur pied un recensement général des biens immobiliers ecclésiastiques aussi bien que laïcs de tous les propriétaires fonciers du territoire neustrien. D'instaurer, sur le rapport présumé de leurs champs, bois et rivières, de leurs maisons, de leurs esclaves, de nouvelles taxes, la plus élevée grevant les terroirs de vignoble. Une particulièrement bonne affaire pour elle quand, recouvrées les villes d'Aquitaine de l'ancien douaire de Galeswinthe, il deviendrait définitivement le sien. Et l'on répétait avec effroi que la redevance irait jusqu'à la moitié d'un muid de vin par demi-arpent. Ce qui serait non seulement la ruine des pauvres vignerons libres, mais celle des gros propriétaires.

Qu'elle quittât ces lieux mécontente de l'accueil qui lui aurait été réservé, elle ferait donner des ordres pour que l'abbaye, lors du recensement, fût littéralement rançonnée. Qu'on ne lui fît pas grâce, pour le calcul de la redevance au fisc royal, du moindre bonnier de sol stérile, du moindre bout de ruisseau à rouir le chanvre, du moindre vivier, du plus vieil esclave, fût-il, parce que impotent, devenu à charge au monastère.

On parlait déjà, pour effectuer le recensement des personnes et des biens, du référendaire Marcus, réputé pour l'intérêt qu'il portait au collectage de l'impôt et pour son zèle à en prélever quelque chose pour lui-même. La calamité, ce Gaulois, inféodé à Chilpéric! Amenant partout où il allait ses rôles de cadastre pour les confronter aux réalités sur le terrain à coups d'investigations tatillonnes. Une mise au jour des fortunes mobilières et immobilières des Gallo-Romains de souche devenus pour la dynastie mérovingienne autant de vaches à lait, dont on ne savait que trop qu'elle mènerait à un alourdissement du tribut poussé à la limite de l'insupportable.

Gundri, peu avant le coucher du soleil, était en train d'ouvrir à la pelle carrée de bois des sillons réguliers et peu profonds en vue du marcottage de la vigne exposée plein sud, à l'extrémité du verger-cimetière situé hors clôture, entre les bâtiments de l'hôtellerie et ceux du gynécée, un bel espace en pente légère, d'environ quatre bonniers, réservé aux arbres et aux buissons à fruits, ombrageant en été les tombes du peuple de la villa, l'éparpillement de leurs tumulus gazonnés encadrés de gros cailloux, quand Frédégonde arriva.

Tenu en grande partie à l'écart de l'agitation aux écuries et aux cuisines, du branle-bas du transport des paillasses pour les hommes de garde, pour les servantes, des escabeaux permettant de fixer à bonne hauteur les tentures tapissant les cloisons, de la pêche au filet dans les viviers, par sa besogne de vassal-jardinier (les calendes de mars étaient passées et si l'on voulait procéder à la multiplication des plants de vigne, à l'enfouissement d'une de leurs tiges aériennes pour en provoquer l'enracinement, il fallait absolument s'y activer avant la montée des sèves), le frère Eugénius et les deux gamins trouvés lui servant habituellement d'aides, étant, tous trois, de corvée aux meules et à la boulangerie, il se trouvait seul, quand il entendit, de loin, venir le convoi.

Pourquoi, au grincement de brabants et d'essieux des chars pleins à craquer, au grognement de bête ligneuse de leurs roues en travail, aux claquements des fouets au-dessus des têtes des chevaux fourbus, aux jurons gaulois ou teutons des hommes de peine, excédés par la fatigue et par la faim, tout cela somme toute qu'il connaissait bien, pour l'avoir dix fois, vingt fois vu, entendu, en assistant au départ ou au retour de ces convois saisonniers assurant la liaison économique et spirituelle entre l'abbaye et ces maisons filles qu'encadraient les hommes de l'ost et auxquels Eberhardt son père prenait souvent part, son sang s'était-il brusquement glacé? Pourtant il était bien ici. Face au sud, à la frontière méridionale des pays aulerces-diablinthes, tenant lieu de marches à ceux d'outre-Loire, à ces terroirs liguriens et pictons où il n'était jamais allé. Déroulant devant lui, du grand verger-cimetière en terrasse qu'il surplombait en marcottant, des vagues de végétations brumeuses, délicatement violacées, éclaboussées de flaques de cuivre en fusion à cause de l'éclatement vespéral du soleil au-dessus d'elles. Tant de vastitude s'offrant à lui. L'appelant à venir le rejoindre. Se donnant à lui par avance sans souci de son humble condition. Se laissant posséder par lui et, par le regard, comme si tout son corps, son sang, son désir, concentrés dans ses yeux avaient pu véritablement l'embrasser.

Plus loin encore, il y avait l'Aquitaine. Aux terres chaudes. Aux vignobles de raisins noirs et sucrés. Le contraire de ceux d'ici, transparents et d'un vert glacé, moucheté de taches de lumière pâles. Presque aussi acides au goût que prunelle sauvage. Chaque grain, opaque et rond, ferme sous la main, pareil à cette boule de cristal de roche immobilisée entre deux croisillons de bronze, que les hommes de sa famille se transmettaient de génération en génération. La portant plus ou moins secrètement sous leur chemise de chanvre de laboureurs, de soldats d'occasion. La transmettant, à la fin de leur vie, à leur fils aîné en souvenir de celui qui avait été ici, au mont Coêvre, leur ancêtre tudesque. Heinrich la Jambe Morte, dit aussi le Rouquin.

Oui, l'Aquitaine, la fameuse Aquitaine. Sujet d'âpres litiges depuis près de vingt ans entre Austrasie et Neustrie. Du moins ses plus grosses cités avec leurs terroirs environnants. Devenues, après qu'une reine de Neustrie de sang goth les eut éphémèrement possédées, de la part de celle qui l'avait fait mourir par strangulation, et qui, ce soir, arrivait ici en reine, objet de convoitise effrénée.

Car enfin, s'était plus d'une fois demandé Gundri, et avec lui Arnulph le moine charpentier, comment donc pouvaient bien être ces villes tant disputées entre frères ennemis couronnés, entre reines les poussant à trahir leur foi jurée? À se les voler? À ne reculer devant aucun crime pour s'en rendre maître? Oui, comment donc étaient Limoges et Tours, et Cahors et Bordeaux, Angoulême et Bigorre, et surtout Poitiers?

Poitiers, la ville prestigieuse, la ville clef! Devenue, peu de temps avant que l'un et l'autre naissent, le lieu d'asile et de rayonnement spirituel de la femme dont on disait, à l'inverse de Frédégonde, la plus délicate de goût et de mœurs, la plus civilisée de l'ancienne Gaule? De Radegonde, princesse saxonne, fille de Berther, roi de Thuringe, battu et taillé en pièces avec ses meilleurs leudes et son armée sur les rives de l'Unstrudt par Théodoric et Clothaire 1er dont, encore enfant, elle avait fait partie avec son jeune frère, du butin de guerre?

Extraordinaire destinée que la sienne. Exaltée, célébrée dans les complaintes chantées, les soirs d'été, au mont Coëvre par l'épouse pictonne de Maravic, le nouveau forgeron ligurien.

On est en 529. L'homme qui vient de la rendre orpheline, a droit désormais de vie et de mort sur elle, et, selon qu'il l'a commandé, la regarde venir vers lui, s'agenouiller en posture de captive, de suppliante, n'est pas un tendre. Promu, par partage, roi de Soissons en 511, à la mort de son père Chlodowig 1er, il n'a guère cessé, depuis, de travailler à l'agrandissement de ses domaines par la violence et par la ruse. De mèche avec Childebert son frère, roi de Neustrie, il a tué deux de ses neveux de ses propres mains. Il n'est du tout à un meurtre près. Encore moins celui d'un enfant. Justement, celle-ci, prosternée devant lui, dans le silence et dans les larmes, qui fait avec son cadet, partie du lot qui lui revient, avec les chevaux, les armes, les esclaves, les pièces orfévrées, n'a que huit ans. L'âge d'être occise. Passée par le glaive. Rayée de la carte. Ne fût-ce que pour en finir avec cette dynastie thuringienne ayant eu la prétention de faire des siennes aux frontières des royaumes francs.

Or, quelque chose se passe, d'extraordinaire, d'inattendu, ce jour-là, dans le cœur de Clothaire le cynique, l'homme de convoitise et de stupre. Le roi paillard, aux concubines volontiers recrutées parmi les filles de ses artisans, de ses ruraux (et d'elles on n'aura jamais pu tenir le compte), de ce monarque bigame couchant en même temps avec les deux sœurs, Ingonde et Arnegonde qui, affublées du titre de reine, devront s'accommoder de partager ses bonnes grâces, en se relayant dans son lit.

Devant lui, il a la petite Radegonde, ses huit ans. Si délicate, gracieuse de visage, d'allure, de maintien jusque dans la désespérance (car un monde vient de s'effondrer autour d'elle, dans la dévastation et dans le sang) et c'est pour lui, le coup de foudre.

Que cette fillette, à lui livrée, et qui est comme un oiseau captif entre ses gantelets de fer, dont les promesses de joliesse déjà inscrites sur elle, des pieds à la tête, la rendent désirable par avance comme un bel animal, une jeune et splendide jument immaculée et mythique qu'on chevauche, à laquelle on parle en même temps et qui vous comprend, atteigne l'âge nubile, il en fera une reine. Sa reine. Et puisqu'elle est princesse de sang et qu'on la dit naturellement douée non seulement pour les travaux d'aiguille mais pour les études, voilà qui tombe bien.

Ramenée de Thuringe et élevée sur ses ordres avec soin en son domaine royal d'Aties sur les bords de la Somme, il attendra ses dix-sept ans pour la faire sienne. Mais pendant ces huit ans où, noblement traitée, nourrie, habillée, on lui aura, suivant en cela la tradition des riches Gallo-Romains d'avant la chute des Césars, fait joindre à l'étude des lettres gréco-latines, de l'Écriture et de la vie des saints, celle des poètes profanes, rien n'aura réussi à la guérir des scènes de barbarie ayant assombri son enfance; de la nostalgie des siens et du même coup de sa répugnance pour Clothaire.

Conduite à lui après qu'elle a tenté de fuir pour échapper au mariage, il l'épouse à Soissons en 538, contre son gré. Elle le subit sans l'aimer. N'importe! Il la trouve toujours aussi belle, aussi sensuellement à son goût, et puisqu'il a bien fallu qu'elle lui cède, que consentante ou non, elle se laisse prendre, pour prix de cette virginité à lui sacrifiée, histoire de se conduire avec elle en grand seigneur, peut-être aussi dans l'espoir de la toucher, elle recevra de lui, en don du matin, cette maison royale d'Aties à laquelle il semblait qu'elle ait, dans son exil, fini par s'attacher. Tant est, qu'au-delà des droits absolus qu'il a sur elle, il a désir, sinon de lui plaire mais de la voir parfois lui sourire, l'approuver. Se laisser posséder par lui, sans dégoût.

L'affaire entre eux, le malentendu constant, insurmontable, durera dix ans.

Et c'est ce que chante Euphrasia la Pictonne quand les nuits sont chaudes au mont Coëvre. Qu'à cause de la pleine lune, elles deviennent veloutées et claires comme rivière de lait au-dessus des têtes et qu'on voudrait qu'il vous pousse des ailes pour s'élever à leur hauteur et y boire.

Maintenant dit la chanson, à l'heure qu'il est, Radegonde a des cheveux blancs et les jours de la vie qu'elle mène à Poitiers dans le couvent des femmes qu'elle a fondé sont des jours retirés et pieux. Des jours comptés aussi, car elle a passé soixante ans. Consacrés non seulement aux travaux domestiques par humilité toute chrétienne et à la prière, mais aux joies délicates de la poésie et de l'amitié avec Agnès, sa jeune compagne de prédilection et le poète Venantius Fortunatus fixé en cette ville et qu'elle comble de biens et d'attentions.

Bien avant, il y eut ce qui fut l'enfer pour elle. Ces années de vie conjugale partagée avec un homme l'ayant faite reine de Neustrie mais dont tout l'éloignait : le goût des banquets bruyants, de leurs libations interminables, des plaisanteries jovialement obscènes, au sujet des femmes, des clercs lettrés, des hommes d'Église. Celui des chasses comme à la guerre, par amour de la tuerie. Après lui avoir massacré la plupart des gens de sa famille, lui ayant fait donner, paradoxalement, une éducation de patricienne latine. Histoire de se piquer, au-delà de sa beauté, aux yeux du monde et des siens, de posséder en elle, la perle de Thuringe, faite neustrienne. À condition bien sûr (mais justement il n'obtiendrait jamais cela d'elle), qu'entrant dans son jeu orgueilleux et sensuel, il ne s'agît chez elle que d'un vernis flatteur et, qu'à la vérité, elle s'accommodât de ses beuveries, fût la complice de ses manières violentes et vulgaires de roi et de mari barbare, s'emparant de son corps, labourant son ventre quoi qu'elle en ait.

Servant de point de repère, de pivot, au déroulement des strophes, dévidant le chapelet des péripéties de l'histoire de Radegonde, qu'Euphrasia modifie, soir après soir, selon son besoin d'invention ou les altérations de sa mémoire, pour dépeindre l'incompatibilité d'humeur entre Clothaire et son épouse thuringienne, revient toujours, inchangé, immuable, repris sur un ton de mélopée nasillarde, presque de pleureuse, par les fileuses du gynécée, venues l'écouter, le refrain consistant en ceci :

« Et presque chaque nuit, quand son seigneur l'a possédée, la reine quitte le lit royal, s'en va s'étendre à même le sol sur une simple paillasse de nonne ou de servante et elle prie. Et ce n'est que lorsque le froid l'a saisie qu'elle se résigne à revenir vers celui que son cœur ne parvient point à chérir. »

Suit l'affreux épisode de l'exécution, sur les ordres du roi, du frère de Radegonde, gardé en otage jusque-là, à Soissons. Le jeune prince a vingt ans à peu près. Il s'est laissé aller, dit-on, à prononcer sur son exil des paroles amères, à déplorer l'iniquité de son sort, à crier à la spoliation. On l'a soupçonné d'entretenir avec un sien cousin, fils d'un de ses oncles, ayant trouvé refuge à Byzance après la chute de Berther, une correspondance secrète visant à fomenter en Thuringe, par l'intermédiaire d'espions patentés, des marchands phéniciens et juifs, une révolte, lui permettant de remonter sur le trône.

Voilà qui a signé son arrêt de mort. Et, pour le reste, Clothaire de déclarer à l'épouse horrifiée, à la sœur de celui qu'il vient de faire occire au nom de ce qu'il estime la raison d'État, qu'elle a mauvaise grâce à venir s'en plaindre à lui. Au demeurant qu'elle prenne le deuil si cela lui paraît convenable. Il veut bien lui concéder le droit aux larmes, comme il continue à lui concéder tant de choses qui l'insupportent : sa dévotion qui fait d'elle, au lit, une nonne plus qu'une épouse, le peu d'enthousiasme qu'elle manifeste à manger à table, chasser, voyager de villa en villa avec lui et s'il lui faut des consolations religieuses pour se remettre de la disparition d'un traître à son propre époux, car enfin jusqu'ici par égard pour elle, il avait été le bienfaiteur de Rothram, qu'elle se rende donc auprès de l'évêque de Noyon, comme elle l'en supplie! Un saint, paraît-il, un saint, ce Médard! Ah les saints! Quels empêcheurs de danser en rond! Quels marchands de scrupules encombrants! Quels débiteurs de fadaises chrétiennes! De théories extravagantes sur le principe d'un Dieu unique en trois personnes. Un bataillon de mitrés toujours occupés à investir la conscience des femmes comme elle. À s'insinuer, par leur intermédiaire dans celle de leur mari. Oui, qu'elle priât, jeûnât, se couvrît la tête de cendres, là-bas à Noyon autant qu'elle le voudrait. Qu'elle y fît dire des messes pour le repos de l'âme de ce frère qu'elle refusait de tenir pour coupable de menées subversives contre la Neustrie. Non seulement il n'y voyait aucun inconvénient mais il le souhaitait. Il lui donnait volontiers congé pour un temps! De sorte qu'ayant fait son plein de macérations, de conversations édifiantes avec l'évêque Médard, ses diacres, ses sous-diacres et tout son ban et arrière-ban de tonsurés, elle lui revînt d'humeur plus égale et capable de se laisser approcher par lui sans être secouée de sanglots.

Sous la garde d'une compagnie de seigneurs francs en armes, avec quelques chariots de mobilier, de vaisselle, de provisions et d'habits, avec ses servantes, Radegonde s'en va.

Quand elle quitte Soissons, Clothaire 1er, fils puîné de Chlodowig le Salien et de Clothilde la Burgonde, l'homme à la tête d'une manière de harem qu'il ne fera qu'élargir, diversifier jusqu'à sa mort en 561, l'homme d'avidité et de sang (il fera brûler vif, avec son épouse et ses enfants, l'un de ses bâtards dont le comportement lui a déplu) ne sait pas qu'il ne la reverra jamais. Qu'elle est perdue pour lui. Que, décidée à se faire nonne pour rompre avec lui, elle préfère qu'il la tue ou la fasse tuer que de lui revenir.

Entrée sous bonne escorte dans la basilique de Noyon où Médard officie, devant toutes les personnes présentes, devant les feudataires de son mari qui ont reçu mission d'assurer sa protection, de la surveiller, aussi de la lui ramener, après un temps de retraite et de deuil qu'il lui a consenti comme on consent à un enfant trop sensible, trop émotif, la permission d'enterrer avec des prières son petit chien, sa colombe favorite, sa biche, son écureuil apprivoisé, Radegonde, reine de Neustrie, exprimant à voix haute sa volonté de retranchement, de rupture totale avec le monde laïc, demande à l'évêque de la faire diaconesse, de la consacrer au Seigneur, par l'imposition des mains.

Coup de théâtre en pleine messe, stupeur et scandale. Dans la basilique c'est le désordre.

Ici, la voix d'Euphrasia enfle, s'élargit, déploie une amplitude solennelle et grave, presque virile pour dépeindre la scène. Cette voix qu'elle va chercher on ne sait où, des profondeurs de l'être, du lieu de léthargie obscure où elle se terrait, qu'elle hisse pour la faire jaillir, comme de l'eau du fond d'un puits, hors de la margelle de sa bouche édentée, pour qu'elle prenne forme, libre cours et son, au contact de l'air et de la lumière, se met alors à claquer à la façon d'une voilure de nef fendant l'eau, toutes toiles ouvertes!

C'est que les événements se précipitent, se bousculent, que les personnages s'affrontent, se défient. Que chacun tente d'agir à la seconde près, pour emporter la mise.

Malgré la ferveur de sa foi, son intrépidité de caractère, Médard hésite. D'autant que les menaces des Francs en armes fusent autour de lui : Ne t'avise pas de donner le voile à une femme unie au roi. Garde-toi de cela, prêtre.

Que les plus furieux, mettant la main sur lui, lui font descendre de force les degrés de l'autel pour l'entourer dans la nef de leur cercle hostile de guerriers, tandis que la reine, effrayée par l'ampleur du tumulte qu'elle suscite, qui transforme l'église en lieu d'affrontement, se réfugie avec ses dames et ses servantes dans la sacristie. Cependant elle voit bien qu'elle est allée si loin qu'il ne lui reste plus qu'à jouer son va-tout. Elle réapparaît dans le chœur, une robe de nonne qu'elle a fait chercher en grande hâte dans son bagage, enfilée par-dessus ses habits de reine.

De nouveau c'est la stupeur. L'incertitude aussi dans les esprits et dans les cœurs. L'ébranlement. Car la voix de celle qui, tout à l'heure, encore resplendissante de ses vingt-trois ans de jeune femme, royalement vêtue et parée, méconnaissable sous la chasuble de postulante à la vie recluse, s'avance à nouveau vers Médard qu'on a laissé reprendre place sur son siège épiscopal, a le ton impérieux et ferme des illuminés, acceptant par avance la persécution, voire le martyre.

Pour la seconde fois, Radegonde de Neustrie réclame, au nom du salut de son âme, le droit à l'existence retirée dans un couvent, au renoncement aux plaisirs et honneurs du monde, aux liens charnels du mariage. Et même, prosternée devant Médard, elle ose lui rappeler que si, craignant davantage les hommes que Dieu, il lui refuse la consécration immédiate, il en devra répondre après sa mort, lors de son propre jugement.

Tant de fermeté retrouvée, de conviction de la part d'une femme sans défense, dont on peut se saisir à deux ou trois, la soulever de terre, la traîner hors de la basilique, la faire remonter de force dans son char de voyage de reine en rupture de ban et la reconduire à son mari pour qu'il décide de son sort, la tue ou la batte à mort, l'emprisonne; tant d'audace juvénile, véhémente, désespérée, balaie les hésitations de l'évêque, l'incite à courir tous les risques, trouble assez la conscience des Tudesques présents pour le laisser, sans le mettre à mal, consacrer Radegonde diaconesse par l'imposition des mains, les empêchera d'exercer sur elle, une contrainte par corps l'obligeant à rentrer à Soissons. Car ne l'a-t-on pas vue, à peine libérée de ses obligations temporelles d'épouse et vouée à la chasteté religieuse, couvrir l'autel de ses bijoux et déclarer que ce sont là, les biens des pauvres?

Passion primitive mais passion, attachement brutal mais sincère allant, au-delà de sa fureur, quand il a connaissance des événements de Noyon, jusqu'au souci chez Clothaire, de réussir par la persuasion à ramener à lui, une femme qu'il ne comprend pas, qui dérange en lui toutes les habitudes du monarque barbare, du chef de bande couronné, qui mène désormais dans la crainte qu'il ne la fasse mourir, l'existence inquiète des proscrits, à l'ombre des basiliques, celle de Noyon d'abord, puis celles d'Orléans et de Tours qu'elle gagne de nuit par bateau, pour finir celle de Saint-Hilaire à Poitiers sous la protection d'une Église ayant reçu privilège de pouvoir exercer un droit d'asile dans les limites restreintes de ses logis, de ses hôtelleries, commence entre Radegonde et lui, par messagers interposés ou par lettres, une multitude de tractations qui dureront onze ans. Assorties de menaces de la part du roi de venir l'enlever lui-même si elle persévère dans son refus de ne jamais lui revenir; de requêtes, tantôt suppliantes, tantôt fières, de sa part à elle, lui rappelant qu'elle est de sang princier, qu'il a fait son malheur en lui tuant les siens, qu'il lui doit, en réparation, la liberté de se reprendre, de mener, loin de lui, une existence non point vouée à un autre homme, ce qui le déshonorerait, mais à Dieu (et elle s'engage alors à prier pour lui), elles défraieront la chronique, exalteront les imaginations, susciteront auprès de Clothaire de la part des évêques Grégoire de Tours et Pientius de Poitiers des interventions auxquelles, moitié par opportunisme politique, moitié par réelle peur de l'enfer, de guerre lasse, en 551, il finira par se rallier. Allant même, à croire que la fille de Berther de Thuringe a réussi finalement à lui en imposer, outre à lui consentir le droit de fonder à Poitiers un couvent de femmes, jusqu'à lui rendre sa dot en hardes et bijoux ainsi que la jouissance des revenus de la villa d'Aties qu'elle avait reçue de lui en don du matin.

Euphrasia qui est née à Poitiers d'un père carroyeur et d'une mère brodeuse de dalmatiques (et il faut voir l'art qu'elle tient de cette dernière d'orner celles du seigneur abbé de croix potencées ou tréflées, aussi, d'agneaux accroupis au centre d'une couronne de feuilles de vigne ou d'épines) quand la complainte est finie, n'a pas de mots pour dépeindre les austères splendeurs du monastère construit par Radegonde pour lui servir de pieuse retraite sur le promontoire de roc dominant la rivière coulant au pied de la cité. Sur la majesté de son enceinte d'énormes palis enchâssés côte à côte dans l'épaisseur d'un soubassement pierreux, confortée aux angles par des tours carrées de bois, se rejoignant par des galeries. Sur l'extraordinaire situation de ce couvent de femmes qui, dominant la ville d'un côté, de l'autre le Poitou et l'Angoumois a, vu de loin, des allures d'ouvrage militaire, alors qu'il abrite, derrière son enclos, les élégances toutes méditerranéennes d'un bel édifice patricien construit à la romaine, avec ses appartements de nonnes donnant sur un atrium, ses jardins à vasques, ses promenades couvertes pour la méditation, la lecture du missel, des Livres saints. Avec les mosaïques de son oratoire, de son baptistère. Avec ses murs tapissés de lin blanc ou pourpre, d'oriflammes brodées de croix, de patènes, de roses en bouton, d'épis de blé, de couples de serpents, d'aigles se faisant vis-à-vis et se mordant la queue, ou peints à fresque, de christs en majesté entourés d'anges. Avec, trapues et lisses comme troncs de châtaigniers, taillées dans la pierre du pays et peintes d'anges, soutenant son abside, les colonnes à chapiteaux figurant toutes sortes de monstres animaux ou humains affrontés les uns aux autres sur fond de palmes ou d'acanthes. Et puis encore, augmentant l'importance du chevet de l'édifice, sa profondeur de cul-de-four, le large hémicycle, compartimenté et bas, d'une série d'absidioles multipliant les possibilités de circulation, aussi de stationnement, tout au long de la prière. Celle qui se doit de jaillir des lèvres avec le lever du jour du côté de l'est, de le confondre avec l'apparition flamboyante d'une croix. D'intercéder pour le monde d'hier, celui de ce jourd'hui, avec ses terreurs renouvelées; celui de demain dont on ne voit pas pourquoi il pourrait pour de bon changer de visage.

« Alors Seigneur, sauvez-nous. Oui c'est cela, sauvez-nous. Des autres. De nous-mêmes. Une fois de plus, un jour de plus, inlassablement, offrez votre chair, votre sang, le nôtre, avec le vôtre, pour que la mort meure enfin avec nous. Avec vous. »

Et c'est pourquoi, déclare Euphrasia qui est dévote parce que fille de brodeuse et brodeuse elle-même de tuniques sacrées, il n'y a rien de plus beau en Neustrie que le monastère de femmes de Poitiers. Où Radegonde interdite de vin et de viande comme le veut la règle, reçoit, dit-on, avec tant de grâce à dîner ou souper les hôtes distingués de passage, les régale de pâtisseries fines de fruits, de légumes frais de saison, discourant non seulement avec eux des choses d'en-haut mais se tenant au courant des affaires d'ici-bas, car Clothaire, le mari éconduit, mort après cinquante ans de règne, en forçant le cerf, a laissé quatre fils qui l'ont jusqu'ici ménagée, elle, son état de recluse de sang royal. Qu'elle doit, de son côté, ménager.

Oui, comment donc étaient Soissons et Metz et Tournai et Paris, Tours et Poitiers et dans leur sillage toutes les autres cités, grandes ou petites de ce Languedoc pour lequel le sang des hommes s'était remis à couler? Et comment, s'interrogeait Gundri, en regardant mourir au loin sur les plaines du Sud les derniers tisons du soleil, alors qu'ailleurs d'autres étaient violentées, sinon tuées, sans qu'on leur dût la moindre réparation, étaient donc ces femmes, heureuses ou malheureuses dont les noms volaient sur toutes les bouches? Dont le sacrifice de leur virginité la nuit de leurs noces leur avait valu d'immenses domaines, parfois des provinces entières? Oui, qu'est-ce qui faisait que belles ou laides, ardentes ou non d'esprit et de corps, fécondes ou stériles, nobles de cœur ou monstrueuses, aimées longtemps ou non de celui qui les avait possédées, leur abandon, du moins sur le moment, avait été d'un si grand prix? Brunehilde d'Austrasie, Radegonde de Thuringe, Audowere, Galeswinthe et celle qui, ce soir, dans le fracas des chariots et le halètement des bêtes de somme, le trépidement du sol sous leur poids, la bousculade des cailloux, le ululement des cornes annonçant sa venue, au zénith de sa redoutable gloire de concubine royale en titre, arrivait?

8.

Au lendemain matin de son installation en l'abbaye du mont Coêvre, alors que Gundri continuait d'œuvrer au marcottage de la vigne, que faute de temps aux cuisines pour la préparation de nourriture chaude pour les gens du commun, il n'avait reçu pour sa journée qu'une livre de pain tranché, du fromage sec et des noix, elle vint à passer par le cimetière-verger conduisant au gynécée des fileuses qu'elle avait déclaré vouloir visiter.

On était en milieu de matinée et, depuis la huitième heure, d'extraordinaires odeurs de viandes épicées et rôties montaient jusqu'à lui. Il en avait la tête tournée et la salive à la bouche. Jamais il n'avait soupçonné qu'on pût accommoder marcassin, lièvre, poisson, volaille avec une telle abondance d'aromates, de sauces farineuses fouettées d'ail pilé, de jaune d'œuf, de crème fraîche miellée, ainsi que le lui avait expliqué, en roulant des yeux, Enius l'enfant trouvé, venu en grande hâte lui apporter sa nourriture avant que de s'en retourner actionner la meule à la boulangerie et, comme depuis trois jours, personne, des palefreniers aux hommes de l'ost, des femmes accaparées par l'égorgement des poulardes aux oblats, n'avait eu le temps de lui parler, il se sentait étrangement démuni et seul, avec ses pensées. Seul avec cette peur, ce malaise diffus qui, s'emparant de lui, la veille au soir, à l'approche du convoi de Frédégonde de Neustrie ne l'avait plus quitté. Comme si, pauvre garçon fils de laboureur récemment affranchi, perdu dans l'anonymat de ses pareils, il avait eu plus qu'un autre à craindre quelque chose d'elle. Pour peu que, se tenant une fois sur son passage, il l'irritât, sans le vouloir, en ne s'écartant pas assez vite de son chemin de reine, de manière à se faire totalement oublier quand elle passerait, ou qu'au contraire, attendant de lui ce qu'elle attendait de tous les gens de basse condition qu'elle croisait, fortuitement ou non, elle estimât qu'il ne s'était pas agenouillé assez vite à son approche. La privant des satisfactions d'orgueil qu'elle s'estimait, en tous lieux et circonstances, être en droit d'attendre depuis qu'elle avait réussi, elle-même, à sortir du rang des servantes. Aussi l'avait-il regardée venir dans sa direction avec une grande terreur!

Car enfin, tout disait que c'était elle : la magnificence de ses habits, de ses parures, cet air de liberté hautaine qu'elle affichait sur son visage et dans chacun de ses mouvements entre les deux femmes qui, se tenant légèrement en retrait, l'escortaient, et la présence aussi de deux gardes du corps. Des hommes visiblement de haut lignage, tête nue, cheveux flottants, en simple tunique courte de laine bourrue de guerriers au repos, mais ayant conservé à la ceinture leur scramasax par-devers eux. Et cette façon qu'elle avait, en jaugeant tout sur son passage : l'état des arbres fruitiers, celui des greffes, des terres fraîchement retournées en vue des semis, la disposition des tombes des manceps, des mancipias sous les pommiers, les néfliers, de se faire, au nombre des morts, une idée de celui des vivants constituant par leur travail, la vraie richesse de l'abbaye et par conséquent la sienne.

Dagobert, son plus jeune fils, un enfant de cinq ans à peu près, virevoltait autour d'elle, en émettant comme aiment à le faire les enfants de cet âge, toutes sortes de sons gutturaux ou stridents, de cris plus ou moins distincts, s'apparentant à celui des freux aux ailes huileuses de bolides noirs passant au-dessus de sa tête, aux grognements des molosses de la meute de Chilpéric son père, à ceux de son marcassin apprivoisé, une solide petite bête couinante, à museau rageur, yeux vifs, intelligents de rongeur, qui le suivait comme un chien et qu'il faisait transporter partout avec lui en une cage d'osier placée à ses pieds dans son chariot de voyage. Le gavant de graines séchées de potiron ou de courge, de noisettes, de glands dont il avait toujours une provision dans un sachet en peau de rat musqué suspendu à la rouelle d'argent de sa ceinture de cuir où se trouvait aussi accrochée, une clochette de bronze qu'il aimait à faire retentir, par moments, pour charmer son oreille, quand il s'ennuyait, appeler sa serve nourrice occupée dans la pièce voisine à lui préparer quelque douceur pour qu'elle vînt jouer avec lui ou lui chanter quelque chose, et puis encore son couteau à manche d'os gravé à son nom, avec lequel il taillait et écorçait des branchettes, construisait des palissades minuscules pour y emprisonner, à l'intérieur, des escargots, des criquets, des hérissons car il avait le goût de tenir captif plus faible que lui, en tirait volupté. Pour l'heure, il vagabondait autour des tombes, se faisant un jeu d'essayer de sauter par-dessus leur tertre herbeux. S'amusant le plus souvent à les piétiner sans que sa mère crût bon de se donner la moindre peine pour l'inciter plutôt à les contourner. Armé constamment d'un arc et d'un carquois à fléchettes taillés à sa mesure, il avait semé l'épouvante chez les oies du monastère, réussissant même à en blesser une au flanc et déclarant avec fierté qu'il voulait qu'on la lui servît tantôt bellement rôtie pour son souper de prince et celui de ses deux soldats-valets auxquels il abandonnerait les restes et Frédégonde avait beaucoup ri, lui conseillant, la prochaine fois, de s'essayer à mieux viser de sorte qu'il en tuât deux et pût l'inviter à sa table au lieu qu'elle l'invitât à la sienne.

C'était un assez joli enfant, mâtiné de conquérant tudesque, de grand chef de bande couronné et de servante ambitieuse, parvenue par le meurtre et la luxure au faîte de la réussite. Bien développé de corps pour ses cinq ans, clair de peau et de poil, les cheveux souplement rassemblés à hauteur de nuque par une petite natte à la mode fransalienne signalant déjà, à tous, l'importance de son rang. Le visage était rond, fruité, encore proche de l'aspect lunaire du nourrisson, mais, déjà, les yeux, leur luisance minérale d'agate sous les paupières asiates avaient la fixité reptilienne de ceux de sa mère. À l'instar de son aîné, Frédégonde idolâtrait ce fils cadet ayant consolidé par sa naissance ses chances de rester reine adulée, agissante, pourvue de grands biens, héritière par-dessus le marché des villes du Languedoc ayant appartenu à une princesse qu'elle avait fait étrangler. Que son dernier beau-fils mourût à son tour, qu'elle réussît à l'empêtrer dans quelque mauvaise affaire dressant contre lui son père, alors enfin, elle pourrait souffler. Que Chilpéric mourût avant elle, elle n'en serait pas réduite pour autant à l'effacement. Chlodowig et Dagobert régnant sur la Neustrie qu'ils se partageraient selon la loi salique, elle continuerait à les dresser contre leur cousin, le roi d'Austrasie, l'enfant de Brunehilde. La chance aidant, un jour on finirait par entrer dans Metz. Par s'emparer de la mère et du fils. L'un et l'autre périraient. Elle s'y connaissait en tribunaux expéditifs, en faux témoignages, en accusations mensongères comme personne et puis Dieu savait, ou plutôt le diable, quels aveux on pouvait arracher aux suppliciés sous les tortures. Deux fils! Une garantie de richesse et d'impunité qui la ferait mourir de sa belle mort dans la peau d'une reine et non point sous le voile de nonne des épouses répudiées, des femmes vaincues par le sort. À cinq ans, tout comme son aîné, Dagobert, quand on l'emmenait en voyage pour se rendre de Braîne à Soissons, à Paris, Rouen, Orléans (cette fois on le dirigeait vers Tours et Poitiers avec sa mère) était suivi par ses propres chariots de prince, bourrés à craquer de ce qui, en mobilier, bijoux, ballots d'étoffes précieuses, sacs d'argent et d'or constituait déjà son trésor personnel que Frédégonde ne cessait de grossir. Soit qu'elle prélevât pour lui quelque chose du sien ou le fît bénéficier avec son frère d'une part des cadeaux forcés qu'il fallait bien que ses villes, quand elle les visitait en maîtresse des lieux, lui offrissent, sans compter hospitalité somptueuse et victuailles.

En tunique courte de draperie douillette doublée de peau de lynx, ses jolies braies resserrées dans des bandes molletières de fine laine rouge, chaussé de bottillons de daim souple à lacets, le cou et les poignets ornés de torques d'or ouvrées, la façon dont il avait été élevé l'ayant persuadé, à peine avait-il su marcher, que le monde lui appartenait, c'était un enfant à la fois plein de vivacité et de morgue, accoutumé à se faire les griffes sur ceux qui lui appartenaient. Ainsi de sa nourrice qui devait endurer, alors qu'elle lui tenait le pot de chambre, matin et soir, afin qu'il pissât, que redressant sa petite verge dont il était très fier, il lui en lâchât un jet à la figure et elle était priée d'en rire et même d'en redemander.

Pour l'heure, il bouffonnait dans le verger-cimetière. S'y amusant de tout. Enfourchant les minces croix basses des tombes des enfants trouvés, des oblats, comme s'il se fût agi d'ânons, de poneys. Arrachant aux pommiers, aux cerisiers des bourgeons quand ils étaient à sa portée. Se faisant une canne, une massue avec leurs basses branches qu'il faisait alors tournoyer à la façon d'une francisque. La lançant au hasard, au risque d'éborgner tout le monde.

Bientôt il mourrait. Avec lui, son frère aîné. La peste les empoignerait. Leur creusant à l'aine une plaie étroite en forme d'orvet, lové là. Y distillant son venin, une dizaine de jours durant, jusqu'à ce que mort s'ensuive.

Chilpéric atteint lui aussi par le mal y survivrait, mais les deux fils qui lui étaient nés de Frédégonde, non. Ni les breuvages composés de sucs choisis sur les conseils des médecins juifs ou grecs, appliquant les recettes utilisées à Constantinople, lors des épidémies ayant ravagé le Bosphore, ni les traitements tirés des livres de la tradition antique, ceux du *De arte medica* de Celse, ou de Marcellus, faisant alors autorité, cent fois retranscrits de par la diligence des clercs, n'y feraient. Les applications de cataplasmes de cantharides, l'absorption de lombrics pilés, mêlés à des grains de poivre, la présence d'une baguette de coudrier sur laquelle on avait gravé le nom du Seigneur Christ, puis placée sous la tête du malade, demeureraient sans effet. Sans effet non plus, le vœu pieux que dans leur désarroi de père et de mère devant l'agonie de leurs enfants, Chilpéric et Frédégonde avaient fait de diminuer les redevances qu'ils avaient tant alourdies les années précédentes par avarice sordide, alors que leurs coffres, leurs greniers regorgeaient. Outré d'un repentir aussi tardif, Dieu avait trouvé bon de frapper dans leur progéniture mâle, le roi et la reine de Neustrie. De leur apprendre à se mesurer avec le malheur.

Pour l'instant, et sans l'avoir délibérément pris pour cible, Dagobert, avec son projectile de fortune, une dure branchette fourchue de noisetier venait d'atteindre Gundri au mollet qui, courbé sur son travail, malgré la surprise et la douleur continuait, dents serrées, à marcotter. Pourtant la jambe lui brûlait comme après un coup de fouet, pendant que, plié en deux, il ouvrait à la binette à manche court, un sillon parallèle à la rangée des ceps occupant toute l'étendue du fond du verger, à hauteur de barrière, permettant, en cet endroit, l'accès au gynécée et, puisqu'il fallait bien que Frédégonde passât par là pour s'y rendre, alors il s'était mis à trembler de la tête aux pieds.

Lui souriant de tout son beau masque cruel, au teint

merveilleusement clair, au nez délicatement épaté, aux narines de chat, sous le voile de lin blanc frangé d'argent qui l'enserrait jusqu'au cou, et que gonflait à hauteur de nuque, l'épaisseur d'un chignon indiquant qu'elle avait la chevelure longue et fournie, celle que les hommes aiment à toucher puis défaire pour y enfouir leurs mains, leur visage, elle s'arrêta de biais, à côté de lui, presque à le frôler.

– Mon fils, le prince de Neustrie t'a fait mal. Redresse-toi que je voie si tu saignes.

Il obéit. Mais dans son éperdument, ne sachant quelle contenance prendre, une fois debout, il était resté dos courbé, les yeux au sol, dans la posture d'humilité des gens de sa condition. Honteux qu'il était, en effet, que jusqu'à ses vieilles socques de vassal-jardinier garnies de paille, un peu de sang vil, de sang roturier osât couler le long de son mollet, en sa présence de reine.

– À la vérité oui, tu saignes, avait-elle constaté d'une voix égale. Celle qu'adoptait le père infirmier devant les blessures, devant les plaies qu'il allait falloir cautériser au fer rouge. As-tu mal?

– Non, dame reine, avait-il réussi à balbutier, car tout à coup les mots ne lui venaient plus comme si la mémoire d'eux, celle de leur usage, lui avait été ôtée. Le laissant totalement vidé de substance. Paralysé qu'il était par cette présence merveilleuse et terrifiante de femme omnipotente, ayant droit de vie et de mort sur lui et dont le bas de la longue tunique de soie épaisse et grenat doublée de renard roux, balayant la poussière, ouverte sur une robe de fine laine claire striée de brun s'arrêtant aux genoux, était tout ce qu'il voyait d'elle. Avec ses jambes. Enveloppées dans des bas assortis à l'étoffe de sa jupe courte, tenus fixés par une jarretelle de lin blanc tressé à bouclette d'or finement ouvrée, prolongée par deux lanières de cuir qui, croisées et recroisées, venaient enserrer à hauteur du gras du mollet, d'admirables bottes fines de voyage à lacets, terminés par des boules d'agate.

– Si, tu as mal, mais tu n'oses pas l'avouer, de peur de me mécontenter.

Maintenant elle riait. Tout de bon. Franchement. D'un rire de belle humeur de reine satisfaite de constater qu'on la craint. Qu'on est prêt à endurer, en silence, n'importe quelle brimade, quelle souffrance, de sa part ou de celle des siens. Par adoration, culte inconditionnel qu'on doit lui rendre. Et ce rire, qu'il entendait, sans trouver en lui assez d'effronterie pour le regarder en face, pouvoir découvrir de quelle façon il pouvait réussir une seconde à humaniser les traits durs de Frédégonde de Neustrie, leur régularité sans faille, leur agencement harmonieusement implacable les uns par rapport aux autres, lui retombait sur la nuque, caresse subite, rapide et chaude. Celle du maître satisfait de la soumission de son chien.

– Oui, tu as mal, avait-elle encore insisté. Je vais te faire porter, tout à l'heure un onguent que j'ai toujours avec moi. Il arrête le flux du sang et soulage des meurtrissures occasionnées par les coups, et maintenant, regarde-moi en face, je te l'ordonne. Il paraît que tu es bon jardinier et bon éleveur d'abeilles. Que tu connais l'art de t'emparer des essaims sauvages. Aussi, que tu n'as point ton pareil, ici, pour leur élever des ruches en paille de seigle, les frotter d'essence de serpolet ou de bruyère pour qu'elles viennent s'y loger. Et c'est sans doute vrai, puisque le miel qu'on m'a présenté, hier au soir, est assurément l'un des meilleurs que j'aie jamais goûtés, à part celui des montagnes qui dominent les rivières de Burgondie et de Thuringe dont on m'apporte une amphore à chaque fin d'été. Encore une fois, regarde-moi, et dis-moi quel est ton nom.

Et comme il était beau, d'une beauté astrale éblouissante dont il n'avait, jusqu'ici, su que faire, mieux, qu'il ignorait presque, celle d'Heinrich le boiteux, du temps que, dans la vigueur de l'âge, il élevait à la Sagne des chevaux pour Raschomer, guerroyait à ses côtés, lui faisait un rempart de son corps, comme si quelque chose l'eût prise de court, en tout cas presque aveuglée, par excès d'éclat : le soleil, en pleine face peut-être, ou quelque objet rutilant lui captant le regard sans se soucier qu'elle en fût gênée ou non, on la vit porter une seconde, machinalement, la main devant les yeux, virer de bord comme une barque cherchant à se frayer une route à contre-courant, s'éloigner avec sa suite, avec l'enfant, en direction du gynécée des fileuses.

Ensuite, il ne l'avait plus revue. Sans doute, avait-elle regagné ses appartements par un autre chemin. Car il y avait une seconde porte à l'ouest du gynécée par où l'on pouvait aussi rejoindre l'ancien palais du gouverneur romain et ses thermes qu'il avait, bien sûr, fallu mettre en marche pour, qu'en prenant des bains, son entourage et elle se délassent des fatigues du voyage depuis leur départ de Rouen.

Quant à lui, genou en terre, enfonçant soigneusement, après les avoir courbés avec précaution pour ne pas les rompre, les rejets de vigne dans le sillon qu'il venait d'ouvrir de sorte que, lorsqu'ils auraient fait des racines, il pourrait les arracher pour les replanter ailleurs, constituer avec eux d'autres espaliers qui viendraient s'ajouter aux autres, il s'était remis à marcotter en essayant d'oublier ce qui venait de se passer.

Mais un grand moment après, sur le coup de la douzième heure, alors qu'il avait encore la tête bourdonnante et le mollet brûlant, une femme vêtue d'une tunique d'étoffe rude, sans agrafe et sans manches, maintenue en place à hauteur d'épaules par des fibules de bronze en forme de cabochons grossièrement martelés enfoncés dans l'épaisseur de sa robe de dessous de même tissu, tête encapuchonnée dans un voile de chanvre fixé aux tempes par des épingles de fer, était venue vers lui.

Lourdement, lentement, elle avançait entre les tombes. Entre les arbres, les buissons d'épineux à fruits : framboisiers, groseilliers, leur hérissement de bourgeons en passe d'éclater dans un fourmillement de fléchettes vertes, d'essaim vibratile et silencieux, d'abeilles végétales. Lourdement. Lentement. Car elle était passablement vieille. Quarante ans et plus peut-être. Avec, à cause de ce qu'elle avait perdu presque toutes ses dents, deux lèvres rentrées qui avaient l'air de s'entre-dévorer et de vouloir en même temps entraîner avec elles, par un phénomène de succion, tout le visage dans le gouffre d'une bouche craquelée pareille à la pierre usée d'une margelle de puits. De sorte qu'à la fin, il n'en resterait sans doute plus que la vision d'un moignon de tête, d'une esquisse de crâne, de nez, de menton, de creusement d'orbites au fond desquelles, les yeux hagards, batraciens, apparaîtraient figés. Pris dans la glu d'une angoisse aveugle. Celle, fœtale, du retour aux sources à l'heure de la mort. Alors, c'en serait fait enfin de cette vie de serve qu'elle avait dû traîner sans cesse avec elle comme un boulet. De tout ce qu'elle avait dû endurer, pour qu'on lui laissât licence de survivre.

À la saignée d'un de ses coudes, il y avait, suspendu par son anse tressée, un panier d'osier oblong à couvercle. Elle haletait un peu à cause du terrain montant en pente légère jusqu'aux rangées de ceps qu'il aérait maintenant aux pieds, à l'aide d'une bêche légère de bois dur, taillée en triangle. Une fois devant lui, d'une voix lasse, en parler roman imprégné de l'accent particulier aux valets comme aux maîtres des nations tudesques et dont il restait quelque chose aux hommes de sa propre famille, elle s'était enquise s'il répondait bien au nom de Gundri.

– Oui mère, avait-il répondu et il lui avait souri parce que ces temps, la sienne lui manquait, mobilisé qu'il était là-haut sur la colline, de l'aube au couchant par la taille et le greffage des arbres à fruits, la semence des graines de raves, de chicorées, de choux et d'aulx. Occupée qu'elle était, de son côté, aux semailles avec son père sur le manse qu'il faisait valoir quasiment pour leur compte depuis leur affranchissement en bas, dans la plaine.

Elle avait tiré du panier un petit pot d'onguent et une fiole de verre d'un brun foncé remplie de vinaigre pour le lavage des plaies et soigneusement bouchée à l'aide d'un chiffon. Il y avait aussi dans une écuelle une portion d'oie rôtie entre deux tranches de pain d'épeautre dorées au jaune d'œuf frit et miellées et une gourde de vin. Ensuite, elle l'avait fait asseoir sur une grosse pierre de grès couleur de fumée affleurant là, à flanc de coteau, entre deux tombes, en lui disant qu'elle avait reçu l'ordre de le soigner et de lui laisser bonne nourriture. Agenouillée devant lui dans l'herbe humide, elle avait nettoyé longuement son mollet écorché et comme il se plaignait que le vinaigre redoublât la sensation de brûlure qui ne l'avait plus quitté depuis la matinée, elle avait assuré que c'était là bon signe et qu'il verrait qu'ensuite, le baume aidant, il souffrirait moins. Que le feu de la douleur bientôt s'éteindrait.

Il s'était laissé faire comme dans un rêve. Comme dans un rêve encore, il avait dévoré le morceau d'oie rôtie. Gloutonnement. À pleines dents. Un morceau de roi que c'était là! Choisi dans la partie la plus charnue du dos de la bête et qui lui fondait dans la bouche avec un goût de viande onctueuse et puissante ensemble, chargée qu'elle était d'épices rares et de sel. Qu'une telle jouissance, un tel plaisir de bouche pût exister, l'enivrait. Il mangeait avec frénésie, les mains dégoulinantes de graisse, rongeant les os comme un jeune chien, se léchant les doigts pour n'en rien perdre. De même pour les deux tranches de pain doré dont la saveur de miel, mêlée à celle des œufs saisis dans l'huile de noisette, le saoulait presque autant que la lampée de vin qu'il avait avalée d'un coup, lui laissant dans la gorge une douceur à lui tirer les larmes.

– C'est assez, avait dit la vieille serve qui n'avait pas cessé de l'observer durant qu'il bâfrait, les yeux blancs, l'air absent avec une voracité d'animal carnassier privé de viande fraîche depuis des jours. Tu ne dois boire qu'une fois à cette gourde. C'est la volonté de ma Dame Reine qui t'ordonne de ne la vider qu'après le coucher du soleil quand il fera tout à fait nuit, car autrement, ce vin t'échaufferait par trop, t'affaiblirait le corps, aussi l'esprit, t'inciterait à dormir et elle ne veut point cela. Non, ce n'est point cela qu'elle veut, mais tout le contraire. Est-ce qu'au moins tu comprends ce que cela signifie, tout le contraire?

Elle martelait maintenant les mots et ses yeux, volontairement éteints au début, ceux d'une esclave, d'une mancipia préposée aux basses besognes auprès d'une reine barbare impudique, aux soins minutieux et répugnants prodigués sur ses ordres brefs autour de son corps, aux allées et venues avec les pots de chambre, les linges souillés, dans les odeurs d'excréments, de sueur, et de sang de ses défécations, de ses menstrues, de ses accouchements, de ses indigestions après trop manger et trop boire, de ses accès d'hystérie, de ses fièvres, s'étaient brutalement allumés d'une flamme cynique. Regard aigu, connaisseur, maquignon, soupesant Gundri au juger comme bétail de foirail, ballot de denrées. Lui, sa beauté ingénue de rouquin à peau crémeuse, à faciès frémissant de jeune étalon taillé dans le marbre clair, nez charnu et long se déployant en prolongement du front et l'amande des yeux, son éclat doux de pierrerie bleue dans le chaton des orbites. Moins un visage, à tout prendre, qu'un bel objet de chair, à usage ambigu. Un vase vivant, serti à hauteur du col de deux émeraudes. Fait pour être saisi à pleines paumes par quelque femme assoiffée de jeunesse, soulevé à hauteur de bouche pour jouir de son contenu. Pour y boire.

Et voilà qu'il s'était remis à trembler comme ce matin à l'approche de Frédégonde. Que de nouveau, il aurait voulu fuir, disparaître sous terre, à tout le moins être loin d'ici, en bas, dans la plaine, gamin vêtu de loques, aiguillonnant les deux bœufs de son père, pendant qu'il labourait.

– Oui, avait-elle insisté, est-ce qu'au moins tu comprends de quoi je parle?

Elle s'était saisie de ses poignets avec une vigueur inattendue chez une vieille femme pour l'obliger à la regarder en face. Question de vie ou de mort sans doute pour elle autant que pour lui.

– Ma Dame Reine veut que tu te sentes, ce jourd'hui hardi et fort et elle m'a envoyée te le dire.

Il fallait absolument que le message passe. Qu'à l'heure qu'il faudrait, quand la reine voudrait, il osât...

Personne au monde mieux que Raschilde, que l'humble souillon que sa maîtresse bousculait, la gâtant aussi quelquefois en nourriture, en vêtements, lui faisant cadeau, à l'occasion, d'une des fines chemises ou des pelisses dont elle avait assez mais encore bonne et chaude à porter, ne connaissait Frédégonde de Neustrie, née servante parmi les servantes avant d'avoir été hissée sur le pavois de la royauté pour s'être rendue indispensable au lit à Chilpéric 1er. Personne mieux qu'elle, non plus, ne pouvait savoir jusqu'où pouvait aller sa capacité de dissimulation, de fausseté mielleuse, de calomnie savante, insidieuse, non plus que le degré de violence de ses appétits. Aussi celui de haine secrète, de mépris, qu'elle nourrissait au fond pour un époux qu'elle avait pu dominer à force de luxure et de ruse et qui s'était prêté à tant de crimes pour se débarrasser de femmes qu'il n'aimait plus et lui complaire. Un homme capable de tout, qu'elle avait réussi à surpasser en cruauté pour mieux le dominer. Créer entre elle et lui, au-delà même des pulsions de la chair, des liens plus solides, plus irréversibles encore. Ceux d'une complicité excitante, d'intérêt, d'ambition, qui, les rendant solidaires, donnerait, jusqu'au bout, à leur couple, une raison d'être. Un homme qu'elle n'aimait pas ou si peu. Ayant une première fois, il y avait de cela une quinzaine d'années, jeté son dévolu de maître sur elle alors qu'il était encore le mari d'Audowere et, si sensible qu'il fût à sa beauté, à son pouvoir d'invention, au lit, ne la traitant au début qu'en concubine ordinaire. Engrossant dans le même temps la reine dont il avait déjà trois fils. Répudiant Audowere, certes, pour l'installer publiquement dans son rôle de maîtresse en titre, mais lui réservant, deux ans plus tard, la surprise et l'humiliation, alors qu'elle lui avait donné, à son tour un fils, de l'éloigner de Soissons pour épouser une princesse de sang.

Temporiser, ronger son frein de servante. Assister dans l'ombre aux splendeurs du mariage avec Galeswinthe, voilà ce qu'elle avait dû. De loin, la jauger. Son éperdument de jeune fille wisigothe, attachée à sa famille; vertueuse et dévote, brutalement transplantée à la cour de Neustrie et qui, jetée dans les bras d'un homme qu'elle a toujours tremblé de rencontrer, se révélera vite incapable, si appliquée qu'elle fût, au nom du devoir conjugal, à lui donner des gages d'abandon, à cultiver longtemps en lui, les ferments du désir.

Attendre que l'ennui s'empare du roi de Soissons. Que cette monogamie d'époux chrétien devant s'accommoder d'une femme dont il a convoité richesse et haute naissance mais ne sachant ni rire ni boire avec lui, trouver les mots hardis, voire obscènes, les caresses qui prolongent ou renouvellent le plaisir, lui pèse assez pour qu'il revienne à elle. Dans ces étreintes d'abord furtives, consenties, comme malgré soi, parce qu'on est, paraît-il, sans arme contre l'attachement qu'on a toujours nourri, quoi qu'il vous impose, vous fasse endurer, pour Chilpéric 1er, mettre toute la passion, la fièvre qu'il faut. L'amant, de nouveau subjugué, passer avec lui contrat. De monarque sans foi ni loi à féroce maîtresse ambitieuse. De ribaud à ribaude. Tuer Galeswinthe. L'étrangler. Faire place nette. Redevenir publiquement la putain du roi mais bel et bien cette fois avec le titre de reine, et, forte des marques de soumission, de respect des grands feudataires, des ménagements du haut clergé, se venger de lui. Le faire cocu avec des clercs, des intendants du fisc, des hommes de justice ou de guerre, des artisans et jusqu'à des sicaires mettant à votre service leur talent d'égorgeurs patentés.

Cette fois, avec sa chevelure bouclée et courte, le casquant de cuivre martelé sous le soleil, son visage clair, mobile, naïvement sensuel et comme trempé dans du lait c'était Gundri qu'elle voulait. Et c'est pourquoi Raschilde et lui se dévisageaient maintenant avec des lèvres dures. À cause de cette tension, de ce danger entre eux qui avait nom Frédégonde de Neustrie. Une femme à laquelle déplaire d'une manière ou d'une autre, décevoir ses appétits, son attente, la blesser dans son orgueil et son besoin de luxure, c'était du même coup, s'exposer au pire.

Quel âge avait-il donc, s'était encore enquise Raschilde? Seize ans, dix-sept ans peut-être. Des femmes en avait-il eu déjà quelques-unes? Et comment les obtenait-il? De leur plein gré ou par traîtrise? Dans le mystère et l'éperdument après boire d'un jour de fête, la saoulerie des belles paroles ou le silence haletant du désir, tout entier absorbé, qu'il est, par la rude bataille des corps? Aimait-il ardemment, ou non, l'acte charnel? Ses moiteurs, ses odeurs, ses rires, ses grognements complices de bêtes assoiffées, affamées? Quel souvenir gardait-il de celles qui lui avaient cédé ou fait des avances? Que préférait-il? Les femmes qui prennent ou se laissent prendre? Celles qui attendent le plaisir, yeux fermés, jambes ouvertes, comme terre qu'on travaille à l'araire? Celles qui inventent les gestes, les mots? Obligent le laboureur à tenir compte d'elles? Bref à les servir, les contenter?

Interrogatoire précis, serré, de la part de Raschilde qui, le maintenant toujours en face d'elle, sous l'empire de son regard impérieux, infiniment désabusé et las aussi, de vieille serve acculée au métier d'entremetteuse, au service d'une femme de stupre sans cœur à laquelle il faudrait apporter une réponse qui la satisfît, lui donnât l'occasion de s'exciter par avance sur les perspectives d'une rencontre charnelle dont elle attendait du plaisir à son gré, au moment de son choix, et sur ses ordres, s'irritait de son silence. De cette rougeur qui lui montait aux joues tandis qu'elle multipliait les questions impudiques, jusqu'à ce qu'il avouât, visage et corps en feu, que des femmes, mariées ou non, dans la maturité de l'âge ou fraîchement pubères, non plus que belles ou laides, ardentes ou froides, habiles ou malhabiles au déduit, il n'en avait, à la vérité, jamais eu.

Alors elle lui avait lâché les poignets. Elle béait de déception, de stupeur. Puceau, il était puceau! Craintif des choses de l'amour comme oblat. Comme jeune clerc auquel les autres ont fait accroire que l'acte de chair est diablerie, obstacle au salut de l'âme. Voyons, il mentait. Qu'il avoue au moins qu'il mentait, parce qu'il avait peur de cette proposition qui lui était faite à lui, pauvre vassal jardinier de monastère perdu au milieu des forêts et des friches, de coucher tout de bon avec une reine. Alors que, là-dessus, elle pouvait le rassurer. Les reines étaient bâties comme tout le monde. Elles n'échappaient ni aux menstrues, ni à l'engrossement, ni aux douleurs de la gésine, à la décrépitude aussi et même qu'il sache (et c'était le cas en l'occurrence) que bien souvent, plus elles se montrent en public impérieuses et lointaines, taillées dans le marbre, intouchables, plus leur abandon à qui sait les prendre, les charmer, les rendre tout simplement à leur condition de femme (ici elle avait baissé la voix pour ajouter : de servante, oui de servante) est total, délicieux. Bien sûr, il faut ensuite savoir se taire et même se faire oublier. Comme si rien de tout cela ne s'était passé. Continuer à tailler les arbres, à marcotter. Autrement si l'on s'en vante, on en meurt. Et maintenant que disait-il? Qu'encore une fois la tête lui tournait? Qu'il crevait de peur? Ne saurait comment s'y prendre? De nouveau elle s'esclaffait.

Allons, qu'il lui fît à tout le moins confiance à elle, Raschilde, comme si elle eût été sa propre mère, s'inquiétant de savoir s'il avait jeté sa gourme ou non, où il en était avec sa virilité. Car elle espérait qu'il en avait de la virilité. Qu'il arrivait que la nuit sa verge tendue le réveillât et que si c'était là, bien vrai, qu'il n'ait jamais tenu femme sous lui, du moins, tomberait-il d'accord avec elle, qu'il s'était donné à lui-même, souventes fois, de la jouissance, en se masturbant, yeux fermés, pour mieux rêver à quelqu'une qui un jour ou l'autre lui avait fait envie.

Il avoua que oui. Que la façon de marcher de certaines, de le regarder de biais, de lui sourire, le troublait. Ou encore, pareilles à des fruits qu'il aurait pu détacher pour y goûter, silencieuses et pulpeuses, de se tenir sur son passage dans le jardin-verger, à l'ombre des arbres. L'eau lui montait à la bouche mais, son chemin, il le continuait. À cause non seulement qu'il craignait de n'être pas agréé mais aussi que l'acte charnel lui paraissait un peu comme s'aller jeter dans un gouffre. Il eût aimé ne s'y risquer qu'avec une femme qui lui eût rappelé sa propre mère, en effet, ou encore sa sœur. Qu'elle lui fût aussi familière que l'une et l'autre lui avaient été dans sa petite enfance du temps où il vivait dans la maison d'Eberhardt son père. Elles, leur visage long et grave aux yeux marron, à bouche lourde et sérieuse; le son de leur voix mi-tendre mi-impérieux pour l'appeler à l'heure du brouet, de la galette de méteil épaisse et chaude, trempée dans du lait de chèvre; leur façon de s'accroupir pour préparer un feu, battre le briquet et, front enserré par le fichu de toile rêche qui leur cachait les cheveux à longueur d'année, de l'appuyer contre le flanc de la vache dont, avec des doigts violacés et gourds à cause du froid de l'hiver, des mains couleur de lichen, rongées par les fissures, hérissées de verrues, mais habiles, mais circonspectes, elles tâtaient en douceur le pis de la bête avant de la traire, de la libérer de son flux de lait.

Paupières plissées serré (et le regard n'était plus qu'un fil étincelant et jaune dans son faciès d'Asiate née d'une lignée d'esclaves huns, germanisés) elle l'avait écouté se confesser par bribes; vergogne et anxiété peintes sur le visage.

– Eh bien Gundri, avait-elle dit, le reprenant par les poignets qu'elle s'était mise à balancer de droite à gauche en manière de jeu (et elle lui souriait maintenant avec un air de bonté, en effet comme une mère) c'est bien ce que j'avais deviné. Dieu merci pour toi, pour ce qui nous occupe ce jourd'hui, l'un l'autre, tu n'es pas impuissant, mais timide. Timide, seulement. Sais-tu qu'il se peut, justement, que ce ne soit pas pour déplaire à ma Dame Reine? Que ce lui soit, non seulement sujet d'indulgence avec toi, mais de bienveillance toute particulière. Nous ne lui cacherons donc rien. Que si tu n'es du tout ennemi des femmes, tu es quasi innocent d'elles comme nouveau-né. Cesse de te tourmenter. Je m'en vais la trouver et ce sera bien sûr à elle d'en décider. Je te laisse l'onguent et la gourde. Retourne à ta vigne et tiens-toi coi. Fais bien le mort Gundri, tu m'entends, jusqu'à ce que je revienne et, qu'on te veuille encore ou non, si tu tiens bouche cousue là-dessus jusqu'à la fin de tes jours, tout comme je l'ai toujours tenue moi, rien ne pourra t'arriver de mal et même, tu auras goûté, une fois, aux meilleurs mets, au meilleur vin de ta vie.

Elle avait été de retour juste avant le coucher du soleil. Entre-temps, il avait ouvert deux longs nouveaux sillons entre les rangées de ceps déjà existantes et ses mains, pour les déchausser partiellement, se saisir d'un ou deux de leurs sarments, les coucher sans les briser, les immerger ensuite de terre fraîchement meuble par pelletées légères, couper, sur deux yeux, leur extrémité maintenue au-dessus du sol, la fixer à un tuteur, peu à peu, avaient moins tremblé. Un art qui lui avait été inculqué avec celui de la taille par le frère Anselmius le responsable des jardins. Multiplier les ceps par boutures ou marcottes enracinées, à chaque fois qu'on le pouvait, que le terrain là où il était à la fois léger et craquant, bien exposé au midi, s'y prêtait, c'était, ici, dans ces vergers d'abbaye tournée vers le service de Dieu, avec la culture du blé, celle des abeilles, ce qu'il y avait de plus important, de plus sacré. Autrement, comment renouveler le miracle quotidien du vin et du pain changés en sang et chair du Seigneur? Interrompre la chaîne de l'immolation perpétuelle, le dialogue avec Dieu, aurait été se condamner soi-même.

S'absorber donc, dans ce travail minutieux de provignage comme si de rien n'était. Que cette femme, vêtue de fourrure et de soie n'eût jamais existé, ne fût jamais passée dans ce jardin-verger. Il était presque calme, presque oublieux de tout ce qui n'était pas l'étalement des sarments dans leur rigole de terre quand Raschilde l'avait de loin appelé : « Gundri, relève-toi. »

Agenouillé qu'il était à même le sol mou, il avait machinalement obéi et s'essuyant, machinalement aussi, les mains le long de ses braies, la tête lui avait de nouveau tourné quand il avait découvert, derrière la lourde silhouette de la serve plantée là devant lui, à la façon d'une souche noire, lui barrant le chemin, le cabochon d'or bruni d'un soleil à bout de course, son incrustation de médaille antique dans l'appareil d'un ciel bleu foncé balayé de longues stries de nuages écumants. Ainsi, c'était le soir, alors qu'il avait espéré désespérément arrêter le temps. Espéré que cette demi-journée n'aurait aucune fin, qu'il réussirait à piéger le soleil. À le maintenir statufié à son zénith, là-bas, entre deux arbres. Mais non. Il virait de bord en direction des baies de l'Armor et c'en était sans doute fait de lui, Gundri.

Cependant Raschilde lui souriait comme tantôt. Persuasive, maternelle avec un ballot de vêtements sous le bras.

– Ne crains rien, mon fils, mon enfant. Ma Dame Reine, que j'ai mise au courant de tout, te fait dire qu'elle n'est point fâchée de ce que tu craignes tant de l'approcher. Qu'il suffit qu'elle le veuille, elle, et qu'en bon serviteur, tu te fasses devoir et plaisir d'obéissance à son endroit. Voici ce qu'elle t'ordonne : Tu quitteras ce jardin comme à l'ordinaire pour recevoir avec les autres, aux cuisines, ton pain et ton écuelle de bouillie. Après, tu regagneras ton châlit aux écuries du seigneur abbé où tu feras mine de t'endormir très vite, de sorte que l'autre vassal qui le partage avec toi, et qui a le sommeil prompt et lourd à cause qu'il est recru de fatigue d'avoir à entretenir les feux de l'hypocauste pour les bains de ma Dame Reine et de ses fils (tu vois, de cela je suis, nous sommes au courant...) ne s'avise même pas que tu as quitté ta place. S'il venait à s'en apercevoir dans le plein de la nuit, tu pourras toujours dire qu'après un premier somme, tu es sorti pour aller pisser et qu'alors, tu as été pris d'une envie de grande promenade sous la lune et voilà tout. Aucun air de mystère donc! Ni avec lui, ni avec quiconque. Non plus qu'au sujet des vêtements neufs que je t'apporte. Ce sont là dons de ma Dame Reine qui n'a pas manqué de faire savoir à tout le monde que, navrée que le jeune prince t'ait blessé par jeu au mollet, outre d'un onguent pour te soigner, elle t'avait gratifié de savoureuses victuailles et d'habits neufs. Tant que le seigneur abbé lui-même, auquel elle a conté la chose après les prières de complies, s'est bonnement extasié. Déclarant qu'il y voyait là les effets de sa bonté de reine, soucieuse, là où elle passe, de laisser merveilleux souvenir d'elle, même au plus humble de ses sujets. N'hésite donc point à te vêtir de frais dès ce soir. À te montrer en hardes solides et propres de vassal bien traité par une reine qui, devenue mère par la grâce de Dieu, a louable souci de réparer les étourderies de son enfant. De lui donner leçon de chrétienne charité.

» Pour le reste suis-moi bien. Il te faut t'arranger pour te trouver à partir de la vingt et unième heure, plus tôt si tu veux, si tu peux, dans cette petite grange à foin située au fond de l'arrière-cour donnant accès, par les cuisines, au puisard des eaux de pluie. On y est à l'aise et à l'écart de tout pour y attendre quelqu'un sans être découvert et puisqu'elle donne aussi, de l'autre côté, par une petite porte, sur les jardins-vergers, voilà pour t'y rendre un chemin que tu connais bien. Tais-toi, fils. Ne t'agite pas. N'ouvre pas la bouche comme poisson pris au piège du filet et qui suffoque d'être hors de l'eau avant d'être assommé sur l'herbe, au bâton. L'endroit est sûr. Qui donc s'aviserait d'y venir au foin ou au chaume, au plein de la nuit? De courir le risque de tomber dans le puisard? Il a aussi été convenu que tu attendrais la visite que tu sais, non point en bas, à même la terre battue, mais que tu monterais à l'échelle qui s'y trouve et qui a été placée là d'avance, et cela jusqu'au plus haut du tas de foin. Là où elle touche presque le faîtage. Or, mon peureux, mon joli couard, qui donc pourrait t'y dénicher une fois rendu, mon petit faon rouquin, mon loir doré, sinon celle que tu sais et qui est leste comme une chèvre et t'ordonne de ne point bouger jusqu'à ce qu'à tâtons elle ait grimpé les vingt barreaux d'échelle que j'ai déjà comptés. Après tu n'auras seulement qu'à te laisser faire. Et puis enfin, c'est bien le diable, que ventre et reins au chaud sur si belle épaisseur de litière, l'esprit ne te vienne. Et si tu tiens bien ta langue jusqu'à la fin de tes jours, tu verras quel bon souvenir ce sera. Écoute bien encore. La Dame Reine s'est tantôt déclarée un peu lasse pour s'être couchée tardivement, la nuit dernière, après le festin qui lui fut offert par le père abbé, avoir visité, dès ce jourd'hui, la villa de fond en comble. Elle a fait connaître son intention, après avoir entendu vêpres et pris une simple collation, de se retirer tôt dans sa chambre. Qu'une fois déshabillée et couchée par ses servantes habituelles, ses rideaux tirés, elle n'aurait besoin de personne pour lui tenir compagnie, parler avec elle jusqu'à ce que le sommeil lui vienne. Elle a prié ses dames, avec elles, les seigneurs de sa suite, aussi son fils aîné, de continuer, loin d'elle, à l'autre bout du vestibule, à festoyer en son honneur dans la grande salle. Elle a déclaré n'avoir besoin que de moi qui dors dans la souillarde contiguë à sa chambre dont il se trouve qu'elle ouvre par bonheur sur l'arrière-cour. Bref, elle a congédié son monde comme il lui arrive de le faire de temps en temps sans que personne n'y trouve à redire. Cependant, si quelque événement venait se mettre en travers de nos projets, qu'il y ait, tout à coup, imprudence pour elle à quitter son appartement, ne t'étonne point outre mesure de ne pas la voir. Contente-toi de quitter la place avant que le coq ne chante et sois au rendez-vous la nuit suivante et celles encore qui suivront au cas où elle ne pourrait venir encore. Reprends le même chemin chaque soir jusqu'à ce qu'elle s'en aille. Mais elle viendra, beau fils, elle viendra...

Elle vint.

À peine perceptible ce bruit, celui d'une main qui se fait furtive, glissement de rat effleurant au passage la cloison qu'il longe, le loquet bascule et la voilà. Elle est là tout entière dans ses robes odorantes et soyeuses de somptueuse ribaude, d'épouse morganatique de Chilpéric 1er. Il monte d'elle, de sa pelisse doublée de loup-cervier, tandis qu'à tâtons, elle s'assure de la présence de l'échelle, met un pied sur le premier barreau, s'accroche des deux mains au quatrième, avant de commencer sa progression en direction de Gundri qui, à genoux dans l'épaisseur du foin, bouche sèche, souffle coupé, l'écoute à chaque étape, reprendre le sien, une odeur puissante de résine aromatique, de fumée d'encens dont on a imprégné les murs et les draperies des pièces où elle séjourne et jusqu'aux fourrures de son lit pour lui être agréable, éloigner d'elle les fièvres malignes, les pestilences. Une odeur saoulante, balsamique, de rituel oblatif d'église. Que faire, que devenir? Peut-être se jeter, tête la première dans le vide. S'y fracasser le crâne sur la terre battue. Un peu de sang poisseux et frais le long d'une tempe et la jeune bête est morte qui ne craindra plus d'être forcée. En finir, avec cette affaire de ventre affamé de femme. De reine abeille dont il est condamné à être le faux bourdon.

Mais troublante, mais inattendue, mais caressante, mais humaine, mais tendrement suppliante, tout à coup, cette voix! Celle de Frédégonde de Neustrie, visage tendu dans le noir à hauteur du sien : « Gundri, mon petit Gundri, maintenant, aide-moi. »

À bras-le-corps il l'a saisie pour la faire basculer d'un coup, l'arracher à son équilibre instable en haut de l'échelle et elle s'est laissée aller en avant dans un froissement tumultueux d'étoffes et d'herbes sèches.

Tête nue, sans voile ni ruban, avec le seul ornement de sa grosse natte de cheveux qui sentait sauvagement le musc et lui ballait dans le dos à la façon d'une queue de cheval, elle était contre lui comme une giclée de chaume qu'on lui eût jetée, par défi et par jeu, à la figure, à la poitrine, aux jambes; une botte de foin ardrée de soleil, parmi les bottes. Qu'on soulève, puis resoulève encore, pour la caler au mieux, au milieu des autres. Et, puisque la grange est pleine, que la hauteur du tas atteint presque les poutres, vous empêche de vous tenir debout, la place que vous lui trouvez, au point de jonction d'entrait et d'arbalétrier de la charpente est si étroite qu'il vous faut la presser contre la pente du toit et vous agenouiller contre elle. Et quand vous la déliez, parce qu'il n'y a finalement pas d'autre moyen de venir à bout de son opulence, que vous lui défaites sa ceinture, qu'elle s'ouvre en deux sous vos paumes brûlantes dans un éparpillement de soie, de poussière d'herbe, dont vous avez plein les yeux, le nez, la bouche, les oreilles, à hauteur d'aisselles, de nombril, de verge, son odeur d'échevellement de graminées, devient alors si puissante, de débordement souple, élastique, sous vous, autour de vous : une immersion qui vous entraîne vers le fond, vous force à creuser les reins, à consentir à la noyade, que vous trouvez les gestes qu'il faut, les rythmes qu'il faut pour la traiter en femme.

Or c'en était une puisqu'en même temps que vous, avec vous, elle a crié et ri et que maintenant qu'elle est partie, elle vous aura laissé seul, aussi tragiquement seul que si, venant de vous mettre au monde, elle vous abandonnait sur une plage déserte au sortir de son ventre de mère.

Deux fois encore elle reviendra à la grange avant de quitter le mont Coëvre, son bagage de reine pillarde augmenté des étoffes, des peaux de mouton, des faucilles, des haches forgées pour elle par Maravic le Ligure et les frères moines, aussi de la tenture qui fut le plus bel ornement des murs de sa chambre et d'une patène d'argent, choisie par elle, dans les coffres de la cella en manière d'à-valoir sur le cens dû au roi de Neustrie qu'elle projette de faire alourdir et Gundri sera, bien sûr, au rendez-vous. Et même, ces nuits-là, elle aura apporté avec elle dans un petit panier à main garni d'un linge fin à carreaux, une tranche de pâté d'Albran, de jeune canard sauvage cuit en terrine sous les cendres, parfumé au jus de pomme et au genièvre, une portion de pain blanc avec une gourde de ce merveilleux vin brûlant et doux des pays d'oc qu'elle lui aura fait goûter une première fois dans les jardins-vergers, et qui vient d'une des cités qu'elle détient par usurpation d'héritage, au détriment de Brunehilde, sœur de Galeswinthe, avant elle, reine de Neustrie, qu'elle a fait tuer.

Elle aura pris grand plaisir, du moins à ce qu'il lui a semblé à lui, après l'avoir fait asseoir là-haut, dans les chaumes, entre ses jambes, dans la tiédeur de ses bas de laine maintenus, à mi-cuisses, par de fines jarretelles de cuir, dans l'épaisseur de la soie violette de sa robe courte gonflée par son ventre rond, entre les pans de sa tunique de fourrure dégrafée, à lui donner la becquée, morceau par morceau de pain, aussi de pâté d'Albran détaillé à l'aide de son joli couteau à manche de corne de cervidé. Comme s'il était son enfant. Son royal enfant mâtiné de servante, comme le sont Chlodobert et Dagobert, pour lesquels, dans le but de leur assurer une couronne, elle ne saurait être à un crime près. À une caresse non plus, d'ailleurs. Car des caresses, il en aura reçu d'elle des plus savantes. Lui donnant la hardiesse de lui en prodiguer pour son content de brûlante folie pécheresse, de lascivité sur commande, exaspérant chez elle, visiblement, les violences du plaisir. Mieux même, d'une certaine façon, la reconnaissance du plaisir puisque les derniers mots qu'elle aura eus pour lui auront été des mots le mettant en garde contre lui-même.

– Gundri, mon écureuil, mon abeille dorée, mon petit vassal jardinier, sur toi et moi, il te faudra à jamais tenir ta langue. Car autrement, je serai obligée de t'accuser de mensonge, et avant même que tu ne meures par torture, à te la faire couper.

Depuis, souvent la nuit, Gundri fils d'Eberhardt l'affranchi, lui-même fils de Marcus répondant au nom secret de Thor, dieu germain de la foudre et de la poésie, né d'Heinrich la Jambe Morte le Teuton, se réveille en sursaut avec un goût amer au fond de la gorge et, le frisson d'angoisse qui vient, dans le sommeil, de le traverser du fondement à la nuque, de lui glacer la poitrine et la verge, est celui de l'homme dont on s'est saisi tout vif pour le tuer par empalement. Cela tient à ce qu'il vient d'entendre un bruit à peine perceptible. Celui d'une main qui se fait bête furtive, mouvement de rat, effleurant au passage la cloison qu'elle longe, pour faire basculer un loquet de bois et que la Voilà. Et comme la Voilà, il lui semble aussi qu'il a dû crier, car il a la bouche ouverte, avec, en même temps, faim et soif, il ne sait de quelle nourriture, de quel breuvage. À en pleurer de désir.

À chaque fois, tout s'est mêlé. L'horreur et l'enchantement. La volupté parfaite qui le transforme en astre en fusion, en cheval volant dont la crinière est écume et soleil en même temps et l'enfer de l'empalement. Au-dessus de lui, de sa souffrance ou de son extase, de sa faim et de sa soif, il y a la lune. La lune-reine. Traînant après elle, sur fond de velours noir, un pan de nuage phosphorescent en guise de tresse accrochée à sa nuque invisible et sans épaisseur, elle avance puis s'éloigne dans un grand bruit d'essieux, de chars bourrés à craquer, de jurons d'hommes de peine, de soldats esclaves et Gundri est seul à savoir ce qu'elle tait, ce qu'elle cache, tout au long de cette lente dérive quotidienne, de cette assomption nocturne qu'elle décrit désormais au-dessus de lui, de son modeste châlit et qui la conduit au zénith d'elle-même.

Impossible bien sûr d'en parler à quiconque. De quoi

en tomber malade, devenir fou! Heureusement que depuis quelques jours alors que le convoi progressant par étapes en direction de l'est le rapproche de la Sagne, il y a, pour faire contrepoids au cercle maléfique tracé autour de lui par la lune sorcière, ce boiteux. L'apparition de sa haute silhouette maigre, nimbée de lumière et qui serre, contre sa poitrine, cette gerbe de genêts dont l'incandescence se confond avec celle de sa barbe, de ses cheveux, de ses yeux. De sorte qu'elle fait corps avec lui. Que lorsqu'il la tend à Gundri, à l'intention de la fiancée, qu'il la lui dépose sur sa propre poitrine à lui, c'est comme s'il lui faisait cadeau de sa force, la lui transmettait pour alléger le poids des secrets qui le tourmentent. Ceux de sa chair, de ses pensées et de cet état d'incrédulité dans lequel maintenant il vit au sujet du monde, des femmes, autant que de lui-même. De ce qu'il est. De ce à quoi il aspire depuis le passage au mont Coêvre de Frédégonde de Neustrie.

9.

C'EST pour avoir sauvé de la noyade Eusébius, le précédent père abbé, homme d'âge, paralysé du côté droit et que l'on hissait à bras-le-corps sur sa monture (ensuite, il y restait juché, immobile et raide comme un mannequin, visage à moitié mort jusqu'à ce que, de la même façon, on l'en fît descendre) alors qu'il se rendait avec son chapitre et ses soldats, en pèlerinage à Saint-Martin-de-Tours; pour s'être jeté bravement dans le tumulte des eaux liguriennes, grosses des premières pluies d'automne; avoir arraché Eusébius à leurs tourbillons quand son cheval, en passant à gué, avait glissé sur des mousses gluantes d'écume tapissant les galets de la rivière; s'être immergé jusqu'aux épaules au risque d'être emporté lui-même par les courants, pour lui maintenir la tête hors de l'eau, jusqu'à ce qu'on vînt à sa rescousse; pour avoir failli mourir à Tours, en même temps que son seigneur moine, des suites de refroidissement, qu'Eberhardt, père de Gundri, a mérité la reconnaissance d'Eusébius et de ses clercs, c'est-à-dire l'affranchissement. Non seulement pour sa famille et ses enfants, mais pour leur descendance s'ils viennent à en avoir une.

L'affranchissement faisant passer Eberhardt et les siens de l'état de *mansionarii*, de ruraux esclaves attachés au manse qu'ils font valoir pour un maître à celui de *tabu-*

larii c'est-à-dire de tenanciers libres, faisant valoir le sol contre redevance au propriétaire, après deux générations de servitude datant de l'arrivée de leur ancêtre Heinrich le Rouquin au mont Coêvre, a été dressé publiquement sur tablettes de cire au matin de la Noël 575, entre la seconde et la troisième messe, à la chapelle des moines devant Eusébius entouré de son chapitre et l'ensemble des colons vassaux, libres ou non, de la villa.

Amaigri par les fièvres des mois précédents, par le mal de fluxion de poitrine combattu avec dévouement et succès, par les frères infirmiers de l'hôtellerie de Saint-Martin-de-Tours, avec des enveloppements de moutarde brûlante, des bains prolongés dans des baquets d'eau chaude au serpolet et à la sauge, par des décoctions de vinaigre miellé, en chemise, tunique à capuchon et braies usées, mais soigneusement décrassées à la lessive de cendres par Eulalia, sa femme, elle-même, en hardes propres, cheveux peignés et rassemblés en chignon natté sous un voile de lin court, avec, l'épidémie de peste bubonique du printemps 571 lui ayant emporté deux de ses enfants, les deux qui lui restassent, une fille, Valétudina, qui compterait bientôt quinze ans et Gundri, douze, après avoir entendu la seconde messe, celle d'octante, au milieu des autres vassaux, il s'était détaché d'eux à l'appel de son prénom par le père cellérier, pour se présenter, suivi des membres de sa famille devant les degrés de l'autel, face au chapitre présidé par le père abbé, dont l'œil droit, affligé de conjonctivite aiguë depuis sa paralysie, laissait couler, presque sans arrêt, un liquide purulent le long de sa joue morte.

Dur à l'ouvrage et d'une grande régularité dans l'effort, relativement peu causant, sinon pour exprimer, au milieu des vulgarités ordinaires des propos de ses semblables ou de leurs platitudes sur tout et sur rien, qu'aucune vie ne valait la peine d'être vécue, étant donné ce qu'était la vie, sinon pour permettre à Dieu, de faire le compte pour chacun, des bonnes ou mauvaises actions, le rendant susceptible ou non, d'accéder, *post mortem,* au royaume de délivrance, sa formule, à savoir que cette vie ne pouvait être, par conséquent, selon ce qu'on en faisait, que le vestibule du Paradis ou de l'Enfer, avait fait fortune non seulement chez ses pareils, mais jusque chez les moines qui l'avaient reprise et répandue au cours de leurs prêches de carême ou de catéchisation, auprès de leurs manants comme des notables germains relevant de leur autorité spirituelle.

Pauvre, parmi les pauvres, obscur parmi les obscurs, Eberhardt s'était toujours distingué par la robustesse de ses jugements lapidaires, leur clarté. Dans un monde d'insécurité, de misère, de deuil renouvelés où, trop souvent, il fallait, à la limite de la disette et la peur au ventre, peiner dans les ateliers, dans les mines et sur les terres, où la violence avait presque sans cesse force de loi, il fuyait cette violence, traitant sa femme et ses enfants aussi bien que sa condition de servitude le lui permettait. Ne maltraitant point ses bêtes et l'on disait qu'il tenait cette manière de faire de son propre père qui l'avait tenue du sien, l'ancien palefrenier et frère esclave de Raschomer, ce chef ripuaire acculé à la tonsure par Chlodowig 1er après qu'il eut, un moment, dans le premier quart du siècle, gouverné les nations aulerces pour son compte et rêvé d'en devenir le roi.

Tête nue, joues rasées de frais par respect pour le lieu où il se trouvait et pour l'assemblée des clercs, avec cet air de dignité naturelle que les descendants d'Heinrich la Jambe Morte se transmettaient de père en fils, ne sachant bien entendu ni lire ni écrire, il avait écouté, avec calme et concentration, la lecture à haute voix des minutes de l'acte faisant de lui un affranchi, c'est-à-dire un homme dont la veuve et les orphelins, s'il advenait qu'on le mît volontairement à mal, qu'on le tuât, pourraient se retourner contre le coupable. Lui réclamer le prix du sang, le *wehrgeld,* l'amende, désormais supérieure aux trente sous qu'avait valu jusqu'alors sa vie de colon servile, mise sur le même pied que celle d'un bon cheval. Désormais, elle vaudrait le triple et c'était déjà une grande chose!

D'autre part, outre les trois bêches en bois ferrées, les trois faucilles, les deux faux, la hache à bûcheronner, la serpette et les deux couteaux de boucherie, ayant constitué, fournis par l'abbaye, le plus clair de son outillage de serf laboureur auquel rien n'appartenait, pas même sa paillasse, son écuelle, sa meule de ménage à écraser les grains, non plus que sa paire de bœufs, sa petite mule de charroi, sa basse-cour, on lui faisait cadeau de l'araire et de la herse avec lesquels il avait fait valoir jusqu'ici les huit bonniers de sol constituant, à une grosse heure de marche du monastère, dans une étroite vallée de ruisseau allant se jeter dans la Coëvre, le manse qu'il continuerait à exploiter en paysan libre. Libre de vendre sa récolte. Libre d'acheter. Mais du même coup assujetti à payer redevance de fermier à l'abbaye et comme auparavant, à l'obligation saisonnière de corvée d'entretien de ses fossés, de ses palissades d'enceinte et de convoiement de ses marchandises quand besoin était.

Venant s'ajouter à ces huit bonniers d'assez bon rapport, d'un sol lourd à manier mais limoneux, suffisamment fertile pour lui permettre la division de son terroir en trois parties, d'y pratiquer la rotation triennale des cultures, de parvenir d'autant à une économie de subsistance relativement appréciable grâce au système d'alternance des productions : celle des légumes, navets, fèves, pois, lentilles et choux, celle des grains : orge, avoine et blé, celle du foin dans les prairies de fauche, on avait encore la générosité de lui consentir l'exploitation, contre fourniture à l'abbaye d'un cochon prêt à abattre et d'une charretée de fagots par an, de près de cinq bonniers de forêts assez largement pourvues en chênes, frênes et hêtres, de sorte que les y menant à la glandée il pourrait engraisser quatre porcs au lieu de deux et, grâce à une belle étendue de bruyère qui s'y trouvait, augmenter le nombre de ses ruchers. Il y aurait aussi le profit qu'il pourrait tirer de l'enterrement du menu bois mort dans le sol de ses champs, en guise d'amendement.

Pour Gundri, le seul fils qui lui restât après la mort des deux autres et qui allait sur ses treize ans, il obtenait, à la requête qu'il avait formulée au père intendant, qu'à l'entrée de l'automne, à la Saint-Michel, jour où les parents louaient leurs enfants aux maîtres des villas, qu'il fût admis, comme aide-jardinier, à s'initier à l'art des greffages, de la taille de la vigne et des arbres à fruits, de la culture des légumes délicats dans les jardins-vergers du monastère, sous réserve qu'il revînt, deux fois l'an, la première à l'époque des labours de fin d'hiver, pour l'aider à creuser les sillons, l'autre à mi-novembre, pour le battage des grains au fléau avec lui sur l'aire de la grange du manse. En compensation de cette absence qui priverait les moines des services de Gundri quatre semaines en tout, Eberhardt offrirait aux cuisines du monastère une oie pour la Noël, et le produit, en laine, de la tonte de trois moutons au gynécée des fileuses.

Logé, nourri, habillé par l'abbaye, recevant d'elle cinq deniers par an qui ne lui seraient remis, par le père intendant qu'à la veille de ses noces, en guise de pécule, dans quatre ou cinq ans peut-être, on convenait encore que s'il avait donné toute satisfaction par son habileté et son zèle à faire fructifier les jardins-vergers, il pourrait, s'il se mariait, disposer en guise de gratification, de tout le bois, chaume, argile et paille nécessaire à la fabrication du torchis et à la construction, avec l'aide d'un frère charpentier, d'un logis de deux pièces, salle commune et souillarde-laiterie attenante, afin qu'il eût alors son propre foyer sur le manse d'Eberhardt et que, durant qu'il monterait chaque jour, au petit matin, besogner au monastère, la femme qu'on lui aurait donnée, pût utilement s'activer à la basse-cour, à la traite des vaches et des chèvres, à la meule à gruer, à la cuisson du pain, aux récoltes, avec Eulalia, sa belle-mère. Aussi, bien sûr, à filer la laine en hiver avec Valétudina sa belle-sœur. Quant à Valétudina justement, une jeune fille de quinze ans, à peau transparente de pucelle d'ascendance tudesque, à long visage grave, étiré, de pouliche aux naseaux sensibles comme celui de son frère, une douce créature très portée au travail mais restée de santé délicate après une dysenterie qui avait failli l'emporter avec ses frères (dysenterie ou peste on ne savait d'ailleurs quel nom il fallait donner à ces vomissements, cette raideur des membres, ces délires qui avant qu'ils en meurent, métamorphosaient ceux qu'ils dévastaient, en pauvres bêtes livrées aux affres de l'agonie) elle demeurerait, elle aussi, en l'abbaye pour y apprendre d'Euphrasia, l'épouse pictonne du forgeron ligure, le métier de brodeuse d'habits sacerdotaux, de chasubles, d'amicts, de nappes d'autel, qu'elle pourrait ensuite, une fois initiée, pratiquer utilement chez Eberhardt ou dans son ménage si elle entrait un jour en l'état de mariage. Un art qui la mettrait, l'hiver, assise devant la cheminée ou le brasero, à l'abri des pluies et des vents, sans pour autant être à charge aux siens. À cause qu'il lui ferait gagner quelques deniers au long de l'an. Qui aideraient son père, son mari, à payer le cens. À l'achat, à la foire de septembre qui avait lieu en la cité de Haultsurf, d'un joli lot de poulettes pondeuses, d'un couple de brebis, voire d'une petite mule de trait, d'un peu de vaisselle, d'une pièce d'étoffe, d'un coutre d'araire. Enfin, selon les besoins.

Plus de trois années ont passé depuis ce matin de Noël, brillant de givre, lumineux et sec, où la terre, fissurée par le gel, craquait sous les socques avec un bruit de verre brisé, sanctionnant l'affranchissement des membres de la famille d'Eberhardt. Les mettant en possession des biens mobiliers de la tenure qu'ils continueraient d'exploiter. Jour heureux! Encore que jour de déchirement. De rupture de rude existence commune où, tout, sauf l'effort à fournir, était compté. De la pincée de sel, à la cuillerée de saindoux, de l'écuelle de bouillie d'avoine à celle de lait, mais où les nuits avaient été parfois si douces et bonnes, à cause de ce sommeil parents-enfants sous le même chaume, dans la même odeur de fumée de cendres mal éteintes mêlée à celle des pommes, mises à sécher sur des claies en suspension le long des poutres, à celle des chapelets d'aulx et du caillé. Dans la communauté des rêves. Celle du sang.

On est là, étendu dans le noir, sur sa paillasse. Dans le silence rassurant du manse au repos. À l'autre extrémité de la pièce, dans un bruit de feuilles rêches, de fougères froissées, un corps bouge, se recroqueville, se relâche. À la façon qu'il a de soupirer, de gémir, de se ramasser sur lui-même comme celui d'un bœuf, d'un cheval harassé par le labeur du jour, ou de se débander comme la corde d'un arc de chasse, on sait que c'est celui du père ou de la mère. De même qu'ils identifient le vôtre à sa respiration aisée ou sifflante, aux mouvements larvaires avec lesquels il cherche à se creuser dans l'épaisseur de la paillasse, sous les peaux de chèvre, une manière de nid, de bauge, de fourré. Un repaire!

Et c'est pourquoi Gundri, encore que mieux nourri et vêtu désormais, occupé sur les terres de la réserve des moines à des travaux moins durs, plus variés, plus captivants que sur le manse d'Eberhardt, souffrirait souvent d'en être éloigné et malgré la grosse besogne qui l'y attendait, deux fois l'an, se ferait toujours une fête de s'y rendre.

Gundri aimait Eberhardt, sa pondération paternelle avec lui, le sérieux qu'il mettait à faire valoir sa tenure. Aussi à mener une vie de famille aussi digne que possible, compte tenu de l'humilité de sa condition. Son souci de traiter les siens de façon humaine. Enfant, il l'avait rarement battu et jamais avec excès. Valétudina et ses autres frères non plus et le travail qu'il avait exigé de lui sur le manse : piquer les bœufs, glaner, l'aider à préparer les chaumes pour la réparation des toits, biner, sarcler avec lui, fagoter dans la forêt, mener les porcs à la glandée, s'initier, dans sa onzième année, à la conduite d'un araire, n'avait jamais été pour de bon, au-dessus de ses forces de jeune rustre bien portant, assez costaud, jusqu'ici, pour être passé au travers des épidémies qui avaient emporté Mathias et Jacob ses cadets.

Il aimait aussi à le voir creuser les sillons. Se raidir de toutes ses forces (alors, l'effort qu'il fournissait lui figeait les traits, leur donnait une expression quasi douloureuse, la rigidité d'un masque pierreux dans lequel les yeux vivaient encore) pour enfoncer dans l'épaisseur de la croûte des marnes argileuses, le soc de fer emmanché à douille sur le cep de bois de son araire à bâti quadrangulaire. Pour peser, de tout son poids d'homme renversé en arrière de lui-même, se faisant de son dos, une colonne, de ses reins, un socle de soutènement, afin d'agir sur les mancherons courbes et du même coup sur l'age, obligeant alors, le coutre, à trancher le sol, à ouvrir le chemin au soc. Pour arracher, à chaque pas, ses socques au limon dans lequel il enfonçait jusqu'aux chevilles avec ses bêtes, il levait haut les jambes et sa progression, par longues foulées pataudes, les genoux en équerre, d'un bout à l'autre du champ hypnotisait Gundri. Danse lourde, virile, primitive, essentielle d'homme de labour, occupé à besogner sa terre, à la travailler au corps et qu'à cinq ou six ans, buste rejeté en arrière, frappant le sol du talon, dans les cours, dans les granges, et faisant claquer son fouet de gamin à manche de hêtre au-dessus d'une paire de bœufs imaginaires, il essayait d'imiter, moins par jeu gratuit, mimétisme instinctif, que par désir d'identification de fils avec le père. Son père! Sinon pour s'emparer de sa puissance mais en devenir un jour l'héritier.

Quand il revenait sur le manse, la conversation entre eux était de nature paysanne. Elle roulait, la plupart du temps, sur les problèmes de l'élevage, de la culture des céréales, celle des légumes qui agrémentent les brouets. Gundri profitait toujours de sa présence chez Eberhardt, en début mars, pour lui constituer, peu à peu, à flanc de coteau qu'il avait là, bien exposé au sud et en bord de ruisseau, un petit verger. Avec la permission du frère jardinier qui avait apprécié, dès le début de son arrivée au monastère, son habileté et son zèle, il ne manquait jamais d'apporter avec lui, outre ses outils d'arboriculteur, quelque beau scion de pommier à greffer dont, avec son accord, en janvier, au moment de la taille des arbres à fruits dans la réserve abbatiale, il s'était précautionné en vue de ses opérations de printemps, dans le verger de son père. Bien choisi pour sa vigueur, piqué en terre par le gros bout, côté nord, au pied de l'arbre auquel il appartenait, il ne le déterrerait qu'à l'aube de son départ, le maintenant au frais avec sa motte dans un sac de chanvre qu'il portait sur le dos, se hâtant d'arriver, prenant à peine le temps de recevoir le premier sourire d'Eulalia, de sentir, une seconde, autour de lui, la chaleur de ses bras de mère, pour aller greffer. Son père, l'apercevant derrière la haie, lâchait son sillon pour venir à sa rencontre.

– Te voilà fils, disait-il, c'est bien. Je trouve que tu as forci, et il le suivait pour le regarder planter ou greffer, « en prendre de la graine », déclarait-il en riant. Et Gundri voyait bien qu'il était content de le voir, de pouvoir tirer prétexte de recevoir des leçons de provignage de sa part, pour être un peu seul avec lui, renouer le contact père et fils. À la parole, au flair, au geste surtout, pour se saisir d'une pelle, d'une paire de cisailles, s'emparer d'une houe et qui fait qu'on se reconnaît d'un coup. Que tout rentre dans l'ordre d'une familiarité inscrite dans la mémoire du cœur, celle du sang et que ce soit alors, comme si on ne s'était jamais quitté.

L'année précédente, profitant, sur le terrain d'Eberhardt, de la présence de deux cerisiers sauvages, d'assez beaux sujets qu'ils avaient repérés, Gundri avait pratiqué sur eux la greffe en fente et en croix à quatre scions dans laquelle il excellait. Remarquable doigté que le sien en effet, pour, après avoir coupé à hauteur convenable la tête de l'arbre sujet, pratiqué sur son aire deux incisions perpendiculaires, taillé sur place les scions amenés de l'abbaye, les réduire à leur extrémité, à la minceur d'une lame de couteau. Pour les introduire en vis-à-vis dans la fente, en veillant à ce que leur côté le plus épais, représentant le dos de la lame, se trouvât à la fois en dehors et légèrement rentré dans l'incision. De sorte que leur écorce coïncide au mieux avec les parties herbacées, encore vertes, de celles du sujet. Savoir inné, autant qu'acquis, là-haut, sur le tas avec les moines. Amour des plantes! De leur vitalité silencieuse! De leur élan, qu'il fallait gouverner. Décupler. Le fils d'Eberhardt avait les doigts verts! Comme les juments, sous ceux de son ancêtre Heinrich le Boiteux, acceptaient l'approche de l'étalon, les arbres consentaient sous les siens, à la pariade. À donner du fruit!

Restait encore pour en finir avec ce provignage, à ligaturer les greffons afin qu'ils demeurent en place, avec de la laine grossièrement filée et peu tordue. À obturer les coupes pour les protéger de l'air et des pluies avec un mélange, à parties égales, de terre glaise et de bouse de vache. Une manière d'onguent excrémentiel, élastique, remplaçant avantageusement, quand on est pauvre, la cire à greffer, nécessitant l'achat, passablement coûteux, de poix de Bourgogne ou de térébenthine grasse mêlée à la résine ou au suif de mouton.

Ce dernier printemps, Eusébius avait été particulièrement généreux avec son vassal jardinier. Il lui avait fait don, pour sa famille d'un arbrisseau de Perse, un jeune pêcher déjà bien venu et greffé dont la plantation avait été un événement sur le manse.

Eulalia, Valétudina avaient lâché, l'une, la traite des brebis, l'autre, sa broderie patiente d'un agneau couronné d'épines sur le devant d'une dalmatique pour venir voir Gundri procéder à l'habillage du pêcher avant que d'être transplanté. À l'aiguisement à la serpette des parties endommagées ou desséchées de ses racines en les taillant en biseau allongé, de sorte que l'arbre une fois dressé, chacune d'elles posant à plat à même le sol, il tienne quasiment debout comme un homme en bonne santé, un dieu sylvestre aux bras et aux pieds nombreux, tirant de leur élancement égal et divergent autour de l'axe du corps, son équilibre, sa force.

Eberhardt, pendant ce temps, avait, à l'endroit choisi pour le planter, défoncé le terrain à la houe triangulaire plus efficace que la carrée pour attaquer les terres fortes, leur pouvoir d'inertie. Y ménageant une excavation large de cinq pieds en tous sens.

La plantation proprement dite du pêcher, l'érection de sa verticalité juvénile et flexible avait été, à la fin, l'affaire de tous. Les femmes maintenant le tronc bien droit entre leurs mains, pendant que Gundri, à plat ventre, amenait ses racines au fond du trou, les y disposait comme les rayons d'une roue. Qu'Eberhardt les recouvrait, peu à peu, avec de la terre meuble enrichie d'humus de feuilles mortes. Ensuite, il avait fallu combler, avec les mêmes soins, les mêmes précautions. Consolider tout l'ensemble par une butée, avant d'enfin pouvoir souffler.

Ce pêcher, une aubaine s'il consentait, dans quatre ou cinq ans, à donner du fruit. Le tout serait d'attendre ce régal qui viendrait en son temps, si Dieu, d'ici là, vous prêtait vie. Si le pêcher, dont il faudrait, à l'époque de la taille, autre entreprise délicate, constituer peu à peu la charpente, ne subissait aucun préjudice grave : gelée ou grêle au plus fort de sa floraison, ou pire : passage de la soldatesque prenant son plaisir à tout ravager autour d'elle.

Eberhardt et Eulalia prisaient fort les pêches. Une rareté sous ces climats océaniques doux mais souvent brumeux. Pour avoir eu l'occasion d'en goûter une fois, au repas d'accordailles d'une nièce à eux, ils rêvaient d'être un jour, à même d'en savourer, de nouveau, la tiédeur onctueuse. Cette suavité, ce fondant, leur avait laissé un tel souvenir de volupté de bouche qu'en l'évoquant, ils perdaient littéralement le contrôle d'eux-mêmes, roulaient des yeux blancs comme des enfants et comme eux, leur poitrine se gonflait de désir. C'est vrai, pensait Gundri, que les fruits de l'arbre de Perse étaient délicieux. Que, lorsque à l'époque de leur mûrissement, il en amenait aux cuisines de l'abbaye une corbeille pleine, les yeux de tout un chacun, même ceux des moines, luisaient de convoitise. D'ailleurs tout ce qui venait de cet Orient lointain dans la direction duquel, chaque jour, prières et messes étaient dites : étoffes soyeuses, vases orfévrés, cuirs souples et merveilleusement gaufrés comme des gâteaux de cire, brûlantes épices, oiseaux d'une insolente beauté faisant la roue, avait quelque chose de fabuleux. Que ce pêcher vînt à fructifier, il serait la fierté du verger d'Eberhardt et des siens. De leur nichée de rouquins comme on les désignait au mont Coëvre. D'apollons tudesques, à peau marquée de taches de son et dont les femmes, les filles, quand elles mettaient un enfant au monde, ou quand mortes, on leur lavait le corps et les membres avant leur mise en terre, révélaient, vieilles ou jeunes, sous l'épaisseur de la chemise d'étoffe grossière qui les vêtait, leur tiendrait lieu de suaire, des seins, des ventres, des fesses d'albâtre de déesses lunaires.

En même temps que de pouvoir savourer ses propres pêches, Eberhardt rêvait de pouvoir un jour posséder une charrue à roues à la mode d'outre-Rhin. Une invention nouvelle qui l'exaltait beaucoup car elle rendait le travail plus véloce et moins pénible qu'avec l'araire antique. Partisan de l'utilisation du joug de cornes pour ses bœufs, plutôt que de celui du joug de garrot qui les étrangle dans l'effort, ingénieux et réfléchi de nature, il avait réussi à mettre au point par lui-même, une manière de cheville mobile, taillée au couteau et à la gouge qui, fixant les traits au timon, leur laissait une plus grande liberté de mouvement pour aller de l'avant.

À la vérité, à part quatre ou cinq jours de gros labourage, d'arrachage à deux au levier ferré, des souches encombrant les terres à faire valoir après essartage, aussi de curage, à la pelle creuse, de la mare proche de son habitation dans laquelle il élevait des brochets et des carpes en vue du temps de carême, Eberhardt préférait occuper Gundri, pendant son séjour chez lui, à des besognes plus délicates, nécessitant des connaissances plus élaborées que le travail des champs. Ainsi, le sachant devenu, sous la direction d'Eusébius, non seulement assez fin arboriculteur mais excellent éleveur d'abeilles, avait-il, sur ses conseils et sur son offre de bon fils soucieux de ses intérêts, abandonné le système commun villageois de l'habitat rudimentaire d'abeilles à une seule chambre dont il s'était contenté jusque-là, ainsi que de l'enfumement brutal à la vapeur de soufre au moment de la récolte du miel et des cires qui en faisait mourir un grand nombre, pour des procédés nettement plus élaborés.

Pour avoir, par le truchement du père infirmier, constaté les propriétés particulières du champignon vesse-de-loup, débité en tranches, et séché, utilisé comme de l'amadou, pour anesthésier les accidentés avant qu'on les ampute,

Eusébius, passionné d'apiculture autant que des affaires de Dieu, endormait désormais de la même manière et en douceur, ses chères ouvrières, ses *apis melliferas* au lieu de les tuer. Dans la perspective de pouvoir loger sans gêne pour elle, une population d'abeilles pouvant dépasser les quinze mille, sans compter, avec la reine, le bataillon des faux bourdons, il professait aussi qu'une bonne ruche devait avoir trois pieds de haut pour un pied et demi de diamètre de base, et qu'on la divisât en trois compartiments : celui du rez-de-chaussée servant de réservoir d'air renouvelable et de salle de défense contre l'intrusion des guêpes et frelons, contre les teignes dévoreuses d'alvéoles, le second constituant le couvain, son espace privilégié, voué à l'activité incessante et sacrée de la ponte des œufs par la reine, le troisième, haut lieu par excellence de l'édifice, sa chambre au trésor, celui des rayons destinés à contenir le miel. C'est d'Eusébius encore que Gundri avait appris les secrets de l'élaboration de la ruche en paille de seigle, recouverte d'un enduit moitié chaux, moitié foin haché, la protégeant des coups de froid ou de chaleur qui ruinent la santé des abeilles. Aux étages bien circonscrits et reliés ensemble par des ouvertures grillées en osier croisé. Un travail de maçon. Aussi de vannier. Minutieux, savant. Auquel il aimait s'adonner en fredonnant quelque bribe de psaume en latin qu'il ne comprenait guère mais qui lui tenait compagnie ou quelque vieille chanson d'origine tudesque lui venant de sa famille. Par exemple, celle où il était question d'un jeune guerrier endormi au plein de l'été, au bord d'un vaste étang et qui avait été entraîné par le fond, pendant son sommeil, par une divinité femelle des eaux stagnantes et voraces. Une femme-poisson dont il était devenu l'époux et le prisonnier. Cependant, deux fois par année, aux équinoxes, quand les saisons échangent entre elles des passes d'armes, qu'il pleut du vent, que le paysage est en larmes, elle le laissait remonter à la surface et se promener un peu sur le sol ferme. Mais au fur et à mesure des années qui passaient, son corps changeait. Avec lui son cœur et son âme. Tant qu'un jour, ses jambes et ses pieds s'étant soudés et recouverts d'écailles, son visage ayant perdu l'aspect humain pour devenir faciès de poisson, vaincu par le temps, éteints les souvenirs en lui, leur mémoire, il n'était plus revenu s'asseoir dans l'herbe sous le clair de lune, pour y chanter en pleurant son regret de la terre, de la maison de ses parents, de sa fiancée aux pieds blancs et qui craignait tant l'eau, ses pièges, ses mirages!

Ne pas s'endormir surtout, quand on est Gundri, comme le chevalier de la fable en faisant confiance à la douceur du moment, à la léthargie sournoise d'une surface de lac aussi faussement placide qu'un gros reptile enfoui dans son lit de vase. Ne pas laisser les événements secrets et récents prendre le dessus. Ceux qui vous ont si inopinément fait prendre conscience de vos appétits charnels, inextricablement mêlés à vos désirs d'amour et qui n'ont plus guère cessé, depuis, les uns comme les autres, de vous laisser sur votre faim. Ne pas s'abandonner à eux. À leurs visions mi-terrifiantes, mi-délectables. À leur poison. À ce désordre des sens et du cœur qui fait que tout a changé de visage autour de vous. Que tout le monde se trompe sur vous. Que, lorsque vous haletez avec vos bêtes à cause de la raideur des pentes, de l'épaisseur des bourbiers à franchir, que vous avez trop chaud ou trop froid, trop faim et soif parce que vous n'avez rien mangé ni bu depuis l'aube, que vous éclatez de rire pour un rien : un passage de lièvre au ras de vos houseaux d'écorce détrempés, une première échappée de lune au-dessus de votre tête, que vous criez : la lune, la lune, regarde la lune, comme elle est belle, aussi que vous avez l'air fou, égaré, même l'ami, le cher ami si patient avec vous, le jeune moine si capable de ses mains et qui vous souhaite de connaître avec Ermelinde, les bonheurs de la chair et de la tendresse dont son état le prive, a peine à s'y retrouver avec vous. Les autres encore moins.

Personne ne voit la belle sorcière à cheveux tressés, à tunique couleur d'améthyste, à regard d'acier qui vous talonne ou vous devance au contraire. Vous cerne, vous habite, selon les caprices du chemin, ses accidents de terrain. Se fait la nuit une place à vos côtés, finit par peser de tout son poids sur vous, par vous entraîner dans le gouffre d'un puits, d'un étang. Celui que son étreinte creuse au-dessus de son corps qu'elle a soudé au vôtre. Et vous basculez par le fond avec elle comme la pierre attachée à votre cou de chien.

Briser le charme! Quelque part en soi, refuser la noyade. Se débarrasser du fardeau de Frédégonde de Neustrie. Donner le coup de talon qu'il faut pour remonter à la surface. S'accrocher aux branches de la rive, à ses aspérités de roc. Quitte à en avoir les mains qui saignent. Renouer avec les certitudes du sol ferme. Reprendre langue avec elles c'est-à-dire avec soi. Redevenir Gundri l'affranchi, fils d'affranchi. Le vassal jardinier du mont Coêvre, le bien-portant jeune rouquin, parti, sur les ordres d'un père, à la rencontre de la fiancée.

Une fiancée, comme son nom l'indique, est une femme en laquelle, raisonnablement, on doit pouvoir se fier et qui, de son côté, doit pouvoir se fier en vous. Qu'on vous a désignée, à laquelle vous avez été désigné, afin de recevoir d'elle le don de l'âme, celui du corps, ses capacités d'énergie, son endurance au travail et à la souffrance, audelà de sa beauté si elle en a, et cela, par foi jurée, jusqu'à ce que mort s'ensuive. De votre côté vous aurez les mêmes devoirs envers elle, pareillement, jusqu'à ce que mort s'ensuive.

C'est là, en tout cas, la théorie des moines au sujet

du mariage. Riches ou pauvres, couple de rois ou de serfs, vous devez pouvoir compter l'un sur l'autre, devenir frères, vous aimer. C'est aussi l'avis d'Eberhardt qui déclare que chez les gens de son parentage, depuis l'arrivée à la villa abbatiale du mont Coêvre de son aïeul Heinrich la Jambe Morte, de son mariage par consentement mutuel avec Alcalia, une femme qu'il avait sauvée de la folie et de la mort après le massacre de son premier époux par des soudards de l'armée de Chlodowig, roi des Francs, il en a toujours été ainsi. Qu'il est devenu, union sacrée, fardeau de la vie à porter à deux puis avec les enfants qui vous naissent. Ceux qui meurent priant pour vous dans l'au-delà, ayant sans cesse les yeux sur vous, devenant vos intercesseurs auprès du Seigneur Dieu. Et c'est pourquoi, à cause de ce regard de vos morts, posé sans relâche sur vous, celui de vos parents qui vous ont conçus et que vous avez perdus, celui de vos enfants que vous avez conçus et qu'aussi vous avez perdus, aussi longtemps que vous êtes de ce monde, mari et femme, encore vivants parmi les vivants, trait d'union entre mort et vie, il vous faut continuer à ne faire qu'un, ne pas vous trahir. Et si vous vous trahissez, retournez l'un vers l'autre à un moment donné. Ce retour s'appelle pardon. À l'image de celui que le Seigneur vous accorde quand vous retournez à lui comme un enfant, après avoir démérité. Seul le pardon peut vous arracher à votre état de péché c'est-à-dire à votre solitude.

Réapprendre à s'en tenir là. Et puis enfin, et ce sont là encore les paroles d'Eberhardt s'adressant à lui en tête à tête, l'année dernière, à son retour de la Sagne, à la mi-novembre quand il était venu comme de règle, l'aider à battre les grains, c'est de toute manière, pour lui, Gundri, pour eux tous, une grande chose qu'il ait pu décider Alderic, père d'Ermelinde, à la leur donner.

C'est un homme de condition libre. Un Cénoman de vieille souche, apparenté à une famille de propriétaires fonciers dont il est cousin éloigné. Ce qui ne l'a pas précisément fait riche mais lui permet de faire valoir, avec les deux garçons qu'il a eus de sa première épouse morte il y a cinq ans, et maintenant avec la seconde, une tenure d'une vingtaine de bonniers, d'un moins bon rapport céréalier que les terroirs de par ici, mais propice à l'élevage. À cause, en particulier, d'un petit plateau crayeux, à la fois verdoyant et bien drainé, faisant partie de son manse, dont les calcaires, entretenant sous leurs pattes, un sol à la fois sec et frais, sont favorables à la vigueur des chevaux et des mules, à la solidité de leur squelette, à leur reproduction. D'ailleurs la tenure d'Alderic répond au nom du lieu-dit : Villa-en-Carelle, « *villa* en pays de chaux », pour avoir fait partie, jadis, d'un domaine aulerce où l'on élevait déjà étalons et juments avant l'occupation romaine.

Ne pas oublier les porcs. Faciles à engraisser en Sagne à cause du grand nombre des chênes peuplant, en surplomb de la vallée, plus de cinq mille bonniers de collines gréseuses forestières, faisant écran aux vastes campagnes du nord, tournées vers la mer. De ces cochons tumultueux et noirs, cabochards et fonceurs, Alderic peut élever sans problème la dizaine, entretenir un verrat pour la monte de quatre truies, en vendre trois portées quand les gorets sont sevrés, du moins dans les bonnes années, ce qui lui fait dire que, plus éleveur que laboureur, sa table est davantage pourvue en bonne charcuterie qu'en bon pain de méteil ou bouillie de gruau et que, parfois, il le regrette. Eberhardt et lui sont tombés facilement d'accord à ce sujet, que l'argent est rare pour acheter ce qui manque. Que le produit de la vente des bêtes pour l'un, du surplus d'avoine, d'orge, de blé noir aussi de la volaille, des œufs et du miel pour l'autre, ne sert tout au plus qu'à payer la redevance aux propriétaires moines pour garder licence d'exploiter la tenure, payer le forgeron quand on a besoin d'un soc, d'un marteau, d'une provision de clous, d'une lame de couteau ou de hache neuve, un peu de vaisselle. Qu'en vivant exclusivement sur ce qu'on produit, en pratiquant avec ses voisins, avec les colporteurs de passage, les tanneurs, les carroyeurs, les boisseliers, autant que faire se peut, la politique des échanges, on tente de ménager, année après année, demi-sou par demi-sou, de constituer à ses enfants une manière de dot, vous permettant, leur permettant, de garder tête haute quand l'occasion se présente de les marier.

Et justement, à ce propos, Alderic est un père qui fait cas de sa fille, non point seulement par fierté d'elle mais par affection, et la présence d'affection dans une famille est presque toujours signe que ceux qui la composent ont du cœur, le souci du destin humain des leurs, celui de ne pas faire leur malheur en les traitant en purs objets de commerce comme bêtes de foirail. En les jouant comme soudard ivrogne joue son cheval, son bouclier, sa solde ou sa ribaude aux osselets.

Décider Alderic de la Sagne à promettre sa fille pour Gundri, fils d'Eberhardt du mont Coêvre, n'a pas été précisément chose aisée.

D'abord, parce que ce n'est pas l'honnête coutume, en temps ordinaire, pour un père, d'aller pour son garçon à la recherche d'une épouse hors des frontières de leur propre villa, non plus pour celui de la fille, que de la livrer à des étrangers. Que tout vous porte à croire que si l'on n'a pu réussir à marier son fils dans les limites de son terroir d'origine, c'est qu'il a mauvaise réputation. Est possiblement buveur, coureur, fainéant ou d'entendement faible; sournois et brutal de même, à la recherche d'une victime sur laquelle il ait barre, travaillant le double pour le nourrir et récompensée par des coups avec la complicité de l'entourage. Parce qu'on sait, qu'à moins de circonstances vous amenant pour affaire de transit ou de livraison de denrées dans les nouveaux lieux où elle vit, on ne la verra plus guère et qu'elle vous manquera.

Autant que son père et sa mère qui, s'ils lui ont appris à ne pas épargner sa peine à la maison, comme aux champs, mais l'ont toujours bien traitée, lui manqueront! Qu'aussi, sans vouloir offenser Eberhardt alors qu'Ermelinde est d'une famille de modestes ruraux certes, mais colons libres, accoutumés à l'état de franchise avant même le règne des Césars, la faire entrer dans un foyer de braves gens, peut-être, mais affranchis depuis peu, hier encore réduits à la condition servile, sans qu'elle ait, pour autant, le sentiment de déchoir, mérite réflexion.

De tels propos, Eberhardt aurait pu s'offenser et s'il est vrai que, dans le tout premier moment, la couleur du visage lui en a changé, qu'il a failli, obéissant à une levée de colère, provoquer Alderic, en venir aux mains avec lui, sa pondération reprenant le dessus, leur franchise lui a semblé gage, sinon d'estime, envers lui, mais de loyauté. Et puis enfin, c'était vrai que ce n'était pas l'honnête coutume de battre la campagne hors de chez soi pour réussir à marier ses enfants. Que c'étaient là, façons, sinon de hors-la-loi, de coupe-jarrets, mais de gens ayant, à tout le moins, quelque chose à cacher et que lui-même n'eût pas reçu, sans défiance, pareille requête pour Valétudina.

De la manière dont il avait été fraîchement reçu, il s'en était allé s'ouvrir au père Honorius. Le suppliant d'avoir la charité d'être son garant. De venir plaider, auprès d'Alderic, sa cause de père ayant perdu deux fils; n'en ayant plus qu'un seul pour assurer sa postérité, reprendre son manse quand lui-même viendrait à mourir et, faute de pouvoir lui trouver une fille de son âge au mont Coëvre pour le marier, car la dernière peste bubonique avait fait de grands ravages et c'était miracle que son garçon lui-même eût été épargné, se trouvant contraint de lui chercher femme ailleurs, au risque d'être taxé d'effronterie. D'autant qu'il avait à cœur, non seulement, en effet, de se continuer à travers lui, mais aussi, parce que bon fils et jardinier capable comme Gundri l'était devenu, sur la réserve des jardins de l'abbaye, ne se plaignant jamais de rien, fort comme un bœuf et timide en même temps comme une jeune fille, habile de ses mains au provignage comme une brodeuse, rieur à l'occasion, il méritait la compagnie d'une jeune femme comme Ermelinde, si diligente à ce qu'on disait, mais si avenante aussi jusque dans la retenue de ses façons. D'une épouse qui l'accueillît le soir avec affection, parlât volontiers avec lui, lui fût de bon conseil, prît soin de son ménage, de ses hardes, de leur petit bien commun, lui accordât gracieusement le don de son corps comme il lui accorderait le sien. Celui qui apaise les fièvres et donne espoir de descendance.

Quant à cette tare d'Eberhardt et de sa maison, outre des origines tudesques, un état de servitude encore trop récent, fût-il aboli, pour qu'on l'oubliât, à telle enseigne qu'il lui avait été reproché par un homme guère plus aisé que lui, mais libre Gaulois de souche, dont un ancêtre, à ce qu'on disait, ayant rassemblé ici, en Sagne, une dizaine de paysans guerriers, des Cénomans aulerces comme lui, était allé avec eux grossir les rangs de l'armée de Vercingétorix, il suppliait encore le très révérend père Honorius, de bien vouloir donner à Alderic les éclaircissements nécessaires sur les circonstances d'un affranchissement qui, s'il trahissait, certes, la bassesse de ses origines, ne lui en était pas moins en quelque sorte, à grand honneur.

Cassant à l'occasion avec les frères convers, avec les oblats, à la fois par nature et par éducation de fils de famille aristocratique ligurienne, considérant valetaille, enfants trouvés, hommes de l'ost, du haut de son pupitre de chef de chœur et de clerc lettré, Honorius n'était cependant pas un monstre, non plus qu'un sot. Il tenait Eberhardt pour un des meilleurs colons ruraux de la villa du mont Coêvre, son fils pour un utile manouvrier, arboriculteur, éleveur d'abeilles; garçon silencieux mais sensible dont on se fût vite avisé qu'il était d'esprit fin, s'il eût eu besoin de l'exercer. Mais pour cela, il eût fallu qu'il se fît moine et alors, Honorius lui-même, l'eût peut-être poussé à apprendre à lire et écrire et comme il avait un timbre juste, initié au chant choral, mais ce n'était pas là, semblait-il, sa volonté. Non plus que celle de son père auquel on devait la vie du seigneur abbé et qui préférait le marier. Ce qui n'était pas une mauvaise idée non plus, car si l'apôtre Paul prône le renoncement aux choses de la chair qui permet une approche moins imparfaite de celles de Dieu, il fallait bien qu'il y eût en ce bas monde qu'il avait créé, des âmes moins portées à la contemplation, plus grossièrement incarnées dans leur enveloppe terrestre pour assurer la continuation de l'espèce; être en quelque sorte le soubassement de l'édifice céleste.

Fort de son prestige de clerc de l'abbaye mère du mont Coêvre, étendant son influence des frontières de l'Armor à celles des forêts carnutes, venu, au nom de son ordre, non seulement livrer des vivres au prieuré de la Sagne dépendant de lui, en repartir avec des ballots de laine et de chanvre qui reviendraient l'année suivante sous forme d'habits, de linge d'autel, mais y rappeler les règles de la vie monastique, outre de s'assurer de leur bonne observance, leur donner une impulsion nouvelle, la visite impromptue du père Honorius au père d'Ermelinde avait fait sensation.

Rappelant tout de go Alderic, l'éleveur de bétail qui, l'ayant fait respectueusement asseoir, s'était tenu debout devant lui, comme s'il n'eût pas été chez lui, à la modestie de son rang de chef de famille libre, mais ne possédant pas davantage le sol qu'il faisait valoir, qu'Eberhardt, l'ancien tenancier servile, lié tout comme lui, par l'intermédiaire du prieuré de la Sagne, aux intérêts de la villa mère du mont Coêvre, fût-elle à plus d'une dizaine de journées de marche d'ici, le révérend père cantor Honorius, aussi distingué clerc copiste, disciple de saint Hilaire et saint Martin, que fine lame, à ses heures, quand il fallait la tirer dans les échauffourées, pour avoir appris à bien la manier dans la maison de son père, renouvelait la demande qu'Alderic consentît à donner Ermelinde, sa fille en âge d'être pourvue, à Gundri, fils unique d'Eberhardt, lui aussi en âge d'être pourvu.

Que d'abord, en cette maison, chacun se persuadât que c'était bien vrai qu'au mont Coêvre, depuis la dernière épidémie de peste, les jeunes filles manquaient. De même qu'on savait qu'en Sagne c'était surtout les mâles qui avaient succombé, c'est-à-dire, trois moines sur sept, la huitaine de vassaux dans la jeunesse de l'âge et les tout petits enfants. Qu'Alderic ne se mît donc point en tête qu'on essayait d'obtenir sa fille au bénéfice d'un laissé-pour-compte. Le garçon était bien formé, indemne d'infirmité, du tout méchant, ni demeuré. Au contraire. Devenu fort vite très capable dans la taille et les greffages. S'y entendant à faire prospérer un rucher. Sachant conduire un araire, castrer des porcs, battre les grains et même, ayant acquis à l'abbaye, des débuts de connaissance en menuiserie et charpenterie auxquels on l'occupait, souventes fois, à la morte-saison.

Qu'il prenne femme, ici ou ailleurs, pour la satisfaction des siens et pour lui-même, il lui serait remis, par le père intendant et qui lui étaient dus, après l'avoir nourri, logé, habillé, vingt-cinq deniers, eu égard à sa bonne et constante besogne sur la réserve du monastère. Besogne qu'il devrait d'ailleurs continuer pour cinq deniers par an comme auparavant. Pour se construire un logis, il recevrait de l'abbaye tout le nécessaire et l'aide d'un frère charpentier afin que sa chaumière fût solidement édifiée, à sol convenablement battu, bon toit de chaume, fenêtres à volets de bois et porte de même ouvrant sur le soleil. Eu égard aux raisons de l'affranchissement de sa famille (le dévouement de son père ayant risqué la noyade pour se porter au secours du seigneur abbé), le repas de ses noces lui serait offert par l'abbaye, afin qu'il n'entamât pas son pécule à régaler la compagnie. Qu'il l'utilisât plutôt à se pourvoir en ustensiles de ménage, en étoffes, peaux de mouton, haches et couteaux, en jarres de conservation des viandes et des huiles, en écuelles et marmites. De plus, la communauté, par bienveillance toujours envers lui, irait, en souhait de bienvenue à sa fiancée jusqu'à lui faire cadeau, à elle, alors qu'on ne lui devait rien, du moins à son arrivée, pour grossir le petit cheptel de volailles qui constituerait sans doute, selon la coutume paysanne, une part de la dot qu'elle amènerait de la Sagne, une portée de canards, un couple d'oies ou de chèvres, on verrait...!

Ne pas sous-estimer la proposition donc! Mieux, même, avoir la présence d'esprit de ne pas la laisser passer. Faire à son tour les premiers pas. Saisir Eberhardt au vol avant que le convoi ne reprenne la route du mont Coêvre dans trois jours. Après il serait trop tard et il n'était pas certain qu'Ermelinde de la Villa-en-Carelle, si brave et diligente pucelle et d'heureuse constitution qu'elle fût, ne retrouvât mari si bien assorti à son caractère, à ses louables façons de vivre, à sa jeunesse que Gundri de la villa du mont Coêvre.

Parler clair et sec. Manières impérieuses et paternelles d'Honorius!

Alderic, suffoqué, l'avait vu quitter la place, opérer dans sa cour de rustre gaulois, entre sa mare à grenouilles, sa grange à foin, son puisard, ses porcheries, sur son petit cheval bai de randonnée, un impeccable demi-tour de cavalier chevronné, en bottes de voyage, cuculle retroussée à mi-mollets et dont on apercevait, sous la capuche monacale, le pommeau d'une épée courte, fichée dans sa gaine de bois ouvré, suspendue à un baudrier de soldat.

Tout était dit maintenant et, quitte de son devoir

terrestre de patron, de marieur de ses vassaux, veillant sur leur temporel, il rentrait au prieuré de la Sagne pour y entendre les vêpres, collationner avec les moines, de deux œufs mollets, deux galettes de blé noir, un gobelet de cervoise. S'entretenir avec eux. Les conforter, au milieu des scandales du siècle, du paganisme des petits et des grands, des menaces de guerre renouvelées, dans leur volonté de soumission aux règles d'exigence de l'amour de Dieu.

Et c'est pourquoi, ensuite, cette affaire de promesse de mariage entre les parties concernées avait été conduite rondement, en toute bonne foi et estime réciproque, compte tenu d'un certain nombre de tractations, de mises au point des détails, entre Alderic et Eberhardt.

A Gundri, nanti de ses vingt-cinq deniers, d'une chaumière neuve, d'un travail assuré au monastère, d'avantages en nature : plants ou scions d'arbres à fruits, semences de choux, de fèves et raves, pour son propre jardin, parfois de miel, un lot de carpes, de brochets au moment de la corvée du curage des viviers que la femme peut écailler, vider de leurs entrailles, fumer ou saler, Ermelinde viendrait, elle, lui amenant, avec les quinze deniers qu'elle recevrait de son père, six belles peaux de mouton proprement tannées et cousues les unes aux autres pour réchauffer le châlit conjugal sur lequel leurs enfants seraient conçus et naîtraient. Robe d'hiver, capuchon, chemise, bas de laine neufs sans compter les hardes ordinaires, une provision d'aiguilles de fer et d'os, de fil à coudre, d'écheveaux de laine filée par elle, de quoi faire tisser au gynécée du mont Coëvre deux bons manteaux. Tout cela serré dans son petit coffre à vêtements et linge de pucelle, avec sa quenouille. Une amphore de vinaigre, l'autre d'huile, deux saloirs remplis de bonne charcuterie permettraient à leur ménage de débuter son premier hiver sans trop pâtir. Ces savoureuses cochonnailles de la Sagne n'étant d'ailleurs qu'un prêté pour un rendu. Car, si le marché tenait, c'est-à-dire que l'année suivante les deux promis fussent toujours de ce monde et dans le même état de bonne santé permettant de les marier, Gundri amènerait à son futur beau-père en compensation de son cadeau de viande, celui d'Eberhardt, qui consisterait en un muid de méteil, de seigle et de blé, de façon à ce qu'il pût moins compter la farine et le pain en hiver aux gens de sa maison. Ce contrat d'échange, de troc concerté entre alliés, se renouvelant chaque fois que les circonstances le permettraient : récoltes suffisantes, élevage porcin réussi, convoi annuel de denrées en provenance de la villa abbatiale, avec retour.

Tous ces éclaircissements ont été prodigués, en novembre dernier par Eberhardt à Gundri qui, se trouvant alors chez lui, ayant interrompu, sur son ordre, peu avant la collation du soir, le battage de l'orge au fléau sur l'aire de la grange, assis en face de lui, chacun sur un billot de chêne, l'avait écouté, bouche bée et en silence, essuyant, machinalement, avec un pan de saie, pendant le discours de son père, la poussière de grain qui lui piquait les yeux, la sueur qui lui roulait sur la figure, lui ardait la peau des joues, de la nuque et du dos, tant, bien qu'il gelât au-dehors, le brûlait l'échauffement du travail.

Et comme il se taisait en contemplant ses mains qu'il avait comme tous les manouvriers, les ruraux, fortes et noueuses en même temps que déliées, à croire qu'il les découvrait, qu'il s'avisait d'elles, de leur présence d'instruments merveilleux, providentiels, de cette partie de lui-même lui permettant d'œuvrer à toutes sortes de besognes plus ou moins rudes ou minutieuses, de mener le combat (son combat) pour survivre (et on eût dit qu'il doutait brusquement de pouvoir continuer à le faire, qu'un obstacle venait de se lever devant lui, sournois, imprévisible), Eberhardt, qui l'examinait intensément, tassé sur lui-même, aussi démuni sous son regard de père qu'il l'avait vu, parfois, enfant, quand il craignait de mal venir à bout d'un petit travail qu'il lui avait donné ordre d'exécuter : rattraper un goret évadé de la porcherie, battre le briquet, écorcer des grumes de châtaignier pour la fabrication des paniers, parce que c'était là son cher fils, qu'il l'aimait, avait pris les devants pour le rassurer sur lui-même, lui ôter ce poids qu'il avait sur le cœur, dont il n'oserait jamais rien dire et qui était d'aller chercher pour femme jusqu'en Sagne, une fille totalement inconnue de lui. A laquelle il était totalement inconnu.

– Tu ne me demandes pas comment elle est, pour de bon, cette Ermelinde? Tu n'oses pas, fils, et cela me fait peine pour toi. Eh bien je vais te le dire. Elle est dans la fraîcheur de la jeunesse, comme toi. Brune de cheveux qui sont brillants et fournis, pareillement, de sourcils, et ses yeux, quand elle les a levés sur les miens, quand nous avons été accordés, son père et moi, ont eu la belle luisance des châtaignes quand on les retire de leur bogue au pied de l'arbre d'où elles sont nées. Voilà qui devrait te plaire, t'attirer, rouquin que tu es, que nous sommes tous. Nous apporter un sang neuf dont nous avons peut-être besoin. Ni grande, ni petite. Aimable de corps à ce qu'il m'a semblé. Mais ce qui m'aura surtout décidé à la demander pour toi, c'est son air. Il est de douceur et de sérieux qui donne envie, que je sache, à un mari d'un cœur sincère, de s'approcher d'une épouse, bien plus que la beauté qu'elle peut avoir, qui, comme tu le sais, flétrira avec la tienne, car tu es plaisant à voir mon garçon et j'ai cru bon de le lui faire savoir. « Mon Gundri, petite, lui ai-je dit, il est beau comme le soleil. » Alors elle a ri et le visage lui a resplendi. Quant à cet air qu'elle a, pour y revenir, elle le gardera aussi longtemps qu'elle vivra à cause de ce qu'il y a d'estimable dans son âme et que tu ne devras jamais tuer en elle, en te conduisant en mauvais époux. Je te tiens, là, même discours que celui qui me fut tenu par mon père quand il m'a donné ta mère avec la permission des moines. Il le tenait du sien, notre ancêtre Heinrich la Jambe Morte, comme tu sais et voilà tout.

Vaste est la forêt de la Sagne et ténébreuse, qu'on l'aborde par un côté ou un autre.

Sombre masse venteuse et sylvestre hantée par renards et loups. Dont on raconte que de nuit, à mi-novembre, à la première pleine lune d'hiver, les collines de feuillus, de résineux, leurs sous-bois tapissés de la bourre ocre des fougères, des buissons d'airelles, des gaulis, leurs étroites vallées de ruisseaux, moins des vallées qu'une suite d'incisions dans l'abrupt des massifs, les séparant en deux, pente raide contre pente raide, résonnent du galop des sangliers. De leur fièvre. De leur bataillon de bolides lancé sur une trajectoire connue d'eux seuls. Qu'ils ouvrent devant eux à grands coups d'épée courbe, de hure armée, dans un tourbillon de basses branches déchiquetées, mêlé au magma huileux des feuilles mortes et des boues.

Vérité ou légende encore, on assure que, par ici, du temps des vieux Celtes, ceux de l'âge de pierre armés du harpon à pointe de silex, dont les femmes broyaient les graines sauvages entre deux éclats râpeux de grès, dont les enfants, à faciès de taupes, de marcassins, de lynx, étaient assez véloces pour s'emparer à la main, des poissons et des rongeurs, rats, lièvres et mulots pour s'en nourrir entre eux après les avoir assommés au gourdin, qui se servaient du tronc des chênes pour circonscrire autour de leur verticalité de colonne enchâssée en plein sol par le pouvoir des racines, la maison ronde de cailloux et de peaux de bêtes, la tente immobile, capitonnée de mousse et de cuir où ils dormaient tassés les uns contre les autres pour avoir chaud, se sentir moins seuls, ç'avait été aussi le royaume des aurochs et même, dans ses parties les plus hautes, celui des ours. S'y nourrissant de miel et de baies, campant sur les falaises de schiste. Rouges, en automne, du mûrissement des grappes du sorbier et du feuillage de l'érable, en surplomb du gouffre des étangs. Graves, hirsutes, affamés, hypocondriaques, tout en défiance, en qui-vive, en flair, en ouïe. Si semblables aux hommes les guettant, faisant corps entre eux pour les cerner, procéder à leur massacre à coups d'épieu.

Au pays d'Ermelinde, aujourd'hui encore, à cause de la présence des loups-cerviers, de leurs bondissements de gros chats-tigres dans l'inextricabilité des bosquets d'épines, de leur agilité à grimper aux arbres, qui fait que, lorsque vous passez en dessous d'eux, que votre regard croise le leur, son éclair vert, vous vous sentez menacé; aussi à cause de l'envol des rapaces, de leur tournoiement de francisque noire à griffes et à bec dans un ciel d'orage, de leur cri de guerre et de chasse si terrifiant, si apparenté au vôtre quand vous courez au combat, à la tuerie, on assure que les nuits, surtout l'hiver, sont plus longues, plus traversées de mauvais rêves qu'ailleurs. Plus lent à mourir le culte secret, toujours rendu aux dieux sylvestres. Malgré la présence des moines. Celle de leur imposant nouveau prieuré, moitié bois moitié torchis, qui fut naguère le palais de Raschomer. De la chapelle trapue qui le prolonge, constituée d'une simple nef et d'un campanile à sonner la cloche. Malgré son ancien vivier qui, fin mai, sert de baptistère, où il vous faut descendre nu les trois marches d'argile étayées par des palis pour y être lavé de vos péchés. Arraché à votre condition hybride de centaure, de faune bûcheron, de rustre chèvre-pied pour devenir un homme à l'image du fils de Yahvé, le Dieu incarné.

Il aura fallu plus de vingt jours au convoi pour atteindre le pied des collines de la Sagne. En s'accrochant aux pierrailles, parvenir à leur sommet, remonter un cours de ruisseau qu'on appelle ici le Val-d'Enfer, sa sente étroite, où l'on aura peiné, palier après palier, entre deux pans abrupts de hautes futaies déferlantes. Là-haut, sur le plateau bombé, noir de sapins qu'elles érigent au carrefour des points cardinaux, par où les vents passent, s'enlacent, se délacent, y creusent un chenal, l'inondant presque sans arrêt, de longs ruissellements d'air, il aura fallu redescendre en sens inverse jusqu'au logis des moines. Jusqu'à leur domaine cadenassé, face au septentrion, par un étang, avec, au-delà d'eux, les manses de leurs serfs, de leurs colons, aux bâtiments édifiés avec les matériaux de réemploi des écuries et des casernements de l'ancienne villa ripuaire. Quelque chose comme la dernière étape d'un chemin de croix, cette traversée de la Sagne!

Entre-temps, on aura passé parfois jusqu'à trois, quatre jours dans les maisons filles de l'ordre. Non point seulement à cause des denrées à livrer, à échanger contre d'autres, du repos nécessaire à prendre pour éviter que les convoyeurs et leurs bêtes ne meurent d'épuisement, de toutes sortes de travaux de charronnage, de menuiserie nécessités par la réparation des attelages (ainsi on aura profité de la halte en Melleray pour tailler jougs neufs, cheviller à deux chariots, de nouveaux brancards), de la réunion du conseil de fabrique autour du père Honorius pour lui rendre compte des affaires, de l'état d'exploitation et d'entretien des rivières, des forêts et des terres, du nombre, de la situation des familles les faisant valoir, des consignes spirituelles à renouveler en matière de discipline monastique, de catéchèse, de charité, mais aussi pour porter aide à la communauté d'accueil. Lui remettre en état, au passage, une charpente de chapelle ou de réfectoire, aider à l'empierrement d'un tronçon de chemin creux défoncé par le passage des armées, colmater une brèche dans une palissade d'enclos. Et puisqu'il va de soi, qu'un service en vaut un autre, que c'est là, dans le besoin, comme dans l'abondance, règle de l'ordre, impérieux devoir de fraternité, ni Gundri, ni Arnulph le charpentier, non plus que leurs compagnons de voyage n'auront chômé.

A la petite communauté des moines essarteurs d'Aulnay, l'une des plus démunies, parce que établie sur un sol sableux dans une clairière de forêt maigre, portant encore les stigmates des ravages occasionnés par les troupes de Chlodowig 1er (ainsi, d'une tombe d'enfant morte en ces lieux, après la déportation de ses père et mère dans le sillage de la soldatesque au milieu d'un verger à l'abandon, faute de compétence pour la taille et les greffages) Gundri aura provigné trois jours d'affilée, de la septième heure au matin à celle des vêpres.

N'épargnant ni sa peine, ni ses conseils à l'aide-jardinier des frères. Brave garçon, né d'un couple de bûcherons, mais un peu demeuré. Malhabile à la taille en finesse du greffon avant de l'insérer dans la fente pratiquée sur le sujet. Plus emprunté encore à pratiquer la greffe en écusson, à coucher convenablement, et assez profond, la branche de vigne tenant encore à la plante mère dans le sillon, de sorte qu'elle y prenne racine. Tant et si bien que l'abbaye du mont Coëvre doit, chaque année, fournir à ses pauvres frères, prélevé sur sa propre récolte, un demi-muid de petit vin blanc aigre et sec, quasi imbuvable s'il n'est miellé, mais précieux, infiniment pour eux. Puisque autrement, ils ne pourraient, sans lui, procéder au sacrifice de la messe.

Ailleurs, à Saint-Homère-en-Sarthon, dans un prieuré de huit moines moitié éleveurs, moitié forgerons, érigé sur une excroissance pierreuse au-dessus d'un cours d'eau froide et verte, propice, de par sa pureté glacée, au durcissement des métaux portés au rouge, en échange de la fabrication par eux, à l'usage du convoi, de quatre boucles de trait et de leurs anneaux d'attelle, de la remise en état d'un moraillon de coffre, celui où Hardouin, le capitaine d'armes, serre sa réserve de haches et d'épées courtes, on aura vu Arnulph, froc retroussé à hauteur de ceinture, en braies guenilleuses de moine convers, à cheval sur le faîtage de l'hôtellerie, la pourvoir, à son pignon, de chevrons neufs et d'un poinçon. Le mortaiser, en bas, à la poutre d'entrait. Le lier obliquement en haut, par l'aisselier, à tout le système déjà existant de soutènement du toit. Et, comme toujours dans ces cas-là, yeux chassieux, nez morveux à cause de l'automne, de ses brouillards, beau, jeune, malgré tout, malgré l'éreintement, malgré la crasse, postillonnant autour de lui, crachant dans ses mains pour se donner du cœur à l'ouvrage, se mettre à entonner des psaumes où il est question de Daniel descendu dans la fosse aux lions, de Job sur son fumier célébrant le Seigneur et autres épisodes édifiants des Livres saints qu'il assaisonne à sa manière. Dans la fosse aux lions où croupit Daniel, il ajoute une portée de serpents et un dragon qui se transforment en anges et forment le plus doux des cercles d'amitié autour de lui. Job sur son fumier a droit à la compagnie de son chien et de son âne, l'un et l'autre, merveilleuses bêtes parlantes, conversant avec lui et léchant ses plaies. Tous détails de son cru, sur lesquels le père Honorius, qui lui a ordonné ce dur travail, daigne, pour une fois, sinon fermer les yeux mais les oreilles parce que au moins, s'il délire là-haut, en bas latin, c'est du latin quand même! Ce qui tiendrait à prouver que, varlope et herminette en main, exposé comme il est à la froidure et aux pluies, il fait en quelque sorte des progrès en spiritualité.

Car enfin, béni soit donc Arnulph, le petit frère charpentier, résigné à son sort de tonsuré et qui mourra dans la peau d'un moine sans vocation. Alors qu'il était fait pour la vie laïque. Pour les amours terrestres. Pour l'amitié. Celle avec Gundri surtout. Compagnonnage de garçons du même âge. Naturelle complicité. À cause d'une même façon d'avoir froid et chaud, ardemment faim et soif, de se donner au travail comme on voudrait se donner à une femme, sans oser en parler pour de bon. S'en parler! Mais on sait, pour avoir si souvent peiné de concert, à la villa du mont Coëvre, cette fois encore, pendant ce voyage, de quoi est fait le silence ou le sommeil de l'autre. Les grands vides en soi, autour de soi, qu'il essaie de colmater à force de léthargie, à force d'oubli. Ce qu'ils trahissent de solitude du corps et du cœur qui fragilise la trame d'une destinée. Si fortement imbriquées, l'une à l'autre, ces deux solitudes, quand on est pur, et Arnulph tout comme Gundri le sont, que c'est finalement péché, que de vouloir faire la distinction entre l'une et l'autre, au nom d'un idéal désincarné. Et c'est pourquoi Dieu qui sonde les reins et les cœurs, qui aime Arnulph plus que n'importe lequel des moines du mont Coêvre, a mis Gundri sur sa route après y avoir mis Aniavera sa grand-mère, dans sa petite enfance. Afin qu'il prenne le relais. Que leur attachement soit si grand, si lumineux qu'Arnulph puisse posséder à travers lui et en même temps que lui, ce qui lui est, ici-bas, refusé : quelque part et qui l'attend, en un lieu désigné d'avance : l'inconnue par excellence, l'espérée, l'élue prédestinée par excellence. Celle qui a pour nom : la fiancée.

Pour laquelle, cette année, d'un équinoxe à l'autre, ils ont ensemble œuvré, construit sur le manse d'Eberhardt, ce qui serait sa maison.

Vingt-quatre pieds de long, dix-huit de large. Un beau gîte déjà.

Avant-trou, après-avant-trou, quatre pour les angles, vingt-quatre latéraux, pour la mise en fiche des poteaux destinés à supporter les éléments de base de la charpente : poutres, sablières, entraits, ils auront dû creuser profond et large, moitié à la bêche, moitié à la houe. Jour après jour, procéder à l'enfoncement des poteaux. Les relier par clayonnage de fines branches de noisetier et de saule coupées en bordure de ruisseau et ramenées, sous forme de fagots, au bout d'une trique, sur les épaules, par une équipe d'enfants trouvés qui en a constitué, au prix d'un patient travail tisserandier, la trame ligneuse des cloisons qui permettrait ensuite la fixation d'un mortier. Pendant ce temps, chevron après chevron, poinçon, contrefiche, entretoise, Gundri, sous la direction d'Arnulph a chevillé, mortaisé, appris à tailler une extrémité de poutre en queue-d'aronde, en tenon simple ou double. Selon les besoins d'une architecture, fruste en apparence. Très élaborée, à la vérité. Avec, au-delà de ses règles de métier, communes à tout le monde, ses secrets d'art sur la façon de lier solidement à ses encoignures un toit aux contreforts d'angle des poteaux corniaux. De contrebalancer le fardeau oblique de la charpente pesant sur un pignon par la clef de voûte d'une ferme. Sa distribution de poutres divergentes à partir de l'érection verticale du poinçon.

Pour le torchis, ce sont les enfants trouvés encore qui ont réduit au brisoir ce qu'il fallait de paille. Laborieux émiettement de bottes de chaume, jusqu'à réduction en charpie pour la mêler à ce qu'il faut de glaise, abondante en ces pays, pour constituer un ciment : au milieu d'un dôme de terre argileuse, friable, volatile, dont la poussière fait tousser, on a creusé un puits. Son amalgame avec l'eau, qu'au fur et à mesure on y verse, se fait par mouvements circulaires et profonds comme pour boulanger une pâte à pain. En même temps qu'on la soulève, la pétrit, la façonne, on lui incorpore le chaume, sa bourre odorante et grossière en guise d'alliage. Ce qui fait que, lorsque la maison est construite, du moins le gros œuvre, toiture et cloisons, couverture de seigle, sol de terre battue, il monte d'elle, de sa pénombre qui donne envie, par avance, de s'y réfugier, d'y dormir, sous l'envol statufié, hypnotisant de chauve-souris géante de sa charpenterie, une extraordinaire odeur de paille sèche et de bois fraîchement équarri, une exaltante odeur de sperme végétal. Une odeur de vie.

Maison d'Arnulph autant que de Gundri! Dont le moine, après l'avoir avec lui construite, lui aura abandonné la jouissance avec un sourire un peu triste d'homme habitué à ne rien œuvrer pour lui-même en disant : « Tu verras, elle te plaira la fiancée. Elle te donnera envie de lui faire franchir le seuil d'ici. »

Et maintenant le sort en est jeté. Il faut aller à la rencontre d'Ermelinde.

Du prieuré de la Sagne au manse d'Alderic, à Villa-en-Carelle, il y a moins d'une lieue. La bonne demi-heure de trotte avec une mule du convoi dans sa jeune vigueur, prêtée par Hardouin et tirant le chariot chargé des présents à Ermelinde et à sa famille. Quant au sou d'argent et un denier qu'il devra donner publiquement à son père pour acheter sa possession, l'anneau de bronze des fiançailles; avec lui, le cadeau des deux fibules rondes, ouvrées de chevrons, par le forgeron ligure du mont Coêvre, qu'Honorius a sortis de sa propre bourse pour les lui remettre, il les tient serrés dans un petit sac de peau, suspendu à son cou par un lacet de cuir, avec l'amulette en cristal de roche de Raschomer que son père lui a remise avant le départ pour le protéger des brigands, des accidents, de la maladie et des loups.

On est dans la neuvième heure du troisième jour d'octobre.

Gundri, fils d'Eberhardt le rouquin, petit-fils de Marcus, dit Thor qui détient la foudre, arrière-petit-fils d'Heinrich la Jambe Morte est seul avec sa bête et avec lui-même sur l'étroit sentier longeant la haute butte plantée d'ormes, de pins sylvestres et d'aliziers donnant sur les perspectives d'un étang. Pour la seconde fois de sa jeune vie, comme il y a quelques mois, lors du séjour de Frédégonde de Neustrie, au mont Coêvre, tout se passe comme dans un songe nourri d'angoisse, d'éperdument fiévreux. C'est-à-dire que ces hardes propres qu'il vient d'endosser lui pèsent. Qu'il a, de nouveau, la sensation d'étouffer, d'avoir un voile épais sur les paupières. Que l'automne qui ronge les feuillages, les met en sang, l'éclat, par giclées, du soleil sur eux, les sinuosités du chemin herbeux dont on lui a dit qu'il doit se contenter de le suivre et que la première chaumière qu'il découvrira sur une aire de pacages plats au pied d'une haute butte de chênes, ce sera la Villa-en-Carelle, tout se brouille devant ses yeux. Qu'il se demande où il est, où il va. Pourquoi il y va...

Tout à coup la maison est là. Longue d'échine sous son harnais de chaume d'un gris terreux. Toute en profil fermé, indéchiffrable, et qu'on hésite à approcher comme une vieille laie fatiguée, assoupie dans un creux mais aux réactions imprévisibles. Pourtant ce n'est qu'une maison paysanne et rien d'autre. Celle d'Alderic, le Gaulois. Celle d'Ermelinde. Puisqu'il n'y a qu'elle en cet endroit derrière l'enclos d'épines entrecroisées qui la cerne pour la protéger des bêtes sauvages. Avec son foyer de plein air pour la cuisson des brouets, des viandes bouillies, celle de l'eau. Pour le lavage des amphores et des saloirs, pour les lessives à la cendre. Avec son bosquet de noisetiers d'un côté, de châtaigniers de l'autre. Avec sa vigne, même. Sa guirlande de feuilles dorées ourlant son mur du sud, à la base du toit. L'écoulement violent des eaux de pluie de printemps et d'automne, celui des neiges fondues de l'hiver se fait par des fossés qui l'entourent. Par de larges douves, régulièrement alevinées de carpes, de tanches, d'écrevisses qui lui donnent des airs de fortin rustique, isolé au milieu d'une étendue de terre fraîchement remuée à l'araire et dominé par des herbages humides et rocailleux allant rejoindre un pan de forêt. Des moutons et des chèvres y pâturent au milieu d'une dizaine de petits chevaux bais, à pelage hirsute. D'une espèce trapue, presque irlandaise, comme il a eu l'occasion, une fois, d'en voir à la Saint-Michel, amenés, avec eux, par les moines des îles bretonnes, pour transporter leurs caques de harengs et de saumons fumés, de foirail en foirail.

Bas sur pattes, larges de col et râblés, on les dit plus résistants que n'importe quels autres. Bons grimpeurs, vigoureuses bêtes de trait et de somme, presque autant que mulets et recherchés, à cause de cela, par les marchands phéniciens, grecs ou juifs de passage par ici dans le sillage des rois, de leur appétit d'épices, d'étoffes, de parfums rares. Aussi par les convoyeurs de grains, de minerais. Ceux qui viennent du Nord et d'outre-Rhin offrir leurs lingots de fer ou de cuivre dans les ateliers de forge.

Voilà donc la fortune d'Alderic, avec, à mi-pente de pâturage bosselé de pierres gréseuses, un troupeau de porcs. Truies obèses et bougonnes, mâles castrés, pourceaux de l'année, prenant, panse et groin enfouis dans l'herbe courte, le peu de soleil d'automne qu'il y a à prendre, sous la houlette d'un verrat, noir de poil, clair de couilles élastiques et laiteuses qu'il traîne par-devers lui sous son ventre avec une impavide solennité de patriarche, de chef de clan, exhibant ses attributs virils de maître après Dieu. De détenteur des rythmes sacrés de la copulation saisonnière.

Tout à coup, devant ces lieux, pour Gundri, fils du fils d'Heinrich la Jambe Morte (qui ne sait pas que ç'aurait été là, le domaine que Raschomer destinait à son ancêtre si sa propre fortune de conquérant ripuaire eût perduré) avec la fin du voyage, de la quête douloureuse, incertaine, la réponse, l'illumination fulgurante : Il est chez lui. En pays connu.

Derrière les trois rustres en guenilles de travail, socques maculées de purin, bandes molletières de même, qui, aux aboiements d'un chien de garde encore invisible pour lui, derrière l'enceinte d'épines, apparaissent au sortir d'une écurie, la fourche en main, il y a une jeune fille.

Vêtue de hardes sombres et rapetassées comme les leurs, la poitrine réchauffée sur sa chemise de chanvre par une tunique courte sans manches en peau de chèvre, ses sabots de bois blanc à empeignes de cuir brut gluantes de bouse de vache, sa cotte de burel brun, ourlée de fumier, lui souille les mollets. Sans voile ni ruban, les cheveux tressés serré lui casquant durement le crâne, elle a le teint mat des femmes brunes et ses yeux ont l'éclat discret des céramiques noires. Sous la bouche large, généreuse, étirée par une gravité soudaine, la fossette profonde qui divise son menton en deux, en accuse le prognathisme léger, encore accentué par un nez qu'elle a busqué. Son visage a des contours nets. Ceux d'une statue et le regard qu'elle a posé sur Gundri est celui des oiseaux nocturnes pris au piège de la lumière. Il a leur fixité anxieuse qui ne fera sans doute que s'accentuer avec l'âge, en redoubler l'émouvante parenté avec la chevêche, le mystérieux chat-huant. Du moins, pour peu qu'elle ait, ici-bas, le temps de vieillir sous ses yeux à lui. Lui sous les siens.

C'est Elle. C'est Ermelinde. C'est la fiancée, il en est sûr.

A cette façon, pleine de crainte et d'espérance mêlées, la même que la sienne, dont, derrière les trois autres, elle le regarde de loin, cou tendu avec l'expression vorace et peureuse qu'ont les enfants quand il fait nuit et qu'ils voient s'allumer et trembler au-dessus d'eux, la flamme d'une lampe à huile ou encore s'allumer une étoile.

– Qui es-tu? a demandé l'homme à moustaches longues d'Aulerce, jambes torses de cavalier montant à cru, visiblement le maître du manse, et qui se tient en avant des deux autres.

Avant que de répondre, il a repoussé derrière sa nuque son capuchon de drap bourru afin qu'Ermelinde le reconnaisse. Qu'elle sache bien, sans l'avoir jamais vu, qu'il est Gundri. Le garçon aux cheveux brûlés de soleil, venu lui apporter, par des voies difficiles, aventureuses, à travers champs et forêts, à travers lui-même, la gerbe de fleurs d'or. Celle qui ne fane jamais. Tout comme il sait, sans l'avoir jamais vue, qu'elle est la fiancée. Qu'elle est

Ermelinde. Celle à lui destinée depuis que le monde est monde. Parce qu'il est un roi. Parce qu'elle est une reine. Pas une servante déguisée en reine comme il a eu l'occasion, une fois, d'en approcher une. Mais une vraie reine. Sa reine à lui comme il est son vrai roi.

Et c'est seulement quand elle lui aura souri, qu'il aura vu son visage aux traits figés, doucement s'éclairer pour lui, devenir merveilleusement humain, merveilleusement lunaire, qu'il répondra :

– Je suis Gundri, fils d'Eberhardt l'affranchi. Maître, je suis venu t'apporter son salut.

Et comme elle continue, après cela, à lui sourire avec des larmes qui lui coulent le long des joues, voilà enfin qu'il peut à son tour, lui sourire. Voilà qu'il peut enfin se mettre à pleurer.

Fête de tous les saints 1989-Épiphanie 1991.

Aulaines-Lombron-Saint-Malo-Paris. En France.
La-Chaux-d'Abel-Jura bernois. En Suisse.

DU MÊME AUTEUR

Grand Prix de la Société des Gens de Lettres pour l'ensemble de son œuvre

ROMANS

Nous autres les Sanchez, Denoël, Folio.
Histoire d'une salamandre, Denoël.
Les Faiseurs de chance, Denoël, Prix des Écrivains de l'Ouest.
Je m'appelle Jéricho, Denoël, Folio.
Les Feux de la Chandeleur, Denoël, Prix des Libraires.
Le Nègre de Sables, Denoël, Folio.
Comme l'or d'un anneau, Denoël.
L'Empire du taureau, Denoël, Folio.
Pour le plaisir, Denoël.
Le Clown de la rue Montorgueil, Denoël.
Le Rendez-vous de Strasbourg, Denoël.
Dame suisse sur un canapé vert, Grasset, Livre de Poche.
La Colline d'en face, Balland, Livre de Poche.

POÉSIE

Écrit pour l'âme des cavaliers, Seghers.
La Musique du feu, Denoël.
52 poèmes pour une année, Éd. Ouvrières.

THÉÂTRE

Attila Dounaï, Denoël.

CET OUVRAGE A ÉTÉ COMPOSÉ
ET ACHEVÉ D'IMPRIMER SUR ROTO-PAGE
PAR L'IMPRIMERIE FLOCH À MAYENNE
POUR LES ÉDITIONS ALBIN MICHEL
EN DÉCEMBRE 1991

N° d'édition : 12050. N° d'impression : 31428.
Dépôt légal : décembre 1991.

Imprimé en France